COLLECTION SÉRIE NOIRE

Créée par Marcel Duhamel

MONS KALLENTOFT

MARKUS LUTTEMAN

ZACK

TOME I

TRADUIT DU SUÉDOIS PAR FRÉDÉRIC FOURREAU

nrf

GALLIMARD

Suivez l'actualité de la Série Noire sur les réseaux sociaux :
https://www.facebook.com/gallimard.serie.noire
https://twitter.com/La_Serie_Noire

Titre original :
ZACK

Qui ramènera les chevaux mangeurs d'hommes ?
Qui vaincra Diomède, le roi de Thrace ?
Qui sauvera les innocents ?
Notre héros, notre héros, notre héros.

Prologue

1999

Un garçon de douze ans est étendu dans l'herbe. Il halète.

Nous sommes en août, la nuit est noire et chaude.

Une odeur métallique de sang frais se mêle au parfum des fleurs des prés et il fixe le ciel infini de ses yeux grands ouverts.

La voûte céleste est parsemée d'une multitude incroyable de points lumineux. Même au sein des constellations telles que la Grande Ourse, Cassiopée ou Orion, on voit briller des quantités d'autres petites étoiles. Dans un coin du ciel, le long d'un arc de cercle, leur concentration est telle qu'elles forment comme une brume blanche.

La Voie lactée.

Un jour, un des professeurs du garçon avait expliqué à la classe que le Soleil n'était qu'un point insignifiant en lisière de la galaxie que l'on nomme la Voie lactée. Mais si le Soleil n'est qu'un point insignifiant, qu'en est-il de la Terre ?

Il avait eu du mal à se faire à cette idée. Et si tous nos actes n'avaient aucun sens ?

Pourtant alors qu'il est là, allongé dans l'herbe à contempler l'infini, il voudrait qu'il en soit ainsi. Que rien n'ait d'importance. Que ce qui est arrivé ce soir se perde dans l'immensité de la galaxie.

L'autre est étendu à seulement quelques mètres, dans l'herbe haute. Il n'ose pas tourner la tête vers lui.

Il se met à tousser et ressent une vive douleur dans les côtes. L'humidité de la nuit commence à s'infiltrer à travers son T-shirt. Le chant des grillons qu'il vient juste de remarquer le met mal à l'aise. Il a l'impression que les insectes crient pour le dénoncer :

« Il est là ! C'est lui ! »

Le garçon sait qu'il n'a pas intérêt à s'attarder sur place. Qu'il doit partir. Mais il n'en a pas la force.

C'est comme si son corps était plaqué au sol par une force inconnue, comme si la Terre accélérait sa course. Les étoiles se rapprochent. Le voile blanc de la Voie lactée devient de plus en plus distinct, comme les visages démoniaques qui se cachent dans les zones sombres entre les étoiles.

Emportez-moi dans l'espace. C'est tout ce que je désire. Emportez-moi là où règne le grand oubli.

PREMIÈRE PARTIE

Là où il est question d'êtres oubliés qui meurent
de gueules de fauves affamés
et de ceux qui sont encore vivants et qui hurlent dans les entrailles de la Terre

1

Stockholm, 2014

Une chaleur infernale règne dans l'ancien atelier naval.

Sur la piste de danse exiguë, dans l'atmosphère saturée d'humidité, la bière séchée colle sous les semelles.

Le local est dépourvu de fenêtres, tout le monde ignore que les premiers rayons du soleil se sont levés sur les murs de brique décrépits. Ici, il n'y a d'heure ni de fermeture ni de dernière tournée au bar. L'organisateur laisse durer la fête tant qu'il estime que cela en vaut la peine – ou bien jusqu'à l'arrivée de la police. C'est un agréable lundi matin de juin, mais les anges de la nuit de Stockholm font battre leurs ailes.

Le DJ fait monter l'ambiance en accélérant peu à peu le rythme des basses. Les danseurs répondent par des cris de joie et la température augmente d'un cran.

Au milieu de la piste, un jeune homme a lancé sa chemise. Il danse avec assurance, sans se soucier de ce que pensent les autres. Lorsqu'il repousse les longues mèches blondes collées sur son front, plusieurs femmes tournent leurs regards vers lui. Elles détaillent son visage, puis son torse athlétique et imberbe. Elles semblent apprécier ce qu'elles voient.

Deux d'entre elles tentent avec insistance de capter son regard. Elles ont la vingtaine. L'une est blonde avec une coupe au carré, l'autre a de longs cheveux bruns. Toutes deux portent des robes moulantes ultra-courtes.

Elles échangent des commentaires discrets sur ces lèvres pulpeuses et ce nez volontaire et aquilin. Il leur retourne quelques coups d'œil furtifs. Rien de plus. Pour l'instant, il a juste envie de danser. De bouger son corps sur la musique et de vider son cerveau de toute pensée, de toute émotion.

Soudain, son visage se fend d'un large sourire et ses yeux reprennent vie. Il fait quelques pas, se prend les pieds dans un câble, mais parvient à se rétablir et s'approche de la brune. L'espace d'une seconde, elle semble hésiter sur ce qu'elle va lui dire avant d'être tirée en arrière et écartée par une armoire à glace en chemise noire qui vient de surgir dans son dos. Les deux hommes lèvent le bras et se tapent dans la main. Puis ils se donnent une accolade et le grand baraqué dit quelque chose à l'oreille du blond qui hoche la tête avant de quitter la piste de danse.

*

Dans les toilettes des hommes, l'urinoir rongé par la rouille empeste et la faïence des murs est couverte de graffitis, d'autocollants publicitaires faisant la promotion de discothèques clandestines et d'autres endroits obscurs.

Une fois la porte fermée, la musique est suffisamment étouffée pour qu'ils n'aient plus besoin de se crier dans les oreilles. Le blond pose ses mains sur les épaules massives de son ami et le secoue légèrement.

« Putain, Abdula, qu'est-ce que tu foutais ? Je commençais à me dire que tu ne viendrais pas.

— Les affaires. Tu sais ce que c'est. »

Zack consulte sa montre.

« Tu fais des heures sup, maintenant ? »

Abdula sourit.

« Afin de fournir à mon très cher ami de la marchandise de première qualité, dit-il avant d'ouvrir la porte d'une des cabines de toilettes et d'effectuer une courbette. Après vous, monsieur Herry. »

L'abattant est lacéré de coups de lames de couteau. Abdula renverse dessus le contenu d'un petit sachet transparent, puis se met à le hacher à l'aide d'une carte Visa argentée de chez Nordea. Zack jette machinalement un œil à la carte.

KHAN, ABDULAH peut-on lire au-dessous du numéro à seize chiffres.

Il sait que le prénom et le nom de famille de son ami s'écrivent autrement, mais les services fiscaux ont réussi l'exploit de se tromper dans l'orthographe des deux lorsque la famille Kahn a débarqué en Suède en 1993. Abdula a bien tenté de leur faire corriger leur erreur, de nombreuses années plus tard, et l'administration était d'ailleurs disposée à le faire, mais seulement en échange de plusieurs milliers de couronnes. Aussi a-t-il dû se résoudre à conserver son nom mal orthographié.

« Voilà. Régale-toi », dit-il en tendant une paille rose à Zack.

Zack considère son ami d'un air interloqué.

« Qu'est-ce que c'est que ce truc ? Tu te fournis chez McDonald's ?

— Ce n'est pas une paille McDo. Elles sont trop longues et fines. Celle-ci vient du bar à milk-shakes qui vient d'ouvrir sur la place Mariatorget.

— Quand même, merde. Pourquoi une paille ? Et rose en plus de ça ? Qu'est-ce que tu as fait du petit tube chromé que tu trimbalais avec toi ? demande Zack sur un ton sarcastique.

— C'est à cause des flics, répond Abdula avec un clin d'œil. Quand ils te fouillent et qu'ils trouvent un tube comme ça dans ta poche, ils s'imaginent tout de suite des tas de trucs, même si tu es clean.

— Ouais, ouais. C'est ça », fait Zack en s'emparant de la paille.

Il se penche, la place juste sous sa narine droite et se met à aspirer une ligne.

Ils restent assis un moment dans le fond de l'étroite cabine à se regarder pendant que la cocaïne fait effet.

Ils retrouvent peu à peu leurs esprits. Leurs yeux s'illuminent.

Zack fixe Abdula. Il a de nombreuses connaissances, mais un seul véritable ami. Ils ont vécu tellement de choses ensemble. Des années de folie, d'adversité, de combat incessant. Et d'amour fraternel.

*

De retour sur la piste de danse. Leurs poumons pompent à plein régime dans la chaleur étouffante. La limite entre la panique et l'extase finit par s'estomper.

Cette sensation de béatitude électrise Zack alors que la sueur ruisselle sur sa poitrine. Deux jeunes femmes dansent près d'eux. La blonde et la brune. Épaule contre épaule. Cuisse contre cuisse. La musique pulse. Nouvelle visite aux toilettes. À quatre dans la cabine minuscule. La carte Visa claque comme un hachoir sur l'abattant de la cuvette. Les jeunes femmes gloussent. Aspirent les premières lignes. Leurs petits hauts décolletés ne dissimulent quasiment plus rien lorsqu'elles se penchent. Elles renversent la tête en arrière d'un mouvement brusque, faisant ondoyer leurs cheveux, puis portent instinctivement la main à leurs narines. Elles se lèvent. Leurs corps sont serrés dans cet espace confiné. Leurs lèvres se frôlent. Puis leurs langues.

*

« Il t'avait embrassée avec la langue ? »

Les trois femmes asiatiques assises dans le canapé étouffent un rire. Le whisky Mekong commence à faire de l'effet et l'ambiance, dans l'appartement, est maintenant beaucoup plus détendue.

« Comme tu es curieuse ! Je ne répondrai pas à cette question », fait la jeune femme assise à genoux sur un coussin de l'autre côté de la table basse. Mais elle est trahie par son sourire gêné.

« Voyons, Mi Mi, tu n'as que dix-huit ans », la tance la plus âgée sur un ton faussement scandalisé. Les deux autres partent d'un nouvel éclat de rire.

« Ou tu n'avais peut-être encore que dix-sept ans à l'époque ?

— Non, j'avais déjà fêté mon anniversaire. C'était au mois d'octobre. Le 16 pour être précise », répond la jeune d'un air nostalgique.

Sur la table, quatre bougies flottantes s'entrechoquent dans un saladier rempli d'eau et éclairent de leur lueur vacillante la tapisserie ocre. L'odeur du dîner est toujours perceptible dans la pièce : un léger parfum de coriandre, de piment, de riz et de poisson séché.

Elles ont terminé leur dernier sachet de chips et presque vidé leur bouteille de Mekong ainsi que leurs deux litres de Coca-Cola.

Elles sont fatiguées, leurs corps sont douloureux. Elles devraient déjà être au lit, mais c'est tellement agréable de veiller tard et de se détendre un peu. Elles parlent surtout du pays, des terribles inondations qui ont ravagé un grand nombre de localités qu'elles connaissent, de leurs enfants qui sont restés auprès de leurs grands-parents.

En même temps, c'est tellement douloureux d'évoquer la famille. Elles sont si loin de chez elles. Cela fait du bien de pouvoir taquiner une gamine de dix-huit ans à propos de ses chagrins d'amour.

Daw Mya, qui est âgée de quarante-trois ans, se penche pour remplir son verre. Un fond de whisky noyé dans une bonne dose de Coca. Elle se tourne vers Mi Mi.

« L'experte des baisers avec la langue désire-t-elle un autre verre ? »

Mi Mi rougit tandis que ses camarades rient aux éclats. Elle repense à cette soirée au bord du fleuve. Au corps à la fois doux et ferme de Yan Naing. À la chaleur de la nuit qui les enveloppait. À ses lèvres et sa langue encore plus chaudes et humides que la pluie le premier jour de la mousson.

*

Les rires étouffés des trois femmes s'échappent dans la nuit estivale par la fenêtre entrebâillée du salon. Dans la rue, un homme solitaire marche sur le trottoir d'un pas décidé. Il lève furtivement les yeux vers la fenêtre avant de couper par l'aire de jeu en direction de la porte du bâtiment.

Une vieille balançoire oscille lentement au bout de ses chaînes. Dans le bac à sable au cadre en bois vermoulu scintillent des tessons de bouteille.

L'immeuble est aussi massif et inhospitalier qu'un bunker en béton armé. Identique aux autres immeubles du quartier. Mêmes façades en brique beige, mêmes balcons gris sombre ornés de paraboles.

L'ascenseur est hors service, mais l'homme aurait opté pour l'escalier, de toute façon. Discrétion oblige.

Dans un des appartements, un chien aboie sans discontinuer. Au troisième étage, un sac-poubelle abandonné devant une porte dégage une puanteur de poisson putréfié qui a envahi toute la cage d'escalier. Il poursuit son ascension et s'arrête devant une porte taguée à la bombe en lettres noires : À MORT TOUS LES NÉGROS. Rien d'autre. Ni numéro d'appartement ni nom, juste les restes poisseux d'une étiquette arrachée au-dessus de la fente de la boîte aux lettres.

Il actionne la poignée avec précaution, s'attend à ce que la porte soit verrouillée, mais, à sa grande surprise, celle-ci s'ouvre lentement.

Mi Mi se fige en voyant l'homme pénétrer dans la pièce un pistolet à la main. Elle a envie de crier mais aucun son ne sort de sa bouche et, quand elle comprend qu'il est trop tard, que c'est fini, des souvenirs se mettent à défiler dans sa tête. Le clapotis de l'eau et leurs rires quand elle se baignait dans le fleuve Gyaing avec sa cousine Myat Noe ; la première fois qu'elle s'était rendue au grand marché de Pa-An ; le jour pluvieux de son examen ; les mains ridées de sa grand-mère dans ses cheveux ; les doigts de Yan Naing sur son corps et ses yeux rieurs ; son regard qu'elle voudrait ne jamais oublier.

Et puis la lumière des lampadaires filtrant par-dessous la bâche du camion quand, en sanglots, elle a quitté le camp et sa famille.

Et Yan Naing, encore.

Elle est mal installée et serrée contre des inconnus. Les lumières défilent de plus en plus vite.

*

Tout à coup, il ne supporte plus la lumière du stroboscope. La sensation de légèreté procurée par la cocaïne s'est dissipée et Zack commence à se sentir oppressé. Une overdose de corps, de sueur, de désirs. Il s'empresse de dire au revoir à Abdula, se fraie un passage à travers la piste de danse et dévale l'escalier qui mène à la porte en acier. Un vigile aux biceps gonflés aux stéroïdes la referme derrière lui, la musique n'est plus qu'un vague battement sourd. Il sort dans le matin estival, prend la direction du centre-ville. Une brise légère caresse son visage et sa poitrine nue, lui donnant la chair de poule. Tout à coup, il se rend compte que sa chemise doit toujours être accrochée sur une balustrade à l'intérieur de la boîte.

Il hésite brièvement. Doit-il retourner la chercher dans ce chaudron bouillant et suffocant ?

Il considère l'imposant bâtiment qu'il vient de quitter et qui se dresse tel un colosse, vestige d'une époque disparue qui refuse de tirer sa révérence. Qui refuse d'admettre que l'ère de l'industrie lourde est définitivement révolue.

Les grandes lettres sur le mur sont presque totalement effacées, mais on en distingue toujours les contours.

HERALDUS.

Zack se demande pourquoi le puissant groupe industriel a laissé ce bâtiment tomber en ruine au lieu de l'abattre comme les autres. En souvenir du passé, peut-être ? Ou d'un échec à ne pas oublier.

Peut-être doit-on tout simplement y voir un témoignage de la capacité d'adaptation légendaire du consortium : il n'y a plus rien à gratter ici ? Très bien. Dans, ce cas, allons chercher fortune ailleurs.

Le battement sourd des basses fait vibrer les fenêtres des étages supérieurs. Zack se demande si la direction du groupe sait que son ancien atelier abrite désormais une boîte de nuit clandestine.

Finalement, il tourne les talons et reprend sa route. Tant pis pour sa chemise.

De minces filets de vapeur s'échappent du bitume réchauffé par le soleil du matin. Derrière les joncs, la mer est calme. De l'autre côté du bassin se dressent les rangées d'entrepôts en bois. Rénovés afin d'abriter de luxueux appartements avec des baies vitrées panoramiques donnant directement sur la mer. Au pied de ces habitations, des bateaux à moteur blancs sont amarrés aux quais.

Qui peut bien vivre ici ? s'interroge-t-il. Des rock stars ? Des joueurs de hockey de retour au bercail après une carrière au Canada ?

Non, sans doute plutôt des gens de pouvoir. De riches familles dont la rapacité et l'absence de scrupules se sont transmises de génération en génération. Des familles qui, comme les Wallenberg, n'ont pas hésité à commercer avec les nazis.

Enfoirés.

Huit minutes plus tard, il est assis à l'arrière d'un taxi, le front appuyé contre la portière, à bout de forces. Le murmure monotone des roues sur le bitume a un effet soporifique.

Sur leur route, ils croisent plusieurs véhicules de police. Des bâtiments ternes défilent, aussi comprimés les uns contre les autres que les danseurs sur la piste de la discothèque. Semblables à l'immeuble dans lequel il a lui-même grandi. Des lieux anonymes. Gris. Pour ceux qui n'ont pas leur place dans la société.

Ceux qu'il faut bien loger quelque part.

Mais le plus à l'écart possible.

Comme son père et lui.

Il avait six ans quand ils avaient quitté Kungsholmen pour Bredäng. Il se souvient de son père et de ses tentatives pour faire de ce déménagement un événement excitant. Après tout, ils habiteraient maintenant en haut d'une tour d'où la vue portait loin.

« Même les étoiles nous paraîtront plus proches, avait-il dit. Et tu te feras plein de nouveaux copains. »

Dès le deuxième jour, Zack s'était fait rosser dans la cour. Il avait prétendu s'être pris un ballon en pleine tête en jouant au football. Puis il avait demandé :

« Papa, pourquoi on est venus habiter ici ? »

Mais il connaissait déjà la réponse.

Parce que sa mère était morte.

Il se rappelle encore comment son père avait tenté de se justifier. Il lui avait parlé d'argent. Sur le coup, Zack n'avait pas tout compris, mais il avait retenu l'essentiel. Désormais, ils n'avaient plus les moyens de demeurer en centre-ville.

C'était un luxe réservé aux riches.

Puis le béton s'efface devant la verdure. La forêt borde maintenant la route des deux côtés et il voit scintiller la mer entre les arbres. À Kvarnholmen, ils contournent l'immense complexe d'immeubles de Henriksdalsringen perché sur la colline. Puis ils franchissent le pont de Södermalm. Passent devant le quai de Stadsgård où des ferries à destination de la Finlande attendent leur prochain chargement de voyageurs désireux de profiter un peu d'un luxe bon marché et de tromper leurs femmes. Ils traversent ensuite Slussen, empruntent le pont de Skeppsbron et arrivent dans Gamla Stan. Les eaux miroitent de toutes parts, les habitations surgissent de derrière les rochers tel un mirage.

Le taxi dispose de la chaussée pour lui tout seul et le centre-ville est traversé en un éclair. Les voilà maintenant à Östermalm, où se dressent les imposantes bâtisses en pierre des vieilles fortunes du pays. Zack sent son estomac se nouer, comme toujours quand il passe à cet endroit.

Près de Humlegården, le taxi s'engage dans une impasse et s'arrête devant un bâtiment pompeux de la fin du dix-neuvième siècle. Les murs sont peints en blanc et une grille en fer forgé en protège l'accès. Zack tend quelques billets de cent couronnes froissés au chauffeur et s'extirpe tant bien que mal de la voiture. Le portillon s'ouvre sans un bruit. Il le referme derrière lui, remonte l'allée pavée bordée de gazon parfaitement entretenu et pousse la lourde porte en chêne. Il n'y a pas de digicode à l'entrée. Cela le fascinera toujours. Quelle aubaine pour les SDF, surtout l'hiver.

Régulièrement, il envisage de faire courir la rumeur et s'amuse à imaginer ces braves gens en costume avec leurs serviettes en cuir à la main contraints d'enjamber des ivrognes endormis dans le passage, ou de regarder où ils posent les pieds pour éviter les flaques de vomi et d'urine tandis qu'ils se rendent au travail le matin. Une piqûre de rappel à la réalité de ce monde.

Il ouvre la grille du vieil ascenseur, s'assied sur le siège en cuir vert et se laisse conduire au sixième et dernier étage. Il n'y a que deux portes sur le palier. L'une mène au grenier. Il sonne à l'autre.

Une brune d'une trentaine d'années lui ouvre. Elle a les cheveux en bataille et porte des lunettes à monture d'acier ainsi qu'une robe de chambre en soie noire.

Mera Leosson.

Elle incline légèrement la tête sur le côté tandis qu'elle le dévisage avec assurance.

Elle s'avance vers lui et lui donne un baiser fougueux qu'elle ponctue d'une petite morsure à la lèvre inférieure. Puis elle lui prend la main et l'entraîne dans le vestibule où sont exposées des œuvres des Américains Richard Aldrich, Justin Lieberman et Gerald Davis. Zack apprécie les tableaux déjantés de Davis, de vrais miroirs de tous les désirs que peut éprouver un être humain. Et il sait à quel point Mera est fière de ses toiles.

Ils traversent ensuite le séjour, savant mélange de meubles du dix-huitième siècle, de design danois et de peintures contemporaines, et finissent par arriver dans la chambre où se situe le clou du spectacle : un lit sur mesure qui a dû coûter environ l'équivalent d'une année de salaire de Zack.

Mera enlève ses lunettes, ouvre en grand sa robe de chambre et le renverse sur le lit.

*

La tête de la femme heurte le sol avec fracas. La moitié du visage de Mi Mi a été emportée. La femme assise près d'elle a des morceaux de cervelle plein la bouche et n'est plus en mesure de crier.

L'homme presse à nouveau la détente. L'arme est équipée d'un silencieux et la détonation sonne davantage comme un coup de poing dans un sac de frappe que comme un coup de feu. L'homme ressent le recul du pistolet dans son bras et une autre femme est projetée en arrière, frappée en pleine poitrine.

Deux des Asiatiques gisent sur le sol, la troisième sur le canapé.

Plus qu'une.

La vieille sorcière.

Sait-elle à quel point elle est répugnante ?

Ces putains n'auraient jamais dû le prendre de haut. Mais les femmes sont toutes les mêmes, il faut toujours qu'elles la ramènent et qu'elles essaient de s'imposer. Et parfois, il arrive que l'on soit obligé de leur lâcher un peu la bride, du moins en apparence.

Mais pas là.

Pas maintenant.

Ici, il n'y a pas de place pour ces saletés.

Elle continue de crier des paroles qu'il ne comprend pas, les yeux rivés sur lui, et secoue ses mains jointes devant elle comme dans une prière extatique.

Croit-elle que cela peut la sauver ?

*

Elle est allongée sur le dos et il parcourt son corps avec sa langue et ses doigts. Sa peau est chaude et moite.

Il ferme les yeux. Les muscles de Mera se tendent.

Il la retourne sur le ventre.

L'embrasse dans la nuque.

Lui écarte les jambes.

La pénètre profondément.

Mais elle le trouve trop délicat à son goût.

Elle se cambre. Se frotte contre lui. De plus en plus fort.

Jusqu'à la douleur.

Car c'est ce que désire Mera. Qu'il lui fasse mal.

Elle se met à hurler quand la première vague de plaisir la submerge. Zack s'appuie sur ses bras, pose ses doigts en éventail sur le drap. Il la plaque contre son bas-ventre. Se déchaîne sur elle. Il va bientôt jouir.

Leurs corps s'entrechoquent.

Il ferme les yeux.

Non.

Pas encore. Il n'a pas envie de voir ces images maintenant. Ce n'est pas le moment. Ses cheveux blonds et son visage sur les photos en noir et blanc. Elle est allongée par terre. Sous la pointe de son menton, une entaille béante et sombre.

Un couteau ensanglanté fend l'air, une balle siffle, des gueules de loups écumantes surgissent des ténèbres. Tout explose.

Puis c'est fini.

Mais ce n'est jamais vraiment fini. Les ténèbres sont sans limites. Désormais, la chevelure blonde de sa mère n'est plus là pour les éclairer.

Il rouvre les yeux et voit une femme qui lui sourit et le fixe de ses yeux clairs.

Il se laisse tomber à côté d'elle. Pousse un long soupir.

Elle passe une de ses longues jambes autour de sa taille et lui chuchote à l'oreille :

« Zack Herry, Zack Herry, Zack Herry. »

2

Le colosse de béton de Kungsholmsgatan semble implorer Zack du regard.

C'est un immense bâtiment gris. D'une laideur presque inconcevable. Comme sorti du cerveau d'un architecte sadique dont le principal objectif aurait été d'effrayer les futurs passants.

Ou comme une prison, songe-t-il. *Pour ceux qui sont à l'intérieur, mais pas seulement. Pour tout le monde. Des gens sont emprisonnés dedans, enfermés dans leurs carrières. Leur travail est devenu une drogue. Ils le détestent mais sont incapables de s'en priver. Ils n'ont nulle part ailleurs où se réfugier.*

Il bâille au moment où il pousse la porte de l'hôtel de police de Norrmalm. La douce brise estivale laisse soudain place à un air renfermé et puant, typique d'un lundi matin. Derrière la vitre blindée de la réception, des policiers avec des chemises d'uniforme bleues sont assis. Une femme d'une quarantaine d'années lui adresse un sourire chaleureux et lui souhaite une bonne journée. Elle semble presque intimidée lorsqu'il lui rend son sourire. Les regards de ses collègues masculins, en revanche, n'expriment que de la froideur. Zack est plus jeune qu'eux, mais il les a déjà largement dépassés en grade.

Il plaque sa carte magnétique contre le lecteur et franchit le sas de sécurité. Le sol en linoléum est élimé, la peinture du plafond écaillée. La vétusté des lieux témoigne de l'indifférence des autorités et de la baisse constante des budgets alloués à la police.

Une fois dans le vestiaire minuscule et dépourvu de fenêtres, il retire sa veste à capuche. Enfin la veste de Mera, blanche avec des motifs roses. Il n'a aucune idée du prix qu'elle a coûté, mais il se doute que ce n'était pas donné. Dans la garde-robe de Mera, rares sont les vêtements qui valent moins de mille couronnes.

Elle gagne presque quatre fois plus que lui. Pourtant, à l'écouter, ce n'est toujours pas assez. Elle a de hautes prétentions et en veut toujours davantage.

Son père, Allan Bergenskjöld, est le gérant du supermarché ICA Maxi de Nacka et son salaire annuel s'élève à plusieurs millions de couronnes.

Il est extrêmement fier de sa fille et Zack sait qu'il ne l'aurait jamais accepté en tant que son petit copain si deux petites frappes d'Alby dopées aux anxiolytiques n'avaient pas tenté de dévaliser son magasin un soir de printemps, deux ans plus tôt.

Zack et son collègue Benny Christiansen venaient de terminer leur service après être intervenus sur un accident de la circulation quand on les avait informés que des coups de feu avaient été tirés dans le supermarché du coin.

La première chose qu'ils avaient vue en arrivant sur place, c'était un jeune employé étendu sur le sol, au rayon boucherie, une blessure par balle à l'épaule.

Puis ils avaient entendu un gémissement de douleur en provenance du bureau.

Zack s'était approché discrètement de la porte et avait entendu un homme dire :

« Maintenant, tu vas nous ouvrir ce putain de coffre, le vieux. Sinon, on te casse encore un doigt ! »

Zack avait vu la silhouette longiligne du gérant à genoux devant un coffre-fort mural.

De ses doigts tremblants, il s'était mis à taper les six chiffres du code sur le petit clavier tandis que les malfaiteurs tournaient en rond nerveusement derrière lui. Ils étaient cagoulés et l'un d'eux serrait un Glock dans son poing.

« Magne-toi, putain ! »

Zack avait commencé par l'homme armé. Il lui avait asséné un coup de pied à la tempe si violent qu'il était allé s'écraser contre une étagère remplie de livres de comptes avant de s'écrouler, inconscient.

Son compère s'était retourné juste à temps pour recevoir la semelle de la botte gauche de Zack dans la mâchoire.

Il avait atterri sur la moquette maculée de taches de café. Il avait ensuite poussé un cri et tenté de se relever, mais Zack l'avait à nouveau frappé au visage avant de le renverser sur le ventre et de lui passer les menottes.

Le gérant avait observé la scène en silence, comme fasciné par le calme et l'efficacité dont Zack avait fait preuve pour neutraliser le malfrat. Il n'avait même pas semblé remarquer que Benny avait débarqué à son tour et menotté le type qui gisait, KO, parmi ses livres de comptes.

Plus tard, pour remercier Zack, Bergenskjöld l'avait convié à dîner dans sa villa de Djursholm, et c'était à cette occasion qu'il avait fait la connaissance de Mera.

Tout d'abord, il avait éprouvé à son égard une certaine aversion. Trop riche, trop pomponnée, trop froide.

Trop différente de ce qu'il était.

Naturellement, il s'était imaginé qu'elle était entretenue par sa famille. Mais à mesure que la soirée avançait, il s'était aperçu qu'il s'était trompé sur son compte.

Certes, elle occupait un appartement situé dans un bâtiment que possédait son père, mais elle avait bâti toute seule sa carrière. Mera refusait de marcher sur ses pas et était même allée jusqu'à prendre le nom de jeune fille de sa mère, renonçant ainsi à celui de Bergenskjöld et à tous les privilèges qui y étaient liés. C'était une femme de caractère, indépendante, et Zack avait vite été séduit par son sens de la repartie.

Le lendemain soir, ils s'étaient revus, et Zack n'était pas retourné à son appartement de toute la semaine.

*

Il sourit à ce souvenir, tandis qu'il décroche un T-shirt en coton à col V pendu à un cintre dans son placard entre un blouson en cuir et un jean Acne. Il l'enfile.

Puis il s'empare du blouson et le jette sur son épaule.

C'est Mera qui le lui a offert pour son vingt-septième anniversaire. Un modèle près du corps, noir et griffé Rick Owens, une marque de luxe dont il n'avait jamais entendu parler.

Il monte dans l'ascenseur et appuie sur le bouton du sixième étage. Il s'adosse à la paroi en acier et ferme les yeux. Au moment où l'ascenseur s'arrête brusquement, il a l'impression que son estomac lui remonte dans la gorge. Il passe sa carte magnétique devant un deuxième lecteur. UNITÉ SPÉCIALE, peut-on lire, en grandes capitales noires, sur la porte.

Un open space s'étend devant lui. La climatisation y est plus efficace que dans le hall d'entrée, le plafond plus haut et les ordinateurs plus modernes. Des tables de travail avec des plateaux en bouleau. Des chaises pivotantes flambant neuves pourvues de confortables dossiers en cuir tressé.

Zack aperçoit le dos de Niklas Svensson au moment où celui-ci disparaît à l'angle d'un mur. Le bureau est désert. Il se rend directement à la machine à café. Il sélectionne d'abord un expresso. Ensuite, un café noir ordinaire, extra-fort. Le tout dans la même tasse.

Il espère que cela suffira à le maintenir éveillé.

Dans la salle de réunion, le noyau dur de l'équipe est déjà rassemblé. Niklas Svensson, Deniz Akin, Sirpa Hemälainen et Rudolf

Gräns. Chacun est assis à sa place habituelle, mais Zack trouve qu'ils le regardent bizarrement.

Comme s'ils savaient ce qu'il avait fait cette nuit.

« Bonjour », les salue-t-il en s'installant à côté de Deniz.

Elle lève les yeux de son téléphone avec un regard qui signifie qu'il doit s'attendre à tout sauf à une bonne journée.

« Tout va bien, Zack ? s'enquiert-elle avant de se remettre à parcourir les pages de sites d'information.

— Ça va », répond-il en scrutant ses autres collègues.

Même Sirpa est concentrée sur son smartphone, tandis que Rudolf et Niklas discutent à voix basse d'une opération de police qui a eu lieu pendant la nuit.

« Huit patrouilles plus les forces d'intervention, dit Niklas. On se serait crus revenus à la grande époque des raves.

— Où avait lieu cette fête, exactement ? demande Rudolf en rectifiant ses lunettes noires.

— Dans un vieil entrepôt. Apparemment, le bâtiment appartient à Heraldus. Ça pourrait faire un beau scandale dans la presse, d'après moi. »

Zack repense aux immenses lettres à moitié effacées sur la façade du vieil atelier de construction navale et un frisson glacial lui parcourt soudain l'échine.

Merde. Une descente aurait-elle été menée dans la discothèque clandestine où il a passé la nuit ? Il était déjà tard quand il est parti, cela avait dû se passer juste après. Mais pourquoi ? C'était une fête plutôt bon enfant. Ils ont sans doute été rancardés par des mouchards ou des collègues infiltrés.

Dans ce cas, on l'a sans doute vu. Et maintenant, tout le monde est au courant.

« Ils ont embarqué quinze personnes. Mais la plupart ont déjà été relâchées », ajoute Niklas.

Abdula figure-t-il parmi les quinze personnes interpellées ? Combien de grammes avait-il sur lui ? Bordel, bordel, bordel.

Zack voudrait pouvoir se lever, quitter la pièce et passer un coup de fil à son ami. Mais ce n'est pas possible. Pas maintenant, pas ici et pas depuis ce téléphone.

Son cœur s'emballe. Il prend de grandes inspirations en s'efforçant de paraître le plus calme possible, puis se tourne vers Niklas.

« C'était quand ? lui demande-t-il sur un ton anodin.

— Cette nuit. Enfin, plutôt ce matin. Vers cinq heures, si j'ai bien compris. »

Le regard de Niklas s'attarde sur Zack une seconde de trop.

« Mais dis-moi, toi qui as l'habitude de sortir, le week-end, tu connais peut-être cet endroit ?

— Oh, tu sais, les raves illégales, ce n'est pas vraiment mon truc. En général, les barmans sont à chier dans ces soirées. À moins d'aimer la bière tiède, les boissons énergisantes ou l'alcool de contrebande. »

Sirpa se mêle à leur conversation :

« Pourtant, on pourrait croire que tu as passé la nuit là-bas. Tu as une de ces têtes. »

Sirpa, leur génie de l'informatique. Toujours aussi directe. D'habitude, Zack apprécie beaucoup son humour froid, mais là, il n'est pas d'humeur.

Ça se voit tant que ça que je n'ai pas dormi ? Ou bien aurait-elle eu vent de quelque chose ?

Il lui adresse un sourire.

« Je n'ai pas pu fermer l'œil de la nuit. Je n'arrêtais pas de penser à toi, tu comprends ?

— Mon pauvre. Tu fais des cauchemars ? » réplique Sirpa, déclenchant l'hilarité autour de la table. Même Zack se laisse aller à rire.

Au même moment, Douglas entre dans la pièce. Les semelles rigides de ses chaussures claquent sur le sol.

« Bonjour à tous ! »

Le ton formel de sa voix et l'excès de politesse dont il fait preuve pour les saluer ont le don d'agacer Zack. On dirait qu'il s'adresse à de parfaits étrangers.

Zack n'a jamais connu une personne plus consciente de son rôle de chef que Douglas. Cet homme pourrait diriger n'importe quelle grande société cotée en Bourse. Bien bâti. Toujours rasé de près et tiré à quatre épingles. Pas un cheveu gris malgré ses quarante-neuf ans.

Aujourd'hui, Douglas porte un costume en lin de couleur beige, probablement acheté chez A. W. Bauer & Co, son tailleur officiel. Et aussi celui des Wallenberg, du prince Daniel et de quelques milliardaires tels que Robert Weil.

Zack ne comprendra jamais comment on peut investir trente mille couronnes dans un costume.

Mais il faut dire que Douglas a les moyens. Il dispose d'une fortune. Son arrière-grand-père paternel était le fondateur de plusieurs sociétés de construction mécanique dans la vallée du Mälar. Dont certaines sont encore en activité et prospèrent, même, avec des usines en Lituanie, en Pologne, en Chine ou au Kenya.

Zack n'a jamais obtenu d'explication claire sur les raisons qui ont poussé Douglas à rejoindre la police plutôt que le conseil d'administration du groupe familial. « Il voulait voler de ses propres ailes » ou « Pour défier son père », lui a-t-on dit.

Douglas s'assied en bout de table, dos à la porte, passe une main dans ses cheveux blonds bouclés et tend le bras pour s'emparer de documents en émettant le raclement de gorge qui précède chacune de ses prises de parole.

« Je viens d'apprendre que notre unité ne sera pas concernée par le plan de restructuration de la police criminelle. Même si nous nous y attendions, cela fait toujours plaisir à entendre. »

Douglas entame presque toujours ses réunions en les informant des dernières nouvelles en provenance d'en haut.

« Oui, cette éternelle restructuration », souffle-t-il en récoltant des soupirs d'approbation en retour.

Je m'en tape, songe Zack dont la tête est sur le point d'exploser de fatigue, obsédé par la pensée qu'Abdula est peut-être en garde à vue au même moment.

Qu'est-ce qui s'est passé, là-bas ? Quelqu'un m'a-t-il reconnu ?

Mieux vaut penser à autre chose pour l'instant. Il essaie de se concentrer sur Douglas qui passe au point suivant de son ordre du jour.

« Les peines dans l'affaire du réseau de trafic d'armes de Västerås sont enfin tombées. J'imagine que vous êtes au courant ? »

Les autres acquiescent. C'était l'une des premières affaires sur lesquelles leur unité avait travaillé. Cela avait commencé par la découverte, en différents endroits du pays et sur une courte période, de quatorze copies de kalachnikovs d'excellente qualité. La police redoutait de voir ces fusils d'assaut déferler sur le territoire et l'unité spéciale avait reçu pour mission d'identifier et de démanteler la filière.

Zack et ses collègues étaient parvenus à remonter jusqu'à une usine d'armement clandestine située au fin fond de la campagne dans le nord-ouest du Pakistan. Ils avaient même intercepté un container avec cent soixante-trois armes automatiques dans le port de Göteborg et arrêté trois individus suspectés d'être à la tête du réseau.

Durant cette opération, Zack avait également sauvé la vie de quatre policiers, ce qui lui avait valu une décoration. Et, par la même occasion, de voir sa tête mise à prix sur un site islamiste.

« Comme d'habitude, ils ont écopé de condamnations ridicules, poursuit Douglas. Six mois, un an et trois ans. Si l'on peut appeler cela des condamnations.

— On les a quand même eus, dit Deniz. Ces salopards sont hors-jeu pour un moment et leur réseau démantelé, c'est le principal. »

Deniz Akin, l'exact opposé de Douglas. Énergique, brutale et directe. Mieux vaut ne pas se trouver en travers de son chemin.

Zack la considère un instant. Ils font généralement équipe

ensemble et il apprécie de l'avoir comme partenaire, bien qu'il préfère travailler en solo, être responsable de sa seule personne quand les choses dégénèrent. Même s'il doit bien admettre que sa collègue n'a besoin de personne pour veiller sur elle.

Deniz a trente-cinq ans et Zack la trouve plutôt belle avec ses longs cheveux noirs et le tatouage qu'elle arbore sur son bras droit. Un condor survolant une vague qui se brise.

De temps en temps, il se dit qu'il devrait peut-être lui signaler l'incohérence du motif. Les condors vivent à plusieurs milliers de mètres d'altitude dans la cordillère des Andes, pas sur la côte. Mais il l'aime trop pour lui faire de la peine. En plus, si Deniz était un condor, nul doute qu'elle quitterait les montagnes pour rejoindre la mer.

D'ailleurs, c'était peut-être à cela qu'elle avait pensé au moment de se faire tatouer ?

Zack n'oubliera jamais cette nuit d'automne pluvieuse, quelques mois plus tôt, au cours d'une planque interminable, où Deniz s'était pour la première fois confiée à lui à propos de son passé.

De sa fuite du Kurdistan.

Elle avait douze ans quand, un soir, elle avait assisté à une scène qu'elle n'aurait jamais dû voir. Qu'elle n'oublierait jamais, bien qu'elle eût préféré.

Sa meilleure amie, Jasmina, qui était promise depuis sa naissance à un de ses cousins, était tombée amoureuse d'un garçon de la ville voisine. La rumeur disait qu'ils s'étaient donné rendez-vous dans une grange abandonnée.

La cause officielle de sa mort était le suicide par immolation. Jasmina n'ayant pas pu supporter la honte qu'elle faisait peser sur sa famille, elle s'était tuée.

Sauf que Deniz connaissait la vérité. Assise derrière un rocher, elle avait vu les quatre frères de Jasmina l'encercler, asperger ses vêtements d'essence et craquer une allumette.

Elle avait décidé de fuir la nuit même. En emmenant son petit frère âgé de cinq ans.

Elle aurait avancé beaucoup plus vite si elle avait été seule, mais elle tenait absolument à sauver Sarkawt. Elle ne voulait pas qu'il devienne comme l'un de ces monstres qui avaient assassiné leur propre sœur.

Dans la montagne, ils avaient été pris en chasse par une meute de loups. Leurs hurlements, répercutés par les parois rocheuses, semblaient venir de partout à la fois. Ils s'étaient réfugiés dans une grotte et s'étaient faufilés par un goulet si étroit que les bêtes n'avaient pu les suivre.

Ils avaient attendu une journée entière dans le noir, tandis que les loups affamés montaient la garde à quelques mètres d'eux.

Elle avait volé pour la première fois de sa vie. De la nourriture et de l'argent. Ils avaient ensuite été pris en stop par des marchands et, enfin, avaient rencontré des passeurs en route pour la Grèce. Elle leur avait donné tout le liquide qu'elle possédait. Après plusieurs centaines de kilomètres dans un camion, sur des chemins défoncés, ils avaient franchi la frontière par une nuit sans lune. Il faisait un noir d'encre. Elle avait porté Sarkawt sur son dos et mis une main devant ses yeux pour qu'il ne voie pas les cadavres putréfiés et boursouflés de réfugiés qui s'étaient noyés en tentant de franchir le cours gelé de la Marica.

Les passeurs l'avaient laissée seule dans la campagne grecque. Sans un sou ni de quoi manger, et avec un petit bonhomme à moitié mort de faim qui serrait sa main bien fort.

Deniz a connu le pire. Elle sait ce que signifient les expressions « manger ou être mangé » et « lutter ou mourir ».

Zack se demande comment elle réagirait s'il lui confiait ses propres secrets.

Douglas continue de parler des juges et des peines prononcées, puis mentionne les noms de quelques voyous qui s'apprêtent à être relâchés, dont deux membres du Red and White Crew, une organisation affiliée aux Hell's Angels, soupçonnés d'être impliqués dans une affaire de mutilation non résolue.

« Après avoir purgé injustement une longue peine de prison, ces deux citoyens repentants sont dorénavant bien décidés à revenir dans le droit chemin et respecter à la lettre les lois de notre société », déclare Douglas sur un ton plein d'ironie.

Mais Zack ne l'écoute plus. Ses yeux picotent et son cerveau tourne à plein régime.

Combien va prendre Abdula s'ils l'ont chopé ?

Et moi ?

Deniz intervient et Zack se met soudain à penser à Mera. Il revoit son visage, cette nuit, quand elle lui a ouvert la porte.

Mera et Deniz, si différentes et si semblables à la fois. Travailleuses, intelligentes et ambitieuses. Mais alors que, dans son travail, Deniz est confrontée à la dure réalité, Mera, elle, évolue dans un monde fictif. En tant que consultante indépendante en communication et relations publiques, son job consiste à imaginer des histoires censées inciter les gens à acheter les produits de ses clients. Corporate Storytelling, tel est le nom de sa société.

Mera est « amie » avec tous les journalistes en vue. Ils la craignent, la respectent. Ils savent que derrière ses manières charmantes se cache un caractère impitoyable. Ils savent qu'elle n'hésitera pas à les traîner dans la boue si elle n'obtient pas ce qu'elle veut. Et ce qu'elle veut, c'est que l'on parle de ce que vendent ceux qui la paient.

« Tu es nerveux, ce matin, Zack ? »

Douglas le sort de sa torpeur. Il hoche la tête en direction de la main droite de Zack, qui tremble sur la table blanche.

Zack n'y avait même pas prêté attention. Machinalement, il pose la main sur sa cuisse, hors de la vue des autres.

« Oh, non. Rien de grave. Je n'ai pas beaucoup dormi cette nuit. Il faisait une chaleur d'enfer dans ma chambre… et je n'arrêtais pas de penser à des femmes magnifiques », dit-il en adressant un clin d'œil à Sirpa qui se met à sourire.

Mais Douglas ne le lâche pas du regard. Il le considère d'un air compatissant, ce qui a le don d'agacer Zack. Il n'est d'ailleurs pas le seul à le fixer. En fait, toute l'équipe le dévisage.

Que pensent-ils ? Que savent-ils ?

Et s'ils étaient impliqués dans la descente de cette nuit ? Mais les discothèques clandestines ne sont pas de leur ressort, qu'il sache. Tant qu'aucun gros poisson n'y a été pêché.

Il tourne à nouveau les yeux vers Sirpa. Que fera-t-elle si la liste des personnes qui étaient présentes dans la boîte cette nuit atterrit sur son bureau et qu'elle s'aperçoit que son nom figure dessus ?

Rudolf aussi, le doyen de l'équipe, semble le scruter derrière ses lunettes noires. Tout à coup, Zack a l'impression que l'ancien lit dans ses pensées.

Puis les murs se mettent à bouger et il est pris d'une sensation oppressante.

Putain, qu'est-ce qui se passe ?

Il se lève subitement de sa chaise, manque de peu de renverser sa tasse de café, leur demande de l'excuser et quitte la pièce précipitamment.

Il se rue dans les toilettes, reste immobile quelques instants dans le noir. Épuisé, il s'adosse au mur, mais sursaute au moment où le sèche-mains se déclenche, propulsant de l'air chaud sur son bras.

Il tâtonne en quête de l'interrupteur. La lumière du néon est tellement agressive qu'il doit détourner la tête.

Il s'approche du lavabo en titubant, se cramponne au rebord froid et voit surgir des petits points rouges devant ses yeux tandis qu'il baisse le regard sur la faïence blanche. Le sèche-mains s'arrête enfin de souffler. Il inspire deux grandes bouffées d'air avant de se confronter à son reflet dans le miroir.

Ce qu'il voit n'est pas très glorieux.

On dirait que sa peau s'est dépigmentée dans le courant de la matinée et qu'il a vieilli d'un an pour chaque heure de sommeil manquante. Il incline la tête sur le côté pour examiner le blanc de ses yeux. Ils sont presque roses. Ses glandes lacrymales ont mené une lutte désespérée contre le manque de sommeil.

Il fait couler de l'eau froide et s'asperge le visage plusieurs fois. Puis il prend une profonde inspiration, se penche sur le miroir et se regarde droit dans les yeux.

Zack.

Ressaisis-toi.

Rappelle-toi qui tu es.

Pendant une seconde lui apparaît son visage dans un autre miroir, dans d'autres toilettes, quelques heures plus tôt. Il entend rire les filles, voit Abdula sourire derrière son épaule, sent ses narines le brûler.

Non, non. Regarde-toi.

L'inspecteur Zack Herry, de la police criminelle de Stockholm. Voilà qui tu es et personne d'autre.

Personne d'autre.

Lorsqu'il revient dans la salle de réunion, tout le monde se tait et les regards se tournent vers lui.

Ils parlaient de moi. De ce que j'ai fait cette nuit.

Il s'assied et fixe Douglas.

Dis-le. Ne reste pas comme ça.

Mais il ne lit aucun reproche dans les yeux de son supérieur. Juste de l'inquiétude et de la compassion.

Douglas se tourne à nouveau vers les autres.

« Donc, j'étais en train de vous expliquer que la police criminelle va quitter le deuxième étage pour… »

Zack n'entend pas la suite. Il considère ses collègues. Le papa, la réfugiée, le vétéran, le bourge et l'experte en informatique.

À croire que leur direction avait suivi un schéma préétabli au moment de constituer l'Unité spéciale, dix-huit mois plus tôt. L'unité dont les membres étaient censés échapper à la grisaille quotidienne du policier et se charger uniquement des affaires criminelles les plus complexes.

Mais lui, qui est-il dans ce cas ? Le coup de poker, peut-être. Le bleu. Le récent major de sa promotion qui est parvenu à se faire un nom en l'espace de seulement quelques années.

Ou bien le voyaient-ils comme le garçon qui s'était extirpé de sa banlieue pour venger le meurtre de sa mère ?

Le garçon à qui l'on a volé sa jeunesse.

Mais qu'est-ce que je fous là, bordel ? pense-t-il.

Zack ferme les yeux et essaie de maîtriser le cours de ses pensées.

Nous formons une clique disparate, certes, mais nous sommes l'élite de la police de Stockholm.

Tout à coup, une porte claque et Zack sursaute si fort que Deniz lui lance un regard étonné.

Ça y est. C'est eux. Ils viennent me cueillir. C'est fini. Merci pour tout et adieu, le sniffeur de coke.

L'assistant de Douglas passe la tête dans l'embrasure de la porte et annonce de sa voix douce et affable :

« J'ai un monsieur Westberg au téléphone. Il dit que c'est très urgent. »

Douglas grimace d'un air contrarié.

« Je ne suis pas disponible pour le moment, mais dis-lui que je le rappelle dans un quart d'heure. »

L'assistant referme la porte et Douglas se racle à nouveau la gorge.

« Bien. Étant donné que, pour une fois, nous n'avons aucune affaire sur les bras, je suggère que nous en profitions pour nous occuper de la paperasse en retard. »

Il jette un œil à sa liste.

« Deniz, l'Immigration me harcèle depuis des semaines à propos de cette vieille note sur les Albanais. Et Niklas, tu as bien un rapport à boucler sur le kidnapping de Tindra, n'est-ce pas ? »

Les policiers hochent la tête en soupirant.

Zack est soulagé. Apparemment, l'affaire de la discothèque clandestine a été confiée à une autre unité. Mais il va devoir vérifier qui est sur le coup. Et, si possible, se procurer la liste des personnes interpellées.

« Rudolf, tu as quelque chose à ajouter ? » demande Douglas.

Leurs réunions se terminent presque toujours de la même manière. En offrant à Rudolf l'opportunité de donner son point de vue ou de soumettre une suggestion.

Tout le monde se tourne vers l'homme de soixante-trois ans aux lunettes noires et au costume blanc tout fripé. Il est assis en face de Zack, adossé à sa chaise, les mains jointes sur les genoux.

« Merci de me demander mon avis, déclare-t-il de sa voix calme et aimable, mais je n'ai rien d'important à dire. J'ai, tout comme mes collègues je suppose, suffisamment à méditer à propos des peines qui viennent d'être prononcées dans le cadre de plusieurs affaires sur lesquelles nous avons enquêté et que tu nous as annoncées au début de cette réunion. »

Zack regarde Douglas du coin de l'œil et sourit intérieurement. Un coup d'aiguille enveloppée dans du coton.

Du Rudolf tout craché.

Dix ans plus tôt, il avait perdu la vue à la suite d'une hémorragie cérébrale. Condamné aux ténèbres perpétuelles.

Ses collègues, à la police criminelle du comté où il travaillait alors, étaient sous le choc. Mais alors qu'ils commençaient déjà à organiser une fête de départ en son honneur, il avait appelé pour les informer qu'il comptait reprendre du service dès la semaine suivante.

Ses supérieurs s'étaient trouvés bien embarrassés. Qu'allaient-ils bien pouvoir faire d'un aveugle ? Les policiers blessés, dépressifs ou inaptes pour d'autres raisons à servir sur le terrain pouvaient toujours trier des documents ou taper des rapports, mais un homme qui ne voyait même pas ses propres mains ?

« Je veux continuer à faire mon boulot. Comme avant, tout simplement, avait-il expliqué. Mes oreilles fonctionnent parfaitement et mon cerveau aussi. Certes, j'aurai besoin des yeux des autres, mais je suis persuadé qu'il se trouve ici quelques enquêteurs qui pourraient très bien avoir besoin de mon cerveau. »

Rudolf avait rapidement fait taire les quelques sceptiques.

Il avait toujours été doté d'un excellent sens de la déduction, mais avoir perdu la vue lui avait libéré l'esprit. Il lui était plus facile d'établir des liens entre tel et tel élément. Zack était parfois impressionné, voire effrayé, par sa capacité à se mettre dans la peau des criminels et à prévoir leurs agissements. Cette faculté lui avait peu à peu valu d'être surnommé l'Oracle.

Quand il avait commencé à travailler avec Rudolf, Zack en oubliait régulièrement que son collègue était aveugle. D'ailleurs, il lui arrivait encore de demander à Rudolf de venir voir des photos ou lire un texte, et il se maudissait chaque fois en prenant conscience de son erreur.

Mais Rudolf ne se vexait jamais. Il semblait même reconnaissant que Zack ne fasse pas une fixation sur sa cécité.

Souvent, Zack se demande ce que Rudolf voit dans son univers intérieur.

Que vois-tu en ce moment ?

Moi ou les ténèbres les plus sombres ?

3

Sukayana Prikon arrive en haut de l'escalator, franchit les portes automatiques pour être aussitôt accueillie par l'odeur de renfermé du centre commercial.

Elle est stressée, tout comme les gens qu'elle croise. Mais son stress à elle est différent.

Quarante-cinq minutes se sont écoulées depuis qu'elle a découvert le SMS de Mi Mi.

Help us he kill all

Depuis, elle a tenté de la rappeler une dizaine de fois. Elle a même essayé sur les portables des autres. En vain. Personne n'a répondu.

Le message a été envoyé à deux heures quarante-sept du matin et Sukayana Prikon s'en veut d'avoir éteint son mobile pour la nuit.

Mais quelle raison aurait-elle eu de ne pas le faire ? Elle l'éteint tous les soirs. Sinon les porcs l'appelleraient sans arrêt et elle ne pourrait pas dormir.

Presque chaque matin, lorsqu'elle rallume son téléphone, elle tombe sur les messages qu'ils lui ont laissés pendant la nuit.

Je suis super chaud, tu ne pourrais pas faire quelque chose pour moi ?

Voilà le type de SMS qu'ils lui envoient à trois heures du matin.

Ils croient quoi ? Qu'elle est à la tête d'une société d'escort girls ?

Mais bon sang, pourquoi ne répondent-elles pas ?

Le centre commercial est organisé autour d'une petite place. À gauche se dressent cinq sculptures de chevaux et, derrière, un escalator mène à l'étage supérieur.

Est-ce par là que l'on rattrape la rue la plus proche ? Elle ne sait plus, cela fait tellement longtemps qu'elle n'a pas mis les pieds ici.

Elle se dirige en trottinant vers l'arrêt de bus et inspire le parfum plaisant des plantes aromatiques qu'un commerçant de la place décharge d'une camionnette. Plus loin, un homme à la barbe blanche est occupé à accrocher des vêtements aux couleurs bigarrées sur des cintres à l'entrée de sa boutique.

Elle tourne à l'angle du centre commercial et remonte la rampe d'accès en pente raide. Sur sa gauche, une végétation luxuriante, sur sa droite, des barres d'immeubles sinistres.

Elle s'enfonce dans la cité. Les bâtiments sont tous identiques. Façades en brique couleur sable, toitures grises. Elle repère le numéro qu'elle cherche au-dessus d'un portail et traverse en courant une petite aire de jeu à l'abandon.

L'air se refroidit d'un coup alors qu'elle passe à l'ombre du bâtiment. Elle frissonne. Elle sent son estomac se nouer, ses mains s'engourdir.

Un ruban de scotch jaune et noir et un morceau de carton portant la mention HORS SERVICE barrent l'accès à l'ascenseur. Son corps lui paraît lourd tant elle se traîne dans l'escalier. Lorsqu'elle arrive au quatrième étage, elle est à bout de souffle et trempée de sueur.

Elle s'immobilise devant la porte d'un appartement et se met à chercher les clés dans sa poche. Mais au moment même où sa main saisit le trousseau, elle se fige.

Help us.

He kill all.

Elle a entendu du bruit dans l'appartement.

De la musique ?

Étrange.

Jamais elles ne seraient parties au salon de massage en laissant la télé ou la chaîne hi-fi allumée. L'électricité coûte cher en Suède et elles n'ont pas pour habitude de gaspiller leur argent.

Malgré la peur qui la tenaille, elle ouvre la porte avec précaution.

« Il y a quelqu'un ? »

Pas de réponse. Rien qu'un profond silence.

Une vague odeur de nourriture flotte dans l'air. L'espace d'un instant, elle a l'impression d'être de retour chez ses parents et elle voit sa mère écraser les épices dans leur vieux mortier.

Puis elle distingue une autre odeur. Qui lui rappelle cette fois le marché de Klong Toey.

Une odeur métallique. Comme celle que l'on sent à proximité des stands des bouchers.

« Daw Mya ? Mi Mi ? Vous êtes là ? »

Elle a une boule dans la gorge. Prudemment, elle pénètre dans le vestibule et referme aussitôt la porte qui se verrouille automatiquement. Prise de panique, elle s'empresse de la rouvrir et la laisse entrebâillée. Elle ne tient pas à se retrouver enfermée dans cet endroit.

La musique s'est arrêtée et, à la place, elle entend une voix familière. Celle d'un animateur de talk-show télévisé du matin. Elle continue d'avancer au ralenti jusqu'au séjour.

Il faut plusieurs secondes à son cerveau pour comprendre que cet amas de chair sanguinolent qui dépasse d'un pyjama en soie est ce qu'il reste d'un visage humain.

Puis elle voit les trois autres corps. Ensanglantés. Déchirés.

Tout à coup, elle n'arrive plus à respirer, c'est comme si un poing géant s'était refermé sur sa gorge, l'étranglant et la pressant vers le sol.

Elle tombe à genoux, pousse un mugissement et se met à balancer son corps d'avant en arrière. Elle joint les mains pour prier en sentant les âmes des défuntes autour d'elle. Un souffle d'air froid et oppressant qui lui rappelle le moment où elle est passée à l'ombre de l'immeuble, quelques instants plus tôt.

Elle a envie de fuir.

Loin.

Très loin.

De foncer jusqu'à l'escalier et de dévaler les marches.

De rentrer chez elle.

Mais comment échapper à son destin ? Comment faire ce qu'elle a fait sans avoir à le payer un jour ?

Elle sort son téléphone de sa poche.

Elle appelle les urgences.

Puis quitte l'appartement.

4

Ce que c'est épuisant de gravir un escalier quatre à quatre. Mais ils savent que chaque seconde compte. Seize marches avant de rejoindre l'étage suivant. Un virage serré à droite. Puis encore seize marches.

Il souffre. Pourquoi fallait-il que ce putain d'ascenseur soit en panne ? En même temps, il aime la sensation du jean qui comprime ses cuisses et des marches qui usent ses muscles.

Deniz le talonne en soufflant.

Troisième étage.

Zack commence à entendre des voix qui parlent en plusieurs langues, puis il découvre une quinzaine de personnes agglutinées sur le palier. Une femme à la tête couverte d'un hijab noir orné de perles roses pleure tandis qu'elle est réconfortée par un homme arborant une épaisse moustache, vêtu d'un pull-over et d'un pantalon à pinces marron.

L'accès au dernier étage est interdit.

Un policier en uniforme, cinquantenaire et obèse, monte la garde de l'autre côté de la rubalise rouge et blanche. Zack remarque qu'il remplit parfaitement sa mission. Malgré les bras qui s'agitent devant son visage et le flot de questions qui s'abat sur lui, il garde son calme et, avec un sourire aimable, répète patiemment qu'il ignore ce qui s'est passé et qu'il n'est autorisé à laisser passer personne.

Zack et Deniz se faufilent devant les gens et présentent leurs plaques à leur collègue.

« Bonjour. Zack Herry, Unité spéciale. Voici ma collègue Deniz Akin. »

Le policier les salue d'un hochement de tête et soulève la rubalise.

« Allez-y, leur dit-il. Mais je préfère vous prévenir : ce n'est pas beau à voir. »

La porte est ouverte et, au moment où ils pénètrent dans l'appartement, Zack et Deniz sont tout près d'entrer en collision avec deux ambulanciers qui se dirigent en sens inverse. Ils s'écartent pour les laisser passer en les saluant, puis enfilent des protections de chaussures bleues en plastique.

Ils se rendent ensuite dans le séjour. Zack s'immobilise dans l'embrasure de la porte.

Putain de merde.

Si Dieu existe vraiment, alors Il n'est pas ici.

Deniz abaisse le bras qu'il a tendu instinctivement pour la protéger. Elle s'approche d'un des cadavres et s'accroupit pour examiner les blessures. Zack reste tétanisé. Il ne comprend pas ce qu'il a sous les yeux. On dirait qu'il contemple l'œuvre surréaliste d'un artiste illuminé qui aurait déversé des litres de peinture rouge sur son tableau. Les pires toiles de Francis Bacon devenues réalité.

Les rayons du soleil filtrent dans la pièce, renforçant la sensation d'étrangeté. Les corps gisent dans des positions improbables. Les pantalons sont baissés, les organes génitaux sanguinolents, et l'air est chargé d'une forte odeur d'excréments, d'hémoglobine et d'urine.

Une odeur de mort.

Zack ferme les yeux et serre les paupières pendant quelques instants. Puis il se met à balayer la pièce du regard. Le mobilier est minimaliste. Impersonnel. Pas de tableaux accrochés aux murs, juste une étagère en pin sur laquelle trônent des bougies et un petit bouddha en laiton. Manifestement, ceux qui occupaient cet appartement n'avaient pas l'intention d'y rester longtemps.

Sur un bureau en mélaminé couleur hêtre se trouve un ordinateur portable. Un Compaq noir. Un vieux modèle. Sur l'écran clignote une page d'accueil Skype avec la photo d'une famille asiatique. Une vieille femme, deux enfants, un garçon et une fille d'une dizaine d'années, peut-être des jumeaux. Ils sourient tous.

Il se retourne en entendant Deniz tousser. Elle se lève, une main devant la bouche. Lui-même sent revenir sa nausée du matin. Un frisson lui parcourt le corps et les poils de ses bras se hérissent.

Deux techniciens en vestes blanches entrent dans l'appartement avec leurs sacoches à la main. Zack ne les connaît pas.

« Où est Koltberg ? » leur demande-t-il.

Samuel, « Sam » Koltberg, considéré comme le légiste le plus compétent de la police de Stockholm, et rattaché pour cette raison à l'Unité spéciale.

« Il est en vacances à Majorque, mais il me semble qu'il rentre aujourd'hui », répond l'un des techniciens.

Tant mieux, pense Zack. *Comme ça, au moins, on ne le verra pas maintenant.*

Il tourne à nouveau le regard vers l'ordinateur. La fillette souriante, le garçon épanoui.

Est-ce que l'un de ces cadavres était votre maman ?

Zack quitte le séjour pour visiter le reste de l'appartement. Un deux-pièces avec cuisine. Dans la chambre, il découvre un lit double dont les draps n'ont pas été défaits, des armoires blanches, un bureau en bois clair et deux matelas dressés contre un mur.

Il sort sur le balcon et regarde la cour en contrebas. La fatigue commence à reprendre le dessus et il a juste envie de poser son front sur la rambarde froide et de souffler un instant. Plusieurs véhicules de police sont arrivés et la zone sécurisée a été étendue à une centaine de mètres. Une foule de curieux s'est massée le long du ruban rouge et blanc et, un peu plus loin, une balançoire cassée est bercée par la brise.

Une Volvo XC60 de couleur bleue pénètre dans la cour et vient se garer à proximité du cordon de sécurité. Quelques secondes plus tard, Douglas Juste en sort, se recoiffe, lève les yeux vers Zack et lui adresse un signe de tête à peine perceptible. Zack lève la main pour lui rendre son salut.

Une mère et sa fille entrent dans le parc. Une jeune femme blonde avec une fillette tout aussi blonde.

Une mère et une fille. Ensemble. Vivantes.

La fillette se rue sur l'un des portiques et se balance bientôt tel un pendule devenu fou. Sa mère lorgne d'un air inquiet en direction du périmètre de sécurité où règne une agitation fébrile, mais la fille rit aux éclats, inconsciente du drame qui a eu lieu dans le voisinage.

D'autres véhicules débarquent, déversant tout un régiment d'hommes et de femmes armés de caméras et de calepins. Zack reconnaît aussitôt deux reporters d'*Aftonbladet*.

Il se demande depuis quand les journalistes n'avaient pas mis les pieds à Hallonbergen. Pour quoi était-ce, la dernière fois ? Un meurtre ? Un cambriolage ? Le quartier est plutôt tranquille.

« Hé, Zack ! »

Il regarde en bas sans voir qui l'appelle.

« Zack ! Ici ! »

Un jeune homme est penché au balcon d'un appartement du même étage, mais dans la cage d'escalier voisine. Fredrik Bylund. *Expressen*. Tenace comme pas deux, mais honnête. Une fois, il les avait aidés à résoudre une enquête en leur fournissant de précieuses informations. Il était même arrivé que Zack parvienne à le dissuader de publier ce qu'il savait. Cet homme faisait preuve d'un bon sens peu commun pour un journaliste.

« Est-ce que cette affaire a un lien avec le crime organisé ? » lance Fredrik Bylund.

Zack réfléchit une seconde. Choisit ses mots avec soin.

« Pour l'instant, tout est envisageable.

— Mais vous n'excluez pas cette possibilité ? »

Typiquement le genre de question destinée à amener une réponse que le journaliste pourra interpréter à sa sauce.

« Comme je te l'ai dit, nous n'excluons aucune piste. »

Zack sait qu'il n'a fourni aucun indice à Bylund, mais il imagine déjà le titre de son futur article : *« La police soupçonne les gangs d'être derrière le bain de sang de Hallonbergen. »*

La camionnette rouge de TV4, avec son émetteur sur le toit, débarque à son tour dans la cour. Elle se gare à cheval sur la pelouse et bloque plus ou moins le passage à l'ambulance qui l'a précédée. Trois personnes en descendent. Un jeune homme avec une chemise à motifs se précipite vers le périmètre protégé tandis qu'un caméraman au crâne luisant déplie un trépied et procède aux préparatifs d'une retransmission en direct. La troisième personne, une reporter blonde, prend des notes sur un calepin avec son téléphone calé sur l'épaule.

« Il y a vraiment quatre cadavres, là-dedans ? » crie Bylund.

Zack hoche la tête.

« Uniquement des femmes ? »

Nouveau hochement de tête. De toute façon, tout le monde sera au courant dans moins d'une heure.

« Il faut que je retourne bosser, maintenant.

— Non, reste un instant, j'ai encore quelques questions. Comment ont-elles été tuées ? »

Zack élude la question de Bylund et referme la porte du balcon derrière lui. Deniz est à genoux devant le bureau et inspecte le contenu des tiroirs avec des gants en latex. Elle saisit un tube blanc qu'elle examine attentivement.

« Qu'est-ce que c'est ? interroge Zack.

— Du gel intime, répond Deniz. Contre les sécheresses vaginales.

— Et ?

— Il y en a tout un carton. Bizarre, non ? Il doit bien y en avoir une vingtaine de tubes en tout. Et puis il y a aussi des crèmes contre les démangeaisons et les infections génitales. Par boîtes entières.

— Il y a peut-être eu une promo à la pharmacie du coin.

— Il y a de quoi tenir un moment avec un seul de ces tubes. Alors, soit ces femmes avaient des petits copains avec lesquels elles couchaient dix fois par jour, soit…

—… elles se prostituaient, termine Zack. Et dans ce cas, il est probablement aussi question de proxénètes et d'argent sale.

— C'est aussi ce que je pense, convient Deniz. Mais on ferait mieux de ne pas tirer de conclusions trop hâtives. Leurs armoires ne contiennent aucune tenue affriolante, ajoute-t-elle. Rien que des fringues banales. »

Elle ouvre les tiroirs suivants.

Se fige tout à coup. Fronce les sourcils.

« Ceci, en revanche, confirme nos soupçons », dit-elle.

Elle fait signe à Zack d'approcher. Il jette un œil dans le tiroir. Une réserve de préservatifs variés. Profilés. Minces. Larges. Mix.

Douglas entre dans la pièce.

« Comment ça se présente ? s'enquiert-il.

— Tu as vu le séjour ? réplique Zack.

— Oui. Un vrai carnage. Vous avez une idée de ce qui a pu se passer ? »

Deniz lui montre le contenu du bureau et expose leur théorie. Douglas hoche la tête.

« Je vais demander à ce que les Mœurs soient mis sur le coup sans tarder. Vous avez découvert des portefeuilles ou des pièces d'identité ?

— Rien de tout ça. À en juger par leur apparence et leur marque de whisky, je dirais qu'elles sont originaires de Thaïlande, répond Zack. Et le fait qu'elles vivaient toutes les quatre dans un appartement quasiment vide semble indiquer qu'elles n'étaient pas là depuis longtemps.

— Ou que c'étaient des clandestines, dit Douglas.

— Tu penses à un trafic d'êtres humains ? demande Deniz.

— Ça fait en tout cas partie des nombreuses pistes qu'on va devoir explorer. Quand on a voulu vérifier auprès des urgences qui avait donné l'alerte, on nous a répondu que la personne avait insisté sur le fait qu'elle souhaitait rester anonyme et qu'ils n'étaient pas autorisés à nous communiquer son numéro.

— Quoi ? Mais on a tout de même quatre cadavres sur les bras, s'indigne Deniz.

— Ils invoquent le devoir de discrétion. Naturellement, nous allons déposer une demande officielle afin d'obtenir le numéro de téléphone ainsi que l'enregistrement de la conversation. Nous finirons bien par les avoir, mais il est possible que ce soit long. Tout ce que nous savons pour l'instant, c'est que c'est une femme qui a appelé.

— Donc, nous ne savons pas non plus pourquoi elle n'a pas attendu l'arrivée des secours ? observe Zack.

— Non, ce qui, bien sûr, est particulièrement suspect.

— Peut-être que c'est elle la meurtrière, suggère Deniz.

— En règle générale, les tueurs de masse sont plutôt des hommes, observe Douglas. Et les meurtriers qui appellent pour signaler leur propre crime restent habituellement sur place. Peut-être qu'elle avait d'autres raisons de vouloir nous éviter. »

Nous éviter.

Y es-tu parvenu cette nuit, Abdula ?

Zack leur demande de l'excuser un instant et retourne sur le balcon. Il cherche Bylund du regard, mais celui-ci a disparu. Il sort son téléphone et appelle Abdula.

Plus loin, la fillette se balance en direction du ciel.

Sa mère lui sourit et semble avoir oublié l'agitation qui règne autour d'elles.

Il y avait une époque où je faisais de la balançoire, moi aussi, songe Zack, tandis que le signal résonne à l'autre bout de la ligne. *Où je m'envolais vers les nuages. L'espace de quelques instants, j'oubliais les quintes de toux, les éruptions cutanées de mon père et ses mains tremblantes quand il manipulait ses boîtes de médicaments.*

« Allô ? » finit par répondre une voix familière.

Zack referme la porte du balcon.

« C'est Zack. Je voulais m'assurer que tu ne t'étais pas fait choper, chuchote-t-il.

— Non, mais il y a eu de l'animation après ton départ. Dommage, j'aurais bien ramené une de nos deux copines chez moi.

— Tu sais ce qu'ils cherchaient ? S'il y avait des flics infiltrés ?

— C'est toi, le flic, pas moi. Ils ont aligné tout un tas de gens face au mur, mais j'ai réussi à leur fausser compagnie discrètement. »

Zack sourit. On aurait dit qu'il y avait toujours des sorties de secours dans la vie d'Abdula. Qu'il était aussi invincible qu'il avait toujours voulu le paraître.

« En d'autres termes, tout est cool ?

— Tout est toujours cool. Tu le sais. »

Zack rit.

« Il faut que j'y aille. On se reparle plus tard.

— En tout cas, tout va bien, ne t'en fais pas. »

Zack range son téléphone dans sa poche, enfin rassuré. Abdula est libre et la descente de ses collègues ne semble pas avoir été autre chose qu'une razzia ordinaire, du genre qui mobilise d'énormes ressources mais permet seulement d'interpeller quelques pauvres bougres pour possession de stupéfiants.

Pourtant, il aurait très bien pu être là au moment de l'assaut. Comment s'en serait-il sorti ? Grâce à l'aide d'Abdula, peut-être.

Ils ont fait tellement de choses dingues ensemble. Comme quand Zack était entré à l'école de police et qu'Abdula l'avait convaincu de taguer son nom dans l'entrée du commissariat afin qu'ils puissent continuer à être amis.

Depuis, le graffiti a été effacé.

Mais leur amitié est toujours là.

Plus forte que jamais.

Il voit les ambulanciers sortir du bâtiment en poussant un brancard. Le corps est dissimulé sous un drap jaune, mais au moment où ils le hissent dans l'ambulance, un bras tombe sur le côté et se balance dans le vide.

Un bras court et fin. La paume est tournée vers l'extérieur, vers Zack. La femme étendue sous le drap semble vouloir qu'on la prenne par la main et qu'on l'aide à se relever.

À revenir à la vie.

À rejoindre sa famille qui l'attendait quelque part dans un pays lointain.

Ou à retourner à l'époque où elle n'était encore qu'une fillette qui se balançait en direction des nuages.

5

Deniz s'est assise sur le lit.

Elle scrute la pièce autour d'elle. Simple, dépouillée.

Elle ferme les yeux.

Se dit que les hommes sont décidément des animaux et qu'elle les déteste.

Mais elle sait que de telles pensées ne mènent à rien.

Alors, elle rouvre les yeux.

Zack. Là, dehors, sur le balcon. Son dos musclé, ses cheveux blonds et bouclés.

Elle contemple à nouveau la pièce. Le sang, les corps mutilés. Qui a bien pu en vouloir autant à ces femmes ?

Elle sait quelles horreurs les hommes peuvent infliger, les pères à leurs propres filles et, surtout, les frères à leurs sœurs. Pour survivre dans ce monde, il faut combattre le mal par le mal, prendre conscience que c'est parfois chacun pour soi.

Qu'il est parfois impossible de reculer.

Comme face au déchaînement de violence qui a eu lieu ici.

Dans le séjour, les techniciens font crépiter leurs appareils photo et débattent à voix basse à propos de l'angle de tir du tueur.

« J'ai besoin d'un café, dit Zack en rentrant.

— Il y a peut-être une porte à l'arrière du bâtiment par laquelle on pourrait filer discrètement, répond Deniz.

— Je vous suis», fait Douglas.

Les rayons du soleil ont déjà rendu l'air étouffant lorsqu'ils poussent la porte du sous-sol. Aucun journaliste en vue. Ils sont tous agglutinés devant le périmètre de sécurité à l'avant du bâtiment.

Les flics sortent et se rendent à pied jusqu'au centre commercial voisin. Ils s'arrêtent dans un Coffe-House By George jouxtant une épicerie orientale et s'achètent un expresso à emporter. En sortant du café, ils voient un reporter en train d'interviewer une femme avec un landau devant l'entrée du passage souterrain.

«Je vois d'ici les gros titres : "Terreur sur la ville", dit Douglas. Maintenant, ils vont aller à la rencontre des habitants du quartier qui vont leur déclarer qu'ils ont le sentiment de vivre dans l'insécurité et que, désormais, ils ne laisseront plus leurs enfants jouer dehors sans surveillance.»

Sur le chemin du retour, ils s'assoient sur un muret en pierre à l'ombre d'un chêne.

Le téléphone de Douglas se met à sonner. Il leur demande de l'excuser un instant avant de s'éloigner.

Deniz et Zack se mettent aussitôt à parler de ce qu'ils ont constaté dans l'appartement. Le meurtrier ne s'est pas contenté d'abattre ces femmes, il leur a tiré dans les parties génitales.

«Il faut vraiment être un pervers pour faire une chose pareille, commente Deniz.

— Il est possible qu'on ait affaire à un client mécontent. À un maniaque sexuel», dit Zack.

Il repense aux enfants sur l'écran de l'ordinateur.

Ces enfants qui ont perdu leur mère, mais qui ne le savent pas encore.

Douglas revient s'asseoir avec eux.

Lui qui est d'habitude si prompt à prendre la parole dans ce genre de situation se montre cette fois attentiste. Ce n'est plus le meneur d'hommes sûr de lui qui s'est frayé un chemin à travers la foule des journalistes en arrivant sur les lieux du crime, un peu plus tôt.

Il semble avoir l'esprit ailleurs.

Aurait-il encore rompu avec une femme ? Aurait-il abîmé sa belle toile d'Andy Warhol ? Serait-ce de cela qu'il parlait au téléphone ?

Je suis trop dur avec lui, songe Zack. *C'est un type bien, au fond.*

Puis Douglas se ressaisit.

« Tout semble indiquer qu'elles se prostituaient. Il se peut donc qu'on ait affaire à du trafic d'êtres humains. Ça doit être lucratif de faire venir des femmes asiatiques ici pour les prostituer.

— Qui pourrait être dans le coup ? demande Deniz.

— Je ne suis pas un expert en la matière, concède Douglas. Mais il paraît que les gangs de motards contrôlent certains salons de massage thaïlandais. »

Tout à coup, Zack repense au graffiti sur la porte : À MORT TOUS LES NÉGROS.

« Est-ce que ça ne pourrait pas tout simplement être des racistes ? Des membres d'un groupuscule d'extrême droite ?

— Ce n'est pas impossible, convient Deniz. Récemment, j'ai eu l'occasion de surfer sur *Avpixlat* et d'autres sites Web du même genre dans le cadre d'une autre affaire. Ce ne sont pas les commentaires haineux sur les clandestines thaïlandaises qui manquent. Mais de là à commettre un tel acte… D'habitude, ces gens se contentent de répandre leur fiel sur le Net.

— Tu as entendu parler d'Anders Behring Breivik ? » demande Zack.

Mais Deniz change de sujet.

« Il faut absolument qu'on mette la main sur la femme qui a passé le coup de fil.

— C'est juste une question de temps, dit Douglas en se levant. En attendant, je vais prévenir Sirpa. On va aussi demander à Östman de nous dresser un profil du ou des tueurs. »

Zack et Deniz échangent un regard. Le profiler Tommy Östman

n'est pas rattaché à leur unité, mais il leur arrive de faire appel à lui en cas de besoin. Autrefois, il était réputé dans tout l'hôtel de police pour son sens de l'humour. Il était de ces hommes qui, rien que par leur présence, garantissent la réussite d'une fête. Mais au fil du temps, les soirées entre copains étaient devenues plus nombreuses que les soirées en famille, au point que son épouse avait fini par en avoir assez.

Désormais, ce n'est plus qu'un alcoolique abstinent et barbant, à des années-lumière du trublion qu'il a été, un homme qui, en outre, a recours à des méthodes douteuses pour stabiliser son niveau de dopamine.

Malgré tout, ses profils leur ont permis d'envoyer un grand nombre de dangereux criminels derrière les barreaux.

*

À leur retour, l'appartement ressemble à un véritable laboratoire. Avec divers instruments de mesure, des éprouvettes, des sacs en plastique renfermant des cheveux et des morceaux de textile et, posée sur le sol en plein milieu du séjour, une unité d'analyse d'échantillons mobile reliée à un MacBook Pro.

Le Compaq noir a disparu.

Dieu merci.

Un homme en chemise blanche est penché de manière nonchalante sur l'épaule d'une femme dont les doigts pianotent sur le clavier du MacBook.

« Du nouveau ? »

Koltberg.

Merde, pense Zack. *Il a dû venir directement de l'aéroport d'Arlanda.*

Sam Koltberg se retourne en entendant les voix des trois policiers dans le vestibule. Il se dirige vers Zack. Sa chemise est déboutonnée et il porte sa cravate réglementaire.

« Bravo, je vous félicite pour votre travail. Un corps a été emporté avant mon arrivée. Je fais comment, moi, maintenant, pour l'examiner, d'après vous ? Je me téléporte ? »

Le légiste quadragénaire hausse les sourcils sur son front haut et prend une expression offensée.

Zack a envie de le frapper pour le faire taire. *Ferme un peu ta grande gueule, espèce de connard prétentieux.*

Il sait que Koltberg voit en lui un jeune arriviste sans la moindre expérience qui a obtenu ses galons davantage grâce à sa mère que grâce à son mérite. Et toutes les tentatives de Zack pour lui prouver qu'il se trompait se sont avérées vaines. Aussi a-t-il fini par se rendre à l'évidence : Koltberg est tout bonnement incapable de considérer un jeune homme de vingt-sept ans comme son égal.

Mais qui est Koltberg pour se permettre de le juger, lui qui est issu d'une longue lignée de médecins, qui possède une résidence secondaire dans l'archipel de Stockholm et qui a été élevé par une mère au foyer ?

Que connaît-il de la vie ?

À cette pensée, un souvenir affleure.

Il a dix ans et se tient dans la cuisine de leur appartement de Bredäng. Tandis qu'il fait la vaisselle, il s'arrête un instant pour regarder par la fenêtre. Ses amis jouent au football dans la cour. Ils rient, s'amusent, mais lui est enfermé dans la chaleur étouffante de leur appartement perché au huitième étage. Son père, victime d'une sévère rechute, est cloué dans le canapé avec une éruption cutanée en forme de papillon sur le nez et les joues. Zack a passé la journée à préparer les repas, faire le ménage, la lessive sans que son père ne lui dise merci. D'ailleurs, il ne lui parle pas du tout. Il est juste déprimé et se plaint en permanence de ses articulations qui lui font mal.

Lupus. C'est comme cela que les médecins appellent sa maladie et Zack vient d'apprendre par une assistante sociale que son père ne guérira jamais.

Il regarde le ballon qui semble voler au-dessus de la cour et ses copains qui sont comme des poupées animées par une force inconnue.

Il s'agrippe au rebord en béton de la fenêtre et le serre jusqu'à ce que ses phalanges se mettent à blanchir, lève les yeux vers le ciel gris et essaie d'imaginer l'espace infini qui, il le sait, s'étend au-delà des nuages. C'est alors qu'il entend son père crier :

« Passe-moi l'inhalateur ! Tout de suite ! »

Oui. Qu'est-ce que ce connard de Koltberg connaît à la vie ?

« C'était bien, Majorque ? lui demande Zack. Tu as l'air reposé et détendu. »

L'espace d'un instant, Koltberg semble déstabilisé. On dirait qu'il réfléchit à une réplique acerbe mais s'interrompt en voyant Douglas Juste se placer à côté de son subordonné.

« On n'a pas retrouvé l'arme du crime, dit-il finalement sur un ton adouci en s'adressant à Douglas.

— À part ça ?

— L'une des victimes serrait un téléphone portable dans sa main. Un Nokia. Pas vraiment un modèle dernier cri. Enfin bref. Elle a passé un appel à deux heures quarante-cinq cette nuit. Deux minutes plus tard, elle a envoyé ce SMS. »

Il présente l'écran du téléphone à Zack et Douglas.

Help us he kill all

« Il semblerait qu'elle soit décédée juste après.

— Qui a-t-elle contacté ?

— Une certaine Sukayana, d'après son répertoire. Et celle-ci a tenté de la rappeler plusieurs fois dans le courant de la matinée. Je vous ai noté son nom et son numéro. »

Il tend un bout de papier à Douglas, lequel y jette un rapide coup d'œil avant de le donner à Zack.

« Tu peux demander à Sirpa qu'elle vérifie ? »

Zack se dirige vers la chambre tandis qu'il compose le numéro de Sirpa.

Les tubes de gel intime ont disparu. Les préservatifs aussi. Les techniciens n'ont pas perdu de temps.

Sirpa décroche dès la première sonnerie. Trente secondes plus tard, elle a la réponse à la question de Zack.

« Il n'existe qu'une seule Sukayana dans toute la Suède. Sukayana Prikon, elle habite dans Gaveliusgatan et possède le salon de massage à Södermalm. Le Sawatdii.

— Un salon de massage thaï, j'imagine. Autre chose ?

— Certainement, si tu m'accordes un peu plus de temps. »

Après avoir raccroché, Zack rejoint les autres et leur répète les informations que Sirpa vient de lui fournir.

« Si Sukayana Prikon employait ces femmes, on a affaire à un cas de proxénétisme, observe Deniz. Peut-être aussi de trafic. Dans ce cas, rien d'étonnant à ce qu'elle ne nous ait pas attendus.

— Il y a tout de même quelque chose que j'ai du mal à comprendre, intervient Zack. Le SMS lui a été envoyé à deux heures quarante-sept, pourtant elle n'a donné l'alerte que six heures plus tard. Est-ce que son téléphone était éteint ? »

*

Les journalistes se pressent autour d'eux lorsqu'ils quittent la scène de crime pour se rendre au Sawatdii, le salon de massage de Sukayana Prikon. Les appareils photo crépitent, les questions fusent de toutes parts et une multitude de smartphones en fonction micro sont tendus vers eux.

Il est bientôt midi et le soleil est maintenant brûlant. Il écrase la banlieue sous ses rayons ravageurs, comme pour remettre les humains à leur place.

Zack et Deniz se fraient un chemin parmi les journalistes.

Ignorent leurs questions.

« C'est toi qui conduis », dit Zack quand ils arrivent à proximité de leur voiture. Ils s'empressent de démarrer, puis passent au ralenti devant l'aire de jeux.

La fillette fait toujours de la balançoire sous le regard de sa mère.

Elles doivent avoir l'impression que leur vie est un perpétuel mouvement pendulaire, plutôt qu'une ligne droite avec un début et une fin.

6

« On entre », dit Deniz.

Elle est impatiente de savoir ce qui se cache derrière le rideau blanc de dentelle qui pend derrière l'enseigne en néon rose « Ouvert » sur la porte vitrée.

« Attends un instant », fait Zack.

Ils se tiennent sur le trottoir devant le salon de la place Lindvall, à Hornstull, où, selon toute vraisemblance, les victimes travaillaient. Il est situé au rez-de-chaussée d'un bâtiment du dix-huitième siècle à la façade en pierre peinte. Les carreaux des fenêtres semblent prêts à se détacher à tout moment de leur encadrement en aluminium brun pour se transformer en projectiles mortels.

Au-dessus de la porte, un drapeau thaïlandais décoloré et effiloché ondoie mollement dans la brise chaude.

SAWATDII TRADITIONAL THAÏ MASSAGE, peut-on lire en grandes capitales scintillantes sur la vitrine.

Une enseigne à deux balles pour un nom à deux balles, pense Zack.

À côté, trois affiches représentent des femmes blondes au teint clair étendues sur des tables de massage en train de se faire manipuler par des jeunes filles asiatiques arborant des sourires dignes d'une publicité pour un dentifrice. Leurs corps sont dissimulés sous des serviettes blanches en éponge, tandis que les masseuses portent des vêtements stricts. Chemisiers à manches courtes et pantalons bordeaux, à peine plus sexy que les tenues des infirmières de Söder Hospital situé à quelques pâtés de maisons d'ici. En bas de la vitrine, des huiles de massage et des crèmes hydratantes sont exposées sur une petite étagère.

« Tout ça est bidon, déclare Zack.

— Qu'est-ce qui te fait dire ça ?

— Je suis allé faire un tour sur Internet, tout à l'heure, dans la voiture. Les massages thaïlandais traditionnels se pratiquent à même le sol et sans huile. En plus, les clients gardent leurs vêtements.

— Ils ont peut-être juste adapté leurs techniques à leur clientèle.

— C'est bien sûr possible. Mais le plus révélateur, c'est ce qui manque. Il n'y a même pas une statue de Bouddha dans la vitrine.

— Et ?

— En Thaïlande, ça signifie : ici, on vend de tout.

— Tu as lu ça aussi sur Internet ?

— Non. »

Zack se retourne en entendant des pas traînants derrière lui. Un barbu empestant la transpiration s'arrête à leur niveau et leur tend une main noire de crasse.

« Hé mec, t'aurais pas une petite pièce à me filer pour que je prenne le bus ? »

Zack a envie de prier le SDF de déguerpir, mais il plonge la main dans la poche de son jean et en tire quelques pièces. Il lui arrive d'offrir un hot dog ou un burger à des mendiants. Tout le monde devrait pouvoir manger à sa faim. En revanche, il est rare qu'il leur donne de l'argent de peur qu'ils ne le dépensent dans l'alcool.

L'homme le remercie et reprend sa route en traînant des pieds, mais, en voyant Deniz, il s'arrête à nouveau et s'adresse à Zack.

« Hé ben mon cochon, t'emmènes ta gonzesse au bordel ? »

Deniz tourne la tête vers lui, se penche et chuchote à son oreille, d'une voix presque sensuelle :

« Tu as le choix. Soit tu reprends gentiment ta promenade. Et tout de suite. Soit je t'arrache les couilles. »

Il la considère bouche bée pendant quelques instants, puis fait volte-face avant de décamper en direction de la station de métro aussi vite que ses jambes le lui permettent.

Un bordel? songe Zack. *Est-ce à ce point évident?*

Il pénètre à l'intérieur.

L'entrée est exiguë, l'air saturé d'une odeur de baumes et d'encens. Les murs jaune pâle sont décorés avec des posters représentant des plages de Thaïlande et des haut-parleurs invisibles diffusent dans le local une musique d'instruments à cordes en provenance du Sud-Est asiatique.

Une Thaïlandaise est assise derrière un comptoir, absorbée par la lecture d'un document. Elle porte un chemisier blanc et une veste d'été de couleur rouge. Elle semble avoir une soixantaine d'années.

Zack et Deniz la saluent d'une seule voix :

« Bonjour. »

La femme les regarde et se fige. Apparemment, quelque chose dans leur attitude ou dans leur ton formel les a trahis.

Tout à coup, elle se lève de sa chaise, une main toujours dissimulée sous le comptoir et Zack a juste le temps de penser qu'elle est peut-être armée. Il se baisse instinctivement et porte la main à son holster, sous sa veste en cuir. Mais lorsqu'il lève à nouveau les yeux, la femme a déjà ouvert la porte au fond du local et filé.

Comment une femme d'un tel âge peut-elle être aussi vive? se demande Zack en se lançant à sa poursuite.

Il arrive dans un couloir aux murs bleu sombre bordé de rideaux et de portes et voit une des baskets de la femme disparaître par une sortie à l'autre bout du couloir.

Il s'élance et débouche dans une cour intérieure longue et étroite où poussent des arbres.

Où est-elle passée?

Une porte claque sur sa gauche.

Là. Il fait quelques pas rapides sur le bitume et saisit la poignée. La porte est verrouillée. Par un code. Merde.

Il l'examine rapidement. Elle a l'air solide mais s'ouvre vers l'intérieur.

Il prend son élan, se jette de toutes ses forces contre la porte, laquelle cède dans un craquement sec, et il atterrit sur le sol au pied d'un escalier. Il se tient les côtes et ressent comme un coup de couteau dans l'épaule droite.

Il tend l'oreille, mais ne perçoit aucun bruit. Si elle avait gravi les marches, il n'aurait pas manqué de l'entendre. Elle a plutôt dû ressortir directement.

« Zack ! » crie Deniz depuis la cour intérieure. Mais il n'a pas le temps de l'attendre.

« Elle a filé. Je vais essayer de la rattraper ! » lance-t-il en se levant avant de reprendre sa course. Il pousse la porte des deux mains, a l'impression qu'on lui a enfoncé un tisonnier chauffé à blanc dans l'épaule.

Tu ne peux t'en prendre qu'à toi-même, espèce de crétin.

Une nouvelle rue.

L'espace d'un instant, il est désorienté.

Il regarde à droite. Il distingue les eaux scintillantes au bout de Bergsunds strand, cinquante mètres plus bas.

Où est-elle passée ?

C'est alors qu'il la voit surgir de derrière un arbre, à une centaine de mètres de lui. Elle s'élance sur la piste cyclable qui longe la mer à foulées rapides et légères. Il a dû surestimer son âge. Aucune sexagénaire ne court de cette façon. Ses jambes se déplacent avec une telle fluidité qu'elles donnent l'impression d'être indépendantes du reste de son corps.

Zack descend la rue Bergsundsgatan au pas de course, traverse Bergsunds strand et atteint la piste cyclable au moment où la fugitive s'engouffre sous le pont de Liljeholm.

L'énergie qui l'animait quand il gravissait quatre à quatre l'escalier de Hallonbergen l'a totalement quitté et ses pas se font de plus en plus lourds.

Il est en train de payer ses excès de la nuit. Son corps réclame sa dose de cocaïne.

Ou de sommeil.

Le soleil lui brûle la tête et le dos, il a envie de se débarrasser de sa veste et de sa chemise. Il est déjà à bout de souffle, regrette amèrement sa sortie nocturne.

« Allez, allez ! » l'encouragent des gens avec des lunettes de soleil installés à la terrasse d'un café en levant leurs verres de bière sur son passage.

Vos gueules.

Il profite de quelques secondes de fraîcheur à l'ombre du pont avant de poursuivre sa course à travers le parc de Tantolunden. Les pelouses grouillent de monde. Des familles avec enfants, des groupes d'adultes avec des barbecues, des employés de bureau en chemise qui ont déjà fini leur journée de travail.

Il balaie la zone du regard sans s'arrêter. À un moment, il croit l'avoir repérée sur sa gauche, mais il se trompe. C'est une jeune femme qui court après un frisbee.

Son pied heurte une souche d'arbre, il trébuche, parvient à se rétablir et reprend sa course sous les commentaires d'une équipe de joueurs de Kubb en colère :

« Tu peux pas regarder devant toi, abruti ? »

« Ce con a renversé le roi. »

Puis la femme réapparaît dans son champ de vision derrière deux ombrelles de poussette surdimensionnées. Elle a changé de cap et file désormais en direction de la colline qui abrite les jardins ouvriers.

Plusieurs personnes se sont arrêtées pour suivre du regard la fugitive. Puis elles le voient. Lui, un grand type aux épaules larges qui pourchasse une petite femme asiatique toute fluette. Est-elle en danger ?

Quelqu'un sort son portable. Non pas pour appeler le 112, mais pour filmer la scène.

Zack bondit par-dessus une couverture de pique-nique, puis slalome entre des adolescents qui jouent avec un ballon de basket.

La distance qui les sépare diminue à vue d'œil. Soixante-quinze mètres. Cinquante.

Les arbres se rapprochent. Il faut qu'il la rattrape avant qu'elle n'atteigne les petits sentiers qui serpentent entre les cabanes et les buissons. Plus que vingt mètres. Sa vision se réduit à un tunnel. Il n'y a plus que sa cible qui compte et le flux d'adrénaline a anesthésié son épaule.

Dix mètres.

Cinq.

Il se jette sur elle et la tacle par-derrière à la manière d'un footballeur. Elle pousse un cri et tombe tête la première sur le repas d'une famille en train de pique-niquer. Du jus de fruits, du rosé et de la salade de pâtes se répandent sur la couverture à motifs Burberry.

Un enfant de deux ans, pris de panique, se met à hurler, bientôt imité par sa mère. Son père prend l'enfant dans ses bras mais ne dit rien.

La fugitive roule sur l'herbe, puis essaie de se redresser, Zack la rattrape par la cheville.

Il s'assied sur elle et pose le genou sur un pot de crème à la vanille.

Il est entouré de gens qui crient et vocifèrent, mais il est déconnecté, ne les entend pas. Il empoigne la femme par les avant-bras et la plaque sur la pelouse.

Il reconnaît ce parfum.

Le parfum de l'herbe.

Il le déteste.

Zack s'écroule sur le flanc avant de s'apercevoir qu'il vient de recevoir un violent coup de pied dans les côtes. Il a le souffle coupé et sent des mains s'abattre sur son dos et ses épaules.

Il distingue deux voix d'hommes.

« Lâche-la, espèce de sale porc !
— Kajsa, appelle les flics. Grouille ! »
Zack retient toujours fermement la femme par une des manches de sa veste, mais d'autres mains essaient de lui faire lâcher prise.
Au moment où un gros costaud l'enjambe et s'assied sur son dos, il crie :
« Je suis de la police ! »
L'autre ne semble pas l'entendre.
Zack s'agrippe toujours à la veste, mais elle lui paraît soudain trop légère. Beaucoup trop légère. Il la tire à lui. Elle est vide.
« Je suis de la police, répète-t-il. Écartez-vous. Je suis de la police ! »
L'homme assis sur lui semble hésiter.
« Comment ça, vous êtes de la police ? Dans ce cas, montrez-nous votre insigne.
— Si vous me lâchiez, je pourrais le sortir de ma poche. »
Une voix derrière eux lance :
« Il bluffe, cet enfoiré bluffe. Ne l'écoutez pas. »
Je vais finir par exploser la tête à quelqu'un.
« Laissez-le sortir son insigne, dit un autre. Mais sans le lâcher complètement. »
L'homme sur son dos se redresse, mais garde les mains sur ses épaules. Zack se tourne légèrement sur le côté pour se saisir de son insigne. Il écarte sa veste dans un mouvement volontairement ample afin de découvrir son holster et son arme de service.
« Merde, il a raison. »
Zack lève la tête en brandissant son insigne et tente de localiser la femme.
Elle s'est encore échappée.
Bordel.
Il suppose qu'elle a dû passer par-dessus la palissade rouge et qu'elle a disparu parmi les jardins ouvriers.
« Eh bien, euh… Mince, nous sommes désolés », balbutie l'homme qui, quelques instants plus tôt, le maintenait au sol. Il

semble avoir dans les quarante ans et porte un T-shirt Mötley Crüe noir qui moule son ventre rond.

« On a cru que… Enfin, vous comprenez… »

Les autres se tiennent en cercle autour de lui. L'un d'eux est le père du petit garçon. Ils sont muets. Paraissent inquiets. Viennent-ils de commettre un délit ? Violence sur un policier en service, peut-être. Ou complicité avec un fugitif.

Zack ravale sa colère.

« Tout va bien, dit-il en regardant les trois hommes qui se sont interposés. Vous avez cru bien faire en venant en aide à une innocente pourchassée par un cinglé. Tout le monde n'aurait pas réagi comme vous. »

C'est alors qu'il la voit à nouveau.

Elle court sur la piste cyclable, à une cinquantaine de mètres. Elle jette un œil par-dessus son épaule, en direction des jardins ouvriers. Sans doute croit-elle que Zack est tombé dans le panneau et a suivi cette fausse piste. Comme elle ne le voit pas, elle ralentit le rythme et met le cap sur le terrain de minigolf.

Zack attend qu'elle lui tourne le dos, puis se lance à sa poursuite. Son corps est meurtri et il respire avec peine. Ses côtes le font souffrir et son épaule le brûle. Il a l'impression de courir dans l'eau, mais ne tarde pas à lui reprendre du terrain.

Lorsqu'elle le repère, il est déjà trop tard. Elle ne parvient pas à accélérer et il finit par la rattraper devant le stand d'un marchand de hot dogs au bord de l'eau. Là aussi il y a une foule de gens. Ceux qui font la queue les observent. Zack décide de changer de tactique. Il ne tient pas à déclencher une émeute. Au lieu de lui sauter dessus, il la saisit fermement par le bras gauche et l'oblige à ralentir peu à peu. Elle halète. Zack a l'intention de la conduire à l'écart, loin de la populace. Il cherche du regard un endroit plus tranquille. Les jardins ouvriers. Il fait volte-face et prend la direction de la colline.

Zack peut enfin se détendre, la femme a renoncé à s'enfuir. Ils s'engagent sur un petit sentier, passent devant des massifs de seringas en fleurs et quatre retraités assis sur un banc lorsque, sans qu'il s'y attende, sa prisonnière lui fait une prise de jujitsu qui lui tord douloureusement la main avant de se libérer et de sortir un couteau avec lequel elle se met à le menacer.

Une vieille dame aux cheveux blancs assise sur le banc pousse un cri d'effroi et Zack voit du coin de l'œil que des passants se sont arrêtés et les observent.

J'aurais dû m'en douter.

Elle tient le poignard devant elle et se déplace lentement autour de lui.

Zack brandit à nouveau son insigne de police. Autant à son intention qu'à celle des badauds. Il n'a pas envie d'être une fois de plus plaqué au sol par un gros balèze.

Mais la femme reste concentrée sur son visage et continue de décrire un cercle autour de lui en le menaçant de son couteau. Zack s'efforce de maintenir une distance de sécurité entre elle et lui.

Son pistolet n'est pas une solution dans les circonstances présentes. Il y a trop de monde à proximité. Alors il décide de continuer à tenir sa plaque devant lui en attendant qu'une occasion se présente.

« Je suis policier, dit-il. Vérifiez. »

Au moment où elle détourne le regard pour examiner son insigne, Zack passe à l'action. Avec une telle rapidité que la femme n'a pas le temps de réagir, il sort sa matraque télescopique.

Une Bonowi EKA Camlock, le nouveau modèle qui équipe la police suédoise. Zack en est fan. Légère, elle se déploie d'une simple pression du pouce et de l'index.

La matraque en acier vient fouetter le poignet de la femme avec un bruit métallique.

La lame scintille dans l'air. Avant même que le couteau soit retombé sur le chemin poussiéreux, Zack a maîtrisé la femme avec une clé de bras.

Puis il la force à se remettre en route. Il marche derrière elle sans lâcher son bras. Elle se débat, essaie de se libérer. Mais il resserre sa prise, se penche en avant et dit à voix basse :

« À quoi bon résister ?

— Je ne dirai rien », réplique la femme dans un suédois parfait.

7

L'enseigne rose du salon de massage est éteinte et la porte verrouillée. La femme est assise dans l'entrée, dans un canapé bleu élimé, jambes croisées. Elle fixe d'un air absent le bracelet en tissu multicolore qui orne son poignet gauche. La lueur vacillante de la télé fixée en haut du mur projette des ombres sur son visage.

Deniz et Zack sont allés chercher des chaises et ont entamé l'interrogatoire, mais ils se heurtent pour l'instant au mutisme de la femme.

« Allez, dit Zack. Nous le saurons tôt ou tard, de toute façon. Êtes-vous Sukayana Prikon ? »

Elle a toujours les yeux rivés sur son bracelet. Elle ne se tait plus par peur. Juste par obstination.

Zack s'étonne de son silence. Ses quatre employées ont été assassinées et elle reste assise là, sans rien dire, comme une adolescente que ses parents auraient contrainte à écouter leur sermon.

Soit c'est sa manière à elle de gérer ses émotions, pense Zack, *soit elle est plus dure que la moyenne. Tout le monde ne sortirait pas un couteau face à un de ses semblables, quelles que soient les circonstances.*

Zack se demande quelles épreuves elle a traversées au cours de sa vie, ce qui a bien pu l'endurcir à ce point.

« D'accord. Dans ce cas, nous allons procéder autrement », finit-il par dire en sortant son portable et le bout de papier que lui a confié Douglas. Il compose le numéro qui a été noté dessus et, quelques instants plus tard, une sonnerie retentit dans le sac à main rouge de la femme.

« Nous avions vu juste. Vous êtes bien Sukayana Prikon. C'est du moins comme ça que vous appelaient vos employées qui ont été assassinées cette nuit. »

Enfin, elle pousse un soupir, lève son regard noir et froid et se met à fixer le mur en face d'elle. *Qu'y a-t-il derrière ces yeux?* se demande Zack. *Rien?*

« Oui, c'est bien moi, dit-elle alors.

— Eh bien, Sukayana, parlez-nous un peu de ces femmes. Qui étaient-elles? Comment s'appelaient-elles? D'où venaient-elles? interroge Zack.

— De Thaïlande, comme moi. Des braves filles, toutes les quatre. Travailleuses, compétentes. Appréciées des clients. Elles n'avaient qu'un seul défaut, le manque de ponctualité, mais elles progressaient.

— Et leurs noms? »

Sukayana hésite un instant, puis répond :

« Prataporn Sirawhat, Pehn Shinanaroi, Armorn Rattanakosin et Pakpho Rikritwata. »

Zack tire un calepin et un stylo à bille de sa poche intérieure et les lui tend.

« Pourriez-vous noter leurs noms, s'il vous plaît? »

Elle s'exécute promptement, d'une écriture élégante et lisible.

Zack repense aux cadavres. Au sang, aux éclats de cervelle. Qui est qui?

« Nous aurons aussi besoin que vous nous aidiez à les identifier. Mais plus tard. »

Puis Sukayana Prikon le regarde droit dans les yeux et, pour la première fois, son regard semble contenir un soupçon d'humanité.

« Pourquoi avez-vous fui en nous voyant? demande Deniz.

— J'ai paniqué. J'ai cru que vous étiez venus pour me tuer aussi. »

Zack acquiesce. Une réaction naturelle.

Il transpire toujours après sa folle course-poursuite de tout à l'heure. Jamais il ne s'était senti aussi observé que quand il avait reconduit Sukayana Prikon au salon de massage à travers le parc de Tantolunden. Il se tenait sur ses gardes, prêt à faire face à une nouvelle attaque de la part d'un groupe de pères de famille. Mais Deniz avait fini par accourir et les gens avaient alors commencé à comprendre de quoi il s'agissait.

Le retour jusqu'à Lindvallsplan s'était passé dans le calme jusqu'au moment où ils avaient croisé un homme avec un gros berger allemand. Quand le chien s'était mis à aboyer contre un petit terrier, la femme avait soudain été prise de panique. Elle s'était débattue pour tenter de se libérer et, comme elle n'y parvenait pas, s'était réfugiée derrière Zack et Deniz en les suppliant de l'aider.

Le chien, avec sa gueule pleine d'écume, semblait avoir réveillé en elle une vieille terreur.

Quand, enfin, elle avait retrouvé son calme, Deniz lui avait demandé une explication et elle avait répondu :

« Je n'aime pas les chiens. »

« C'est vous qui avez découvert les victimes dans l'appartement ? » l'interroge maintenant Zack.

Sukayana Prikon hoche la tête.

« L'une d'elles vous a envoyé un SMS. Sur le portable que je viens de faire sonner. *"Help us he kill all."* Quelques heures plus tard, vous l'avez rappelée à plusieurs reprises. Et comme vous n'aviez pas de réponse, vous vous êtes rendue à leur appartement, c'est bien comme ça que ça s'est passé ? »

Elle hoche à nouveau la tête. Désormais, elle ne parvient plus à dissimuler sa peur. Et ses pupilles sont anormalement contractées.

« Vous êtes-vous inquiétée quand vous avez reçu le SMS ? » demande Deniz.

Sukayana Prikon ne répond pas.

« De qui parle-t-elle ? Dans son message. Qui est-ce qui les a tuées ?

— Je n'en ai aucune idée.

— Où étiez-vous, cette nuit, Sukayana ? demande Zack.

— Chez moi. Je dormais. Je travaille douze heures par jour. Alors, la nuit, je dors.

— Quelqu'un pourrait-il le confirmer ?

— Non. »

Le ton de sa voix est dur, presque réfractaire.

« Nous avons besoin d'en savoir plus sur votre activité afin de pouvoir cerner le tueur, dit Deniz.

— Il n'y a pas grand-chose à dire. C'est un salon de massage tout ce qu'il y a de plus banal.

— Dirigez-vous le salon vous-même ?

— Oui.

— Vous n'avez pas d'associé ?

— Non. »

Réponses rapides, relève Zack. Un peu trop, peut-être.

« Qui sont vos clients ?

— On a de tout. Des hommes d'affaires, des agents d'entretien, des étudiants. Des habitués, pour la plupart.

— Et vous pratiquez exclusivement des massages ? demande Zack. Pas de…

— Prestations sexuelles, vous voulez dire ? Tout ça parce que c'est un salon de massage thaïlandais. Non, monsieur, nous ne pratiquons pas ce genre de choses.

— Nous avons découvert de grandes quantités de gel intime et de préservatifs dans l'appartement de Hallonbergen. Ce qui laisserait à penser qu'elles se prostituaient, intervient Deniz.

— Ça signifie juste qu'elles avaient une vie en dehors du salon. Sans vouloir les juger. »

Sukayana Prikon s'apprête à ajouter quelque chose mais s'interrompt. Derrière son masque dur, Zack a l'impression de distinguer dans ses yeux quelque chose qui ressemble à du chagrin. Elle lui adresse un regard qui dit : *Jeune homme, qu'est-ce que quelqu'un comme vous connaît du monde dans lequel nous vivons ?*

À la télé, c'est le début des informations. Zack lève la tête vers l'écran. Seize heures. Déjà ?

Dans le canapé, Sukayana Prikon change de position, croise les bras et le fixe. Puis, sur un ton presque méprisant, elle lance :

« Qu'est-ce que vous croyez ? Pourquoi ces femmes pauvres n'auraient-elles pas eu le droit de s'envoyer en l'air avec un Suédois pour cinq cents couronnes ? Ici, elles peuvent gagner en une semaine ce qu'elles n'arriveraient pas à se faire en un an en Thaïlande.

— Donc, vous confirmez qu'elles se prostituaient ? observe Deniz.

— Je n'ai pas dit ça. Quand elles étaient chez moi, elles se contentaient de faire des massages thaïlandais. Ce qu'elles faisaient sur leur temps libre ne me regarde pas », réplique Sukayana Prikon.

Zack se demande qui elle cherche à couvrir. Elle ? Ses employées ? D'éventuels souteneurs ?

Ou ses clients. Ces sales porcs de Monsieur-Tout-Le-Monde qui profitent de la vulnérabilité de certaines jeunes femmes.

Un petit coup rapide après le boulot avant de rejoindre bobonne et les mômes.

Mais qui suis-je pour donner des leçons de morale ?

La télé diffuse un reportage tourné dans un centre commercial à la périphérie de la ville. Le PDG d'une société immobilière s'exprime au sujet des loyers exorbitants que son entreprise est accusée de réclamer aux commerçants.

« Ce n'est pas vrai du tout. Nos loyers sont à un niveau qui correspond au marché et nous ne devons pas perdre de vue que… »

Sukayana Prikon lève les yeux vers l'écran. Elle ricane.

« Dans mon pays, ils sont tous comme lui. Corrompus. »

Sur ce, elle s'empare de la télécommande et éteint le téléviseur.

Deniz change de sujet.

« Sukayana, qui aurait pu vouloir supprimer vos employées ?

— Je n'en ai pas la moindre idée. Comme je vous l'ai dit, elles étaient adorables. Elles restaient beaucoup entre elles et se tenaient autant que possible à l'écart des problèmes.

— Jamais aucun client ne s'est plaint ou n'a eu un comportement inapproprié ? » s'enquiert Zack.

Ou pété les plombs parce qu'il n'avait pas obtenu ce qu'il voulait ?

« Non, pas que je sache.

— Tenez-vous un registre de la clientèle ?

— Pourquoi cette question ?

— Pour l'instant, nous n'écartons aucune piste, aussi toutes les personnes qui ont été en contact récemment avec vos quatre employées sont susceptibles de nous intéresser, en particulier leurs clients.

— J'ai bien quelques noms et adresses qui figurent sur certaines factures, mais rien de plus. La plupart des gens règlent en liquide et je ne prends pas forcément la peine de noter leurs noms.

— Vous devez quand même bien avoir un planning, non ?

— Bien sûr. Mais, en général, je me contente juste de noter leurs prénoms.

— Nous aimerions quand même y jeter un œil, dit Deniz. Et nous aurons aussi besoin de contacter les familles des victimes. Comment les avez-vous connues ? »

Sukayana Prikon se renverse dans le canapé et semble réfléchir.

« Je crois qu'aucune d'elles n'avait de proches en Suède. Vous allez devoir chercher en Thaïlande.

— Comment les avez-vous connues ? » insiste Zack.

Nouveau silence.

« Je vous rappelle que nous enquêtons sur un quadruple meurtre et que, pour le moment, l'unique point commun entre les victimes, c'est vous. Nous ne vous laisserons pas tranquille tant que vous n'aurez pas répondu à toutes nos questions. Alors vous avez le choix. Soit vous parlez maintenant, soit on vous obligera à le faire cette nuit en salle d'interrogatoire. C'est vous qui voyez »

Sukayana Prikon fixe à nouveau son bracelet.

Deniz reprend sur un ton plus aimable :

« Nous ne sommes pas corrompus comme ce type en costume qui était à la télé tout à l'heure. En fait, nous sommes même très compétents dans notre domaine, mais nous ne parviendrons jamais à résoudre cette affaire sans votre aide.

— Il y a une société de recrutement, lâche Sukayana Prikon après un bref silence. Rekryteringshjälpen AB. Ils m'aident à trouver des employées sérieuses en Thaïlande.

— Vous avez leur numéro ?

— Je peux vérifier. »

Elle fouille dans son sac à main et en sort un téléphone portable avec une coque rose brillante.

« Non, je ne l'ai pas. J'ai l'habitude d'aller voir sur leur page Web quand j'ai besoin de les appeler. »

Zack est attentif à chacun des gestes de Sukayana Prikon. Il a toujours du mal à comprendre comment une femme de son âge peut être aussi rapide et souple et il repense à la réaction de désespoir qu'elle a eue dans le parc de Tantolunden.

J'ai cru que vous étiez venus pour me tuer aussi.

Il aurait réagi comme elle s'il avait été à sa place.

Et si la cause de son désespoir était tout autre ? Si, par exemple, elle avait fait appel à un tueur pour éliminer ses employées ? Il a du mal à croire qu'elle ait pu agir elle-même.

Quelle raison aurait-elle pu avoir de les supprimer ? C'étaient tout de même ses employées. Pour les faire taire, peut-être ? Pour ne pas être accusée de proxénétisme ?

Le fait qu'elle ait tenté à plusieurs reprises de joindre l'une d'elles sur son téléphone semble indiquer qu'elle ignorait ce qui leur était arrivé.

Zack poursuit le fil de ses pensées. Peut-être qu'un événement les avait poussées à vouloir quitter le bateau. Ou se venger.

Soudain, il se rend compte qu'il fait déjà une fixation sur la piste de la prostitution. C'est ce qu'il reproche souvent à ses vieux collègues usés qui ont tendance à décider ce qu'est la vérité avant même que l'enquête ait réellement débuté et qui, pour cette raison, négligent souvent des informations cruciales.

Il ne doit pas devenir comme eux.

« Votre geste était parfaitement exécuté, tout à l'heure, quand vous vous êtes libérée, dit-il. Vous pratiquez le jujitsu ? »

Elle sourit à ce compliment.

« Plus maintenant. C'est mon grand-père qui me l'a enseigné quand j'étais petite fille.

— Ici, à Stockholm ?

— Non, je suis née en Thaïlande. Je suis arrivée ici à l'âge de treize ans.

— Pourquoi ?

— Pour les mêmes raisons que la plupart des autres. Dans l'espoir de trouver une vie meilleure dans un pays prospère. »

Le ton ironique de sa voix laisse entendre que la réalité n'était pas tout à fait au niveau de ses attentes.

« Nous allons devoir emporter des choses qui vous appartiennent, lui annonce-t-il. Votre ordinateur portable et votre téléphone, entre autres. J'aimerais aussi que vous nous remettiez vos listes de réservations, vos livres de comptes ainsi que vos bilans annuels.

— Eh, vous n'avez pas le droit ! J'en ai besoin pour travailler !

— Si, nous en avons parfaitement le droit. D'après le chapitre vingt-sept du code de procédure.

— Mais comment vais-je pouvoir… »

Zack l'interrompt.

« En revanche, nous n'allons pas vous arrêter, bien que vous ayez tenté de fuir et menacé un policier avec une arme blanche. Vous avez eu peur et nous le comprenons. »

Zack se tourne vers Deniz qui acquiesce. Ils sont sur la même longueur d'onde.

« Nous aurons encore des questions à vous poser. Très bientôt. Alors vous allez devoir vous tenir à notre disposition. »

Sukayana Prikon ouvre la bouche comme pour protester, mais la referme et reste muette.

Elle remet son téléphone à Zack.

« Je comprends que ce soit ennuyeux pour vous, dit-il. C'est pourquoi je vous promets que vous pourrez le récupérer dès demain. C'est d'accord ? »

Elle acquiesce, comme une grand-mère résignée qui ne voit pas d'autre issue que de céder aux caprices de son petit-fils.

« Et maintenant, si vous pouviez m'indiquer où vous rangez vos serviettes de toilette. »

Zack s'adresse ensuite à Deniz :

« Tu peux demander qu'on nous envoie une voiture supplémentaire ? On va avoir besoin d'aide pour tout transporter. »

Un quart d'heure plus tard, ils sont dans la rue. La chaleur est toujours aussi étouffante. Quelque part au-dessus d'eux, quelqu'un fait un barbecue sur son balcon.

Zack enfile ses lunettes de soleil Ray-Ban Aviator, envoie un SMS à Sirpa pour lui demander de faire des recherches sur Rekryteringshjälpen AB.

Sukayana Prikon s'est campée devant la porte de son salon et observe d'un œil furibond les policiers qui emportent un carton plein de serviettes de toilette.

Zack se tâte l'épaule et se demande s'il ne commet pas une erreur en la laissant libre. Elle n'a pas d'alibi. Et même si elle est innocente, peut-être qu'une menace pèse sur elle. Celui qui a assassiné ses employées pourrait aussi s'en prendre à elle et, dans ce cas, elle serait plus en sécurité à l'hôtel de police.

Mais on n'enferme pas les gens pour les protéger, songe Zack. Et comme il a pu le constater, Sukayana Prikon sait très bien se défendre toute seule.

8

Sirpa Hemälainen se frotte le genou gauche d'une main, tandis que, de l'autre, elle fait défiler avec sa souris les réponses à sa recherche.

Un site revient régulièrement dans la liste : *thai-massage.nu*, une sorte de forum où les internautes peuvent laisser des commentaires et noter les salons de massage. Mais jusque-là elle n'a rien trouvé d'autre que des insinuations à propos d'éventuelles activités de prostitution au Sawatdii. Rien de concret.

« Ici, on prend soin de tout votre corps. »

« … n'hésitent pas à prendre les problèmes à deux mains. »

« Tous mes muscles se sont détendus sauf un. Enfin si, même lui a fini par se détendre. »

Sur le forum de *Flashback*, les allusions sont déjà plus claires : « Les putes aux yeux bridés de Hornstull » et « Les prostituées thaï du Sawatdii ». Mais Sirpa connaît suffisamment la réputation de *Flashback* pour savoir que les informations que l'on y trouve sont à prendre avec des pincettes.

Elle s'accorde une courte pause pour se frictionner les genoux. Puis elle étire sa jambe. C'est une sensation douloureuse et agréable à la fois.

Elle s'empare de sa tasse, boit une gorgée et grimace. Son café est froid.

Elle jette un œil à l'horloge en bas de son écran. Cela fait déjà trois heures qu'elle est assise là.

Concentre-toi, Sirpa. Tu sais ce que t'a dit le médecin : levez-vous et marchez un peu toutes les heures. Plus souvent, si vous le pouvez.

Elle se lève de son petit coin isolé derrière ses deux écrans d'ordinateur de vingt-quatre pouces et scrute l'open space. Désert. Les autres sont toujours sur le terrain.

Elle, elle n'y est pas allée depuis le 7 novembre 1998.

Son accident continue de hanter ses nuits. Elle le revit encore et encore. Les plots en béton qui se rapprochent d'eux. Le hurlement de son collègue Stig : « Meeeeerde ! »

Il n'y avait même pas de verglas, ce jour-là. C'étaient les freins. Ils avaient lâché d'un coup.

Stig était décédé sur le coup. En laissant une femme et deux enfants en bas âge.

Quant à elle, elle s'en était tirée avec les deux genoux brisés.

Dix-sept mois plus tard, son époux l'avait quittée pour une autre. Sirpa est consciente que c'est son travail qui, à l'époque, lui a permis de tenir, de ne pas sombrer dans l'amertume et la dépression.

Désormais, elle sourit quand elle se regarde dans le miroir le matin. Ses collègues sont toujours heureux de la voir. Elle est de ceux qui apportent de la bonne humeur au bureau. De ceux qui aident à élucider des crimes. Qui pointent des détails que d'autres n'auraient pas relevés.

Sirpa pourrait gagner confortablement sa vie si elle vendait ses services en qualité de consultante ou si elle donnait des conférences sur la cybersécurité. Mais elle se contente d'animer de temps en temps des formations à Internet. Elle tient à être là où l'on a le plus besoin d'elle. Et c'est ici, au sein de l'Unité spéciale. Là où ses compétences peuvent faire la différence. Et tant pis pour Ericsson, ils devront faire sans elle.

Elle se replonge dans les terrains marécageux du Net. Elle patauge dans des mares d'eau stagnante qui puent les préjugés moisis et la haine refoulée. Elle s'y enfonce de plus en plus profondément, forum après forum. Elle copie les liens et textes qu'elle juge intéressants dans un document spécial et surligne les passages sur lesquels elle compte revenir plus tard.

La haine à l'égard des Thaïlandaises semble avoir généré une véritable sous-culture. Sirpa se sent gagnée par la tristesse tandis qu'elle parcourt les messages.

> Ces jaunes qui se reproduisent comme des lapins se répandent sur tout le globe telle une épidémie d'yeux bridés. Nous devons nous dresser contre eux. Nous devons porter le message et élever des murailles. Bientôt, il sera trop tard.
>
> **Dans l'intérêt de la nation**
>
> Traitons donc ces putains avec leur propre médecine ! Les viols collectifs sont le seul langage que comprennent les prostituées thaï.
>
> **Le Suédois**
>
> Je SAIS que ces pseudo « instituts de massage » sont des bordels déguisés car je l'ai constaté de mes propres yeux au salon Sawatdii, sur l'île de Södermalm, à Stockholm. Quand je leur ai demandé quels types de massages elles proposaient, elles m'ont répondu que tout était possible. J'ai alors décidé de voir jusqu'où elles étaient prêtes à aller et opté pour un massage « happy ending » à la main pour trois cents couronnes. J'ai bien entendu alerté la police sur leurs pratiques, mais ça n'a rien donné. Je suis prêt à parier qu'elles ont des flics dans leur clientèle. Il n'y a pas de place pour ces saletés d'étrangères dans notre société. On devrait les flinguer, les déporter, les enfermer dans des camps. Qui sait quelles maladies elles véhiculent ?
>
> **Gustav Vasa**

« Gustav Vasa, mon cul », marmonne Sirpa en pianotant sur son clavier pour vérifier si d'autres messages n'auraient pas été laissés sur d'autres forums par le même pseudo.

Et elle en découvre des quantités impressionnantes. La plupart sur le site *cequeveulentlesfemmes.se*, une sorte de forum dédié aux films pornos. Elle lit quelques-unes des contributions de ce Gustav Vasa.

> Envoyez ici des messages d'alerte si vous repérez un film avec des actrices jaunes. Tous ceux qui, comme moi, se battent pour empêcher le mélange inutile des races peuvent être choqués par ces scènes. Que la femelle en question ait été malmenée par quatre hommes et que la scène se termine par une double pénétration peut toutefois être considéré comme une circonstance atténuante.

Elle cherche encore. Ouvre un blog WordPress intitulé « Gustav Vasa » et le lit avec un intérêt croissant.

La page promeut des idées d'extrême droite et reprend des messages d'*Avpixlat*. Gustav Vasa publie des textes expliquant comment l'immigration anéantit peu à peu la culture suédoise.

Gustav Vasa. Tu es donc à la fois un pervers et un militant d'extrême droite. Ça mérite que je me penche sur ton cas.

Elle recherche le propriétaire du nom de domaine et le retrouve sans peine.

Maintenant, nous allons voir qui tu es vraiment, pense-t-elle.

C'est la partie la plus intéressante de son travail. Identifier ceux qui se cachent derrière des pseudonymes. Vérifier leur situation familiale, s'ils ont un casier judiciaire ou des dettes auprès du fisc. Elle sait par expérience que la plupart de ces individus doivent de grosses sommes aux impôts et profitent largement de l'État-providence.

Mais pas Gustav Vasa. Ce monsieur semble plutôt jouir d'une situation confortable.

Elle poursuit ses recherches dans différents registres et tombe sur son nom dans une affaire de viol qui a été classée sans suite.

Décidément, plus elle en apprend sur lui, plus il la dégoûte.

Elle copie le document dans un dossier et continue. Après avoir constaté qu'il était impliqué dans une autre affaire, elle a la certitude qu'il s'agit de l'homme qu'ils recherchent.

« Alors, Sirpa, ça avance ? »

Niklas Svensson et Rudolf Gräns se dirigent vers son bureau.

« De la haine, de la haine et encore de la haine, répond-elle. Mais si c'est un cinglé qu'on recherche, alors je pense avoir mis la main sur un candidat sérieux.

— On t'écoute, dit Niklas d'un air intéressé en se penchant sur son écran où est affichée une photo d'identité en noir et blanc.

— Il s'appelle Peter Karlson. Trente-six ans. Croyez-le ou non, c'est aujourd'hui son anniversaire. Il est responsable du développement chez D'Inc:s, une société d'informatique située dans l'une des tours de la place Hötorg. Il occupe ses soirées en visionnant des films pornos à tendance sadique et en répandant sa haine des Asiatiques sur un blog de nationalistes fanatiques qui compte quarante mille visites par semaine.

— Ça fait beaucoup ou pas ? s'enquiert Niklas.

— C'est énorme. Peu de journaux locaux peuvent se vanter d'être autant suivis. »

Sirpa tire une chaise et invite Rudolf à s'asseoir.

« Mais il y a plus intéressant encore, poursuit-elle. En septembre dernier, une jeune femme dont il avait fait la connaissance sur un site de rencontres a porté plainte contre lui pour viol, à la fois par voie vaginale et par voie anale. Les faits n'ont jamais pu être prouvés, mais il suffit de lire le rapport du collègue chargé de l'enquête préliminaire pour comprendre qu'il n'a pas sauté de joie quand il a dû le relâcher. Il est également impliqué dans un procès. À propos d'un massage impayé. Je vous laisse deviner où.

— Au Sawatdii ? Ce n'est pas vrai ?

— Tout à fait. Il a refusé de payer la facture au motif que la masseuse était incompétente. Le jugement n'a pas encore été rendu. »

Niklas siffle bruyamment.

« Mais ce n'est pas tout. Peter Karlson a aussi obtenu une médaille de bronze aux championnats de Suède junior de tir au pistolet.

— Est-ce qu'il possède une arme ?

— Il n'en a aucune d'enregistrée, en tout cas.

— Et ce blog raciste, il est intéressant ? interroge Rudolf.

— Oui, très. Il faut que je vous fasse écouter quelque chose. »

Elle se rend sur la page du blog, sélectionne un texte et lance la fonction « VoiceOver » de son MacBook. Une voix électronique se fait alors entendre :

> « Les innombrables viols dont sont victimes les femmes suédoises de la part des musulmans représentent sans conteste un problème majeur, mais ils ne doivent pas faire oublier que d'autres étrangers menacent notre société.
>
> Au premier rang desquels les Asiatiques qui fraudent le fisc et gagnent notre confiance pour profiter au maximum des largesses de notre société. Ils dissimulent des revenus et privent les autorités de ressources destinées à financer nos écoles et nos maisons de retraite pour, à la place, les envoyer à leurs cousins en Thaïlande ou au Viêtnam.
>
> Certes, leurs crimes sont moins spectaculaires que ceux des musulmans, mais les milliards de couronnes qu'ils détournent chaque année auront sur le long terme un impact désastreux à la fois pour les générations futures et pour ceux qui ont bâti ce pays.
>
> C'est pourquoi il nous faut les stopper à tout prix. »

Rudolf réajuste ses lunettes de soleil et dit :

« Voici donc un homme qui était en conflit avec au moins une des victimes, qui déteste les Asiatiques, qui sait manier une arme à feu et qui a des pratiques sexuelles à tendance sadique. »

Niklas consulte l'horloge.

« Il est cinq heures et demie. Tu crois qu'il est encore au bureau ?

— Ça vaut la peine de tenter le coup. Les gens qui ont de gros salaires quittent rarement le travail à seize heures.

— D'accord, on y va. »

Rudolf Gräns se lève de sa chaise et boutonne sa veste, perdu dans ses réflexions.

Y a-t-il toujours eu autant de haine dans la société ? Peut-être, mais alors elle n'était pas aussi visible. *Ce qui est nouveau, avec Internet*, pense-t-il, *c'est que chacun peut s'exprimer sans le moindre filtre.*

L'humanité est-elle vraiment prête au défi psychologique qu'implique cette exposition constante de nos penchants les plus sombres ?

9

Ils se trouvent en voiture sur le pont de Västerbro, englués dans les bouchons, quand le téléphone de Zack se met à sonner.

C'est Sirpa.

« On a identifié un suspect intéressant, annonce-t-elle avant de lui dépeindre Peter Karlson.

— Où est-ce qu'on peut le trouver ? demande Zack.

— L'Oracle et Niklas sont déjà en route. Je voulais juste que vous soyez au courant. J'ai aussi découvert quelque chose sur Rekryteringshjälpen AB. »

Zack sera toujours impressionné par l'efficacité de Sirpa. À peine quinze minutes se sont écoulées depuis qu'il a appelé Douglas pour lui rendre compte de leur conversation avec Sukayana Prikon. Ce qui signifie que Sirpa a eu connaissance de ces informations il y a cinq minutes maximum.

« Ah bon ? Quoi ?

— Il semblerait que ce bureau de recrutement soit lié au gang de motards Brotherhood of No Mercy. Sonny Järvinen, le chef de cette Fraternité, siège à la direction de la société. »

Zack connaît bien ce nom. Il est régulièrement question de Sonny Järvinen dans les médias. Dernièrement, on avait appris que des membres du club avaient fraudé la caisse d'assurance maladie pour un montant total de plusieurs millions de couronnes.

Il se souvient d'avoir ri en lisant la nouvelle. Sacrés motards. Ils se font appeler les « un pour cent », ils prétendent vivre en marge de la société, mais quand il s'agit de se faire rembourser des frais de santé, ils n'ont plus rien contre le système financé par les impôts. C'est alors qu'ils montrent ce qu'ils sont vraiment : des morveux qui retournent voir leur mère en pleurnichant une fois qu'ils ont dépensé tout leur argent de poche.

« Tu peux vérifier où se trouve leur club ? Il me semble qu'ils ont déménagé récemment.

— C'est déjà fait, répond Sirpa. Tu as de quoi écrire ?

— Non, mais j'ai une putain de mémoire », plaisante-t-il.

Quelques secondes plus tard, Zack raccroche et dit à Deniz :

« Sirpa a identifié un client et un gang de motards qui ont des liens avec le salon Sawatdii.

— On commence par qui ?

— Niklas et Rudolf se chargent du cinglé. On va rendre une petite visite à nos amis motards. Ils ont déménagé leur club à Bromma. »

La circulation sur le pont de Traneberg est encore plus dense que sur celui de Västerbro. L'aiguille de l'indicateur de vitesse décolle à peine.

Les rayons du soleil donnent aux eaux du lac d'Ulvsunda l'apparence d'un voile de soie ondoyant dans une brise légère et Zack observe d'un œil envieux trois kayakistes qui longent la berge en contrebas.

« Qu'est-ce que tu sais à propos de cette confrérie ? demande Deniz.

— Je sais qu'au cours des deux, trois dernières années, ils sont parvenus à gagner le respect des Hell's Angels et des autres gangs de motards. Ce qui en dit long sur leur degré de violence. Rien que ce printemps, on leur a attribué deux homicides non résolus. Malheureusement, ils n'ont jamais été inquiétés, faute de preuves.

— D'accord. Donc, Sukayana Prikon a fait appel à une société contrôlée par une organisation criminelle pour recruter des employées pour son salon de massage. Si elle s'est tournée vers ces gens, on peut légitimement imaginer que c'est parce qu'elle cherchait des prostituées. Puis quelque chose est allé de travers et a rendu nécessaire que ces femmes disparaissent. Mais quoi ?

— S'ils avaient voulu les faire disparaître, je pense qu'ils s'y seraient pris de manière plus discrète. Ils les auraient enterrées en forêt, par exemple. Non, j'ai plutôt l'impression que ceux qui ont fait ça voulaient marquer les esprits.

— Tu penses à des concurrents ?

— Possible. Des concurrents qui cherchent à leur ravir des parts de marché et qui ont des méthodes particulièrement brutales. »

Après avoir traversé Alvik, ils poursuivent en direction de l'aéroport pour s'engager dans la zone industrielle d'Ulvsunda, un paysage de façades décrépites, de hauts grillages, de nids-de-poules.

« Arrête-toi ici, dit Zack en pointant du doigt. C'est là-bas. »

Deniz se range le long du trottoir. Environ trente mètres plus loin se dresse un grand mur de béton surmonté de barbelés derrière lequel on aperçoit le toit en tôles ondulées d'un vieux bâtiment industriel.

« Est-ce que tu penses qu'on peut sonner à la porte et demander si Sonny Järvinen veut bien nous faire une visite guidée de sa forteresse ? plaisante Zack.

— Je te parie tout ce que tu veux qu'il a un gros canapé couvert de coussins dans son bureau et *"Carpe diem"* écrit sur le mur », réplique Deniz.

Ils sonnent à l'interphone près du portail en fer rouillé. Une plaque en métal avec le logo du club est fixée à hauteur des yeux. Deux barbus aux visages anguleux se tenant par les épaules. Des silhouettes noires sur fond rouge.

Zack n'avait jamais remarqué que les bras des deux hommes se confondaient pour n'en former qu'un. Le bon vieux mythe des frères inséparables.

Ils sonnent à nouveau.

« Il est encore temps d'appeler du renfort, suggère Deniz.

— Tu crois que c'est nécessaire ? On veut juste parler un peu. »

Zack examine le mur. Il fait environ quatre mètres de haut. Une caméra de surveillance est braquée sur eux, mais elle a l'air d'être hors service. Sont-ils vraiment aveugles à l'intérieur ?

Il songe à Rudolf Gräns. Personne n'est totalement aveugle. Ils n'ont peut-être pas besoin de caméras pour sentir leur présence.

Mais l'endroit est tellement silencieux. Tellement désert. On dirait que toutes les entreprises de la zone ont mis la clé sous la porte et qu'ils se trouvent au milieu d'une ville fantôme.

Ce silence ne lui dit rien de bon. Deniz a peut-être raison, après tout. Ils auraient mieux fait d'appeler du renfort.

« On entre », finit-il tout de même par décréter.

Du pied, il prend appui sur une des charnières du portail et grimpe avec souplesse. Il n'a presque plus mal à l'épaule.

Il glisse les doigts de sa main gauche dans l'espace entre le chant du portail et le châssis, pose son autre pied dans une anfractuosité du béton, s'agrippe des deux mains au sommet, tend ses muscles et se hisse pour jeter un œil à travers les barbelés. Deux Harley-Davidson rutilantes sont garées devant le bâtiment, mais il n'y a aucun mouvement. Aucun bruit.

La cour bitumée est plus propre qu'il ne l'aurait cru. Il y a deux énormes barbecues à charbon, plusieurs tables rondes en plastique et des chaises blanches empilées les unes sur les autres. Au pied du mur, il voit un banc de musculation. Des poids de tailles diverses sont accrochés à des barres de fer fixées au mur.

Près du portail sont rangées des piles de rouleaux de laine de verre dans des emballages rouge et blanc et, un peu plus loin, des tas de bois de charpente.

Ils sont en pleine rénovation.

À ce moment un chien, quelque part dans le bâtiment, se met à aboyer.

S'il y a quelqu'un ici, il sait maintenant qu'il se passe quelque chose dehors.

Des sacs-poubelle sont entassés contre les rouleaux de laine de verre. Certains fermés, d'autres remplis de cannettes vides. Quelques guêpes et une nuée de mouches volettent autour.

Une odeur de bière fermentée atteint ses narines, portée par la brise. Et une autre odeur aussi. Une odeur de putréfaction.

Qu'y a-t-il dans ces sacs ?

Cette pensée lui donne la chair de poule.

Des corps humains ?

Des corps de femmes ?

Est-ce l'odeur de leur chair putréfiée qu'il sent ?

Le chien aboie de plus en plus fort.

Toujours pas le moindre signe de vie dans la cour.

Même le bâtiment industriel semble désert. Il n'y a pas de lumière aux fenêtres et, derrière les stores de l'étage, tout est calme.

Zack se hisse au sommet du mur et s'accroupit. Les barbelés s'accrochent à sa veste et à son jean, mais il parvient à les abaisser avec un pied et à se libérer des pointes acérées.

Il scrute à nouveau la cour et le bâtiment.

Soudain, le chien se tait.

Zack se fige. Une goutte de sueur dégouline entre ses omoplates. Mais rien ne se passe.

Il regarde autour de lui une dernière fois, puis se redresse, pose ses deux pieds sur le fil barbelé et saute.

Il atterrit en douceur. Sans attendre, il s'élance vers le bâtiment, résistant à la tentation de s'arrêter pour vérifier le contenu des poubelles. Il s'adosse à la façade et regarde autour de lui avant de s'avancer à pas feutrés. Il jette un œil derrière. Une camionnette est garée le long d'un quai de chargement.

Il y a bien des gens ici. Mais où se cachent-ils ?

Sa respiration s'emballe.

Il a les idées aussi claires qu'après trois rails de cocaïne.

Il regagne discrètement le portail, presse un bouton sur lequel est représentée une clé pour l'ouvrir, et Deniz s'apprête à dire quelque chose en entrant quand son regard se fige sur un point au-dessus de l'épaule de Zack.

« Sur le toit ! À couvert ! »

Une balle ricoche contre le portail avec un bruit métallique. Ils se jettent derrière les rouleaux de laine de verre. Zack riposte tandis que Deniz appelle du renfort.

Des claquements sourds retentissent et deux autres projectiles viennent se ficher dans la laine de verre.

Une balle frappe de plein fouet l'un des sacs-poubelle. Le plastique noir s'éventre, laissant apparaître un morceau de chair sanguinolent.

Des restes humains ?

Nouvelle salve. Cette fois, le son est différent. Plus doux.

Un fusil.

« Merde. Ils sont au moins deux, peste Zack. Tu vois quelque chose ?

— Que dalle, répond Deniz. Il faut à tout prix qu'on se tire d'ici. »

La puanteur qui s'échappe des poubelles est désormais insoutenable.

Zack crie de toutes ses forces :

« Nous sommes de la police ! Déposez vos armes ! »

Aussitôt, une balle claque contre le mur derrière eux et Zack est frappé à la joue par des éclats de béton.

Je ne peux tout de même pas mourir ici.

Je ne peux pas trahir la promesse que j'ai faite à maman.

À la détonation suivante, Deniz pousse un cri de douleur tandis que des aboiements retentissent dans la cour.

10

L’entrée de la tour numéro 5 de la place Hötorg est habillée de marbre noir poli du sol au plafond. Le message que l’on cherche à faire passer est clair : ici, on se fait du fric.

Niklas Svensson et Rudolf Gräns pénètrent dans un ascenseur aux parois blanches brillantes et aux portes dorées. Les boutons sont chromés et entourés d’une discrète lumière bleue. Une voix féminine suave s’adresse à eux par un haut-parleur intégré :

« *Which floor, please ?*

— *Sixteen*, répond Rudolf.

— *Sixteen*, répète la voix », tandis que l’ascenseur décolle en douceur et sans un bruit.

Rudolf et Niklas ne peuvent s’empêcher de rire.

« C’est rassurant de constater que des gens n’hésitent pas à dépenser des fortunes pour faciliter la vie des pauvres aveugles, plaisante Rudolf. On n’est pas près de voir ça à l’hôtel de police. »

Au seizième étage, le sol est en parquet huilé. Des chaises minimalistes faites de tubes en acier sont disposées devant la banque d’accueil blanche. L’air est agréablement frais, ni trop sec ni trop humide, optimal pour les humains aussi bien que pour les ordinateurs.

Rudolf guide discrètement Niklas à travers le couloir en posant une main derrière son coude.

Une jeune femme blonde aux cheveux attachés en chignon torsadé est assise derrière le comptoir. Sur le mur blanc derrière elle brille le logo cursif D'Inc:s en grands caractères verts.

« En quoi puis-je vous aider ? » leur demande-t-elle en rajustant sa veste noire. Niklas reconnaît le modèle. Sa femme Helena avait acheté la même chez H&M.

En fin de compte, ils ne sont peut-être pas aussi cool qu'ils voudraient le faire croire, pense-t-il. *À moins que ce ne soit Helena qui le soit plus.*

Le sourire neutre et professionnel de la femme a l'air tellement artificiel qu'il rappelle à Niklas les « hubots », les androïdes de la série télé *Real Humans : 100 % humain.*

« Nous venons voir Peter Karlson.

— Avez-vous pris rendez-vous ? »

La réceptionniste incline légèrement la tête sur le côté. Ses dents sont d'une blancheur éblouissante et parfaitement régulières.

« Non », répond-il.

La femme les considère d'un air sceptique en insistant tout particulièrement sur le papy aux lunettes démodées. Sans doute trouve-t-elle que tout cloche chez lui : sa veste froissée et mal taillée, son pantalon bon marché, son allure pataude. Il est tout sauf à sa place dans l'univers de perfection auquel elle appartient.

« Peter est extrêmement occupé et, si vous n'avez pas de rendez-vous, je ne puis malheureusement répondre favorablement à votre demande. En revanche, je peux lui transmettre un message si vous le désirez. »

Niklas lui présente alors son insigne.

« Nous sommes policiers. »

Le sourire de « hubot » de la femme se fige dans une grimace.

« Attendez ici, je vous prie. Vous pouvez vous asseoir si vous le souhaitez. »

Ils ont à peine eu le temps de prendre place que la réceptionniste revient déjà. Sa voix a retrouvé son ton faussement aimable.

« Avez-vous quelques minutes ? Peter est au téléphone. Il n'en a plus pour très longtemps. Puis-je vous offrir un café pour vous faire patienter ?

— C'est très aimable à vous, mais non merci », répond Rudolf.

Elle le détaille à nouveau, remarque Niklas, on dirait qu'elle a du mal à se faire à l'idée qu'elle va avoir cet infirme dans son champ de vision pendant encore quelque temps.

Rudolf tourne son visage vers elle, comme s'il pouvait la voir.

« Nous n'allons pas vous déranger bien longtemps. Vous n'avez aucune raison de vous inquiéter, mademoiselle. »

La femme prend un air surpris et cligne plusieurs fois des yeux nerveusement. Puis elle leur demande de l'excuser avant de se réfugier derrière son bureau.

Une porte en verre trempé s'ouvre et Peter Karlson apparaît. Il marche du pas décidé de ceux qui considèrent que le temps c'est de l'argent. En revanche, sa cravate à pois verts est très mal assortie à son costume bleu marine et le bout de ses chaussures en cuir est légèrement usé. Il a les cheveux châtains, courts, la raie sur le côté, et ses sourcils bruns font ressortir le bleu de ses yeux. Ses lèvres sont fines, il a une fossette discrète au menton. Niklas est surpris. Peter Karlson présente beaucoup mieux qu'il ne l'avait imaginé. Rien à voir avec l'homme des cavernes qui répand sa haine sur Internet.

« Messieurs, je ne vois pas vraiment en quoi je peux vous aider, mais je vous en prie, entrez. »

Lorsqu'ils pénètrent dans le bureau de Peter Karlson, Niklas a le souffle coupé par le panorama qui s'offre à lui. Le centre de Stockholm s'étend sous ses yeux.

Si seulement Rudolf pouvait voir ça.

La place Sergel avec ses pavés noirs et blancs. La Maison de la culture et sa façade vitrée, les gens qui tournent comme des poissons d'aquarium à l'intérieur, le Parlement, le palais royal, les bateaux du

Riddarfjärd. Niklas promène son regard sur ces paysages familiers. Le musée de Skansen, la colline de Hammarby, Skrapan, le gratte-ciel reconverti en résidence universitaire qui abritait autrefois l'agence des impôts.

Ils prennent place dans des fauteuils en cuir blanc. Niklas passe outre les habituelles formules de politesse.

« Dans le cadre d'une affaire criminelle sur laquelle nous enquêtons actuellement, nous sommes tombés sur des commentaires laissés sur le Net par un certain Gustav Vasa. Puisqu'il s'agit de votre pseudonyme et que vous êtes en même temps le propriétaire du blog du même nom, nous aurions souhaité vous poser quelques questions. »

La surprise de Peter Karlson en entendant le policier citer son pseudonyme transparaît l'espace d'un instant. Il sursaute, puis se renverse lentement contre le dossier de son fauteuil, un sourire arrogant aux lèvres.

« Que voulez-vous savoir ?

— Où vous étiez hier soir, par exemple.

— Je me trouvais à une fête à Edsviken, plusieurs témoins peuvent l'attester. C'était d'ailleurs une soirée très réussie. Nous avons discuté de l'avenir de notre pays entre Suédois raisonnables et bien élevés. Que rêver de mieux ?

— Combien de temps êtes-vous resté ?

— Je suis rentré chez moi juste après minuit.

— Quelqu'un peut-il le confirmer ?

— Non, je vis seul. Mais de quoi s'agit-il au juste ?

— Les opinions que vous exprimez sur votre blog…, commence Niklas.

— … ne sont pas les miennes, complète Peter Karlson. Évidemment que non. Vous l'avez vous-même constaté. Gustav Vasa est un personnage fictif avec lequel je joue. Comme dans un jeu de rôle, en quelque sorte. »

Peter Karlson consulte sa Breitling.

« Je trouve tout à fait absurde que vous me croyiez capable de commettre un crime.

— Nous n'avons rien affirmé de tel, réplique Rudolf sur un ton calme.

— Ah bon ? Vous venez tout de même de sous-entendre que des textes que j'ai écrits pour plaisanter avaient un lien avec un crime. Je trouve ça très vexant, si vous voulez mon avis. Et au fait, sur quoi enquêtez-vous ? »

Rudolf se penche en avant et demande :

« Pouvez-vous m'expliquer ce que vous reprochez aux Thaïlandaises ?

— Je n'ai rien contre elles, répond Peter Karlson en haussant les épaules d'un air innocent. Rien du tout. Tant qu'elles se plient aux lois et aux règles suédoises, elles peuvent faire ce qu'elles veulent.

— Mais sur Internet vous avez bien écrit qu'il fallait les buter ? lui fait remarquer Niklas.

— Comme je vous l'ai dit, j'exprime simplement les idées d'un personnage que j'ai inventé de toutes pièces. C'est une sorte d'opposé de moi-même.

— Et vous avez aussi écrit que vous aviez eu recours aux services de prostituées thaïlandaises. »

Peter Karlson se penche vers Niklas.

« N'avez-vous jamais fantasmé sur le fait de tuer quelqu'un ? Ou de coucher avec une autre femme que la vôtre ?

— Vous semblez prendre du plaisir à faire du mal aux femmes. Vous étiez bien coupable du viol dont vous avez été accusé, n'est-ce pas ? » demande Niklas.

Peter Karlson éclate de rire.

Niklas plonge ses yeux dans ceux, bleu pâle et froids, de son interlocuteur et a l'impression d'avoir en face de lui un psychopathe tout à fait capable de commettre le crime parfait. D'effacer toute trace de son passage. Or, Koltberg leur a signalé qu'ils avaient affaire à un meurtrier particulièrement doué à ce petit jeu.

« Et au salon Sawatdii, vous avez abusé une des employées ? » dit Rudolf d'une voix douce.

Karlson le considère avec dédain.

« Dites-moi, grand-père, vous avez aussi des problèmes d'audition ? Le commentaire que j'ai laissé sur le forum était un faux. Je n'ai jamais mis les pieds dans un salon de massage.

— Vous êtes-vous senti sale, après, ou était-ce quand même agréable ? » poursuit Rudolf en retirant ses lunettes pour se frotter les yeux.

Un sourire mauvais se dessine sur les lèvres serrées de Peter Karlson.

« D'accord, cette fois je comprends. Vous croyez que j'ai quelque chose à voir avec le massacre qui a été commis à Hallonbergen. Les Thaïlandaises qu'on a retrouvées ce matin. J'ai lu ça sur le site du *Dagens Nyheter*. Vous êtes complètement timbrés.

— Avez-vous conservé des pistolets de l'époque où vous pratiquiez le tir sportif ? » l'interroge Niklas.

Peter Karlson se contente de secouer la tête.

« Vous trouvez peut-être plus amusant de tirer sur des cibles vivantes que sur du carton. En particulier si lesdites cibles sont des étrangères qui pillent l'État suédois. Et qui, par-dessus le marché, ont le toupet d'exiger qu'on les paie même quand elles font mal leur boulot, insiste Rudolf.

— Je crois que cette petite conversation est maintenant terminée. Je vais vous raccompagner jusqu'à la sortie. »

Rudolf et Niklas se lèvent, Karlson se presse pour leur tenir la porte. Sur un ton sarcastique, il propose de guider Rudolf.

« Je ne voudrais pas que grand-père renverse quelque chose. »

Rudolf le laisse le prendre par l'épaule. Il sent le poids et la chaleur de son bras.

Il imagine Peter Karlson assis sur un banc de massage dans une pièce à l'atmosphère étouffante qui empeste l'huile de massage bon marché. Son pantalon est baissé sur ses chevilles et une main frêle fait des va-et-vient entre ses jambes tandis que, la tête renversée en arrière, il pousse des gémissements de plaisir.

Karlson appelle l'ascenseur pour eux et attend jusqu'à ce qu'ils soient montés à l'intérieur.

« Encore une dernière chose, dit Rudolf en se retournant.

— Oui ? Quoi ? » demande Karlson sur un ton agacé.

« Joyeux anniversaire. »

11

À nouveau, des balles claquent contre le mur, mais Deniz et Zack sont parvenus à se réfugier derrière le tas de bois de charpente, à quelques mètres des rouleaux de laine de verre. Les piles de planches font au moins un mètre de large. Aucune balle ne saurait les traverser.

Le visage de Deniz est déformé par la douleur et elle serre les dents. Elle retire sa main de sa gorge. Ses doigts sont rouges de sang.

« Merde, peste-t-elle.

— Laisse-moi voir », dit Zack.

Alors qu'il se penche sur elle pour examiner sa blessure, une image lui revient en mémoire. Celle d'une autre gorge, d'une autre plaie.

Il cligne des yeux et se force à revenir dans le présent. Un filet de sang s'est déjà faufilé sous le chemisier de Deniz, imbibant le tissu.

« Ta blessure n'est pas profonde, mais elle saigne beaucoup. »

Il déchire une bande d'étoffe de sa chemise, puis une seconde, plus petite, qu'il met en boule avant de l'appliquer contre la plaie.

« Tiens, appuie là-dessus. »

Il enroule la longue bande autour du cou de la jeune femme et fait un nœud.

« Dis-moi si c'est trop serré. Ce serait bête que je t'étrangle.

— Ça va », dit-elle.

Le silence règne à nouveau dans la cour. Même le chien a cessé d'aboyer. L'ambiance est si pesante qu'ils en regretteraient presque le sifflement des balles. Ils s'attendent avec angoisse à voir surgir le canon du fusil au coin de la pile de bois.

« Nous sommes de la police ! crie à nouveau Zack. Déposez vos armes. »

Il retire son blouson, en recouvre le canon de son pistolet, puis, avec précaution, lève celui-ci au-dessus du tas de planches.

Il se demande comment réagirait Mera si elle le voyait faire.

Une rafale s'abat sur le blouson et Zack est tout près de lâcher prise.

OK, ils sont toujours sur le toit. Et ils savent viser. Bordel de merde.

Il sent la colère monter en lui. Il n'a pas l'intention d'attendre ici que sa collègue se vide de son sang.

« Tu peux encore tirer ? » demande-t-il à Deniz.

Elle hoche la tête.

« OK. Quand je te le dirai, tu me couvriras. »

Zack renfile son blouson, se glisse jusqu'au bord du tas de bois et se prépare à jaillir.

« Maintenant ! » crie-t-il.

Deniz ouvre le feu tandis que Zack sprinte jusqu'à un escalier de secours en colimaçon qui mène au toit.

Il tient son Sig Sauer bien haut. Il jette sans cesse des regards vers le sommet, prêt à tirer au premier mouvement suspect.

De nouveaux coups de feu tonnent sur le toit. Zack profite du vacarme pour gravir les dernières marches au pas de course.

Il passe lentement la tête par-dessus le rebord. Cinq mètres plus loin, deux barbus avec des blousons noirs sont allongés, les yeux braqués sur la pile de bois. Celui qui se trouve le plus près de lui est énorme et tient dans ses mains une carabine à double canon prévu pour chasser les élans. L'autre est en partie dissimulé par son compagnon, mais Zack sait qu'il est armé d'au moins un pistolet.

Alors qu'il s'apprête à mettre le pied sur le toit, le barbu à la carabine ramène son arme pour recharger. Il casse le canon et plonge avec peine une main dans la poche de son blouson, en quête de cartouches.

Leurs regards se croisent.

« Il est sur le toit ! Descends-le ! »

Aussitôt, l'homme au pistolet lève la tête puis s'agenouille derrière la grosse carcasse de son camarade mais, avant qu'il ait eu le temps de le viser, Zack bondit et lui assène un coup de pied si violent que son arme lui échappe des mains.

En atterrissant, Zack plante son coude dans le ventre du gros à la carabine.

Puis il lui balance un coup de poing sur le nez qui envoie son crâne heurter le sol avec un bruit sourd.

Son corps cesse de bouger.

Du coin de l'œil, Zack voit arriver le pied de l'autre homme en direction de sa poitrine.

Il pare le coup avec ses avant-bras et une rotation du bassin. L'homme perd l'équilibre, Zack en profite pour lui mettre un coup de poing dans les parties intimes.

Les rôles sont maintenant inversés.

Le motard est à genoux et Zack debout. L'homme tente de se relever en se tenant l'entrejambe mais il n'en a pas le temps. La semelle de Zack l'atteint en pleine face, lui écrasant le nez et la bouche. Il est propulsé en arrière et atterrit lourdement sur le dos. Sans perdre un instant, il retourne l'homme au pistolet sur le ventre et lui fait une clé de bras.

« Tu as touché ma collègue, espèce d'enfoiré. Alors ferme-la. »

Il appuie si fort que le bras finit par émettre un craquement. Le barbu pousse un gémissement. Zack lui passe les menottes.

« Si tu essaies de te relever, je te défonce la gueule. »

Mais même s'il le voulait, l'homme ne pourrait pas aller bien loin.

Puis Zack sort de la poche intérieure de son blouson trois longues lanières de cuir. Il en passe une autour des chevilles de l'homme.

Il s'occupe ensuite du gros qui est toujours inconscient. Il le retourne aussi et lui ligote les mains dans le dos à l'aide d'une autre lanière.

On dirait une tortue géante.

Zack est sur le point de s'attaquer à ses jambes quand il entend quelque chose grincer, plus bas. Comme une fenêtre récalcitrante qu'on aurait ouverte de force.

« Ne tirez pas, ne tirez pas, crie une voix. C'était un malentendu. Vous êtes des flics, c'est bien ça ?

— Comme on l'a crié haut et fort à plusieurs reprises », répond Zack.

Silence.

Comment va Deniz ?

Puis un mensonge misérable :

« On ne vous a pas entendus. »

Il y a du vent sur le toit, mais il est chargé de la puanteur faisandée en provenance des sacs-poubelle.

« Deniz ! appelle Zack.

— Ici, répond-elle. Je les vois. Ils sont trois. »

Zack s'approche du bord du toit, le pistolet braqué vers le bas.

« Sortez. Les mains sur la tête. Un par un. »

Une trentaine de secondes plus tard, les trois motards sortent du bâtiment, les mains sur la tête. Deux d'entre eux sont des montagnes. Quant au troisième, plus petit et plus mince, il a des cheveux roux attachés en queue de cheval et un nez bourgeonnant. Zack le reconnaît aussitôt : Sonny Järvinen.

« Il y a encore du monde à l'intérieur ? » lance Zack tandis qu'il sent la colère l'envahir.

Vous avez essayé de nous descendre.

Bande d'ordures.

« Non, il n'y a que nous, répond Sonny Järvinen sur un ton calme en souriant à Zack.

— Au moindre geste brusque, on tire. Ma collègue et moi avons nos armes pointées sur vous. »

Enfin, le hurlement des sirènes de police s'élève dans le lointain. On entend même le rotor d'un hélicoptère en approche. Il survole le club à basse altitude avant de disparaître à nouveau. Zack est toujours sur le toit quand les premiers renforts débarquent dans la cour. Il appelle des collègues pour qu'ils montent le relever puis dévale l'escalier de secours.

Il a envie de se ruer sur Järvinen. De lui faire ravaler son sourire à coups de crosse.

Au lieu de cela, il se dirige vers les sacs-poubelle noirs d'où s'échappe une odeur de cadavre.

Les motards le regardent ouvrir le premier sac sans broncher. Impossible de dire, à leur réaction, s'ils ont quelque chose à cacher.

La puanteur est si forte qu'il en a la nausée.

« C'est de la viande de biche, lui crie Sonny Järvinen. Notre congélo a rendu l'âme pendant qu'on était à un meeting à Copenhague.

— La ferme ! »

Zack contemple le contenu du sac.

Des pièces de viande. Dans des sacs de congélation.

Des centaines d'asticots.

« C'est bon, je vous crois. »

Tandis qu'il se dirige vers les motards, il se demande pour qui ils les ont pris. Qui ils attendaient. Certainement pas deux policiers en civil.

Un gang venu venger la mort de quatre de ses prostituées ?

Est-ce de cela qu'il s'agit ? Il ne le sait toujours pas, trop en colère pour pouvoir réfléchir.

Les trois hommes présents dans le bâtiment ont été alignés contre le mur. Ils sont fouillés et menottés. Les deux autres sont en train de descendre du toit sous forte escorte. L'escalier de secours tremble sous les pas du gros tas de graisse.

Un policier en uniforme ressort du bâtiment avec un chien, un croisement de rottweiler et de berger allemand, le genre de bêtes qu'affectionnent les gangsters.

« Des armes ? s'enquiert Zack auprès d'un de ses collègues.

— Non.

— Fouillez bien. Je sais qu'ils en avaient il y a encore trois minutes. Ils n'ont pas pu les cacher bien loin.

— On n'était pas armés, lance Sonny Järvinen. »

Zack se précipite sur lui, l'empoigne par le col de son blouson et le tire de manière qu'ils se retrouvent face contre face.

Järvinen écarquille les yeux.

« Vous voulez nous faire croire que vous étiez gentiment assis à jouer au bridge ? fait Zack. Mais on va quand même vérifier. À partir de maintenant, vous parlerez quand je vous y autoriserai, compris ? »

Sur ce, il lâche Järvinen qui ricane aussitôt.

Zack cherche Deniz du regard. Elle est assise sur un tas de bois, le visage blême. Son pansement de fortune est imbibé de sang, son chemisier totalement souillé.

Il s'approche d'elle.

« Tu sais si une ambulance est en route ?

— Non, mais je tiens le coup. Ça va aller.

— Tu devrais quand même faire un tour à l'hôpital. »

Elle le fusille du regard.

« Plus tard. OK ? »

Les membres du gang sont conduits à bord du fourgon. Le gros occupe toute la banquette avant et les amortisseurs du véhicule s'affaissent en grinçant sous son poids.

« Laissez-nous Järvinen, dit Zack. On s'en charge. »

Zack et Deniz s'installent avec lui dans la cour sur des chaises en plastique tandis que leurs collègues passent le bâtiment au peigne fin.

Sous son blouson du club, Sonny Järvinen porte un T-shirt noir. Zack est surpris de la maigreur de ses bras. Ce type commande avec son cerveau, pas avec ses muscles.

Le chef du gang a des poches sous les yeux, mais son regard vert est vif et intelligent.

« Il faut que vous soyez sacrément tendus pour ouvrir le feu aussi facilement », commence Zack.

Järvinen hausse légèrement les épaules.

« Vous savez ce que c'est quand quelqu'un débarque chez vous à l'improviste.

— Et les snipers sur le toit ? On pourrait croire que vous vous attendiez à recevoir votre belle-mère. »

Sonny Järvinen ne se laisse pas provoquer, il rit à la plaisanterie.

« Non, dans ce cas, j'aurais doublé les effectifs, réplique-t-il.

— Qui attendiez-vous, alors ?

— Allez vous faire foutre. »

Cette fois, Zack sort de ses gonds. Il se lève et gifle Järvinen si violemment que ce dernier bascule en arrière avec sa chaise.

« Zack, merde ! crie Deniz.

— Maintenant, on va au poste, dit Zack en aidant Järvinen à se relever. Rien que nous trois. »

*

Ils quittent la zone industrielle et passent devant le centre commercial à proximité de l'aéroport de Bromma. Dans la lumière déclinante du jour, les voitures garées sur les parkings brillent de mille feux.

Juste après Lillsjön, Zack quitte Ulvsundavägen et s'engage dans une ruelle gravillonnée qui mène à un bois isolé coincé entre des lotissements pavillonnaires modestes.

Il coupe le moteur.

Laisse le silence s'installer dans l'habitacle.

Maintenant, il n'y a que nous trois, Sonny. On peut faire ce qu'on veut de toi. Voilà le message.

Puis il se tourne vers Järvinen, assis sur la banquette arrière à côté de Deniz.

Le boucher et sa victime. Ou l'inverse.

Il le fixe droit dans les yeux. Järvinen détourne instinctivement le regard.

« Regarde-moi, bordel. »

Le motard s'exécute.

« Comme ça. C'est bien, dit Zack. Maintenant, tu vas nous dire ce qu'on veut savoir. Sinon, je te fous dehors et je te tire dans le dos, après quoi on s'arrangera pour faire croire que tu as tenté de prendre la fuite.

— Vous ne feriez jamais ça, ricane Järvinen.

— Tu as bien essayé de nous descendre, tout à l'heure. Œil pour œil », réplique Deniz.

Le regard du chef de gang oscille entre les deux policiers. Il se demande s'ils sont sérieux.

Il finit par acquiescer lentement.

« Les Thaïlandaises, commence Zack. Nous savons que vous les prostituez et que vous empochez une part des recettes. Ces quatre femmes vous avaient-elles menacés ? C'est pour ça que vous les avez éliminées ? »

Sonny Järvinen demeure impassible.

« On ne les a pas éliminées, se défend-il. Mais, de toute façon, je peux dire ce que je veux, ça n'a pas d'importance, hein ? Vous vous êtes déjà monté votre scénario.

— Laisse-moi t'expliquer les choses autrement : deux de tes hommes vont être poursuivis pour tentative d'homicide sur des policiers. Ils vont être dans l'impossibilité de protéger ton club pendant un sacré bout de temps. Et tout ça pour rien, tu le sais. Car ce n'était pas nous que vous attendiez, exact ?

— On ne peut jamais savoir qui va débarquer, répond Järvinen. On n'attendait personne en particulier aujourd'hui. »

Tu mens, pense Zack. *Tout en toi n'est que mensonge.*

« On voudrait que vous nous parliez un peu de votre société de recrutement, dit Deniz.

— Que voulez-vous savoir ?

— Comment trouvez-vous les filles ?

— Quelles filles ? »

Zack se retourne vers la banquette arrière, saisit Järvinen par l'oreille et la tord brutalement. Le chef de gang pousse un hurlement.

« Te fous pas de nous, OK ? Quatre femmes ont été assassinées. »

Zack lâche prise et Järvinen se met à parler :

« Ce n'est pas compliqué de convaincre des Thaïlandaises de venir bosser en Suède. Un salaire multiplié par cent, un ou deux jours de repos par semaine, des congés payés. Elles sont prêtes à tout pour venir ici. Moi, je m'efforce de leur trouver de bons employeurs. Et inversement. J'aide les sociétés suédoises à se procurer du personnel de qualité. Femmes de ménage, plongeurs, masseuses. Au passage, je prends une commission, déclarée, au nom de la société Rekryteringshjälpen AB qui appartient au club. C'est une activité tout ce qu'il y a de plus légal. Vous pouvez vérifier nos livres de comptes », dit-il sans parvenir à dissimuler une certaine fierté.

Décidément, ces motards ne cesseront jamais de surprendre Zack. Ils n'hésitent pas à commettre des actes odieux pour se procurer des revenus illégaux, mais sont tout contents d'eux quand ils réussissent à gagner de l'argent de manière honnête.

« Comment entrez-vous en contact avec les Thaïlandaises ? interroge Zack.

— Par l'intermédiaire des partenaires locaux que nous avons à Phuket et à Bangkok. Vous êtes déjà allés à Phuket ?

— Ce n'est pas un questionnaire touristique, d'accord ? siffle Deniz. Où étiez-vous la nuit dernière ?

— On a fait une fête dans la cour du club. Il y a des tas de témoins. »

Qui sont prêts à mentir pour toi, songe Zack.

Mais cela pourrait expliquer les quantités de poubelles remplies de cannettes de bière et les valises sous les yeux de Sonny Järvinen.

« Le salon de massage Sawatdii à Hornstull fait-il partie de vos clients ? questionne Deniz.

— Ce boui-boui ? Non, putain. Leur marchandise n'est même pas authentique. »

Intéressant, pense Zack. *Sukayana Prikon prétend que c'est la société de Sonny Järvinen qui lui procure ses employées, mais il affirme le contraire.*

L'un des deux ment. Il ne sera pas difficile de savoir lequel.

La vérité se trouve dans leurs livres de comptes, à condition que les transactions aient été déclarées.

Quelque chose aurait-il mal tourné entre eux ? Sukayana Prikon aurait-elle oublié de verser à la Fraternité sa commission ou sa part sur les revenus liés à la prostitution ? Les employées du salon de massage auraient-elles menacé de révéler la véritable nature de leurs activités ? Appartenaient-elles à un gang rival ? Serait-ce pour cette raison que la Fraternité s'attendait à des représailles ?

« La marchandise n'est pas authentique ? relève Deniz.

— Oh, laissez tomber.

— Non, au contraire. Vous pouvez approfondir ? »

Sonny Järvinen regarde fixement devant lui avant de déclarer :

« Je veux simplement dire que les apparences sont parfois trompeuses. Vous n'avez qu'à jeter un œil aux contrats qu'ils font signer à leurs employées. Elles sont traitées comme des esclaves, à ce qu'il paraît.

— Mais alors, qui leur fournit leur personnel ? » demande-t-elle.

Järvinen hausse les épaules de façon si théâtrale que Zack y voit un mensonge de plus.

« En fait, je n'en ai aucune idée. En tout cas, je trouve ça dégueulasse, la manière dont ils exploitent ces pauvres femmes.

— Car ça ne vous viendrait jamais à l'idée, à vous, d'exploiter des femmes ? » fait Deniz sur un ton tranchant en le regardant dans les yeux.

Et nous voilà revenus à notre point de départ, songe Zack en entendant Järvinen répliquer :

« Nous ne sommes pas impliqués dans… »

Zack voit la main de Deniz se lever puis s'abattre sur la joue du motard. Il pousse un cri. Zack enchaîne :

« Vous prostituez des Thaïlandaises et vous prélevez la plus grande partie de l'argent qu'elles gagnent. Nous sommes au courant. Alors, je te le demande encore une fois : avez-vous supprimé ces femmes parce qu'elles avaient menacé de vous dénoncer ? Parce qu'elles avaient refusé de payer ? Hein ? Vous les avez tuées, oui ou non ? »

Järvinen reste muet.

Il les défie du regard.

Tu repenses aux femmes que tu as fait abattre ? se demande Zack. *Ou bien est-ce que tu réfléchis à ce qui t'attend ? Peut-être que Sukayana Prikon a dit la vérité à propos de votre collaboration, malgré tout. On aurait dû la mettre en garde à vue. La forcer à avouer qui dirige son commerce en coulisse.*

Mais cela devra attendre jusqu'à demain.

« Allez-y, descendez-moi, dit Sonny Järvinen. Ce n'est pas ce qui peut m'arriver de pire.

— Que veux-tu dire ?

— Je ne dirai plus un mot.

— De qui avez-vous si peur, demande Zack, pour vous mettre à tirer dans tous les sens à la moindre alerte ? »

Järvinen prend un air menaçant et se penche sur Zack.

« On n'a peur de personne. Il faut que ce soit bien clair dans votre tête. Et d'abord, qui oserait se frotter à nous ?

— Quelqu'un qui n'aurait pas apprécié que vous vous en soyez pris à quatre de ses employées, peut-être ? »

Järvinen tourne la tête vers la portière et regarde à travers la vitre. La conversation est close.

12

Zack la voit en ouvrant la porte.

Non, pense-t-il. *Pas aujourd'hui.*

Il est trop crevé, en pleine crise de manque.

Et il a trop de boulot.

Il n'aurait même pas la force de voir Mera, ce soir.

Oui mais voilà, Ester est là, devant lui.

La fillette de onze ans lit un livre, assise sur une marche de l'escalier, les genoux repliés sous le menton. Elle a les cheveux roux et un joli petit nez pointu.

Ses yeux bleus s'illuminent dès qu'elle le voit.

« Salut, Zack.

— Salut, Ester. »

Il a juste envie de s'affaler dans son canapé. D'être seul. Malgré lui, il commence à réfléchir à une excuse, mais est aussitôt pris de remords et se ravise.

Elle se lève et l'accueille en le serrant dans ses bras, pose sa joue chaude contre sa poitrine. Il la serre à son tour contre lui d'un bras tandis que, de l'autre, il tire ses clés de la poche de son jean.

« Tu veux entrer ?

— Avec plaisir. »

Elle se penche pour ramasser son livre et une chemise rouge posée à côté d'elle sur le sol.

Ester Nilsson vit dans un petit-deux pièces, au deuxième étage, avec sa mère Veronica, une femme de cinquante-trois ans en invalidité pour cause de dépression chronique et qui combat sa maladie à coup d'antidépresseurs.

Ester, on est pareils, toi et moi, a-t-il souvent pensé alors qu'ils étaient ensemble. *Comme toi, enfant, on m'a confié bien trop de responsabilités, j'ai souffert de la perte du parent disparu avant de devoir veiller sur celui qui restait. Tu n'es jamais en colère et je ne l'étais pas non plus. Je regardais les autres jouer au foot dans la cour. Mais je ne me révoltais jamais. Je me contentais de rêver.*

De ravaler ma rage.

Personne ne mérite d'être aussi seul.

Que tu l'es.

Que je l'étais.

Il ouvre la porte, balance ses chaussures et accroche son blouson criblé de balles à une patère. Ces trous sont du meilleur effet. Deux enveloppes à fenêtre et un numéro du journal gratuit *Mitt i Kungsholmen* reposent sur le tapis de l'entrée. Il les ignore.

De temps en temps, parmi son courrier, il trouve des dessins d'Ester. Le plus souvent des scènes de contes peuplés de trolls et de sorcières. Zack trouve qu'elle est drôlement douée, surtout avec les crayons et l'encre de Chine. Elle choisit presque toujours des thèmes sombres où l'on sent rôder un danger derrière les arbres ou sous la surface de l'eau.

Deux ans plus tôt, il avait découvert en rentrant chez lui un dessin aux couleurs éclatantes sur le sol de son appartement. Il représentait un énorme cœur rouge au milieu duquel Ester avait écrit son prénom avec d'élégants caractères bleu marine : *Zackarias.*

Il avait ramassé le dessin.

Lu son nom encore et encore.

Il avait senti le papier.

L'avait scotché sur la porte de son réfrigérateur où il était resté jusqu'à une date récente, quand Ester, trouvant cela gênant, lui avait demandé de le décrocher.

Son appartement est plein de poussière et sent le renfermé.

Zack remonte les stores et ouvre en grand sa fenêtre. Il est déjà vingt heures passées et le trafic dans la rue est fluide.

Au début, il avait eu du mal à faire abstraction du bruit de la circulation, surtout le matin et l'après-midi. Il subissait non seulement le vacarme des bus et des voitures qui remontaient Kungsholms strand, en bas de chez lui, mais aussi celui de la voie express de Klarastrandsleden et des huit voies de chemin de fer qui longent la rive opposée du canal.

Il retire son holster et le jette sur son lit. Comme d'habitude, il a oublié de déposer son pistolet dans le râtelier à l'hôtel de police. S'il continue, il ne devrait pas tarder à recevoir un second avertissement.

Je les emmerde, pense-t-il en se dirigeant vers le frigo pour se prendre un Coca.

« Tu en veux un ? propose-t-il à Ester.

— J'ai le droit d'en boire seulement le samedi, tu le sais très bien. »

Zack se laisse tomber dans son canapé. Ester s'installe à côté de lui. Si près que leurs épaules se frôlent. C'est agréable d'être avec quelqu'un qui n'a l'intention ni de vous tirer dessus ni d'exiger de votre corps davantage qu'une simple présence.

Il boit sa boisson à grandes gorgées sous le regard de la fillette.

« Tu sais qu'une cannette comme celle-là contient l'équivalent de onze morceaux de sucre ?

— Seulement onze ? fait Zack. Alors, c'est presque bon pour la santé. »

Il lui donne un petit coup de coude pour la taquiner.

« Oh, arrête », dit-elle en se retenant de rire.

Elle ouvre sa chemise rouge.

« Tu veux bien m'aider à réviser mon anglais ?

— C'est pour ce cours d'été auquel tu t'es inscrite ?

— Oui.

— Je croyais que c'était un cours de maths.

— Il y a des maths et de l'anglais. »

Zack sait qu'Ester ambitionne d'intégrer, en cinquième, la toute nouvelle section mathématiques de l'école Engelbrekt. Mais pour cela, il faudra d'abord qu'elle réussisse les tests d'entrée.

Il n'est pas favorable à ces écoles élitistes. Pour lui, elles représentent un faux pas de plus dans la politique du gouvernement, dressant de nouveaux murs entre les différentes catégories sociales en Suède. Mais il sait aussi ce qu'elles représentent aux yeux d'Ester : un billet pour une autre vie. Une vie avec plus d'argent, mais aussi plus d'amour. Plus de tout.

Et au fond de lui, il souhaite qu'elle y parvienne.

Il l'imagine, dans quinze ou vingt ans, soutenant sa thèse de doctorat à l'Institut royal de technologie. D'une beauté et d'une élégance à couper le souffle. Ce jour-là, il sera là pour l'encourager et lui offrir le plus impressionnant bouquet de fleurs qu'on ait vu dans une université suédoise.

« D'accord, fais-moi voir ça », dit-il.

Elle tire une feuille de format A4 d'une pochette plastique et la lui tend. C'est une liste de quarante mots avec leurs définitions. Des termes très compliqués, selon Zack.

Ester récite toutes les définitions par cœur sans hésiter une seule fois. Comme d'habitude.

Zack lui rend sa feuille.

« Qu'est-ce que tu lisais, tout à l'heure, sur le palier ? lui demande-t-il.

— *Le comte de Monte-Cristo.*

— Moi aussi, je l'ai lu quand j'avais ton âge. Enfin non, je devais être un peu plus vieux que toi. Ça te plaît ?

— Je ne sais pas encore. C'est un peu vieillot, mais j'aime beaucoup le personnage d'Edmond. Il ne lâche jamais rien. Enfin bon, je n'en suis encore qu'au chapitre où il s'évade de sa prison. »

Ester baisse les yeux sur sa chemise. Zack la couve du regard. *Tu es une mini Edmond Dantès*, songe-t-il. *Condamnée à tort à une existence infernale. Mais toi aussi tu finiras par découvrir un trésor.*

Il le faut.

Parfois, il lui arrive de rêver d'elle. De son visage rayonnant.

Il consulte sa montre. Vingt heures trente-cinq.

« À quelle heure tu dois rentrer ?

— Maman dort déjà. »

Elle n'arrive jamais à dissimuler sa honte quand elle parle de sa mère. Zack sait ce qu'elle ressent et c'est pourquoi il prend bien soin de ne jamais lui demander comment cela se passe chez elle ni l'interroger sur la santé de sa mère. Quand Ester descend chez lui, c'est pour respirer, pas pour se sentir acculée.

Il est tombé malade à cause de toi. Parce que tu es pénible.

C'est ce que lui avait dit, un jour, un professeur de l'école de Bredäng.

En parlant de son père.

Et il l'avait cru, à l'époque. Il s'était senti tellement honteux. Et il ne voulait pas qu'Ester ressente la même chose.

« Tu as envie qu'on regarde un film ? »

Elle s'illumine.

« Lequel ?

— Pourquoi pas notre film préféré ?

— Oui, super ! »

Zack fouille parmi ses films et insère *Le dictateur* de Chaplin dans le lecteur Blu-Ray.

Puis il débarrasse la table basse encombrée de magazines. *The Economist*, *Vanity Fair*, *Fighter Magazine* et *Filter*.

Il étend les jambes et pose ses pieds sur la table. Ester l'imite.

Pendant les quarante-cinq premières minutes, ils rient ensemble des théories fantasques du dictateur Hynkel. Puis Ester s'endort contre lui.

Il la laisse dormir jusqu'à la fin du film. Puis il la prend dans ses bras, monte l'escalier et déverrouille la porte à l'aide de la clé qu'elle garde autour de son cou, au bout d'un lacet. L'appartement empeste la nourriture et d'énormes boules de poussière roulent sur le sol.

Il dépose Ester sur son lit avec délicatesse et la borde sous le regard niais des membres du groupe One Direction imprimés sur la housse de couette. Zack sait qu'Ester déteste les boys bands, mais c'est sa grand-mère qui lui a offert cette housse, alors elle fait semblant de l'aimer pour lui faire plaisir.

Dans le canapé, Veronica ronfle profondément. Zack la secoue doucement. Elle lève la tête sans totalement émerger et le considère d'un air égaré. Son haleine est presque aussi nauséabonde que l'odeur qui s'échappait des sacs-poubelle dans la cour du club de motards.

« C'est moi, Zack. J'ai ramené Ester. Elle dort. »

Le regard de Veronica s'éclaircit légèrement.

« Merci, Zack, tu es gentil », dit-elle d'une voix pâteuse avant de sombrer à nouveau.

Il redescend chez lui. Son appartement lui semble vide sans Ester. Froid et impersonnel.

N'importe qui pourrait habiter là, tant la décoration manque de caractère.

Canapé Ikea, lit Ikea, meuble TV Ikea. Dans le coin cuisine, une petite table haute et deux tabourets. Également achetés chez Ikea.

C'est tout. Pas de tableaux ni de plantes en pot. Pas même de rideaux.

Un meuble se distingue du reste, c'est son vieux bureau en chêne, qu'il a placé dans un angle. Celui qu'il avait déjà dans sa chambre, quand il habitait à Bredäng.

Dessus trône une photo dans un cadre. On y voit un homme élégant tenant par la taille une jeune femme qui porte un uniforme de la police.

Ses parents.

Un souvenir de leur brève époque de bonheur.

Sa mère sourit et semble épanouie. Le vent souffle dans ses cheveux et les fait ondoyer telles les vagues baignées de soleil à l'arrière-plan.

Quant à son père, il paraît robuste. En bonne santé.

Le meilleur garde du corps de Stockholm.

Zack essaie de se remémorer cette époque, mais il parvient juste à se souvenir de la manière dont elle s'est terminée.

Les cris de son père qui le réveillent au beau milieu de la nuit.

Sa terreur quand il s'empare de son ourson en peluche et que, en le serrant tout contre lui, il quitte son lit et ouvre prudemment la porte.

La sonnerie du téléphone qui retentit. Son père qui est allongé sur le sol du couloir, en position fœtale.

Il se revoit dans son pyjama tigré en velours. Il pose son ourson près de son père et retourne se coucher. Il prend soin de tirer sa couette au-dessus de sa tête et se réfugie dans une obscurité qui ne tarde pas à être viciée par sa respiration. Sans savoir pourquoi, il comprend que sa mère ne rentrera pas cette nuit, ni peut-être jamais. Il plaque les mains sur ses oreilles et serre les paupières aussi fort qu'il le peut pour chasser cette idée insupportable.

Il détourne les yeux de la photo et retourne s'asseoir dans son canapé. Il ramasse un numéro de *Filter* qui traîne sur le sol et se met à le feuilleter, mais renonce au bout de seulement quelques pages, incapable de se concentrer.

À la place, il décide d'appeler Abdula. Il faut qu'il sache ce qui s'est exactement passé, la nuit dernière, dans la discothèque. Mais il tombe directement sur sa messagerie. Il envoie un SMS qui dit :

On peut se voir ?

Abdula lui répond presque aussitôt.

Pas possible ce soir. Demain ?

OK. On se rappelle.

Zack a désormais mal au crâne et il sent une angoisse et une nervosité familières envahir son corps.

En général, il ne prend pas de drogue après avoir vu Ester. Cela lui semble obscène.

Il ferme les yeux et écoute le faible murmure du trafic nocturne, mais son cerveau est constamment traversé par des pensées et des images furtives. Il revoit les cadavres mutilés des quatre femmes. La lame du couteau de Sukayana Prikon qui luit dans les rayons du soleil. Entend le cri de douleur de Deniz et voit le sang jaillir de sa gorge. Il sent son corps réagir à ces souvenirs, son pouls s'accélérer.

Merde.

Zack sort dans le couloir et ouvre la porte de la penderie. Un énorme sac noir rempli de livres de poche bascule et renverse son contenu sur le sol. Alice Munro, Oscar Wilde, Cormac McCarthy.

Fait chier.

Il les ramasse tous avant de ranger le sac au fond du placard. Puis il s'empare de sa combinaison de moto en cuir noir.

En bas, dans le garage, sa Suzuki Hayabusa l'attend, enchaînée au mur.

Elle est ce qu'il possède de plus précieux.

Elle lui a coûté presque la moitié de l'héritage qu'il a reçu à la mort de son père. Le reste, il l'a investi dans son appartement.

L'héritage.

La surprise du père à son fils.

Quatre cent mille couronnes dans un coffre-fort à la banque.

Avec cet argent, ils auraient pu vivre mieux. Ne pas connaître toutes ces fins de mois difficiles.

Mais pour son père, c'était certainement une manière de lui dire merci. *Merci, mon fils, de t'être aussi bien occupé de moi.*

Zack fait démarrer sa moto et s'élance dans la semi-clarté de la nuit d'été. En direction du sud, à travers le luxuriant parc de Rålambshov, puis par le pont de Västerbro, au-dessus des eaux scintillantes du Riddarfjärd. Derrière lui se dressent les demeures de Norr Mälarstrand auprès desquelles même l'appartement de Mera à Östermalm fait pâle figure.

À Hornstull, il vire à droite, emprunte le pont de Liljeholm et s'engage ensuite dans Hägerstensvägen, juste avant la voie d'accès à l'autoroute E20.

Il ralentit en arrivant dans le quartier résidentiel de Hägersten. Il y flotte un parfum de verger. Partout, des villas cossues devant lesquelles sont garées des voitures coûteuses, à seulement un jet de pierre des eaux de l'archipel de Stockholm.

Puis il franchit la frontière invisible. Le paysage change brutalement. Mälarhöjden et ses villas laissent la place à Bredäng et ses barres d'immeubles. Le beau s'efface devant le laid, la richesse devant la pauvreté.

Zack accoste un trottoir et s'arrête devant une tour.

Gröna Stugans väg[1]. Le nom de rue le plus trompeur de tout le pays. Ici, tout est gris.

Il repère son ancienne fenêtre.

Au dix-huitième et avant-dernier étage. Sans balcon. Avec vue sur le parking et les autres immeubles.

Voilà où ils avaient atterri, son père et lui.

C'est de là-haut que, le premier soir, au milieu des cartons, il avait contemplé son nouveau quartier. Un paysage si dénué de couleurs qu'il se serait cru dans un film en noir et blanc.

Tout n'était que dureté et froideur. Des odeurs étranges flottaient

1. « Rue du chalet vert » *(toutes les notes sont du traducteur).*

dans la cage d'escalier. Des noms imprononçables étaient écrits sur les portes.

Il se souvient qu'il avait senti son cœur s'emballer. Puis il s'était dressé sur la pointe des pieds et avait posé la joue contre la vitre pour tenter d'apercevoir leur maison de Kungsholmen. Mais il n'avait rien distingué d'autre que des arbres et des immeubles. Quand son père était entré dans la cuisine et lui avait demandé si tout allait bien, il s'était empressé d'essuyer ses larmes avec la manche de sa chemise et avait répondu :

« Bien sûr. »

Zack attache sa moto à un lampadaire et remonte à pied l'allée qui mène au métro.

Des rangées entières d'immeubles se dressent sur sa gauche. Sur sa droite s'étendent des friches industrielles ceintes de barbelés.

Juste avant d'arriver au snack, il fait demi-tour et repart en direction de la tour. Il entend approcher une rame de métro et voit à travers la clôture le tunnel creusé dans la roche.

C'était là-bas qu'il les avait vus, un soir, vingt ans plus tôt. Il était sorti faire des courses et avait des sacs pleins à ras bord dans les mains.

Ils étaient à trois contre un.

Le meneur de la bande avait une voix rocailleuse et une moustache duveteuse. Il se tenait au sommet du talus, à la sortie du tunnel, et menaçait de précipiter sur la voie un garçon noir qui ne semblait guère plus âgé que Zack.

Zack ne comprenait même pas comment ils pouvaient oser s'approcher autant des rails.

« Tu fais moins le malin, maintenant, bâtard de négro ! »

À côté de lui, deux autres garçons ricanaient. Un maigrichon au crâne rasé et un grassouillet qui portait une casquette à l'envers.

Ils paraissaient passablement plus âgés que leur camarade, peut-être onze ou douze ans.

« Ouais, t'as raison, Sebbe », avait dit le gros à la casquette.

Zack s'était arrêté de respirer. Avaient-ils l'intention de le tenir comme cela, au-dessus de la voie, jusqu'au passage de la rame ? Le pauvre gamin allait se faire arracher la tête !

Alors, il avait laissé tomber ses sacs de courses et couru jusqu'au snack où deux jeunes d'une vingtaine d'années attendaient leur commande. Ils avaient les cheveux longs et portaient des T-shirts de hard-rock. Jamais Zack n'aurait osé leur adresser la parole en temps normal.

« Au secours ! Vite ! Il y a trois garçons qui en tiennent un autre au-dessus des rails, là-bas. Vite, venez !

— Quoi ? Putain, où ça ? »

Zack s'était élancé et, en arrivant, il avait vu la lumière de la rame dans l'obscurité du tunnel.

L'un des jeunes avait gravi le remblai et crié :

« Lâche ce gosse, abruti, ou je te tue ! »

Puis il avait sauté sur la voie.

Comme pris de terreur, Sebbe avait poussé le gamin sur les rails avant de prendre la fuite avec ses complices.

La rame avait surgi du tunnel et le hard-rocker avait arraché le garçon à la mort au dernier moment.

« Merci, avait bredouillé celui-ci quand le hurlement des freins s'était enfin tu.

— Ce n'est pas moi qu'il faut remercier, mais le gamin là-haut. C'est lui qui nous a prévenus.

— Qui ? »

Le garçon avait levé des yeux curieux vers Zack, mais celui-ci s'était empressé de ramasser ses sacs de courses. Du lait s'écoulait de l'un d'eux. Puis il s'était dépêché de rentrer chez lui sur ses jambes tremblantes. Et quand, une fois dans la cuisine, son père avait sorti les courses pleines de lait du sac, Zack avait prétendu avoir trébuché en route.

Il retourne dans Gröna Stugans väg, fait démarrer sa moto et s'éloigne en direction du sud et de Bredängsvägen.

Loin à l'ouest, un épais voile de nuages roses a recouvert le ciel sombre. Zack se dit qu'ils ont la forme d'un oiseau qui plane dans les nuées.

Vers la liberté.

Loin de Bredäng.

Une fois sur l'E20, il met les gaz et, soudain, le monde devient un tunnel multicolore.

13

Sukayana Prikon se masse la nuque tandis qu'elle rentre chez elle par Högbergsgatan. Elle relève la tête, puis l'incline de chaque côté pour détendre ses muscles raides et aperçoit une étrange formation nuageuse à l'ouest. Une vision sinistre. On dirait un énorme dragon qui décrit des cercles dans le ciel en quête d'une proie.

De quelqu'un comme elle.

Elle accélère le pas et s'en veut d'avoir une fois de plus cédé à son imagination.

La réalité est déjà suffisamment effrayante comme cela.

Et ce nœud à l'estomac qui ne passe toujours pas.

Il y a tellement de questions qu'elle se pose.

Tellement d'angoisse en elle.

Elle a vu tellement de sang.

Elle se retourne en entendant du bruit derrière elle. Serait-elle suivie ?

Elle retient son souffle et tend l'oreille.

Scrute les alentours.

Les vieilles bâtisses du début du dix-neuvième siècle semblent désertes. Il n'y a de lumière qu'à quelques fenêtres, et personne en vue. L'air est tiède et la nuit d'été claire.

Un nouveau bruissement.

Un hérisson passe la tête hors d'un buisson au pied d'une façade.
Elle pousse un soupir, se retourne et reprend sa route.

Elle pense à Mi Mi. Elle était si jeune. Presque encore une enfant.

Et à Daw Mya qui avait laissé ses deux enfants au pays.

Des images épouvantables lui reviennent sans cesse en mémoire. Des images de sang. De chairs déchirées.

Des yeux sans vie qui la fixent.

Tout est sa faute.

Mais elle n'avait pas le choix.

Qui aurait pu s'opposer à la menace qui planait sur elle?

Elle a toujours mal à la nuque. Ses muscles sont tendus comme les cordes d'un violon.

Elle a passé plusieurs heures dans un cybercafé à supprimer de sa boîte mail tous les messages compromettants.

« L'une des règles de base, dans notre branche, c'est de ne jamais laisser de traces informatiques », l'avaient-ils prévenue. Ce qui ne les empêchait pas de lui envoyer des mails pour leurs affaires.

Elle espère avoir été plus rapide que les techniciens de la police. Peut-être n'ont-ils pas encore eu le temps d'inspecter son ordinateur.

Elle repense aux deux policiers qui sont passés la voir aujourd'hui. Ils n'auraient jamais pu comprendre.

Elle n'avait pas prévu qu'ils lui confisquent son téléphone, et elle s'en inquiète.

Ce n'est cependant pas ce qui la préoccupe le plus.

Elle espère que le jeune policier tiendra parole et qu'il lui rendra son portable dès demain, même si elle ne se fait guère d'illusions. Tous ces représentants de la loi sont plus forts pour prendre que pour donner.

Elle se demande quelle est la peine prévue pour les proxénètes dans ce pays.

Mais ils l'aideront à s'en sortir. N'est-ce pas?

Ces fumiers.

Elle aurait préféré ne jamais les avoir rencontrés.

Elle ferait mieux de fuir. De tout laisser tomber et de filer. Elle a mis un peu d'argent de côté. Suffisamment pour tenir pendant un an.

Et ensuite ?

Allait-il falloir tout recommencer à soixante et un ans ? Impossible.

Elle prend à gauche dans Götgatan et voit la silhouette de Skrapan qui se dresse au loin devant elle. Les Suédois sont le peuple le plus taxé au monde, a-t-elle lu un jour. Pourtant, leur société semble fonctionner parfaitement. Elle ne comprend pas. Jamais elle n'aurait pu s'en sortir si elle avait déclaré tous ses revenus.

Comment font les autres ? Les gens comme elle ?

Elle a parcouru le livre de comptes à côté duquel la police est passée. Elle avait eu beau essayer de maquiller les chiffres à l'aide de factures falsifiées et de faux tickets, le gouffre à combler était bien trop important. Le massage représente une part infime de ses recettes. Ses vrais revenus lui viennent de son autre activité. Celle qu'elle ne déclare pas.

Elle s'engage dans Åsögatan. Avant tout par habitude. Elle apprécie le silence et le calme qui y règnent. Le contraste avec la bruyante Götgatan est saisissant.

Mais ce soir, les bâtiments y sont aussi gris et sombres qu'ailleurs.

Comme le signe d'une menace diffuse.

Elle prend une rue de traverse en direction de Skånegatan. Une rue bien plus vivante, avec ses terrasses de pubs et de restaurants d'où s'élève un agréable murmure.

Sukayana poursuit à travers le parc de Vitaberg et repense à la course-poursuite entre elle et le jeune policier, quelques heures plus tôt, dans le parc de Tantolunden.

Sa tentative de fuite qui s'était soldée par un échec.

Personne ne peut échapper à son destin.

Mais qu'est-ce que Mi Mi et les autres avaient fait de mal ?

Elle revoit le visage défiguré de la jeune fille et son œil qui la fixe.

Il faut absolument qu'elle cesse d'y penser. Elle a besoin de repos. Demain, tout ira mieux. Il le faut.

Elle prend une série d'inspirations profondes. Essaie de se ressaisir.

Cette fois aussi, elle s'en sortira. Elle s'en est bien sortie avec son mari suédois.

Il la battait, mais elle lui rendait coup pour coup.

Elle longe le talus derrière la scène de plein air du parc et débouche dans Gaveliusgatan. Elle est presque arrivée chez elle.

Un bruit la fait sursauter.

Une portière qui s'ouvre. Juste à côté d'elle.

Elle tourne la tête, le temps de voir coulisser la portière d'une camionnette et des bras en surgir. Un chiffon puant est pressé sur sa bouche et son nez en même temps qu'on la saisit par-derrière.

Elle est soulevée du sol et plane bientôt au milieu d'une brume cotonneuse.

14

Les ténèbres, de l'autre côté de la fenêtre, sont parsemées de petits points lumineux. On dirait que toutes les constellations veulent apparaître en même temps dans le rêve de Zack. Cassiopée, la Grande Ourse, Orion, l'Hydre et le Lion.

Il se retourne dans son lit et marmonne des paroles incompréhensibles.

L'horloge du bureau indique trois heures trente-quatre et, dans son monde intérieur, les étoiles innombrables sont en train de prendre les traits figés d'une femme.

Elle l'appelle de sa voix claire et aérienne, comme si c'était le vent qui s'adressait à lui :

« Zack. Zack. Rejoins-moi. »

Il a envie de bondir jusqu'aux étoiles, jusqu'à cette voix qui murmure dans la nuit. Cette fois, il part, il sent faiblir peu à peu l'attraction terrestre et il s'élève, encore et encore.

De plus en plus haut, de plus en plus loin.

Soudain, le visage de la femme se brouille. Les étoiles se mettent à tournoyer, puis dessinent une face déformée avec des dents de fauve et des yeux noirs qui fixent Zack.

Il veut sortir de ce rêve.

Mais au lieu de cela, il continue de s'élever vers le Mal absolu.

Zack essaie de faire demi-tour. En vain. Il s'approche lentement mais sûrement de la créature maléfique qui le considère avec dégoût.

« Disparais, petit être répugnant. »

Tout à coup, le visage se transforme à nouveau. Ses traits s'effacent, la femme est prise de terreur et l'implore du regard.

« C'est mal, mon chéri. »

Puis elle ferme les yeux, détourne son visage et éclate en sanglots avant de disparaître dans les ténèbres.

*

Une odeur d'excréments. Âcre. C'est la première chose que Sukayana remarque tandis qu'elle émerge lentement. Une odeur trop répugnante pour être humaine.

Des chiens ?

Elle recouvre ses esprits d'un coup.

Il faut à tout prix qu'elle s'en aille. Elle sait qu'elle ne devrait pas être là.

Elle est allongée dans le noir. Elle essaie de se lever, mais se cogne aussitôt la tête. Impossible de se redresser. Elle tâte l'espace autour d'elle.

Du bois brut. Rugueux au toucher.

De tous les côtés.

Serait-ce un cercueil ? L'auraient-ils enterrée vivante ?

Elle tente de donner des coups dans les planches avec ses pieds et s'aperçoit, à sa grande surprise, qu'elle peut les bouger librement.

Mais ses cuisses butent contre quelque chose. Ses jambes semblent dépasser du cercueil.

Qu'est-ce que ça signifie ? Où suis-je ?

« Hé ho ! crie-t-elle. Il y a quelqu'un ? »

Pas de réponse.

Elle essaie de réfléchir. Elle repense à la portière de la camionnette qui s'ouvre à côté d'elle et au chiffon sur son nez.

Ils l'ont enlevée.

Mais où l'ont-ils conduite ?

Elle agite les jambes. Le bois lui écorche les cuisses et elle sent à nouveau l'odeur infecte d'excréments.

Elle prend soudain conscience qu'un danger la guette. Cette obscurité, cette puanteur, ce cercueil. Ce n'est pas normal.

Il faut qu'elle se lève. Qu'elle sorte d'ici.

Qu'elle s'enfuie.

Au plus vite.

Une question la taraude.

Qu'ont-ils l'intention de faire avec ses jambes ?

Son pouls s'accélère et lui martèle les tempes. Elle doit absolument se libérer.

Tout de suite.

Elle pousse de toutes ses forces contre les parois, elle se débat, mais rien n'y fait.

Elle pense aux méthodes de torture dont elle a entendu parler. Comme celle qui consiste à frapper sous la plante des pieds avec des bâtons jusqu'à ce que la douleur irradie dans tout le corps.

Peut-être comptent-ils lui verser de l'eau bouillante sur les jambes ? Jusqu'à ce que sa peau se détache.

Est-ce vraiment ce qu'ils ont l'intention de lui faire ? Mais pourquoi ? Qu'a-t-elle fait de mal ? Elle a toujours suivi leurs instructions. Les a toujours payés à temps. A toujours fait régner l'ordre et la discipline parmi ses employées.

Ce n'est tout de même pas sa faute si on les a tuées.

Mais elle a parlé à la police. Elle les a laissés emporter son ordinateur et ses livres de comptes. Est-ce pour cette raison qu'elle doit être châtiée ?

Qu'aurait-elle pu faire ? Ici, ce n'est pas comme en Thaïlande. On ne peut pas graisser la patte aux policiers pour qu'ils détournent les yeux.

Elle tâte la paroi à la recherche de fentes sur lesquelles tirer, mais elle ne parvient qu'à s'arracher les ongles.

Elle ravale sa douleur et ses cris par peur des conséquences.

Est-ce la fin, cette fois ?

Ne pleure pas, Sukayana.

Tu dois sortir de ce cercueil.

Elle essaie d'enfoncer le bois en poussant avec son dos.

Elle hurle.

Intérieurement.

Tout à coup, elle s'arrête en entendant des voix. Ce sont des hommes. Ils approchent.

Puis un grognement retentit.

Cette fois, elle ne peut se retenir. Elle hurle, encore et encore, en donnant des coups de pied dans tous les sens, si violemment que la peau de ses cuisses se fend.

La boîte dans laquelle le haut de son corps est enfermé se met à bouger. Elle est ballottée d'avant en arrière et ses jambes perdent le contact avec le sol. Les hommes échangent des ordres, elle sent qu'on la bascule sur le côté et la boîte commence à se balancer, comme pendant au bout d'une corde.

Les grognements se font maintenant plus distincts. Elle entend un animal gronder tout près d'elle tandis qu'un autre aboie un peu plus loin.

Puis elle a l'impression que la boîte descend.

Que le grognement sinistre se rapproche.

Elle ne comprend pas ce qui se passe.

Elle ne le souhaite pas non plus.

La boîte touche le sol et elle perçoit du béton froid et de la paille sous ses jambes.

Elle distingue les voix des hommes, au-dessus d'elle, et il lui semble reconnaître l'une d'elles. Elle comprend aussitôt ce que cela signifie.

Elle entend les animaux gratter le sol en béton avec leurs griffes et sent bientôt leur souffle chaud sur ses jambes nues.

Ils la reniflent.

L'examinent.

Puis les hommes éclatent de rire.

Et Sukayana hurle de toutes ses forces. Encore et encore.

*

Les cris, lointains et étouffés par les murs humides, ressemblent à des murmures effroyables. Des murmures qui vous transpercent jusqu'à la moelle.

Les filles sanglotent en silence et se serrent les unes contre les autres. Elles se caressent les cheveux et le dos avec leurs doigts écorchés à force d'avoir creusé en vain la terre pendant des heures.

Le moteur d'un véhicule démarre. Des portes claquent.

Des pas s'approchent.

À qui le tour, cette fois ?

Qui va disparaître pour toujours ?

Than Than Oo ?

L'enfant qu'elle porte en elle ne verra-t-il jamais le jour ?

Et elle ? Elle n'a que quatorze ans.

Des voix d'hommes derrière la porte. Le bruit d'une clé qu'on introduit dans la serrure puis qu'on tourne.

La porte s'ouvre et elles sont aveuglées par la lumière d'une lampe torche.

C'est maintenant à leur tour de crier.

*

Zack regarde fixement le plafond en haletant. Il a écarté sa couette avec les pieds et son corps dégouline de sueur.

Il allume sa lampe de chevet, ramasse un tournevis qui traîne sur le sol et se rend dans un angle de la pièce. Il retire une plinthe avec précaution, puis plie le coin de la moquette jaune, découvrant le parquet. Il enfonce son tournevis dans un interstice et fait levier. La lame résiste mais finit par se soulever et il peut alors glisser la main dans sa cachette.

Il en sort une épaisse serviette en cuir avec une étiquette portant un nom :

Anna Herry.

Il s'assied sur le sol, s'adosse au lit et, à la lueur blafarde de sa lampe de chevet, se met à feuilleter les coupures de presse, photographies et autres documents.

Tout d'abord, des pages jaunies de vieux numéros d'*Expressen* et d'*Aftonbladet.* Il s'en dégage une odeur d'archives. Il déplie la première.

UNE POLICIÈRE POIGNARDÉE CETTE NUIT

Juste au-dessous, une grande photo en noir et blanc de Tysta Marigången. Une allée couverte où la lumière frémissante des néons se reflète en nuances argentées dans les vitrines encrassées des boutiques. Une rubalise en barre l'accès. En bas de la photo, on a zoomé sur une petite flaque sombre au milieu des pavés.

C'est ton sang, maman.

La vie qui a quitté ton corps.

Zack considère le cliché.

Il pense à elle, agonisant seule dans le froid.

As-tu eu peur, maman ?

Ou n'en as-tu pas eu le temps ?

As-tu pensé à moi ?

Il tire d'une enveloppe une autre photo prise sur la scène de crime. Par la police, cette fois. La mare de sang fait presque un mètre de diamètre.

Il se remet à feuilleter. Il y a des clichés de l'allée. Sous différents angles.

Puis ceux de la salle d'autopsie.

Zack examine le premier gros plan. La gorge fine de sa mère couverte de veinules bleues. En travers, une grande entaille. Comme le sillon d'une charrue dans sa peau diaphane.

Il passe à la photo suivante. Elle a été prise sous le même angle mais comprend l'intégralité du visage. Ses paupières sont fermées, sa bouche ouverte. Il n'a jamais très bien su comment interpréter son expression sur cette photo. Elle n'est ni douloureuse ni paisible. Il y a quelque chose d'insaisissable dans la posture figée de ses lèvres. Comme si Mona Lisa avait ouvert la bouche pour dire quelque chose, mais qu'elle n'en avait pas eu le temps.

Que voulais-tu dire, maman ?

Huit clichés ont été pris sur la table d'autopsie. Sa mère nue dans une chambre froide. Zack a déjà vu ces photos des milliers de fois. Pourtant, ses mains tremblent. Il voudrait pouvoir détourner les yeux, refuser la réalité.

Mais au lieu de cela, il les contemple longuement, essaie d'y déceler un détail qui lui aurait échappé jusque-là. Pour la première fois, elle lui paraît jeune et il se rend compte qu'elle n'avait que trois ans de plus que lui au moment de sa mort.

Je serai bientôt plus vieux que ma propre mère.

Quelle absurdité.

Il se souvient d'un après-midi où il était seul à la maison avec elle. Il avait l'impression qu'ils avaient toute la vie devant eux.

Il était assis sur ses genoux et lui posait des tas de questions. Sur la Terre, sur le ciel, sur les voitures, sur les avions. C'était sa mère. Elle était donc censée tout connaître, tout savoir.

Si un enfant était assis sur ses propres genoux, penserait-il la même chose de lui ? Lui paraîtrait-il aussi patient et instruit ?

Est-ce ainsi que le voit Ester ?

Non.

Il ne pense pas être aussi doué que sa mère l'était. Ou plutôt qu'il *s'imaginait* qu'elle l'était. Il n'a plus guère de souvenirs d'elle. Mais il n'a pas oublié le son de sa voix.

Ni comme elle le serrait fort, fort, fort dans ses bras.

Mais jamais trop.

N'est-ce pas, maman ?

Il range les photos dans l'enveloppe et s'empare du dossier d'enquête. La première page est frappée de la mention qu'il déteste tant : **CLASSÉ**.

Zack connaît toute l'histoire par cœur. C'était sa première affaire criminelle. Un chirurgien qui était décédé de manière apparemment accidentelle. Le tuyau de sa gazinière s'était débranché pendant la nuit, alors qu'il dormait. Évidemment, l'homme ne s'était jamais réveillé.

Mais le fabricant de la gazinière et les techniciens de la police en étaient arrivés à la même conclusion : le flexible ne pouvait pas s'être arraché tout seul.

Anna Herry avait alors enchaîné les auditions, interrogeant les proches et les collègues de la victime. Le jour de sa mort, elle avait appelé à la maison, en fin d'après-midi, pour prévenir Roy qu'elle rentrerait tard. Au téléphone, elle avait paru stressée, voire préoccupée.

« Je crois que j'ai une piste », avait-elle dit.

Puis elle avait quitté l'hôtel de police entre vingt-trois heures trente et minuit. Elle n'était jamais arrivée chez elle.

La police avait déployé d'importants moyens, comme toujours quand un des siens est assassiné. Mais le meurtre d'Anna Herry semblait avoir particulièrement ému ses collègues et Zack avait compris pourquoi quand, bien plus tard, il en avait parlé à ses supérieurs de l'époque.

Au début des années quatre-vingt-dix, Anna Herry était une des rares femmes à servir dans la police au sein de la Criminelle, qui faisait figure de bastion masculin, voire machiste. Elle était intelligente, séduisante, ne se laissait pas marcher sur les pieds et savait s'y prendre avec les journalistes.

Elle était donc tout naturellement devenue une sorte de symbole de la police suédoise moderne. Elle avait ouvert la voie aux femmes, ouvert les yeux de ses collègues et des politiciens les plus conservateurs.

Puis elle avait été tuée. Brutalement. Dans un endroit sordide. Par un individu visiblement sans scrupules. Cela avait été ressenti comme une agression contre la profession tout entière.

Son meurtrier devait à tout prix être retrouvé.

Pourtant, une vingtaine d'années après les faits, il courait toujours.

Ils avaient interrogé un nombre incalculable de personnes. Un suspect avait même été arrêté. Mais les maigres éléments dont ils disposaient n'auraient jamais pu tenir devant un tribunal. Le procureur n'était même pas parvenu à établir que cet individu se trouvait dans le centre-ville de Stockholm la nuit du crime.

Au bout de dix-huit mois, l'enquête avait été mise de côté, puis classée un an plus tard.

Zack se rappelle comment son père avait pesté en lisant la nouvelle, comment il avait ensuite froissé la lettre avec ses doigts tremblants avant de la jeter à la poubelle.

Dans la soirée, Zack s'était faufilé dans la cuisine, pendant que son père regardait la télé, pour récupérer la lettre. Il avait passé la nuit à tenter d'en déchiffrer les mots compliqués à la lueur de sa lampe de poche.

Il n'avait que sept ans à l'époque et il n'avait pas tout compris. Mais il avait saisi l'essentiel : la police avait renoncé à rechercher l'assassin de sa mère.

C'était cette nuit-là qu'il avait décidé de devenir policier.

Pour sceller sa décision, il était allé prendre une punaise sur le tableau en liège de sa chambre, s'était assis sur la moquette bleue, s'était piqué le bout de l'index et l'avait pressé jusqu'à ce qu'en jaillisse une goutte de sang.

Il avait alors collé son doigt sur la lettre et déclaré :

« Moi, Zackarias Herry, je fais le serment de ne jamais renoncer tant que je n'aurai pas retrouvé l'assassin de ma mère. »

Il se souvient de la fierté qu'il avait éprouvée à la vue de sa tache de sang. Il avait eu le sentiment d'être un grand.

Il se revoit à sept ans.

Un petit bonhomme dans son pyjama blanc confronté bien trop tôt à la cruauté de ce monde. Qui, quelque part au fond de son âme d'enfant, prend conscience que chacun est maître de son destin.

Il tire la lettre jaunie et fripée d'une chemise en plastique et la contemple.

La tache de sang a noirci depuis longtemps. Elle lui semble minuscule. Mais elle est de la même couleur que la flaque du sang de sa mère dans Tysta Marigången.

Un jour, je retrouverai ton meurtrier, maman.

Souvent, il a l'impression qu'il est trop tard, que toutes les pistes ont déjà été explorées. Mais il sait que ce n'est pas le cas. Il sait qu'un tueur laisse toujours des traces derrière lui et que les chances de le démasquer sont plus grandes de nos jours qu'elles ne l'étaient à l'époque de l'affaire.

Zack examine d'autres documents plus récents qui n'ont pas encore eu le temps de jaunir.

Ses propres entretiens avec les enquêteurs. Neuf pages en tout.

Il lit certaines déclarations.

« On n'a jamais eu la moindre piste solide. »

« Hélas, Zack. On n'a jamais eu aucun réel suspect. Si on a mis ce type en garde à vue, c'était juste pour faire taire les rumeurs. Il était innocent, crois-moi. »

Il passe en revue les photos qu'il a lui-même prises dans Tysta Marigången. L'allée couverte abrite désormais un cabinet d'experts-comptables, ces gens qui aident les riches à dissimuler leur fric dans des paradis fiscaux. Mais l'endroit est toujours aussi sombre et inhospitalier.

Il a maintenant envie de dormir.

De fermer les yeux et d'oublier.

Mais son réveil indique déjà quatre heures et demie passées. Alors, il pioche deux cachets de Valium dans sa réserve secrète sous le plancher.

Il les avale avec de l'eau et regrette aussitôt son geste.

À quoi cela rime-t-il ?

Prendre des médicaments pour pouvoir dormir.

Depuis quand est-ce que cela dure, au fait ?

Il essaie de réfléchir.

Six mois, peut-être. Depuis que ses rêves sont devenus insupportables.

Depuis cette époque où il se réveillait en hurlant presque chaque nuit et où il s'était mis à avoir des visions même en plein jour.

Quand il a commencé à voir dans chaque flaque de sang celui de sa mère. Quand chaque ciel étoilé le ramenait à cette nuit-là, dans la prairie.

C'était aussi affreux que cela l'avait été dans la réalité.

Pire, même.

Comme s'il savait à l'avance comment cela allait se finir sans toutefois pouvoir rien y changer.

Ce n'était pas ton intention.

Mais tu l'as fait quand même, Zack.

Pourtant, pendant des années, il n'avait plus rêvé de cette nuit-là, dans la prairie. Il avait apprécié son travail. Avait assuré. S'était bâti une réputation. Il avait cessé de ruminer le passé.

Mais ses premières années dans la police n'avaient été qu'un échauffement. Les choses sérieuses commençaient seulement maintenant. Toutes ses affaires précédentes n'avaient été finalement qu'une répétition et il allait désormais devoir faire ses preuves pour de bon.

Pendant des semaines, ses rêves l'avaient empêché de fermer l'œil. Puis il avait demandé à Abdula de lui fournir des anxiolytiques. Cela n'avait pas suffi. Ses draps étaient toujours trempés de sueur chaque fois qu'il se redressait dans son lit, complètement paniqué.

Il était alors passé à des substances plus puissantes. Et avait enfin mieux dormi. Il avait obtenu un peu de répit.

Après tout, ce n'était que provisoire.

Mais ça commence à faire long pour du provisoire, tu ne trouves pas ?

Et merde.

Ça finira par s'arranger.

Tout finit toujours par s'arranger.

Peu à peu, il sombre dans une délicieuse ivresse narcotique.

Mais ensuite, d'étranges fauves surgissent des ténèbres.

Ils le pourchassent. Leurs gueules claquent tout près de sa gorge. Puis il rêve qu'il s'approche d'une des victimes du carnage de Hallonbergen et qu'il découvre avec stupeur qu'elle a le visage de sa mère. Sam Koltberg, sa blouse pleine de sang, rit comme un dément tandis qu'il entaille la chair de la femme avec son scalpel. Zack s'enfuit par la fenêtre ouverte de la morgue. Il s'élance dans la nuit et tombe à nouveau sur les Thaïlandaises. Elles sont devenues des étoiles. Les plus belles de toutes celles qu'il voit briller dans le ciel d'encre.

DEUXIÈME PARTIE

Là où il est question d'un homme au bord du ciel
de désirs, de violence, de garçons qui deviennent des hommes
et de dents effilées qui fauchent les êtres humains dans la nuit

15

Lorsqu'il franchit la porte de la salle de conférences, Zack est accueilli par le murmure étouffé d'une vingtaine de policiers mal réveillés. Douglas Juste se tient sur l'estrade, il est en train de relier les câbles du projecteur à son ordinateur portable.

Zack s'installe à l'avant-dernier rang, là où la voûte du plafond en frêne rejoint le mur tapissé d'un tissu vert clair. Toute l'Unité spéciale est rassemblée, ainsi qu'un grand nombre de policiers en uniforme. L'air est déjà suffocant et saturé de testostérone, bien que presque la moitié de l'assistance soit constituée de femmes.

Il sait que Douglas aime rassembler le plus de monde possible au début d'une enquête. Il veut s'assurer que les informations passent.

Zack reconnaît la nuque soignée de Sam Koltberg au premier rang et, au bord de l'allée, il aperçoit Tommy Östman.

Zack est impatient de repartir sur le terrain pour enquêter, mais il sait que cette réunion est un passage obligatoire.

Par chance, il est en meilleure forme que la veille. Malgré sa courte nuit, son corps a récupéré, et il n'a plus mal à l'épaule.

Douglas s'éclaircit la voix, souhaite la bienvenue à l'assemblée et expose brièvement les faits de la veille avant de faire le point sur l'enquête.

Il pointe sa petite télécommande sur son ordinateur, puis des photos d'identité des quatre femmes assassinées apparaissent sur la toile blanche.

« Les passeports des victimes ont été retrouvés dans l'appartement, au fond d'un tiroir, et, comme vous pouvez le voir, elles étaient toutes les quatre citoyennes thaïlandaises. Leurs noms correspondent à ceux qui ont été communiqués à Zack et Deniz. Mais ce qui est étonnant, c'est que les autorités thaïlandaises n'ont trouvé aucune trace d'elles dans leurs registres. Par ailleurs, notre agent de liaison à Bangkok a retrouvé une femme ayant la même identité et le même numéro de sécurité sociale que l'une des victimes. Problème, cette femme possède une boutique de prêt-à-porter à Surat Thani et se porte comme un charme. Il est donc fort probable que ces passeports soient des faux, auquel cas les victimes pourraient être n'importe qui. Nous avons transmis l'information à nos collègues thaïlandais et nous attendons maintenant de leurs nouvelles.

— Pourquoi auraient-elles utilisé de faux passeports ? demande un policier joufflu à la voix bourrue assis au second rang.

— Il peut y avoir plusieurs raisons à cela. Soit elles se les sont procurés elles-mêmes, et on peut imaginer que leur intention était de protéger leurs familles. Si elles se prostituaient à l'étranger, elles n'avaient pas forcément envie que tout le monde le sache. Car de nombreux éléments suggèrent qu'elles se prostituaient. Nous avons notamment retrouvé des certificats médicaux attestant qu'elles n'étaient pas porteuses du VIH ni d'aucune autre maladie sexuellement transmissible. Il n'est pas rare que les clients des prostituées leur réclament ce genre de documents. Soit c'est leur société de recrutement qui leur a fourni les faux passeports, et alors le but était sans doute d'empêcher leurs proches de les retrouver ou d'égarer la police dans l'éventualité où les choses tourneraient mal. Comme c'est le cas aujourd'hui. »

La marchandise n'est même pas authentique, pense Zack. *N'est-ce pas ce qu'avait déclaré Sonny Järvinen ? Mais que voulait-il dire ? Qu'il y avait tromperie sur la marchandise. Qu'elles venaient d'un autre pays ?*

Du Cambodge, peut-être ? C'est une destination sexuelle tout aussi prisée que la Thaïlande. Sukayana Prikon nous a peut-être menti sur leurs identités. Ou alors elle n'était pas au courant. Il va falloir qu'on l'interroge à nouveau.

« D'autres questions ? demande alors Douglas. Non ? Dans ce cas, Tommy, je te laisse la parole. »

Tommy Östman, leur profiler à l'allure dégingandée, monte sur l'estrade d'un pas lourd. Il est grand, son visage étroit et ridé, son nez anguleux. Il porte un costume en velours beige.

« J'ai établi un profil en me basant sur les informations dont nous disposons pour l'instant, c'est-à-dire pas grand-chose. »

Il est pris d'une quinte de toux profonde et Zack se demande si Östman est condamné à ressembler à un alcoolique jusqu'à la fin de ses jours.

Aucun de ses collègues n'avait cru qu'il pourrait redevenir sobre. Pourtant, il était parvenu à se ressaisir. Il avait repris des études à l'université d'Uppsala puis fait un retour, quelques années plus tard, en tant que profiler.

Un véritable exploit, songe Zack. *Mais pourquoi est-il constamment amer et de mauvais poil ? Parce que, malgré tous ses efforts, il n'a pas réussi à vaincre tous ses démons ?*

La dépendance aux jeux, par exemple. Au point que la comptabilité devait régler directement son loyer et sa note d'électricité avant de virer le reste de son salaire sur son compte. Quant à son téléphone de fonction, il avait été paramétré de manière à lui interdire tout appel vers les numéros surtaxés des sociétés de paris.

Östman tousse à nouveau, puis poursuit :

« Selon toute probabilité, nous avons affaire à un homme. »

Étrangement, sa voix enrouée, d'habitude inaudible et mal assurée, s'affirme chaque fois qu'il parle d'un criminel.

« Un homme seul, comme l'indique le SMS envoyé par une des victimes : "*He kill all*". Un homme froid et calculateur. Qui fréquente les milieux criminels. Accoutumé à la violence. Misogyne. Peut-être un pervers solitaire. Il est peu vraisemblable qu'il appartienne à un groupe organisé tel qu'un gang de motards. À moins qu'on ne cherche justement à nous mettre sur une fausse piste », dit-il.

Le suivant à monter sur l'estrade est Sam Koltberg. Cette fois, il porte une veste grise, une chemise blanche et une cravate frappée de trois couronnes.

Ce connard se prend pour le roi, maintenant[1], pense Zack.

Avant de se lancer, Koltberg scrute la salle et en profite pour adresser à Zack un regard plein de mépris.

« Dans son ensemble, la scène de crime était propre. Le ou les tueurs n'ont laissé aucune empreinte digitale ni autre trace. Bien entendu, nous avons tout de même effectué quelques prélèvements que nous avons envoyés au labo pour des analyses ADN, mais tant que nous n'aurons pas de suspect pour comparer les résultats, cela ne nous avancera pas à grand-chose, à moins que ça ne matche dans nos registres. De grandes quantités de sang ont été retrouvées sur le sol et sur les meubles, mais nous avons pu établir qu'elles provenaient exclusivement des victimes. »

Koltberg demande à Douglas de passer une série de clichés de la scène de crime. Le premier est une vue d'ensemble. Devant l'horreur du spectacle, plusieurs policiers détournent machinalement la tête.

« Les quatre femmes ont été tuées par balles. Trois d'entre elles en ont reçu deux, la quatrième trois. Chaque fois selon le même schéma : une première balle dans la poitrine ou dans le visage, puis une autre dans le bas-ventre. Au moins trois des victimes étaient déjà décédées quand on leur a tiré cette dernière balle. En ce qui concerne la quatrième, des incertitudes demeurent puisque le corps avait déjà été envoyé à la morgue quand nous sommes arrivés sur place. »

Zack se sent à nouveau visé du regard.

Est-ce qu'il s'imagine que c'est moi qui ai autorisé les ambulanciers à emporter cette femme ? se demande-t-il. *Ou bien est-ce que c'est ma*

1. En référence aux trois couronnes qui représentent la monarchie suédoise.

tenue qui le dérange ? En tout cas, j'ai moins l'air d'un clown avec mon jean et mon T-shirt que lui avec sa cravate débile.

« Les balles sont celles d'un Beretta 9 mm, une des armes de poing les plus utilisées au monde, très courante même en Suède. Ces pistolets font l'objet d'une importation clandestine massive depuis les Balkans et nous estimons qu'il en circule un grand nombre non enregistrés sur notre territoire. »

Koltberg redescend, laissant à nouveau les commandes à Douglas.

« Nous avons interrogé un suspect qui correspond parfaitement au profil recherché, dit celui-ci avant de faire un bref résumé du passé de l'individu et de l'interrogatoire de la veille. Il n'a aucun alibi pour la nuit du meurtre, c'est pourquoi nous allons nous pencher sur son cas dès aujourd'hui.

— Il était en conflit avec ce salon à propos d'une facture impayée, d'accord. Mais ce n'est pas un mobile suffisant pour descendre quatre femmes, observe le policier bourru en gloussant.

— J'admets que cela puisse paraître excessif, mais on peut considérer ce conflit comme un élément déclencheur, la goutte qui a fait déborder le vase.

— Niklas, tu souhaites intervenir à ce sujet ? »

Niklas Svensson se lève et rajuste sa veste.

« Peter Karlson est un intellectuel haineux. Un fanatique qui dispose vraisemblablement des moyens et du réseau nécessaires pour créer un puissant mouvement raciste. J'ai d'ailleurs cru comprendre que c'était le thème de la réunion qui a eu lieu à Edsviken dimanche soir et à laquelle il a fait référence. Par ailleurs, il semblerait que sa haine soit principalement dirigée contre les Asiatiques. C'est pourquoi je pense qu'il aurait très bien pu agir, soit seul, soit avec un groupe d'individus qui partagent ses opinions.

— Tu vas continuer à enquêter sur lui aujourd'hui, dit Douglas avant de faire apparaître sur la toile une photo de Sonny Järvinen. Parmi nos suspects figure également le gang de motards Brotherhood of No Mercy, plus communément appelé la Fraternité. Il semblerait qu'ils contrôlent un grand nombre de salons de massage à Stockholm et dans sa banlieue, sans doute des bordels déguisés.

« Rien qu'à Stockholm, il existe deux cents salons qui, officiellement, génèrent jusqu'à quinze mille couronnes de recettes par jour. En réalité, on estime que c'est le double, surtout quand ils proposent d'autres prestations que le massage. Cependant, on ignore combien de ces salons sont liés au crime organisé.

— Le Sawatdii est-il sous la coupe d'un de ces gangs de motards ? s'enquiert une policière au troisième rang.

— La propriétaire de l'établissement, Sukayana Prikon, a déclaré avoir fait appel à eux pour recruter du personnel, mais le chef du gang, Sonny Järvinen, nie tout en bloc. Nous allons éplucher au plus tôt les livres de comptes du salon de massage et du bureau de recrutement que possède la Fraternité pour tenter de déterminer qui dit la vérité. Nous avons aussi prévu d'interroger à nouveau Sukayana Prikon dès aujourd'hui, notamment pour qu'elle nous confirme l'identité des quatre victimes. Il faut que leurs familles soient informées. »

Zack prie pour que cet interrogatoire lui soit confié. Il la cuisinerait volontiers à propos des faux passeports et de ses relations avec le gang de Järvinen. Peut-être même qu'il lui rendra son téléphone portable en signe de bonne volonté.

Douglas invite Deniz à faire un compte rendu de la fusillade dans laquelle elle et Zack ont été impliqués au QG des motards. Tandis qu'elle monte sur l'estrade, Zack remarque qu'elle a dissimulé son pansement sous un châle aux couleurs vives. Les autres l'écoutent attentivement. Ce n'est pas tous les jours que des collègues échangent des tirs avec des criminels.

« Il ne fait aucun doute que le gang s'attendait à recevoir de la visite, explique-t-elle. Cela n'a peut-être rien à voir avec notre enquête, mais cela n'en constitue pas moins une curieuse coïncidence. La question est : qui attendaient-ils ? »

Elle passe en revue toutes les raisons que la Fraternité aurait pu avoir d'éliminer les quatre femmes. Ensuite, elle retourne s'asseoir et Douglas reprend la parole :

« Nous avons interrogé les membres du gang, ce qui, comme nous nous y attendions, n'a rien donné. Il est toujours difficile de faire parler ce genre d'individus. Mais ils paraissaient nerveux, ce qui pourrait laisser supposer que quelque chose se prépare. Deux d'entre eux ont déjà été relâchés sur décision du procureur, et deux autres sont toujours en garde à vue pour tentative de meurtre sur Zack et Deniz. Tout comme leur chef. L'audience préliminaire est prévue pour demain, mais d'autres interrogatoires auront lieu dans le courant de la journée. Nous verrons bien ce qu'il en ressort. »

Sirpa Hemälainen est assise plusieurs rangs devant Zack. Il la voit se lever péniblement et lever le doigt pour demander la parole.

« Sirpa, fait Douglas.

— Cette nuit, j'ai commencé à dresser une liste des clients du salon à partir des informations collectées sur l'ordinateur de Sukayana Prikon. Nous avons également répertorié les contacts trouvés sur son portable et sur ceux des victimes.

— Nous ? s'étonne Douglas.

— Oui, vu l'ampleur de la tâche, j'ai demandé à une cadette vaillante et intelligente de m'aider », explique-t-elle en adressant un sourire à une jeune femme brune avec une queue de cheval. Laquelle se met aussitôt à rougir.

« Enfin bref. En tout, nous disposons d'une cinquantaine de noms, numéros de téléphone et adresses électroniques anonymes que nous allons maintenant tâcher d'identifier. »

Douglas hoche la tête d'un air admiratif.

« Excellent travail. Je vais demander à ce que tous les noms qui apparaissent dans les livres de comptes et les factures te soient communiqués au plus vite. »

Zack bâille à s'en décrocher la mâchoire et s'étire. Il fait chaud comme dans un sauna et il sent des gouttes de sueur dégouliner le long de son dos. Ces réunions sont toujours épuisantes.

Douglas transmet ses ordres aux chefs de groupes, puis conclut.

« Parfait, mes braves. Et maintenant, retour à la réalité. »

16

La mère de famille est pressée. C'est mardi matin et elle risque d'être en retard à son rendez-vous.

Elle sort ses fils de la poussette jumelle et les installe à l'arrière de la voiture.

« J'ai envie de faire pipi. »

Demi-tour.

Ça y est, cette fois, elle est sûre d'être à la bourre.

Elle l'est déjà lorsqu'elle se gare sur le parking du Söder Hospital.

Au moins, le ciel est bleu et le soleil brille.

Elle se dirige en trottinant vers le hall principal et ne voit arriver la voiture que lorsque celle-ci aborde le trottoir et s'arrête net quelques mètres devant elle. L'une des portières arrière s'ouvre et, lentement, un corps bascule et s'écrase sur le bitume juste devant sa poussette.

Puis la voiture repart sur les chapeaux de roues.

Les deux garçons de trois ans se mettent à pousser des hurlements de terreur et, lorsque leur mère découvre ce qui est à leurs pieds, elle commence à hurler à son tour. Deux hommes, alertés par les cris, accourent puis sont pris d'un mouvement de recul.

« Oh, putain de merde ! » s'exclame l'un d'eux.

Ses jambes se dérobent sous lui, mais il se rattrape au pied d'un panneau et se met à vomir.

C'est le corps d'une femme. Elle gît sur le flanc, en culotte et débardeur. Ses vêtements sont maculés de sang et d'excréments. Pourtant, ce n'est pas cela qui fait hurler la mère et ses enfants. Ce n'est pas ce qu'elle a sur elle qui fait vomir l'homme.

Mais plutôt ce qui lui manque.

Ses jambes.

On dirait qu'elles ont été arrachées ou qu'un sadique les lui a déchiquetées à coups de pioche. De ses cuisses, il ne reste que des lambeaux de tendons et de muscles. Ses moignons ont été garrottés au moyen de solides lanières en cuir, un morceau d'os dépasse de plusieurs centimètres de celui de gauche.

La mère retourne la poussette si brusquement que les deux garçonnets se mettent à crier de plus belle.

« Faites quelque chose, mais faites quelque chose ! » hurle-t-elle aux hommes qui fixent, médusés, la femme mutilée.

Le plus jeune des deux finit par tirer son téléphone de sa poche et, avec ses doigts tremblants, s'apprête à composer le 112 puis, se rappelant soudain où il se trouve, s'élance vers le hall de l'hôpital.

L'autre homme s'approche de la femme avec autant de méfiance que s'il avait affaire à une fusée de feu d'artifice qui n'aurait pas explosé.

Il est assailli par une puanteur comme il n'en a encore jamais connu.

Comme il ne veut plus jamais en connaître.

Un mélange d'hémoglobine, de chair et d'excréments. Autour des plaies, le ballet volant des mouches a déjà commencé.

Puis il entend la femme gémir et la voit bouger légèrement la tête.

« Mon Dieu, elle est vivante », murmure-t-il.

Il s'agenouille près d'elle sans vraiment savoir quoi faire. Alors il lui caresse les cheveux avec précaution et dit :

« Tout va bien se passer, maintenant. Les médecins arrivent. »

Entre-temps, d'autres personnes se sont rassemblées autour de la femme. Ils n'arrivent pas à détourner leurs regards de son corps massacré, comme s'ils assistaient à une pièce de théâtre de rue d'un genre macabre.

Un homme en costume se fige sur place tout de suite après avoir franchi les portes de l'hôpital.

« Poussez-vous ! »

Il s'écarte juste à temps pour laisser passer les deux femmes et l'homme vêtus de blouses blanches qui viennent de surgir dans son dos en poussant un brancard.

La première à arriver est médecin anesthésiste. Elle s'appelle Marianne Edberg. C'est une sexagénaire grisonnante et sèche. Elle tâte aussitôt le pouls sur la gorge de la malheureuse, et écarte les cheveux qui recouvrent son visage. Elle semble avoir à peu près le même âge qu'elle.

Qui vous a abandonnée ici ? songe-t-elle. *Quel être humain peut être assez cruel pour infliger de tels supplices à un de ses semblables ?*

Son regard glisse jusqu'à ses cuisses, ou plus exactement ce qu'il en reste. Elle a vu bien des choses dans sa carrière, mais encore jamais rien de tel.

Une aide-soignante débarque, chargée de matériel médical.

« De quoi a-t-on besoin ? demande-elle.

— Je sens son pouls. Il est faible, mais elle respire », dit Marianne Edberg.

Avec des gestes précis et sûrs, ils chargent la blessée sur le brancard. Ses moignons ont laissé deux petites flaques de sang sur le bitume.

Ils plaquent un masque à oxygène sur son nez et sa bouche, se précipitent jusqu'à l'ascenseur et appuient sur le bouton du sous-sol.

« Ça va se jouer à un fil », lâche Marianne Edberg au moment où ils franchissent la porte des urgences.

17

Le téléphone de Douglas Juste se met à vibrer dans la poche de sa veste au moment même où les derniers policiers quittent la salle de conférences.

« Juste à l'appareil… Oui, c'est bien moi. Quand est-ce arrivé ? On peut venir ? Merci, j'envoie deux de mes inspecteurs sur-le-champ. »

Sur ce, il sort en courant dans le couloir et crie :

« Zack ! Deniz ! »

Ils s'apprêtaient à monter dans l'ascenseur lorsqu'ils entendent sa voix.

« Il faut que vous filiez au Söder Hospital. Une femme qui a les jambes arrachées vient d'être admise aux urgences. De type thaïlandais, d'après le médecin. Et ça ne ressemble pas à un accident. »

Zack et Deniz échangent un regard.

Encore une jeune employée d'un salon de massage ?

Ou Sukayana Prikon ?

Un quart d'heure plus tard, Deniz gare leur voiture devant l'entrée de l'hôpital. Zack tambourine des doigts sur le tableau de bord. Il n'a cessé de répéter la même phrase durant tout le trajet :

« Ça ne peut pas être Sukayana. Ça ne peut pas être elle. »

L'accueil est bondé, mais la plupart des patients sont assis et attendent sagement leur tour.

Les cloisons jaunes en fibre de verre de la salle d'attente semblent avoir sur eux un effet tranquillisant.

La réception est tenue par une femme d'âge moyen vêtue d'un gilet en polaire violet. Elle est en pleine discussion avec une aide-soignante. Zack et Deniz brandissent leurs insignes et passent derrière le guichet.

« Police. C'est une urgence », lance Zack.

La femme à la polaire paraît contrariée, mais s'abstient de tout commentaire.

Zack explique à l'aide-soignante ce qui les amène.

Elle le dévisage un instant. Ses joues s'enflamment, puis elle recouvre rapidement ses esprits.

« Attendez ici un instant, je vais me renseigner. »

Zack et Deniz contemplent la salle d'attente. Il y a là quelques vieillards, une adolescente avec un bras dans le plâtre et plusieurs enfants au nez plein de morve. Aucun d'eux ne semble gravement blessé.

L'aide-soignante revient. Elle adresse à Zack un sourire timide.

« La patiente en question n'est plus ici. Elle est actuellement en salle d'opération.

— Où ça ?

— Dans le service de chirurgie. Vous ne pouvez pas y accéder. En revanche, si vous le souhaitez, vous pouvez rencontrer le médecin qui l'a admise. »

*

La jeune femme les conduit jusqu'à un bureau aux murs jaune pâle dépourvu de fenêtres. Zack et Deniz entrent et se présentent. Marianne Edberg est assise derrière un bureau plaqué en hêtre et considère Zack d'un air sceptique. Sans doute ne s'attendait-elle pas à voir débarquer un jeune inspecteur d'une vingtaine d'années portant T-shirt et blouson de cuir.

Deniz, en revanche, avec son haut turquoise, son châle bariolé et sa veste gris sombre, semble être prise plus au sérieux.

« Vous l'avez déjà identifiée ? demande-t-elle tandis qu'ils s'installent sur les chaises réservées aux visiteurs.

— Non. Primo, notre priorité est de sauver des vies, pas de… »

La femme s'interrompt subitement. Elle pose une main sur son front et prend une profonde inspiration avant de poursuivre :

« Excusez-moi, je suis un peu tendue, mais c'était tellement abominable. Comment peut-on jeter d'une voiture une femme dans cet état et l'abandonner sur le trottoir ? Comme un animal.

— Justement, nous voulons arrêter celui qui a fait ça, dit Deniz. Avez-vous vu le conducteur de la voiture ? Ou vos collègues ?

— Non, quand on nous a avertis, elle gisait déjà par terre.

— Mais il a bien dû y avoir des témoins ?

— Sans doute. Mais je n'ai pas eu le temps de m'en préoccuper. On m'a appelée, je suis sortie et je l'ai trouvée là. Le reste n'avait pas d'importance.

— Savez-vous si l'une des personnes qui ont assisté à la scène a laissé ses coordonnées ?

— Demandez à la réception, dans le hall principal. J'imagine que c'est là-bas que l'alerte a été donnée. »

Il faut qu'on retrouve cette voiture au plus vite, pense Zack. *Et aussi les tarés qui ont fait ça. Quelqu'un doit bien avoir relevé le numéro de plaque ou vu ce qui s'est passé. Surtout que si cette femme est bien Sukayana Prikon, cette voiture pourrait nous mener au tueur que nous recherchons.*

« On va se répartir les tâches, dit Deniz à Zack. Toi, tu essaies de savoir qui est la femme mutilée. Pendant ce temps, je file à la réception voir s'ils ont des infos.

— D'accord. Je te rejoins là-bas. »

Puis Zack s'adresse à Marianne Edberg.

« Serait-il possible que je jette un œil dans la salle d'opération ? Il faut absolument qu'on identifie cette femme, et il y a de fortes chances que je la reconnaisse si je vois son visage.

— La salle est pourvue d'une vitre. Je vais vous y conduire, comme ça on pourra continuer notre conversation en chemin. »

Ils empruntent un long couloir désert où quelqu'un a laissé un brancard couvert de roses le long du mur bleu clair. Il y a une vague odeur d'eau de Javel et de gel désinfectant qui évoque à Zack des personnes mourantes ou atteintes de maladies incurables. Il lui arrivait souvent d'accompagner son père à l'hôpital ou de lui rendre visite à Danderyd quand il était hospitalisé pour recevoir son traitement à base de cortisone.

Mais ce n'est pas le moment d'y penser.

« Que pouvez-vous me dire à propos de ses blessures ?

— Elle a les deux jambes sectionnées en haut des cuisses, explique Marianne Edberg. Et on dirait que ce sont des chiens qui ont fait ça.

— Des chiens ?

— Ou peut-être des fauves. C'est ce que semblent indiquer la forme des morsures et la manière dont la chair a été arrachée de ses jambes. Je pratique la chasse et j'ai déjà eu l'occasion d'observer des blessures semblables sur du gibier qui avait été assailli par des prédateurs. En outre, on a dû nettoyer son corps. Elle était couverte d'excréments qui sentaient trop fort pour être d'origine humaine. »

Alors comme ça tu chasses, songe Zack. *C'est paradoxal, non ? Sur ton lieu de travail, tu t'emploies à sauver des vies, et quand tu as du temps libre, tu enfiles ta tenue de camouflage et tu sors tuer.*

« Selon vous, elle aurait donc été agressée par un chien ? Ou par un animal sauvage comme un loup ou quelque chose de ce genre ?

— Il est plus probable que ce soit l'œuvre d'un chien, ou de plusieurs. Autant que je sache, les loups n'ont jamais attaqué personne en Suède, même si certains s'aventurent régulièrement jusque dans les faubourgs de Stockholm.

— A-t-elle encore des restes d'excréments sur elle ? » interroge

Zack qui repense soudain au bâtard dans la cour du club de la Fraternité. Il se demande également si Peter Karlson a un chien.

« Non, on a été obligés de tout enlever à cause du risque d'infection. Mais j'en ai conservé un échantillon. J'ai pensé que ça pourrait vous être utile.

— Excellent réflexe », la félicite Zack.

Il s'accorde un instant de silence. Réfléchit à ce que vient de lui révéler le médecin.

« Est-il possible qu'ils ne s'en soient pris à elle que dans un deuxième temps ?

— Que voulez-vous dire ?

— Pourrait-on envisager que ce soient des hommes qui lui aient coupé les jambes avant de la livrer à ces bêtes ? »

Marianne Edberg hausse les sourcils, elle vient seulement de saisir toute l'horreur de ce que la femme a peut-être enduré.

« C'est envisageable, en effet. »

Ils arrivent dans le service de radiologie et pénètrent dans la salle où l'on prépare les patients avant leur opération.

Marianne Edberg lui indique une porte munie d'un hublot.

« C'est là. »

Zack jette un œil à travers la vitre. La salle d'opération est vaste et aérée. Du métal scintillant, des murs et un sol immaculés. Un appareil de radiographie est fixé au plafond, ainsi que deux écrans et des lampes d'opération à LED. Juste au-dessous, six personnes masquées s'affairent autour de la victime. Certaines portent des tenues vertes, certaines des bleues. Le corps est relié par des tubes à l'appareil d'anesthésie d'un côté de la table, et à une poche de sang suspendue à un trépied de l'autre. D'autres tubes sont branchés à des équipements qui se trouvent hors du champ de vision de Zack.

La femme est en grande partie recouverte d'un drap vert, mais ses plaies béantes sont à l'air libre et de minuscules tuyaux sont enfoncés dans ses moignons.

À un moment, une des personnes en bleu s'écarte pour aller chercher un instrument et Zack parvient à voir le visage de la patiente.

En la reconnaissant, il est pris d'une furieuse envie de crier et de cogner dans le mur.

Mais il se contient.

« Merde », murmure-t-il d'une voix si basse que Marianne Edberg ne l'entend pas.

Pourquoi on ne l'a pas embarquée ? Pourquoi on ne l'a pas placée sous protection policière ?

Il se passe les mains dans les cheveux, ferme les yeux et s'efforce de garder la tête froide.

« J'imagine que vous l'avez reconnue, constate Marianne Edberg.

— Elle s'appelle Sukayana Prikon. J'ai parlé avec elle hier, dans le cadre d'une enquête criminelle que nous menons actuellement. »

Marianne Edberg fronce les sourcils.

« Est-elle suspectée de meurtre ?

— Non, juste un témoin clé. On pense qu'elle détient des informations importantes. »

Marianne Edberg médite ces informations et acquiesce en silence.

Zack regarde à nouveau dans la salle d'opération. Il voit les médecins s'activer autour de ce qui reste des jambes de Sukayana.

Il essaie de prendre une profonde inspiration mais a l'impression que ses poumons ne se remplissent qu'à moitié.

J'aurais pu l'embarquer pour agression à l'arme blanche. Ou pour proxénétisme. Peut-être qu'on avait assez de preuves.

Si on l'avait fait, elle aurait encore ses jambes à l'heure qu'il est.

Il contemple ses moignons et ressent tout à coup des picotements dans ses genoux.

« Quand pourrons-nous l'interroger, d'après vous ?

— Elle a perdu beaucoup de sang et ses blessures sont extrêmement graves. En plus, son taux de CRP atteint des sommets, ce qui signifie que son corps est en train de lutter contre une sévère infection que nous n'avons pas encore pu identifier. Si jamais elle survit, ça risque de prendre pas mal de temps avant qu'elle soit en état de répondre à vos questions.

— Nous allons devoir la placer sous protection.

— Je comprends, dit Marianne Edberg d'un air abattu. Malheureusement, on voit de plus en plus souvent des policiers dans nos couloirs. »

Et si des motards armés jusqu'aux dents sont derrière tout ce merdier, songe Zack, *ces policiers ne seront jamais trop nombreux.*

*

Quand Zack sort du hall principal, Deniz est assise sur un banc et se gratte sous son châle à l'endroit de sa blessure.

« C'était Sukayana, annonce-t-il avant qu'elle ait eu le temps de lui poser la question. On dirait qu'elle s'est fait dévorer les jambes par des chiens enragés.

— Des chiens ?

— Ou autre chose. Avec des crocs, en tout cas. Et il n'est même pas certain qu'elle survive. »

Deniz bouillonne de colère.

« Sonny Järvinen et ses petits copains ont apparemment un faible pour les molosses », dit-elle.

Zack hoche la tête.

« Comment ça s'est passé de ton côté ? lui demande-t-il alors.

— Ils n'ont rien. Que dalle. Tout ce qu'ils savent, c'est qu'une voiture s'est arrêtée devant l'entrée et qu'on l'a jetée par une portière. Mais ils ignorent tout du numéro de plaque, du modèle et même de la couleur de cette putain de voiture. Pourtant, au moins cinq témoins l'ont vue.

— Tu as leurs noms ?

— Tu crois qu'il leur serait venu à l'idée de noter ce genre d'informations ? "Euh, bah on n'y a pas pensé" », fait Deniz avec un ton niais.

Alors qu'ils regagnent leur voiture, Zack est tout près de déraper sur une flaque de vomi. Un PV de contravention a été glissé sous l'essuie-glace. Zack s'en saisit, le déchire, puis jette les morceaux par terre.

Une grande partie du voyage de retour jusqu'à l'hôtel de police de Kungsholmen se fait dans le silence. Zack a du mal à chasser de son esprit les images de Sukayana Prikon allongée sur la table d'opération, de ses moignons, de son visage au teint cadavérique.

Ils s'arrêtent à un feu rouge près de la bouche de métro de la place Fridhem. Un panneau bleu et blanc invite les gens à descendre sous terre, tandis que les clients se bousculent dans l'épicerie qui jouxte le marchand de journaux.

Des passants défilent comme si c'était un jour d'été banal, comme s'ils vivaient dans un monde où les dangers n'existent pas.

Zack a envie de baisser la vitre et de leur parler de Sukayana.

Des Thaïlandaises. Si c'est bien leur nationalité.

De toutes ces femmes.

Des centaines de milliers de victimes de la traite des êtres humains.

Dans quelle sale affaire étais-tu impliquée, Sukayana?

Il revoit ses moignons sanguinolents.

Son téléphone se met à vibrer dans sa poche. Il l'ignore.

«À supposer que Prikon n'était pas du tout en affaires avec Rekryteringshjälpen AB et qu'on ne découvre rien de nouveau dans ses livres de comptes, dit-il à Deniz. Pourquoi nous aurait-elle envoyés dans cette direction?

— Elle voulait peut-être nous mettre sur une fausse piste.

— Mais pourquoi? Et dans ce cas, est-ce que ça aurait été un motif suffisant pour que la Fraternité lâche ses chiens sur elle en représailles?

— Non, mais si elle savait autre chose? Qui sont ceux que s'attendaient à voir débarquer Järvinen et ses sbires quand ils ont ouvert le feu sur nous, par exemple. Elle voulait peut-être nous mettre sur la voie?

— Laquelle ?

— Je ne sais pas. Peut-être des personnes que nous ne connaissons pas. Comme les rivaux de la Fraternité. »

Le téléphone de Zack vibre sans interruption. Au feu rouge suivant, il finit par le sortir pour lire ses messages.

Krille :
Joli tacle, mon pote.

Christo :
Bien joué, gros dur !

Adam :
J'ignorais que tu te battais avec des gonzesses.

Zack ne comprend pas. Trois de ses connaissances qui n'ont aucun lien entre elles viennent de lui envoyer des SMS apparemment sur le même sujet. Il se demande si quelqu'un ne l'aurait pas filmé à la salle d'entraînement, mais cela fait un moment qu'il ne s'est pas battu avec une femme. À quand remonte la dernière fois ? Cela doit bien faire un an.

Peut-être que quelqu'un a publié une photo de lui sur Facebook, Instagram ou un autre de ces foutus réseaux sociaux.

Zack ne possède pas de compte Facebook. Il s'en était créé un quand il était lycéen, mais au bout de deux mois il en avait déjà eu assez de recevoir des photos floues de copains ivres et des vidéos pêchées sur YouTube censées être cool. Il avait clôturé son compte quand il était entré à l'université et n'en avait jamais créé d'autre depuis.

Ni sur Facebook ni nulle part ailleurs. Il possède bien deux ou trois faux profils qu'il utilise pour les besoins du service, mais ce qu'il y voit suffit à le conforter dans sa résolution.

Signal sonore, nouveau message. D'Abdula, cette fois.

Tu as vu que tu étais devenu une vraie star du Net ?

Abdula y a joint un lien. Quand Zack clique dessus, il atterrit sur la page d'accueil d'*Aftonbladet*. Le titre de l'article remplit presque tout son écran :

UN POLICIER TACLE UNE FEMME DEVANT DES ENFANTS

Zack fait défiler vers le bas et découvre une photo de lui en train de mettre fin à la course folle de Sukayana Prikon.

Merde. Merde.

« Qu'est-ce qui se passe ? » demande Deniz.

Deux voitures les klaxonnent presque simultanément. Zack lève les yeux. Feu vert. Il démarre sur les chapeaux de roues et Deniz est presque obligée de crier pour lui dire de prendre à gauche plutôt qu'à droite.

« Pourquoi on va par là ?

— J'ai un rendez-vous à l'hôpital Sankt Göran dans un quart d'heure. Le médecin voulait jeter un œil à ma blessure.

— Ça marche.

— C'était quoi ces SMS ?

— Il y a un connard qui m'a filmé pendant que je courais après Sukayana. Et maintenant, je fais la une d'*Aftonbladet*.

— Quoi ? Fais-moi voir », dit Deniz en se penchant sur le téléphone de Zack.

En arrivant devant l'hôpital, il se range le long du trottoir.

Il affiche l'intégralité de l'article. Non seulement il y a une photo, mais aussi une vidéo. L'image tremble et la scène est filmée de loin, mais pas assez pour que les lecteurs du journal ne puissent voir exactement ce qui se passe.

Zack et Deniz lisent le texte :

Cela avait commencé comme un agréable pique-nique en famille dans le parc de Tantolunden, sur l'île de Södermalm, à Stockholm.

Puis un policier est arrivé en courant et a plaqué une dame âgée. En plein sur leur repas.

« C'était très brutal », déclare un témoin.

Une maman a dû se jeter sur son bébé pour le protéger du policier.

« Tout le monde s'est mis à hurler », explique Sandra Johansson, 37 ans, qui se trouvait tout près.

D'autres témoins rapportent que la fuyarde était terrorisée.

« Ce type courait comme un dératé en écrasant tout sur son passage », témoigne Joakim Pehrson, 22 ans.

Le policier en civil a ensuite été maîtrisé par plusieurs hommes qui l'ont relâché quand il leur a présenté son insigne. Il en a alors profité pour reprendre sa course folle.

« Quelques minutes plus tard, il a traversé le parc dans l'autre sens. En poussant devant lui la pauvre vieille dame à qui il avait fait une clé de bras », d'après un autre témoin. « Elle avait l'air de souffrir. »

La police n'est guère bavarde à propos de cet incident.

« Nous ne pouvons pas commenter ces informations pour l'instant », déclare Thorbjörn Berg, le porte-parole de la police de Stockholm.

À la fin de l'article, une question est posée aux lecteurs :

Selon vous, la police suédoise a-t-elle trop facilement recours à la violence ?

73 % des lecteurs ont répondu « Oui ».

« Quel tissu de conneries, s'insurge Deniz. Ils ne pourraient pas se renseigner un peu plus avant de publier leurs articles ? Préciser que Sukayana Prikon t'avait menacé avec un couteau, ou qu'on est en train d'essayer de mettre la main sur un salaud qui a massacré quatre jeunes femmes ? Peut-être que leurs témoins hystériques se calmeraient un peu. À supposer qu'ils existent réellement. Je suis prête à parier que c'est leur reporter qui a inventé tous ces témoignages. »

Zack continue jusqu'à l'entrée de l'hôpital et dépose Deniz.

Il attend un instant, le regard perdu dans le vide. Il pense à la vidéo. Il ne s'attendait pas du tout à voir ces images.

Était-il obligé de s'y prendre ainsi ? Bien sûr que non. Il aurait pu procéder en douceur. Surtout, il aurait pu faire cela ailleurs que sur une couverture de pique-nique.

Mais son esprit tournait au ralenti. Il avait la gueule de bois et était en manque. Ses erreurs avaient déjà fait suffisamment de victimes innocentes.

Douglas l'appelle au moment où il repart.

« Tu as vu l'article ? lui demande-t-il.

— Oui.

— Les journalistes ne savent pas encore que c'était toi, mais ils nous harcèlent pour avoir l'info. S'ils te tombent dessus, dis-leur qu'ils doivent s'adresser à moi. Que tu travailles actuellement sur une enquête et que, pour cette raison, tu n'es pas autorisé à t'exprimer. D'accord ?

— D'accord », répond Zack.

C'est dans ce genre de situation qu'il apprécie d'avoir un supérieur comme Douglas. Il n'hésite jamais à défendre ses subordonnés face à la presse.

Zack l'informe que la femme qui a été admise à l'hôpital n'est autre que Sukayana Prikon et qu'elle se trouve dans un état quasi désespéré.

Après quelques secondes de silence, Douglas finit par dire :

« Il va falloir qu'on détermine quelles informations peuvent être rendues publiques. Si on ne livre rien à la presse, *Aftonbladet* et leurs collègues vont certainement continuer de publier des articles sur la violence de nos méthodes. Mais si on leur révèle que tu opérais dans le cadre de l'enquête sur le quadruple meurtre de Hallonbergen, ce qui te serait sans doute favorable, ils ne tarderont pas à remonter jusqu'à Prikon et, là, ce sera le bordel.

— Dans ce cas, je préfère qu'on ne leur en parle pas, dit Zack.

— Tu ne t'es encore jamais retrouvé au cœur d'une tempête médiatique, Zack. Ça peut être terrible, crois-moi. Ne lis pas ce qu'ils écrivent. Et appelle-moi si besoin.

— OK.

— Tu as appris autre chose à l'hôpital ? »

Zack lui rapporte brièvement les propos du médecin et l'informe qu'ils n'ont pas le moindre témoin. Il lui parle aussi des morsures de chien et du croisé berger allemand et rottweiler qu'il a vu au club de la Fraternité.

« Il a été placé dans un chenil. Il est impossible que ce soit lui qui ait attaqué Prikon, dit Douglas. Mais ce n'est pas leur seul chien. Un des membres de la Fraternité, Danny Johansson, possède un staffordshire bull-terrier et un berger allemand croisé. En 2011, il a été condamné à une amende après que ses chiens avaient attaqué sans raison une vieille dame, lui infligeant de sévères morsures à une jambe. Il habite dans une maison à Alby.

— J'y vais.

— Pas tout seul. Et de toute façon, tu passes d'abord par ici. Il faut qu'on fasse le point. »

18

Sonny Järvinen paraît bien inoffensif sans son blouson de cuir. Il ressemble davantage à un expert-comptable qu'à un chef de gang.

Rudolf Gräns, lui, rayonne. Il est dans son élément. Il jauge l'homme en face de lui en se fiant à sa respiration, à ses mouvements ainsi qu'à la puissance et aux variations de sa voix. Au bout de cinq minutes, il pense déjà l'avoir cerné. Un homme intelligent, beaucoup trop agile et fluide dans ses gestes pour avoir de gros muscles de bodybuilder.

Rudolf préfère interroger les suspects directement dans leur cellule. « À la maison ». Sans table pour les séparer. Cela crée souvent une ambiance intime qui les amène à se confier plus facilement.

Et puis il possède un avantage non négligeable : le fait qu'on le sous-estime toujours.

Järvinen est assis juste en face de lui sur une couchette scellée dans le mur. Le vieux magnétophone de Rudolf est posé à côté de lui et il porte pour la troisième fois de sa vie la tenue de détention de la prison de Kronoberg. Lui aussi essaie de cerner son adversaire, ce papy assis sur une chaise qu'il a apportée lui-même et vêtu d'un costume ringard. Un vieil homme aimable et courtois. D'une innocuité presque comique. Mais Järvinen n'est pas dupe. Il se dit que ce n'est peut-être qu'une façade et qu'il ferait mieux de se méfier de lui.

Qu'il soit aveugle ne signifie pas forcément qu'il soit stupide.

Ils parlent de motos. Il se trouve que Rudolf a eu une Harley-Davidson à une époque. Une Sportster bleu ciel de 1959.

« Une vraie beauté, dit-il avant d'ajouter : Je l'avais achetée d'occasion sur place, aux États-Unis, en 1968. Elle m'a porté à travers tout l'Arizona. »

Sonny Järvinen a très bien saisi la tactique du vieil homme. Elle consiste à les rapprocher, à leur trouver des points communs malgré leurs positions respectives et à instaurer un climat de confiance propice aux confidences.

Tout cela, il en est conscient.

Pourtant…

Bientôt, il lui fait le récit de ses plus beaux voyages en Norvège et en Italie, puis ils rient de bon cœur en évoquant ensemble leurs scènes favorites du film *Easy Rider*.

« Quels enfoirés. Jack Nicholson et Dennis Hopper. Ça, c'est ce que j'appelle des potes, fait Järvinen.

— Écoute, Sonny, dit Rudolf. J'ai besoin de toi. »

Et, au fond de lui, Järvinen a sincèrement envie de l'aider. Il a besoin de se confier à lui, de lui raconter toute sa vie.

Mais son cerveau résiste, le pousse à se ressaisir.

Alors il se force à revenir à la triste réalité de sa cellule. À voir Rudolf autrement.

C'est un flic. Tout ce qu'il veut, c'est que je balance.

Malgré cela, il dit :

« En quoi puis-je t'aider ?

— Hier, on a trouvé quatre femmes assassinées dans un appartement. Ce n'était pas beau à voir. Celui qui a fait ça est un animal. Doublé d'un lâche, explique Rudolf. Aujourd'hui, une cinquième femme a été mutilée. Par des chiens. »

Il ménage une courte pause pour laisser à Järvinen le temps de digérer ses paroles. Puis il reprend :

« Sonny, nous sommes plus ou moins au courant de vos activités, mais nous savons aussi que vous ne vous seriez jamais abaissés à payer un tueur à gages pour éliminer des femmes innocentes. Par contre, vous semblez apprécier les chiens.

— Tu as raison, concède Järvinen. Sur toute la ligne. Mais jamais on ne lâcherait les nôtres sur une femme. »

Sur un homme, en revanche…, songe Rudolf.

« Danny Johansson fait bien partie de ton club ? On a entendu dire qu'il serait le propriétaire de deux bêtes féroces.

— Danny est parti vivre en Afrique du Sud, dit le chef de gang. Et il a fait euthanasier ses chiens avant son départ. C'était la meilleure solution. Personne, à part lui, ne pouvait les approcher. »

Rudolf se gratte le front.

« On pense que vous savez qui a fait ça. Même si, comme tu l'affirmes, vous n'êtes pas impliqués. On pense que c'était lui, ou eux, que tes camarades attendaient sur le toit du club quand mes collègues ont débarqué. Ce qui a abouti accidentellement à la fusillade. »

Järvinen demeure muet, mais Rudolf note que sa respiration est plus profonde. Il a réussi à éveiller en lui des émotions.

« On croit savoir que vous vous disputez le contrôle des salons de massage avec un autre groupe. Et que le quadruple meurtre est lié à ce conflit.

— Il y a toujours des connards qui essaient de foutre la merde d'une manière ou d'une autre dans nos affaires. »

Sonny est étonné d'entendre ces paroles sortir de sa bouche. Il ferait mieux de la fermer. Mais Rudolf semblait avoir pris le contrôle de son cerveau. Inutile qu'il se taise puisque, de toute façon, cet homme lisait dans ses pensées.

« Est-ce que tu penses à quelqu'un en particulier ? » lui demande Rudolf sur un ton amical.

Cette fois, le moment est venu pour Järvinen de faire son choix. Celui qu'il a ruminé toute la matinée.

Soit il ferme sa gueule et conserve son honneur. Mais il meurt. Comme d'autres membres de son club avant lui.

Comme son frère.

Soit il passe à table. Il permet aux flics de régler le problème, et il aura alors une chance de sauver sa vie et celles de ses hommes.

Mais il n'est pas une putain de balance. Et puis comment pourrait-il faire confiance à un flic ? Tiendra-t-il seulement parole ?

Ce type-là, après tout, pourquoi pas ? Il est tellement vieux qu'il est peut-être resté fidèle aux principes des gentlemen d'autrefois.

Järvinen considère le magnétophone. Un antique Panasonic ultra-bruyant avec des boutons énormes. Cet appareil doit bien avoir vingt ans. C'est du solide. On n'en fabrique plus des comme ça. Il se dit qu'il doit être plus commode à utiliser pour un aveugle qu'un dictaphone miniature à écran digital.

Il ferait bien un geste en direction du magnétophone pour faire comprendre au flic qu'il doit l'éteindre. Mais comment faire passer le message à un type qui ne le voit pas ?

Alors, il appuie lui-même sur le bouton « Stop ». Rudolf ne réagit pas.

« Si je te file un nom, comment être sûr que ça ne figurera pas dans le compte rendu d'audition ou qu'on ne pourra pas remonter jusqu'à moi d'une manière ou d'une autre ?

— Je t'en donne ma parole.

— Et qu'est-ce qu'elle vaut, ta parole ?

— Ça fait maintenant plus de trente ans que j'interroge des individus de tous poils, petits trafiquants, tueurs sadiques, pédophiles. Des personnages bien plus influents que toi ont été assis à ta place et m'ont livré des informations capitales contre la promesse que je ne mentionnerais jamais leur nom. Je n'ai jamais failli à ma parole. »

Sonny regarde Rudolf. En fin de compte, ce flic est réglo. Si seulement il avait eu un grand-père comme lui quand il était gamin.

« Ils se font appeler les Yildizyeli, dit-il. Ce sont des Turcs. Ils n'ont aucunes limites.

— À mon tour, je vais être franc avec toi, au risque de passer pour un idiot. Je n'ai jamais entendu parler d'eux.

— Ils sont discrets.

— Et où est-ce qu'on peut les trouver ? »

Järvinen hésite un instant. Il se demande comment il réagirait s'il apprenait qu'un membre de son gang avait bavé aux flics.

Ce serait sanglant.

Ensuite, on formerait un cercle autour de lui et on pisserait sur son blouson.

« D'accord, lâche-t-il en se penchant en avant. Je vais tout t'expliquer. »

19

Zack a à peine ouvert la porte du bureau de l'Unité spéciale que déjà Douglas Juste vient à sa rencontre.

« Sonny Järvinen nous a donné un nom.

— Pardon ? s'exclame Zack.

— J'ai eu la même réaction que toi, mais c'est la vérité. Ösgür Thrakya. D'après Järvinen, il appartiendrait à la mafia turque.

— Quoi ? Des Turcs seraient impliqués ?

— Peut-être. Je viens d'avoir une discussion avec le directeur de la brigade des Mœurs. Il se dit dans la rue que des Turcs auraient fait leur apparition en ville. Selon la rumeur, ils tenteraient de s'implanter et auraient ramené des prostituées asiatiques dans leurs bagages. Bien sûr, il faut prendre ces informations avec des pincettes, on n'a rien de concret. Mais Järvinen a décrit ces Turcs comme des cinglés. »

Zack repense à l'échange de tirs avec les membres de Fraternité.

Les avaient-ils pris pour ces Turcs ?

Sont-ils en concurrence sur le marché de la prostitution ?

« Qu'est-ce qu'on sait d'autre sur eux ?

— Pas grand-chose. Mais Sirpa travaille actuellement sur le sujet. Viens. »

La femme lève les yeux tandis qu'ils approchent de son bureau.

« Ce Thrakya n'a pas l'air d'être un enfant de chœur, dit-elle. Il a occupé le poste de chef des renseignements dans une sorte de milice paramilitaire, en Turquie, et le bruit court qu'il aurait ébouillanté des gens.

— C'est sans doute une légende, tempère Zack.

— Malheureusement, c'est une pratique qui a toujours cours à l'heure actuelle. Demande aux prisonniers en Ouzbékistan. D'après Amnesty International, des détenus auraient été ébouillantés vivants dans un établissement pénitentiaire du pays il y a seulement quelques mois, rétorque Sirpa.

— Qu'est-ce que tu as appris d'autre au sujet de cet Ösgür Thrakya ? s'enquiert Douglas.

— Il est né en 1961 dans la ville de Yaliköy, au bord de la mer Noire, au nord-ouest de la Turquie. Recherché par Interpol depuis 2007 pour traite d'êtres humains et trafics d'armes et de stupéfiants à grande échelle. »

Elle fait défiler la page sur son écran.

« Il serait aujourd'hui le numéro deux de l'organisation criminelle Yildizyeli, ce qui signifie apparemment "Vent du Nord" en turc. On les soupçonne de posséder plusieurs bases à l'étranger, notamment en Allemagne, en Grande-Bretagne et dans les zones frontalières entre la Thaïlande, le Laos et la Birmanie, la région qu'on surnomme le Triangle d'Or. En revanche, ils n'ont aucune activité connue en Suède. »

Sirpa les considère.

« Voilà. C'est tout ce que j'ai pour l'instant. Mais j'ai prévu d'appeler mon contact à Interpol pour tenter d'en savoir plus. »

Douglas serre les dents. Zack devine qu'il pense à la même chose que lui : quel est le lien entre cette organisation et les quatre femmes abattues à Hallonbergen ?

« Est-ce qu'ils sont là pour se tailler une part du marché de la prostitution ? demande-t-il. Ces femmes ont-elles été tuées parce qu'elles travaillaient pour la Fraternité ? Ou, au contraire, est-ce qu'elles se prostituaient pour le compte des Turcs et que la Fraternité les a exécutées pour leur signifier qu'ils avaient franchi les limites ? Ils étaient morts de trouille quand on a débarqué à leur club, c'est évident. Peut-être qu'ils s'attendaient à des représailles ? »

Douglas hoche la tête d'un air songeur.

« Je vais demander qu'on nous envoie des renforts, dit-il. J'ai bien peur que la situation ne finisse par dégénérer.

— Järvinen a-t-il dit où on pouvait trouver cet Ösgür Thrakya ? »

Douglas tire un calepin de sa poche intérieure.

« Apparemment, il fréquenterait une pizzeria près du parc Vasa. Le Miramar. Deniz et toi, je veux que vous alliez vérifier sur place.

— Et qu'est-ce qu'on fait de Danny Johansson et de ses chiens ?

— Justement. Je ne vous en avais pas encore parlé. D'après Järvinen, les chiens auraient été euthanasiés et leur propriétaire serait parti vivre en Afrique du Sud. Bien entendu, on va envoyer une patrouille à Alby pour s'en assurer, mais il semblerait que cette piste se soit refroidie.

— Dans ce cas, je vais à la pizzeria.

— Pas seul. Tu passes d'abord récupérer Deniz à Sankt Göran. »

Tandis qu'il est dans l'ascenseur, Zack pense à Sonny Järvinen. Un criminel qui balance le nom d'un autre après à peine vingt-quatre heures de garde à vue.

Il faut vraiment qu'il soit dans la merde.

20

La machine à café de l'Unité spéciale tourne à plein régime. Tommy Östman est debout, penché sur une table, en train d'éplucher avec Douglas Juste une liste de délinquants sexuels notoires. Niklas Svensson visionne en accéléré les vidéos d'une caméra de surveillance située à proximité du domicile de Peter Karlson. Pendant ce temps, dans une pièce voisine, Rudolf Gräns écoute une femme en uniforme lui faire le compte rendu d'un interrogatoire.

Sirpa Hemälainen, elle, est assise derrière son bureau. Seule. Elle ne se laisse pas distraire par ce qui l'entoure. Ses yeux sont rivés à l'un des écrans et ses doigts se déplacent avec dextérité sur son clavier.

La douleur, en revanche, elle ne peut l'ignorer. Alors, elle abandonne son ordinateur un instant pour se masser les genoux. Cela fait bien trop longtemps qu'elle est assise.

Ses pilules se trouvent dans un tiroir. Il y a du Citodon et du Tradolan. Des médicaments puissants et efficaces. Mais elle n'a pas envie d'en prendre. Elle ne tient pas à devenir une accro aux médocs comme leur collègue Agneta qui a eu le coude brisé par un type armé d'une batte de base-ball, à Firman, il y a sept ans. Agneta aimait beaucoup les pilules antidouleur. Pendant plus d'un an, elle a consommé la dose maximale autorisée. Puis elle a commencé à mentir, à prétendre qu'elle souffrait toujours autant. Un an plus tard, elle a été placée de force dans une clinique de désintoxication où elle est restée quelques semaines. Mais tout ce qu'elle a appris au cours de son séjour là-bas, c'est à mentir encore mieux.

Sirpa l'a vue de ses propres yeux prendre des pilules en cachette. Elle a également eu l'occasion de constater à quel point elle était nerveuse quand elle était en manque.

Si c'est pour finir comme Agneta, Sirpa préfère encore supporter la souffrance.

Pour elle, son cerveau passe avant son corps, même si elle est consciente que l'un ne peut pas se passer de l'autre.

Elle se rend dans la cuisine sur ses jambes raides. Elle vide son café froid dans l'évier et place sa tasse dans le distributeur. Puis elle regagne son bureau. Se concentre à nouveau. Elle est parvenue à relier la plupart des adresses mail trouvées dans le fichier clients du Sawatdii à leurs propriétaires, mais l'une d'elles continue à lui poser problème. Remonter jusqu'au serveur est un jeu d'enfant. L'infiltrer est plus difficile, et souvent illégal.

Ce qui ne l'a pas empêchée, certaines fois, de passer outre. De faire appel à des membres du réseau de hackers auquel elle appartient pour forcer des murailles informatiques. Bien évidemment, elle ne l'a jamais fait depuis son lieu de travail.

Chaque fois, elle savait exactement ce qu'elle cherchait et elle agissait dans l'urgence afin d'empêcher que de nouveaux crimes soient commis.

Or, pour l'instant, rien ne dit que cette adresse mail appartienne à un tueur.

Pour l'instant.

Mais Sirpa frémit d'horreur à l'idée de ce qui pourrait se passer s'ils ne progressaient pas rapidement dans leur enquête. Elle sait ce qui est arrivé à Sukayana Prikon.

Moi, au moins, j'ai encore mes genoux, songe-t-elle.

Ses doigts pianotent sur le clavier pendant quelques minutes. Des lignes et des lignes de codes informatiques défilent sur son écran. Elle se penche et scrute rapidement l'information. Où a-t-elle atterri, cette fois ? Au Turkménistan. Après tout, pourquoi pas ? Il y a seulement quelques heures, elle avait bien remonté une adresse jusqu'à un hébergeur situé au Surinam.

Bien sûr, elle pourrait faire parvenir une demande officielle à la société propriétaire du serveur, mais elle sait que cela ne mènerait à rien. Ceux qui s'implantent dans ce genre de pays sont rarement enclins à partager leurs informations avec les polices occidentales. Et même les rares fois où Sirpa a eu la chance de tomber sur des techniciens bien disposés, ceux-ci n'avaient pas la moindre idée de la provenance du flux qui empruntait leurs serveurs. Les programmes d'anonymat brouillent les signaux, envoient les messages par bribes via des milliers de serveurs différents et recomposent ensuite les données.

Sirpa fixe son écran. Cette adresse est en train de la rendre folle.

dirtysanchez@woomail.com

Dirty Sanchez. Sirpa avait été écœurée quand elle avait appris ce que cela signifiait : quand un homme, après un rapport anal avec une femme, dessine avec le bout de son pénis une moustache sur la lèvre supérieure de sa partenaire en l'enduisant de matière fécale.

C'est répugnant, pense-t-elle. *Comment cette pratique peut-elle être répandue au point qu'on lui ait donné un nom ? Et comment peut-on utiliser ce terme pour créer son adresse mail ? Celui qui a fait cela ne peut être qu'un individu abject et misogyne.*

Elle repense aux commentaires pervers publiés par Peter Karlson sur divers forums pornographiques et à la plainte pour viol par voie anale dont il a fait l'objet.

Nul doute que ce genre de type n'hésiterait pas à opter pour un tel pseudo.

Elle est toujours aussi choquée chaque fois qu'elle tombe sur cette adresse mail. Ces hommes qui voient les femmes comme des objets sexuels destinés à assouvir tous leurs fantasmes. Ces hommes qui considèrent que la porte leur est toujours grande ouverte et qui, quand ce n'est pas le cas, n'hésitent pas à l'enfoncer.

Les hommes.

Elle les évite autant que possible depuis que son époux l'a quittée.

Bien sûr, il en existe de bons, elle le sait. Mais cela ne change rien.

Elle songe aux deux adolescentes qu'elle a croisées en se rendant au travail. Avec leurs jupes à peine assez longues pour recouvrir leurs culottes et leurs petits hauts si serrés qu'on aurait dit qu'ils pouvaient exploser à tout moment sous la pression de leurs seins.

Elle revoit ces hommes d'âge mûr qui les détaillaient du regard sur leur passage. Pourquoi les jeunes filles n'ont-elles pas le droit de conserver leur innocence ? Pourquoi n'ont-elles pas le droit d'affirmer leur féminité comme bon leur semble ?

Ce droit, elles l'ont. C'est juste qu'on le leur ravit constamment.

Dirty Sanchez.

Elle a la nausée rien qu'en pensant à ce que suggère cette adresse.

Je finirai par te choper, sale ordure, tu peux me faire confiance.

21

Après avoir franchi le pont de Barnhus, Zack se gare le long du trottoir, près du parc de Tegnérlunden.

Il regarde la photo en pièce jointe dans le mail que Douglas vient de lui envoyer. Ösgür Thrakya.

À dire vrai, c'est un très beau portrait. Les ombres sont douces, la lumière délicate, la profondeur de champ courte. On distingue les contours d'une montagne à l'arrière-plan.

L'homme a un visage étroit, un nez busqué et une fossette prononcée au menton. Il semble originaire des Balkans ou peut-être du Moyen-Orient. Rasé de près, avec un début de calvitie et les tempes grisonnantes.

Alors pourquoi cette photo lui inspire-t-elle un tel malaise ?

Sûrement à cause de son regard, songe Zack. Ses yeux mauvais qui semblent le transpercer. Froids et pénétrants. Dénués d'émotion.

Il repense à ce que Sirpa leur a dit. Et si la rumeur était fondée ? Si les Turcs étaient en train de s'implanter à Stockholm ?

Cela signifierait encore plus de drogue, encore plus de prostitution.

Comme si cette ville en avait besoin.

Et dans ce cas, ont-ils quelque chose à voir avec le quadruple meurtre de Hallonbergen ?

Il reprend la route. Met le cap sur la pizzeria de Vasastan.

Le vent souffle en rafales. De la poussière, des papiers d'emballage et une feuille d'aluminium froissé passent devant son pare-brise.

Il se rappelle ce que son copain d'enfance Ernesto Santos avait coutume de dire :

« Il faut que ce soit du papier alu Skultuna. Les autres ne sont pas assez solides. »

Ernesto n'était pas cuisinier. Non, il dealait de l'héroïne, comme tant d'autres jeunes de Bredäng et de Skärholmen. Ils vendaient leur marchandise en banlieue, quatre cents balles les deux cents milligrammes, et se prenaient pour des caïds parce qu'ils avaient des billets plein les poches.

« Tu veux pas essayer un zéro deux ? lui disait souvent Ernesto. C'est moi qui offre. »

Mais Zack avait toujours refusé. Les seringues, la nausée, ce n'était pas vraiment son truc. La plupart des gens recrachaient leurs tripes, la première fois.

Il préférait piocher dans les pilules de son père, une fois de temps en temps. Deux, trois Ketogan étaient amplement suffisants pour rendre le monde plus marrant l'espace d'un instant.

Malgré tout, il passait beaucoup de temps chez Ernesto. Là-bas, il n'y avait pas de parents pour les surveiller. Ernesto avait quitté le domicile familial à seize ans.

Quand Zack y repense, maintenant, il ne comprend pas pourquoi il aimait tant traîner là-bas. Ni comment il pouvait regarder pour la dixième fois *Les princes de la ville* avec Abdula, tranquillement assis dans le canapé, pendant que des types de quarante balais se défonçaient à l'héro dans la cuisine.

Ernesto disait toujours qu'il finirait par contrôler le commerce de la drogue dans tout Stockholm d'ici quelques années.

Il n'avait même pas atteint vingt ans. Pendant les dernières semaines de sa vie, il pesait à peine quarante-cinq kilos.

*

L'enseigne en plastique blanc de la pizzeria est crasseuse et les deux dernières lettres sont effacées.

Quel trou à rats, songe Zack. *Rien que le nom : Miramar*.

Comment peut-on avoir l'idée de baptiser d'un nom évoquant un panorama sur la mer un restaurant situé dans la partie la plus sordide de Vasastan avec vue sur une façade délabrée du dix-huitième siècle et un trottoir en dalles grises dans le plus pur style de la RDA ?

Il continue sa route en quête d'une place de stationnement et finit par se garer entre une BMW gris métallisé et une Audi Q7 blanche flambant neuves.

Il est seul. Deniz était toujours en salle d'attente quand il l'a appelée et il n'avait pas envie de patienter.

Lorsqu'il pousse la porte du Miramar, il n'est pas accueilli par un parfum appétissant de pizza cuite au feu de bois, mais par une forte odeur de rance qui lui fait penser à des restes de repas oubliés au fond d'un évier.

La décoration est typique d'une pizzeria sans ambitions. Murs peints en blanc, tables et chaises en plastique, quelques exemplaires du *Metro* de la veille sur le rebord de la vitrine.

Un homme avec des épaules d'une largeur grotesque et vêtu d'un survêtement bleu et de tennis vertes est assis, occupé à regarder une scène de film sur son téléphone. Il a le nez cassé, une brosse courte et des biceps impressionnants.

Un colosse.

Il lève les yeux sur Zack. L'un d'eux est laiteux, presque blanc.

Zack lui rend son regard.

Ce n'est pas Ösgür Thrakya.

L'homme range son portable dans sa poche, puis recule sa chaise et file en cuisine. Zack entend des éclats de voix suivis du vacarme assourdissant d'un plat métallique qui tombe sur le sol. Il se précipite en maudissant sa stupidité. Quand apprendra-t-il à baisser le regard ?

La cuisine empeste autant qu'un local à poubelles. Il enfonce la porte de derrière et voit l'homme gravir un escalier branlant qui mène jusqu'au toit.

Sur un balcon voisin, un jack russell s'égosille en direction du fugitif, frustré de ne pouvoir être de la partie.

Ces satanés chiens sont partout.

Zack se lance dans l'ascension des marches rongées par la rouille mais ralentit l'allure en sentant l'escalier osciller sous ses pas.

L'homme qu'il poursuit doit bien faire cent vingt kilos.

Est-ce que ce tas de ferraille nous supportera tous les deux ?

Il examine les fixations pendant une fraction de seconde.

Puis repart.

Le bâtiment compte quatre étages et l'homme a presque atteint le toit.

Zack accélère. Le mur s'effrite sous l'action des fixations qui remuent dans leurs logements, lui envoyant de la poussière de mortier dans les yeux.

Le chien aboie sans discontinuer.

Au moment où il met le pied sur les tuiles, Zack voit l'homme sauter sur le toit voisin. Il se précipite, contourne une cheminée, escalade une petite échelle et se jette sur un toit en tôle noire un mètre et demi en contrebas.

Il a atterri lourdement et perdu de la vitesse. Zack gagne du terrain sur lui.

Pourquoi tu cours ?

Parce que tu as descendu quatre pauvres femmes l'autre nuit ?

« Arrêtez-vous ! lui ordonne-t-il. Police. Arrêtez-vous ! »

La montagne de muscles se retourne et réplique dans une langue étrangère. Puis il bondit dans le vide en direction d'un balcon qui se trouve deux mètres plus bas. En retombant, il se prend le pied dans la rambarde, se cogne le genou contre le sol en béton et hurle de douleur. Mais il se relève aussitôt et saute sur le balcon suivant.

Une dame d'environ soixante-dix ans, occupée à bronzer en bikini et paréo, pousse un cri de terreur en voyant la brute foncer sur elle. Elle se lève avec tant d'empressement qu'elle renverse sa petite table de terrasse.

Elle referme la porte de son balcon au moment même où sa tasse de café explose sous le talon de l'homme.

Ils se trouvent à une dizaine de mètres au-dessus du sol.

Zack bondit à son tour entre les deux balcons.

Le fuyard crie à nouveau dans sa langue. On dirait qu'il cherche quelque chose dans sa poche. En vain.

Zack met un genou à terre, pose sa main droite sur la crosse de son Sig Sauer et lance :

« Arrêtez. Je veux juste vous parler. »

L'homme saute à nouveau.

Il atterrit sur le dernier balcon du bâtiment.

Une façade lisse lui barre désormais la route.

Pas de descente de gouttière à laquelle s'accrocher.

Pas d'échelle.

Alors, il lève les yeux, s'agrippe au bord du toit, grimpe sur la rambarde et lance une jambe en l'air. Il essaie de se hisser, mais il est lourd, manque cruellement de souplesse, et le toit est trop incliné.

Zack est sur le point de le rejoindre. L'autre fait une ultime tentative, mais ne parvient qu'à lâcher prise.

Il glisse, essaie de se rattraper, se débat.

Puis il tombe sans un cri.

Juste un bruit sourd quand son corps s'écrase sur le sol.

Au même moment, un couple de personnes âgées pénètre dans la cour.

« Reculez, reculez ! Police ! » leur crie Zack.

Ils obtempèrent, les yeux rivés sur l'homme sans vie et sur la flaque de sang qui s'étend lentement sous son crâne.

Zack s'approche de la porte du balcon et toque à la vitre. Il jette un œil à l'intérieur, mais ne voit personne. Il enfonce la porte, traverse l'appartement, dévale l'escalier et se précipite dans la cour.

Il considère le cadavre, dont la tête fait un angle bizarre avec le reste du corps, et essaie de ressentir quelque chose.

De la pitié.

De la culpabilité.

Au lieu de cela, il imagine sa mère. Il revoit les vieilles photos de la petite flaque de sang.

Elle grossit peu à peu. Se mêle au gravier et à la poussière.

Est-ce à cela qu'elle ressemblait quand ils l'ont découverte ?

22

Douglas Juste fronce le nez, ébloui par les rayons de soleil qui inondent l'arrière-cour. Une bâche jaune a été étendue sur le corps de l'homme, l'accès à l'endroit a été barré et les techniciens ont braqué leurs objectifs vers le balcon à la balustrade en fer noire. Ils sont en train de prendre leurs derniers clichés.

Une troupe de journalistes attend dans la rue, au-delà du cordon de sécurité.

« Que s'est-il passé ? » interroge Douglas.

Zack lui fait un compte rendu des événements.

Douglas l'écoute attentivement et pose quelques questions afin d'éclaircir certains détails.

« Je te crois sur parole, tu t'en doutes, mais tu sais aussi qu'il va y avoir une enquête. »

Zack hoche la tête. Il est serein, conscient néanmoins que les auditions à venir seront pénibles. Ce ne sera pas la première fois que ses agissements sur le terrain seront passés à la loupe.

« Il y a un témoin, dit-il. Une femme qui prenait le soleil sur son balcon, mais j'ignore si elle l'a vu chuter. Elle s'était réfugiée dans son appartement.

— L'enquête de proximité est déjà en cours. Ils ne manqueront pas de prendre son témoignage », fait Douglas.

L'expression de son regard oscille entre la dureté et la bienveillance.

« Tout va bien ? demande-t-il à Zack. Tu veux voir un psychologue ? Tu sais que je suis obligé de te poser la question. »

Zack ne peut s'empêcher de sourire.

« Et toi tu connais la réponse. »

Il arrive que certains policiers n'aient jamais l'occasion de dégainer leur arme ni de participer à une course-poursuite de toute leur carrière.

La plupart d'entre eux en sont fiers. Ils prétendent que le recours à son arme de service est un aveu d'échec, comme au football, quand un gardien de but est contraint de plonger sur une frappe. Cela signifie qu'il était mal placé dès le départ.

Zack, lui, a tout le temps envie de plonger.

Il considère cela comme une récompense.

C'est là qu'il se sent utile.

Pour de bon.

Pourtant, il aurait préféré que cette poursuite n'ait jamais eu lieu.

Une vie aurait été épargnée.

Ils avaient juste besoin de l'interroger. De savoir s'il avait quelque chose à voir dans le quadruple meurtre.

S'il en était l'auteur.

Mais voir un psy. Mon cul.

« Tu sais qui c'était ? demande Douglas en faisant un mouvement de tête en direction de la bâche. Suliman Yel. Il avait un permis de conduire étranger dans son portefeuille. J'ai contacté Interpol pour savoir s'ils avaient quelque chose sur lui. Citoyen turc. Recherché pour trafic de stupéfiants et traite des êtres humains. Exactement comme cet Ösgür Thrakya.

— En d'autres termes, il avait de bonnes raisons de vouloir fuir, observe Zack.

— Encore plus s'il avait massacré quatre femmes à Hallonbergen avant-hier soir.

— Sirpa a-t-elle pu établir un quelconque lien entre cet homme et Ösgür Thrakya ?

— Non, mais elle m'a assuré qu'elle allait continuer de creuser. »

Zack déplie un bout de papier.

« J'ai trouvé ce numéro dans la poche intérieure de Yel. Je me suis renseigné, mais il ne correspond à aucun abonné. je suppose que c'est un numéro de carte prépayée. J'avais l'intention de commencer par là. Je ne suis pas suspendu, hein ?

— Non, tu peux continuer d'enquêter, mais attends-toi à avoir des nouvelles des Affaires internes. Où est Deniz, au fait ?

— Elle attendait encore de voir le médecin. Je ne te l'avais pas dit ? »

Douglas lui adresse un regard las.

Zack tourne les talons et compose le numéro.

Une femme à la voix enjouée lui répond et se présente sous le nom de Rebecka Reschy. Zack lui explique qui il est et qu'il souhaiterait lui poser quelques questions.

« Ah ? Et à quel propos ? »

Aucune agressivité dans sa voix. Juste de l'étonnement.

« Je préférerais qu'on se voie pour en parler. Ça ne prendra que quelques minutes. Vous êtes à Stockholm ?

— Oui, je travaille dans un salon de coiffure à Fredhäll. Le Hair Daze. Ça va être calme pendant encore une heure. Vous pouvez passer maintenant si ça vous convient. »

Zack raccroche et voit Deniz entrer dans la cour. Sous son châle, on distingue une compresse d'un blanc étincelant.

« Comment ça s'est passé ?

— Ils m'ont dit que ça cicatrisait bien. Et que je devais rentrer chez moi me reposer.

— Qu'est-ce que tu fais ici, alors ?

— Je désobéis. Apparemment, je ne peux pas m'absenter une demi-heure sans que tu t'attires des ennuis. »

Elle considère la bâche jaune d'un air grave.

« Zack, raconte-moi ce qui s'est passé.

— Tu n'as qu'à venir avec moi à Fredhäll. Je t'expliquerai tout en chemin. »

Sur ce, il se retourne et lance :

« Douglas, j'ai eu quelqu'un au téléphone. On file.

— Vous croyez que vous serez de retour à temps pour qu'on déjeune ensemble ?

— Certainement.

— Dans ce cas, rendez-vous à l'Operabar à treize heures trente. »

Et merde, songe Zack. *Voilà qu'il veut nous bichonner, maintenant. Sans doute parce qu'on a eu une journée pourrie. À moins qu'il n'ait autre chose en tête ?*

Ils remontent Mariebergsgatan à travers le parc de Rålambshov. Zack est au volant. Deniz, elle, est silencieuse. Elle songe aux révélations que vient de lui faire son collègue au sujet d'Ösgür Thrakya, de Suliman Yel et de la poursuite sur les toits.

« OK. Admettons que la Fraternité et cette mafia turque se disputent le contrôle des salons de massage. Mais ça ne nous dit toujours pas qui s'est attaqué aux employées du Sawatdii et à Sukayana Prikon.

— Et si ce n'est ni l'un ni l'autre. On peut très bien imaginer que ce soit quelqu'un d'autre qui ait fait ça. Quelqu'un qui savait que les gangs allaient se rejeter la faute. Comme cet informaticien raciste qui fréquentait le Sawatdii bien qu'il déteste les Asiatiques. En plus, il n'a aucun alibi pour la nuit du meurtre. Tu étais au courant que c'était un ancien champion de tir au pistolet ?

— Oui, Niklas me l'a dit. On a vérifié s'il avait un chien ?

— Oui, c'est fait. Et la réponse est non. Il n'en a pas. En tout cas pas de déclaré. »

Zack se frotte les yeux. Le flux d'adrénaline causé par la course-poursuite a laissé la place à une fatigue intense.

Deniz le regarde.

« Tu es sûr que tout va bien ? Tu veux qu'on fasse une pause ?

— Non, je préfère qu'on se débarrasse de cette affaire d'abord. On est presque arrivés, de toute façon. »

Le salon de coiffure est situé au rez-de-chaussée d'un bâtiment de six étages à la façade jaune pâle. La rue paisible profite de l'ombre des arbres, et Zack suppose que les appartements des étages supérieurs doivent avoir vue sur la mer.

Il pousse la porte du salon.

Attends un peu.

Qu'est-ce que c'est que ce bordel ?

Ce n'est pas possible.

La femme qui se tient entre deux fauteuils en cuir sombre, avec un balai dans la main, n'est autre que la brune avec laquelle il a dansé l'autre nuit, dans l'ancien atelier naval qui appartient à Heraldus.

Celle avec qui il s'est envoyé de la cocaïne.

Il se souvient de sa peau nue et moite de sueur. De ses lèvres.

Qu'a-t-elle à voir dans cette affaire ? Il songe à la descente qui a eu lieu dans le club clandestin. Tous ces événements seraient-ils liés ? Va-ton lui retirer son enquête ?

Ce n'est sûrement qu'une pure coïncidence.

Mais si elle avait été arrêtée ? Il avait consulté la liste des personnes appréhendées, mais impossible de se rappeler s'il y avait parmi elles une Rebecka Reschy. Le seul nom qui l'intéressait était celui d'Abdula.

Quelle sera sa réaction quand elle le reconnaîtra ? Le dénoncera-t-elle ?

« Bonjour, c'est vous les policiers qui m'avez appelée ? » demande-t-elle avec un sourire amical en reconnaissant Zack.

Elle porte un petit haut moulant et décolleté, une ceinture avec des ciseaux, des peignes et d'autres instruments qui pendent sur sa taille.

Aussi sexy que l'autre nuit, pense Zack. En moins provocante. D'une beauté simplement naturelle.

Indécis, il recule derrière Deniz pour la laisser prendre l'initiative. Il n'a aucune envie de présenter son insigne à cette fille, même s'il est censé le faire.

« Oui, c'est exact, répond Deniz en brandissant sa plaque. Deniz Akin. Voici mon collègue, Zack Herry. »

Rebecka se débarrasse de son balai.

« Bon alors, qu'est-ce que j'ai fait ? Cette question me turlupine depuis que vous m'avez appelée.

— Connaissez-vous Suliman Yel ? » lui demande Deniz.

Rebecka semble réfléchir.

« Suliman ? Le grand type borgne ?

— Ça correspond bien à sa description », dit Zack.

Derrière Rebecka, il y a un miroir et Zack n'arrive pas à détacher ses yeux de son dos fin et cambré.

« Je l'ai vu hier. Ou plutôt cette nuit. On est sortis à l'Under Bron, à Skanstull, jusqu'à cinq heures. Excusez-moi si j'ai l'air fatiguée. Je n'ai pas l'habitude de sortir le lundi. Mais Suliman, lui, on dirait qu'il a l'habitude de faire la fête. Il était déjà là-bas dimanche soir.

— Comment le savez-vous ?

— Ma copine Katja l'a vu.

— Dans ce cas, nous aimerions savoir jusqu'à quelle heure Suliman est resté, dit Deniz. Pouvez-vous appeler votre amie de notre part ?

— Pourquoi est-ce que ça vous intéresse ?

— Nous ne sommes malheureusement pas autorisés à vous le dire. Pourriez-vous l'appeler maintenant ? »

Rebecka obtempère et explique brièvement la situation à son amie Katja avant de tendre le combiné à Deniz.

« Bonjour, Deniz Akin, police de Stockholm. Savez-vous à quelle heure Suliman Yel a quitté l'Under Bron dans la nuit de dimanche à lundi ?

— Mes copines et moi, on est arrivées aux alentours de deux heures, répond Katja d'une voix nasillarde. Je crois qu'il était déjà là avec sa bande. Il était soûl et d'humeur joyeuse. Il a offert à boire à toutes les filles. Mais je crois qu'il ne parlait pas suédois et même son anglais était très mauvais. Il a passé le plus clair de son temps à agiter ses billets de mille couronnes.

— À quelle heure est-il parti ?

— Il a fait la fermeture. Je m'en souviens parce qu'un de ses copains nous a proposé de nous ramener en taxi, mes amies et moi. Mais on a refusé.

— Merci. Il est possible que nous reprenions contact avec vous dans les jours à venir. »

Deniz raccroche et se tourne vers Zack. Tous deux pensent la même chose : encore un suspect qu'ils peuvent rayer de leur liste. D'après Koltberg, les femmes ont été exécutées entre deux heures et demie et quatre heures et demie du matin. Or, Yel possédait un alibi pour ce créneau horaire.

« Je pourrais savoir ce qui s'est passé ? » demande Rebecka en fixant Zack droit dans les yeux. Il soutient son regard. Un peu trop longtemps.

« Vous connaissiez bien Suliman Yel ? s'enquiert Deniz.

— Je l'ai juste croisé deux fois. La première, c'était au Riche, si je me souviens bien. Mais ça remonte déjà à plusieurs semaines.

— Était-il accompagné, hier soir ?

— Oui, il était avec des types que connaissait la copine d'une copine.

— Et vous ? Connaissiez-vous l'un d'entre eux ?

— Non.

— Et votre amie ?

— J'en doute. Elle connaît peut-être un ou deux prénoms, mais je n'en suis même pas sûre. Pourquoi vous me posez toutes ces questions ?

— Nous ne pouvons pas vous le dire. Mais expliquez-moi quelque chose : si vous ne connaissez pas plus cet homme, comment se fait-il qu'il se promène avec votre numéro de téléphone dans sa poche ? »

Rebecka hausse les épaules et répond sur un ton hautain :

« Je ne sais pas, moi. Peut-être que je lui plais et qu'il compte m'inviter à sortir. Il a dû se débrouiller pour récupérer mon numéro. Ça arrive souvent que des types veuillent me revoir. »

Deniz comprend qu'elle n'en saura pas plus.

« Yildizyeli, ça vous dit quelque chose ? lui demande-t-elle pour changer de sujet.

— Comment vous dites ?

— Laissez tomber. Vous savez ce que faisait Suliman Yel comme travail ?

— Aucune idée. Mais il avait l'air de bien gagner sa vie.

— Connaissez-vous un certain Ösgür Thrakya ?

— Je n'ai jamais entendu ce nom. »

Deniz lui tend sa carte de visite.

« N'hésitez pas à nous appeler si jamais quelque chose vous revient en mémoire. Et peut-être que nous repasserons vous voir. Il faudra sans doute qu'on parle à votre amie. »

Rebecka se tourne vers Zack.

« Et toi tu as mon numéro. Appelle-moi à l'occasion.

— Je t'appellerai… » répond Zack.

Il ménage une longue pause.

« … quand on aura d'autres questions. »

Tandis qu'il se dirige vers la sortie, il sent son cœur pulser dans sa poitrine.

Une fois dans la voiture, Deniz lui lance un regard noir.

« Putain, c'était quoi ce bordel ? Tu peux m'expliquer ? »

23

Douglas Juste est assis à une table isolée, dans un coin de l'Operabar, dans un canapé deux places en cuir aux allures de trône. Autour de lui, les conversations vont bon train.

Zack suppose qu'il s'agit de sa table attitrée.

Quant à lui, c'est la première fois qu'il met les pieds dans cet établissement. Il scrute la salle. Le plafond est décoré avec faste et les murs habillés de panneaux en chêne sombre polis avec un tel soin que l'on s'y voit comme dans un miroir. Il y a là des publicitaires en costume de couturiers, des hommes d'affaires et des vieillards de la haute société avec des foulards autour du cou et une mèche rabattue sur leur crâne dégarni.

Douglas se lève pour les accueillir. Zack se demande encore une fois ce qu'ils font là. Pourquoi a-t-il choisi ce moment en particulier pour les inviter à déjeuner ?

« Vous venez de vivre deux jours pénibles, alors j'ai pensé qu'un bon repas dans l'un des endroits les plus raffinés de Stockholm vous ferait le plus grand bien. C'est magnifique, vous ne trouvez pas ? dit Douglas.

— Si, répond Zack.

— J'imagine que vous devez avoir faim ? »

Douglas leur suggère un saumon salé avec son ragoût de pommes de terre à l'aneth. C'est un plat que Zack apprécie, même s'il lui trouve un goût d'autrefois. C'est un plat du passé. Son tarif, en revanche, est plutôt futuriste : deux cent vingt-cinq couronnes.

Il ne peut s'empêcher d'être fasciné par les personnes autour d'eux. Par leurs tenues, leurs gestes, leurs coiffures.

Leur sentiment de supériorité.

Un homme d'une cinquantaine d'années, veste en lin et pochette blanche, adresse un salut à Douglas avant de se joindre à un groupe de sexagénaires installé à une table, un peu plus loin.

Zack a déjà vu cet homme quelque part. Mais où ?

Puis cela lui revient.

C'est le PDG de la société immobilière qui était interviewé au journal télévisé pendant qu'ils interrogeaient Sukayana Prikon.

Il sourit et plaisante avec ses camarades de table. Il apparaît en tout cas considérablement plus détendu au milieu de ses semblables que face aux journalistes. Saleté de snobinard.

Sa haine des riches. Elle se manifeste encore vivement, de temps en temps, même s'il a de plus en plus de mal à l'accepter. Elle est trop souvent injustifiée. Ce n'est tout de même pas la faute des bourges s'il a été élevé en banlieue par un père mourant.

C'est plutôt aux politiciens qu'il devrait en vouloir. Ce sont eux qui dictent les règles du jeu. Eux qui ont choisi d'être à la botte du capital.

Mais rien n'est jamais tout noir ni tout blanc, tout n'est que nuances de gris. Et de soif de pouvoir.

De cupidité.

D'inhumanité.

Zack voudrait demander à Douglas comment il connaît le PDG, mais il préfère s'abstenir. Cela ne le concerne pas. De plus, il n'a même pas vu si Douglas lui avait rendu son salut. Après tout, peut-être que c'était le serveur qui était visé. Cet homme en uniforme blanc qui est maintenant derrière le bar, en train de ranger des verres. Avec ses joues écarlates et son visage raviné, Zack trouve qu'il ressemble à un vieil alcoolique. Il semblerait qu'il raffole un peu trop des boissons qu'il sert à ses clients.

Esclave de ses désirs.

Exactement comme moi.

Leurs cafés arrivent et Zack boit le sien à grandes gorgées, bien qu'il soit brûlant.

Il a besoin d'un coup de fouet pour combattre le sommeil qui le gagne.

Cette nuit, j'ai intérêt à dormir.

« Comment ça s'est passé à Fredhäll ? » demande Douglas.

Deniz lui rend compte de leur visite au salon de coiffure, sans toutefois préciser que Zack et la coiffeuse se connaissaient. Mais Zack, mal à l'aise, s'empresse de changer de sujet.

« Tu as des nouvelles de l'hôpital ? demande-t-il à Douglas.

— Non. J'avais l'intention de les appeler après déjeuner. Mais ils m'ont promis qu'ils me préviendraient si Sukayana Prikon ne survivait pas à l'opération, alors j'en conclus qu'ils sont parvenus à la sauver.

— On a commencé à chercher d'autres détraqués avec des chiens, du genre qui ont écopé d'une interdiction de posséder des animaux, par exemple ? demande Deniz.

— Pas encore, répond Douglas. Mais c'est une excellente suggestion. Il n'est pas impossible que celui qui a dressé ses chiens à attaquer des êtres humains ait déjà eu des démêlés avec la justice par le passé, comme Danny Johansson.

— Et Ösgür Thrakya ? intervient Zack. S'il est vrai qu'il a ébouillanté des gens vivants, on peut envisager qu'il ait recours à d'autres méthodes de torture.

— Dans ce cas, il aurait fallu qu'il vienne en Suède accompagné de chiens mangeurs d'hommes, dit Douglas. Ça me paraît quelque peu tiré par les cheveux. On ne doit pas non plus exclure la possibilité que le quadruple meurtre et la mutilation aient été commis par des personnes différentes. Admettons que ce soit cette mafia turque,

Yildizyeli, qui soit derrière les meurtres. L'agression de Prikon pourrait très bien être un acte de représailles.

— Mais pourquoi ne l'ont-ils pas tout simplement tuée, alors ? relève Zack.

— Si leur objectif était de marquer les esprits, la torture était un moyen plus efficace que le meurtre. »

Zack acquiesce.

Il repense à la douleur qu'il a ressentie dans ses propres jambes en voyant Sukayana à l'hôpital.

Douglas poursuit :

« Peut-être que Prikon avait reçu une proposition de la part des Turcs et qu'elle avait décidé d'accepter de travailler pour eux. Auquel cas la Fraternité a pu avoir recours à la torture afin de dissuader d'autres propriétaires de salons de massage de leur réseau de passer à la concurrence.

— Mais tu sembles oublier à quel point ces types étaient terrorisés, objecte Zack. J'ai du mal à imaginer qu'ils aient pu mettre en scène un enlèvement et torturer une femme quelques heures à peine après notre visite. En plus, Sonny Järvinen était encore derrière les barreaux à ce moment-là.

— Je suis d'accord avec toi, Zack, convient Douglas. On nage en pleine incertitude. Et puis il ne faut pas perdre de vue non plus les conclusions d'Östman. On a probablement affaire à un solitaire, non à un gang. Ce qui correspondrait plutôt au profil de Peter Karlson.

— On a du nouveau sur son compte ?

— On a récupéré les vidéos de surveillance d'un bâtiment voisin qui auraient pu filmer sa voiture dans la nuit de dimanche à lundi. Si ça ne donne rien, il nous restera toujours celles du garage de sa résidence. Il va aussi falloir qu'on demande l'autorisation de perquisitionner sa voiture. Il est possible que son GPS ait enregistré ses déplacements la nuit du meurtre. Mais je ne suis pas certain que le procureur acceptera.

— Et en ce qui concerne les Turcs ? s'enquiert Deniz. Est-ce qu'on ne pourrait pas essayer d'en savoir plus sur Ösgür Thrakya et son organisation, ainsi que sur ses activités en Suède, à supposer qu'il soit vraiment là ?

— On a dressé une liste de cinq ou six autres salons de massage soupçonnés d'abriter des activités de prostitution et d'être liés aux Turcs. Mais les informations dont on dispose sont très vagues. On dirait que personne n'est en mesure de confirmer si oui ou non ils se sont bien implantés en ville. Un groupe est en train d'éplucher les livres de comptes des salons, à la recherche d'éventuelles transactions suspectes. Sur le terrain, des policiers procèdent aussi à des vérifications en ce moment même. Avec un peu de chance, ces efforts nous permettront d'obtenir des renseignements sur leurs méthodes de recrutement. Mais ce n'est pas garanti, surtout s'ils ont eu recours à des faux passeports. Nous ne connaissons toujours pas la véritable identité des victimes. Et d'après nos experts en falsification, ces passeports sont d'une qualité remarquable.

— Est-ce qu'on doit continuer à mettre la pression sur la Fraternité ? suggère Zack. Apparemment, il y a moyen de les faire parler.

— Non, on attend, dit Douglas.

— Pourquoi ?

— Parce que je l'ai décidé. »

Ils échangent un regard. Zack voit dans les yeux de son supérieur de l'assurance. Cette autorité naturelle aux gens de la haute aristocratie. Ce droit de ne pas avoir à se justifier devant leurs sujets. Le droit de ne pas tout dire.

Le droit de cacher certaines informations ?

Plusieurs secondes s'écoulent ainsi en silence.

Sans qu'aucun des deux ne batte des cils. Ils se défient du regard.

Zack sait qu'il peut remporter le duel, mais il sait aussi que sa rage risque d'apparaître au grand jour. Il détourne les yeux.

La lutte des classes est terminée.

Il a perdu.

Deniz finit par rompre ce silence pesant.

« Et la piste raciste, alors ? Rudolf et Niklas ont découvert quelque chose ? demande-t-elle.

— Rien pour le moment. Mais ce Peter Karlson, en tant que xénophobe notoire et client mécontent, présente un profil déjà bien assez intéressant. »

Douglas se comporte comme si rien ne s'était passé, mais Zack a beaucoup de mal à reprendre la conversation. Il déteste ces démonstrations de force et, plus que tout, il déteste perdre.

Il laisse à nouveau son regard divaguer à travers la salle, tandis que son supérieur interroge Deniz à propos de sa blessure.

Puis Douglas adresse un signe de la main au serveur et sort sa carte American Express.

L'homme exécute une courbette en se présentant à leur table.

« Le repas vous a-t-il plu, Douglas ? demande-t-il.

— Comme toujours, Sven. »

Alors que Sven s'éloigne avec la carte de crédit, le portable de Douglas se met à biper. Il lit rapidement le message.

« C'est Sirpa, annonce-t-il. Elle pense avoir relié Peter Karlson à l'une des adresses mail trouvées dans l'ordinateur de Sukayana Prikon. Il semblerait qu'il ait tenté de se renseigner sur les horaires de travail des victimes. »

24

La femme asiatique prétend avoir vingt et un ans, en paraît plutôt seize. Tout au plus. Elle a les bras croisés, le regard fuyant et s'efforce de se donner un air dur, mais sa voix chevrote de peur chaque fois qu'elle lève les yeux sur les deux grands policiers en uniforme qui viennent de faire irruption dans le salon de massage de Bondegatan.

« Je ne dirai rien, répète-t-elle.

— On a compris, réplique l'un des deux hommes sur un ton impatient. Mais tu ne vois pas d'inconvénient à nous montrer vos livres de comptes ? Car j'imagine que vous en avez et que tout est en règle, n'est-ce pas ? »

*

Il flotte un doux parfum d'encens dans l'appartement de Skön-torpsvägen à Årsta. Par une porte entrebâillée, on aperçoit un matelas élimé sur le sol et l'unique source de lumière provient d'une ampoule à incandescence pendue au bout d'un fil maintenu au plafond par du ruban adhésif argenté.

« *Leave me alone*, dit la femme. *I'll go back to Thailand next week.*

— *But we just want to…*, commence le policier.

— *No. No talk. Go now.* »

*

L'inspecteur Benny Göransson donne un coup de pied dans une vieille boîte de nourriture à emporter qui traîne sur le sol du séjour. Des morceaux de nouilles durcies ricochent sur le tapis en plastique.

Les pièces sont désertes. Le siphon de la douche est sec et il s'en dégage une légère odeur d'eau croupie.

Il braque son regard sur l'immeuble d'habitation en brique qui se dresse de l'autre côté de Skönstaholmsvägen.

« Eh bien, on dirait que personne n'a mis les pieds ici depuis un moment », lance-t-il à son collègue.

*

La femme qui ouvre la porte semble avoir la quarantaine. Elle est d'un grand gabarit pour une Asiatique.

Ils s'installent dans la cuisine et elle écarte le rideau sombre qui occulte la vue depuis Valhallavägen.

« Je vais être secrète, dit-elle. Pas noms, OK?

Les policiers échangent un regard.

« OK. »

Son suédois est très mauvais, mais les renseignements qu'elle détient peuvent valoir de l'or.

Elle leur parle des hommes qui viennent chaque semaine encaisser de l'argent.

« Quels hommes ?

— Les grands hommes. Méchants. Eux étaient là hier.

— Est-ce qu'ils prélèvent leur part sur les recettes des massages ? demande l'un des policiers.

— Oui. Et… du reste.

— Du reste ?

— Pas ici. Mais dans d'autres salons. Des hommes qui achètent services privés avec Thaïlandaises. »

Elle leur indique les noms de deux salons de massage que les policiers notent avec soin.

Puis elle leur parle de femmes disparues. Des femmes censées avoir pris l'avion pour Bangkok mais que personne n'avait jamais revues au pays. Elle leur parle aussi de familles qui se posent des questions mais n'osent pas alerter les autorités.

« Alors personne ne sait elles disparues. *Now say no more, no more.* »

Tandis que les policiers sortent du salon, la femme s'empresse de faire son sac. Elle y glisse son passeport et s'en va. Définitivement.

25

Les rayons du soleil cognent sur la fenêtre en cette fin d'après-midi. Zack sent que des gouttes de sueur commencent à se former sur son front.

Derrière lui, il entend les doigts de Sirpa pianoter à toute allure sur le clavier de son ordinateur. Il ne reste plus qu'elle, Deniz et lui. Douglas est en réunion avec la direction. L'Oracle Rudolf interroge Järvinen, tandis que Niklas Svensson est parti récupérer ses filles à la sortie de la maternelle.

Zack attend que son ordinateur se connecte. Dans son travail, peu de choses le contrarient autant que la lenteur de leur matériel informatique.

Si ce n'est quand une enquête patauge.

Comme en ce moment.

Aujourd'hui, il a pris part à une poursuite mortelle, pourtant, la seule chose qui le préoccupe est comment avancer. Et comment se faire un rail.

Ils sont au point mort. Danny Johansson a quitté le pays après avoir euthanasié ses chiens. Plusieurs témoins confirment que Suliman Yel était bien en boîte de nuit au moment du quadruple meurtre et Sirpa n'a toujours pas réussi à établir un lien entre leur affaire et Peter Karlson.

Zack a les yeux rivés sur son écran. Il commence à sentir monter la fatigue.

Un rail.

Il a besoin d'un coup de fouet.

Quel qu'il soit.

Il pense à Mera, à son corps mince et musclé.

Il est bientôt dix-sept heures. Encore une heure de paperasse et il sera libre.

Son ordinateur enfin connecté, il ouvre son navigateur Internet et se rend aussitôt sur le site d'*Aftonbladet*. La course-poursuite dans le parc de Tantolunden a été reléguée en bas de page par des articles consacrés à une participante d'une émission de télé-réalité qui aurait fumé de la marijuana, à un chat qui fait des figures sur un skateboard, et un dernier intitulé « La vague de chaleur en provenance de Lettonie envahit la Suède ».

Mais son histoire n'en demeure pas moins clairement visible sur le site et elle a même obtenu cent soixante-dix-huit commentaires de lecteurs. Zack décide de suivre les conseils de Douglas et s'abstient de les lire. Au lieu de cela, il vérifie ses mails.

Aucun journaliste ne s'est encore manifesté. Mais il s'y attendait. La vidéo est si floue qu'il est difficilement reconnaissable. Et quand bien même ils l'identifieraient, encore faudrait-il qu'ils mettent la main sur lui.

Il est sur liste rouge et inexistant sur le Net.

Le plus grand danger vient du bâtiment où il se trouve. La police de Stockholm est réputée pour ses fuites envers la presse. Dix mille couronnes pour un tuyau. Pour certains, c'est une somme qui ne se refuse pas facilement.

Il ouvre un formulaire de rapport vierge et s'apprête à rédiger le compte rendu des auditions de la journée quand Sirpa lui lance :

« Il te plaît, ton nouveau surnom ?

— Mon surnom ?

— Le flic karatéka. C'est l'un des termes les plus utilisés, en ce moment, sur les réseaux sociaux suédois.

— Comment ça, le flic karatéka ? Tu te fous de moi ? »

Elle secoue la tête.

« Viens voir. »

Zack contourne le bureau de Sirpa et se penche au-dessus de son épaule. Elle lui présente un certain nombre de sites qui analysent le trafic sur le Net.

« C'est toi qui arrives en tête, même s'il semble que la fumeuse de joint revienne fort. Tu es toujours le boss.

— Hourra, dit-il sans enthousiasme.

— C'est ton moment de gloire. Je te conseille de le savourer. Dès demain, tout le monde t'aura oublié. »

Zack soupire et tourne le regard vers l'autre écran où sont affichées plusieurs captures d'écran d'un compte Outlook.

Il vérifie l'adresse mail : dirtysanchez@woomail.com

« C'est le fameux compte que tu soupçonnes d'appartenir à Peter Karlson ? demande-t-il.

— Oui. Sukayana Prikon, ou quelqu'un d'autre, a tenté de supprimer des messages de la boîte mail du Sawatdii, mais j'ai réussi à en restaurer la plupart. »

Zack se penche encore plus près de l'écran et en lit un.

> Bonjour,
>
> Récemment, j'ai eu droit à un traitement sublime de la part de Prataporn et, comme j'ai un agenda très chargé, j'aurais voulu connaître ses horaires afin de réserver un nouveau rendez-vous. À moins que toutes vos masseuses aient les mêmes horaires ?
>
> À bientôt.
>
> Un client ravi.

« Je suis d'accord, dit Zack. Ce type est louche.

— Et il a envoyé d'autres mails où il pose toujours la même question.

— Qu'est-ce qui te fait penser que c'est Peter Karlson ?

— Dirty Sanchez est un terme misogyne qui fait référence à une pratique sexuelle anale et scato. Or, Peter Karlson a été visé par une plainte pour viol par voie anale il y a seulement quelques années et les messages qu'il laisse sur le Net sous le pseudo de Gustav Vasa indiquent clairement qu'il aime voir des femmes se faire humilier de la pire des façons dans les films pornos. C'est un homme qui ne recule devant rien pour assouvir ses fantasmes.

— Est-ce que Sukayana Prikon a tenté d'effacer d'autres mails ?

— Oui, plein. Et parmi eux, il en y a au moins cinq, six qui ont été envoyés par ce Dirty Sanchez. Le problème, c'est que je n'arrive pas à l'identifier, ça me rend dingue.

— Et Gustav Vasa, est-ce qu'il s'est manifesté, aujourd'hui ?

— Oui, il y a quelques heures. Je te laisse lire. Il semble qu'il ait été quelque peu déstabilisé par la visite que Rudolf et Niklas lui ont rendue hier soir. »

Elle ouvre la page du blog en question sur un de ses écrans.

> Très chers amis,
>
> Je vais devoir vous quitter pendant quelques jours. Il est temps pour moi de prendre des vacances. Mais la lutte continue. Tous ensemble, nous pouvons changer les choses.

Où veut-il en venir ? se demande Zack. *Aurait-il tenté de changer les choses en assassinant quatre étrangères ?*

Il veut demander à Sirpa ce qu'elle en pense, mais elle est déjà passée à autre chose. Ses doigts martèlent son clavier et elle fixe son écran sans cligner des yeux.

La fenêtre de son explorateur Internet rappelle les écrans d'ordinateurs dans les films des années quatre-vingt. Des caractères verts sur un fond noir. Il présume qu'elle s'est connectée au Darknet, ce réseau privé du Net, en quête d'informations sur la traite des femmes et la prostitution. Sirpa lui a déjà montré sur le Darknet des choses dignes de films d'horreur. Des forums où des enfants, des femmes et des organes humains sont vendus comme de la vulgaire marchandise.

« Bon courage », dit-il en s'en allant, mais elle ne l'entend même pas.

Il se demande – et ce n'est pas la première fois que cette idée lui vient à l'esprit – s'il lui arrive d'espionner ses collègues, si elle est au courant de certaines choses qu'elle garde pour elle.

Il repense à Rebecka, la coiffeuse. Elle aussi pourrait le balancer n'importe quand. Que fera-t-il si elle tente de le faire chanter ?

Je suis complètement parano.

Appelle-moi.

Est-ce que j'ai plus envie de la voir que Mera ?

Ou qu'Abdula ?

Il faudra qu'il pense à lui parler de Rebecka la prochaine fois qu'ils se verront, qu'il lui demande s'il sait des choses compromettantes sur elle au cas où… Abdula est quelqu'un de bien renseigné.

Au lieu de retourner à son ordinateur et à son formulaire de rapport toujours vierge, Zack se dirige vers sa boîte aux lettres d'où dépasse une enveloppe marron de format A4. Il s'en saisit. L'adresse a été imprimée sur une étiquette.

Gaffeurs de l'Unité spéciale
Hôtel de police
106 75 Stockholm

Pas étonnant que ce courrier ait atterri dans son casier. Le concierge est un de ces flics de base qui détestent Zack parce qu'ils le trouvent trop jeune et trop inexpérimenté.

Zack décachette l'enveloppe et s'attend à découvrir un texte bourré de fautes d'orthographe dénonçant l'incompétence des policiers et les invitant à traquer les vrais délinquants plutôt que de harceler les conducteurs innocents pour de simples excès de vitesse.

Mais la lettre que contient l'enveloppe ne comporte qu'une simple phrase à la lecture de laquelle Zack sort brusquement de sa torpeur.

Je crèverai toutes les putes thaïlandaises de cette ville.

Zack inspecte la lettre sous toutes les coutures en quête d'indices. Mais rien. Il la pose sur la table la plus proche pour éviter de la souiller avec ses empreintes digitales.

« Deniz, appelle-t-il. Viens vite voir ! »

Elle recule sa chaise et le rejoint. Sans son châle, sa compresse est comme un drapeau de signalisation blanc sur sa peau.

« Lis ça, dit Zack. Mais évite de toucher le papier. »

Elle lit.

« Qui a envoyé ça ?

— Aucune idée. La lettre et l'adresse ont été imprimées. Il n'y a pas d'expéditeur indiqué.

— C'est du Peter Karlson tout craché. Ce type est décidément un malade.

— Je vais la confier à Koltberg. Peut-être qu'il pourra relever des empreintes ou des résidus de tissus. »

Au même moment, la porte du couloir s'ouvre et Tommy Östman entre, documents à la main. Il flotte dans son costume en velours beige. Ils lui font signe d'approcher.

Il a l'air mal à l'aise, comme toujours quand quelqu'un lui demande un service.

« Qu'en penses-tu ? » dit Zack.

Östman agite les bras et prend une mine désemparée, comme si on venait de lui demander de deviner la quantité de phytoplancton contenue dans l'océan Pacifique.

« Il se peut que ce soit notre meurtrier, absolument, s'il possède un caractère extraverti et vaniteux. Mais il peut aussi s'agir de quelqu'un qui n'a rien à voir là-dedans. Quelqu'un qui a entendu parler du meurtre aux infos. Ou simplement un citoyen aigri qui n'a rien trouvé d'autre pour se défouler. On ne peut pas savoir. »

Sur ce, il s'éloigne et dépose ses documents dans le casier de Douglas.

Zack relit le message.

« Koltberg devrait pouvoir analyser l'encre, dit-il à Deniz. Et peut-être même déterminer la marque de l'imprimante. Mais à moins qu'il ne s'agisse d'une marque peu répandue, ça ne nous avancera pas beaucoup. »

Il enfile un gant en latex et range la lettre dans un sac à preuves.

« Östman, tu pourrais déposer ça chez Koltberg, s'il te plaît ? demande Zack. C'est bien sur ton chemin, n'est-ce pas ? »

Östman consulte sa montre d'un air agacé.

« Je ne savais pas que c'était écrit concierge sur ma carte de visite. Mais c'est bon, je m'en charge. »

Il s'empare du sac, prend congé de Zack et Deniz qui échangent un regard en se retenant de rire.

« Et dire que ce type était un boute-en-train, autrefois. Tu y crois, toi ? » glisse Deniz.

Zack secoue la tête.

« On dirait qu'il a besoin de vacances. »

Vacances.

Qu'avait écrit Peter Karlson, déjà ?

Il est temps pour moi de prendre des vacances.

Aurait-il l'intention de quitter le pays ?

« Qu'est-ce qu'il y a ? demande Deniz.

— Tu as quelque chose de prévu dans l'heure qui vient ?

— Si tu as l'intention de me filer un rancard, la réponse est non.

— Ne t'emballe pas, je pensais à Peter Karlson.

— Qu'est-ce qu'il a, lui ?

— Ce type pourrait très bien avoir écrit cette lettre, tu es d'accord ? Et Sirpa a découvert certaines similitudes entre lui et ce Dirty Sanchez qui s'intéressait à l'emploi du temps des masseuses.

— Oui. Et alors ?

— Il y a quelques heures, il a posté un message sur un blog où il déclare qu'il va s'absenter quelque temps. Il a peut-être l'intention de se barrer. On pourrait peut-être passer le voir ?

— Qu'est-ce que Douglas en penserait, d'après toi ?

— Qu'on ferait mieux d'attendre d'avoir davantage d'éléments. Ou au moins jusqu'à demain. Mais je crains qu'alors il ne soit trop tard.

— Donc, ce que tu suggères, ce serait qu'on le soumette à un petit interrogatoire informel ? conclut Deniz.

— C'est à peu près ça, en effet.

— Donne-moi cinq minutes. »

26

En début de soirée au Sturehof.

Les lampes revêtues d'abat-jour en toile blanche semblables à des tutus diffusent dans la salle leur lumière agréable. Des conversations feutrées, des groupes de personnes tirées à quatre épingles qui veulent donner l'illusion qu'elles sont sorties dîner en toute décontraction après une journée de travail, mais qui passent leur temps à jeter des coups d'œil à la ronde pour voir si on les regarde.

Mera adore ce restaurant et a tenté à maintes reprises d'y attirer Zack. Sans succès.

Il fixe la nuque soignée de Peter Karlson pendant qu'un serveur les guide à travers l'immense salle ouverte sur la terrasse.

Il a l'air de se sentir ici comme chez lui, pense Zack. *En sécurité. Tant mieux. Comme ça, il se méfiera peut-être moins.*

Ils avaient eu de la chance. Peter Karlson était sorti de l'ascenseur au moment où ils arrivaient dans le hall de la tour.

« Que voulez-vous ? leur avait-il demandé. J'étais sur le point de sortir dîner.

— Ça tombe bien, avait répondu Zack. Nous aussi, justement, nous avons faim. Où avez-vous prévu d'aller ?

— Au Sturehof. Hélas, j'ai réservé seulement pour une personne.

— Ce n'est pas grave. Je vais arranger ça », avait dit Deniz.

Puis elle avait passé un coup de fil au maître d'hôtel qui n'était autre qu'une vieille connaissance.

Elle lui fait signe tandis que le serveur les conduit jusqu'à une table isolée à moitié dissimulée derrière un pilier.

« Pourquoi êtes-vous fâché, Peter ? demande Zack une fois qu'ils ont pris place. Vous commencez déjà à regretter de ne pas avoir opté pour la salle d'interrogatoire ?

— Le problème, ce n'est pas l'endroit. Plutôt les clients. »

Peter Karlson tend le cou et embrasse la salle du regard. Il semble craindre que les policiers ne lui fassent une scène en public.

« Vous dites ça parce que vous ne nous connaissez pas encore, le tance Zack en examinant la carte. Vous savez, nous pouvons nous comporter convenablement quand nous sommes bien accompagnés.

— J'en doute », réplique Peter Karlson.

Zack et Deniz commandent un steak haché. Karlson porte son choix sur un turbot à quatre cent quatre-vingt-cinq couronnes et déclare avec un sourire sardonique :

« Je suppose que c'est vous qui invitez. »

Quand on lui apporte son poisson, il le renvoie en cuisine au prétexte qu'il est trop cuit et leur dit :

« Je parie que vous n'auriez pas eu le cran de faire ça, hein ? C'est ce qui différencie ceux qui se servent de ceux qui se contentent des miettes qu'on leur jette. »

Zack a envie de lui faire avaler ses dents. Le regard de Deniz s'assombrit. Karlson note leurs réactions avec satisfaction.

Zack s'en veut de s'être laissé provoquer aussi facilement. Karlson s'adosse à sa chaise. On dirait que, venant de comprendre qu'il était trop futé pour ces flics mal dégrossis, il avait décidé de jouer avec eux.

Zack réprime sa colère et se concentre à nouveau sur le but de leur présence.

« Vous avez une manière remarquablement concise et énergique de vous exprimer à l'écrit, observe-t-il.

— Vous faites référence à quelque chose en particulier ? demande Peter Karlson.

— Oui, à votre courrier.

— Mon courrier ?

— Celui que vous nous avez envoyé. »

Peter Karlson émet un ricanement hautain.

« Je commence à comprendre pourquoi le taux d'élucidation de la police est aussi déplorable. Au lieu de rassembler avec méthode et professionnalisme des preuves contre les criminels, vous préférez harceler les honnêtes citoyens avec des accusations délirantes. »

Il croise les bras, pose ses coudes sur la table, se penche en avant et regarde Zack droit dans les yeux, puis Deniz.

« Et je peux vous assurer que j'ai des choses bien plus intéressantes à faire que d'envoyer des courriers à la police.

— Vous aimez les chiens ? l'interroge Zack.

— Le simple fait qu'ils se lèchent le derrière m'inspire le plus profond dégoût. »

Deniz se penche à son tour sur la table. Alors que Peter Karlson s'attend à ce qu'elle lui murmure un commentaire acerbe, elle déclare à voix haute :

« Maintenant, vous allez nous dire tout ce que vous savez, sale enfoiré de raciste.

— Et aussi pervers, ajoute Zack. Nous le savons. Une femme a porté plainte contre vous pour... »

Zack laisse la suite de sa phrase planer dans l'air, mais aux tables alentour, les discussions se sont interrompues et l'on n'entend plus que le cliquetis discret des couverts. Plusieurs clients les observent et Karlson baisse les yeux sur la nappe blanche.

« Je m'en vais, dit-il. Je ne permettrai pas qu'on m'insulte. »

Sur ce, il se lève.

Les deux policiers l'imitent.

Alors qu'ils se dirigent vers la sortie, Deniz croise son ami le maître d'hôtel.

« Je repasserai bientôt régler la note », lui dit-elle.

Peter Karlson a deux mètres d'avance sur eux quand ils arrivent sur le trottoir. Il se retourne et leur lance un regard effrayé. Mais sa peur de perdre la face est plus forte que celle qu'ils lui inspirent, aussi n'ose-t-il pas s'enfuir de crainte d'être pris en chasse par les deux policiers. Pas ici. Pas sur Stureplan. Quelqu'un pourrait le reconnaître.

Zack et Deniz, en revanche, n'hésitent pas une seconde. Ils fondent sur lui et le prennent chacun par un bras.

« Maintenant, vous venez avec nous.

— Je veux appeler mon avocat, réplique-t-il à voix basse sur un ton ferme.

— Pardon ? Qu'est-ce que vous dites ? crie Zack comme s'il s'adressait à un vieillard dur de la feuille. Vous avez besoin d'un avocat ? »

Plusieurs passants tournent la tête.

« D'accord, d'accord, on se détend, siffle Karlson.

— À la bonne heure », fait Deniz.

Zack repère une entrée de garage ouverte juste en face d'eux.

« Par ici », dit-il en entraînant Karlson.

La rampe d'accès est en pente raide. Un des néons clignote au plafond. L'air empeste l'essence et le sol est parsemé de taches d'huile de moteur.

Les voitures dont ils voient scintiller la peinture métallisée un peu plus bas semblent appartenir aux clients du Sturehof. Zack constate qu'elles font toutes partie de la catégorie ridicule des X : Lexus GX, Volvo XC60, BMW X3. Seule une vieille Corvette Stingray se distingue de la masse.

L'endroit est désert. Ils conduisent Karlson dans un coin sombre où flotte une forte odeur d'urine et le lâchent enfin.

Cette fois, la terreur se lit dans ses yeux. Peter Karlson est seul dans un garage avec deux policiers qui, il le sait, ne le portent pas dans leur cœur. Pourtant, il n'en continue pas moins à leur cracher son venin.

« Bande de salauds, leur lance-t-il. Pourquoi vous ne me foutez pas la paix ? Ce sont des gens comme moi qui font tourner ce pays. Des gens comme moi qui paient pour ces saletés de basanés. Tous des profiteurs et des assistés. Vous feriez mieux de vous attaquer aux vrais problèmes.

— Dirty Sanchez, c'est bien vous ? demande Zack. Vous espionniez les masseuses du Sawatdii ?

— Vous êtes dingues », réplique Karlson.

Sa respiration est courte et saccadée. Zack se tient sur ses gardes. Il sait qu'une personne acculée peut être imprévisible.

« Expliquez-nous ce qui vous est passé par la tête quand vous avez écrit cette lettre », reprend Deniz sur un ton calme.

Peter Karlson la fusille du regard.

« Et toi, espèce de salope d'immigrée, comment oses-tu te pointer là et m'insulter, moi, un pur Suédois ? Pourquoi tu ne retournes pas à Rinkeby élever tes bougnoules de marmots grâce aux allocs, comme le font la plupart de tes congénères qui débarquent chez nous ? »

Zack se tourne vers Deniz. Elle a les poings serrés, le regard vide et les bras ballants.

Il décide de laisser faire les choses.

Karlson, qui ne flaire pas le danger, continue de la provoquer.

« Et je vais maintenant vous dire ce que je pense de ces Thaïlandaises. Celui qui les a flinguées a accompli une bonne action. Un acte de miséricorde. Oui, toutes les putes thaïlandaises de cette ville devraient crever. »

Peter Karlson vient enfin de se trahir.

Toutes les putes thaïlandaises de cette ville.

Exactement la même formule que dans la lettre.

C'est la goutte d'eau qui fait déborder le vase.

Zack voit le poing de Deniz filer vers le nez de Karlson. Puis il entend un craquement d'os. L'homme s'effondre lourdement sur le sol, le visage en sang.

Il reste étendu sur le flanc. Il n'a même pas eu le temps de crier.

Deniz lui assène un violent coup de pied au ventre.

Karlson halète. L'implore du regard.

Zack a envie d'intervenir. Les policiers n'ont pas le droit de faire cela.

Mais ils le font quand même de temps en temps. Dans un monde parfait, tout serait soit blanc soit noir, mais dans celui-ci, tout n'est que nuances de gris.

Il repense à sa course-poursuite dans le parc de Tantolunden et à la vidéo qui circule sur le Net. C'est de la rigolade comparé à cela. Pourtant, les témoins n'ont pas hésité à parler d'une agression violente.

Si seulement ils savaient.

Peter Karlson reprend enfin son souffle. Il respire par la bouche, gémit et crache du sang.

Deniz s'agenouille à côté de lui. Elle le prend par le menton et le dévisage.

Un peu comme Hamlet avec le crâne, songe Zack.

Peter Karlson évite le regard de la policière.

« Maintenant, je te conseille de me répondre, dit-elle. C'est toi, Dirty Sanchez ? »

Il hésite.

Deniz écrase son nez cassé avec son index. Il pousse un hurlement de douleur.

« Tu en veux encore ? Tu sais à quel point on peut se montrer cruels, nous, les bougnoules, hein ? »

Karlson lève la paume de la main.

« Non, non, arrêtez. »

Deniz le tient toujours par le menton.

« Alors ? »

Karlson reste muet. Il essaie de gagner du temps. Deniz appuie à nouveau sur son nez.

« Je n'ai jamais entendu parler de ce Dirty Sanchez. »

Cette fois, Deniz le menace du poing. Il crie.

« OK, OK ! Je vais tout vous dire. »

Il reprend son souffle avant de poursuivre :

« Je connais un cinglé qui s'appelle Ingvar Stefansson. Il parle tout le temps de buter les putes étrangères.

— Comment l'avez-vous connu ?

— Ne me demandez pas ça.

— Si, justement.

— Je l'ai croisé à deux ou trois réunions. Il a des idées vraiment extrémistes. Un peu trop pour pouvoir servir la cause. S'il vous plaît. Ne me frappez plus. »

Deniz lui lâche le menton. La tête de Peter Karlson retombe sur le béton ensanglanté.

Elle le considère quelques instants en silence. Il n'ose pas faire le moindre mouvement.

Puis elle le force à tourner la tête et déclare :

« Écoutez-moi bien, Karlson. Si jamais vous parlez à quiconque de ce qui vient de se passer, mes cousins et moi, on s'occupera de vous. On fera de votre vie un enfer. Vous vous êtes cogné contre un lampadaire, on est d'accord ? »

Il ne répond pas.

Deniz serre son poing et le lève au-dessus de son épaule.

« D'accord ? » répète-t-elle.

Karlson place ses mains devant son visage et se recroqueville sur lui-même, mais ne répond toujours pas.

Les deux policiers l'abandonnent sur place et quittent le garage. Deniz tire un mouchoir en papier de sa poche et s'essuie la main.

« Tes cousins ? Je croyais que tu n'avais plus la moindre relation avec ta famille ? dit Zack.

— C'est vrai. Mais les crétins dans son genre s'imaginent toujours que tous les immigrés ont cinquante cousins armés jusqu'aux dents prêts à intervenir dès qu'ils ont des problèmes. Qui suis-je pour contrarier ses préjugés ? »

Elle sort les clés de la voiture et les lance à Zack.

« Tiens, c'est à ton tour de conduire. »

27

Zack et Deniz se tiennent devant la porte de l'appartement. Elle est si fine qu'ils entendent le timbre strident de la vieille sonnette aussi distinctement que s'ils étaient à l'intérieur. Ils épient le moindre signe de vie mais, apparemment, il n'y a personne. Dans un appartement voisin, un téléviseur est allumé, le volume à fond.

Zack consulte sa montre. Dix-neuf heures quarante-trois. Une heure pourtant idéale pour trouver les gens chez eux.

Ils avaient appelé Douglas en route. Sans faire allusion à Peter Karlson. Ils s'étaient contentés de lui dire qu'ils avaient reçu un tuyau anonyme à propos d'un individu qui détiendrait des informations sur leur affaire.

Douglas avait paru sceptique et leur avait répondu qu'ils feraient mieux de rentrer chez eux se reposer.

Mais ils avaient insisté.

« C'est bon. Allez-y, si vous y tenez tant. Mais soyez prudents. »

Zack sonne à nouveau.

I. STEFANSSON, peut-on lire sur la plaque de la porte.

Leif Ingvar Stefansson. Né en 1981. Revenus déclarés : zéro couronne.

C'est en gros tout ce qu'ils ont trouvé dans leurs fichiers. Pas de numéro de téléphone. Pas de famille. Juste une adresse à Abrahamsberg.

Nouvelle tentative. Zack garde le doigt appuyé longtemps sur le bouton de la sonnette. L'appartement est toujours silencieux.

« Tu crois que Karlson l'a appelé pour le prévenir de notre visite ? demande Zack.

— Ça se pourrait bien. On fait quoi ? »

En guise de réponse, Zack sort son trousseau de clés et lui montre un crochet qu'il a confectionné lui-même, à partir d'une barrette que lui a donnée Ester et d'un clou qu'il a plié à quatre-vingt-dix degrés.

Deniz hoche la tête.

« Je fais le guet. Et puis, si jamais on découvre quelque chose, on pourra toujours prétendre que c'était ouvert », dit-elle à voix basse.

Zack s'agenouille et se met au travail.

Ces vieilles serrures sont faciles à crocheter. Il lui faut à peine quinze secondes pour en venir à bout.

La porte s'ouvre en grinçant et libère dans la cage d'escalier une puanteur immonde au point que Zack en a la nausée. Il imagine déjà un cadavre en décomposition sur un lit, mais change rapidement d'avis. En fait, ce n'est pas une odeur de putréfaction, mais plutôt de renfermé, de moisi et de transpiration. Une odeur qui lui évoque les tapis en caoutchouc qu'ils déroulaient pour faire de la gymnastique à l'école primaire.

Deniz lui emboîte le pas. Elle détourne la tête sous l'effet de la puanteur.

Zack allume la lumière de l'entrée et s'avance dans l'unique pièce du logement.

C'est un véritable cabinet des horreurs.

Son regard est aussitôt attiré par des mâchoires de fauves. Grandes ouvertes, avec leurs crocs blancs comme de la craie. Il y en a quatre accrochées au mur.

Puis il découvre les clichés macabres.

Il y en a tellement.

Des posters d'Orientaux mutilés. Des hommes aux jambes arrachées, des femmes en pleurs portant dans leurs bras leur bébé mort. Des gens couverts de sang fuyant des bâtiments en flammes, des hommes pendus sur la place publique, des corps sans vie se balançant au bout d'une corde. Des charniers. Des crânes fendus.

Comme si toutes les agences de presse de la planète avaient sélectionné les pires photos prises par leurs reporters au Moyen-Orient et en Afrique orientale au cours du vingt et unième siècle et qu'elles les avaient exposées dans cet appartement.

Outre ces photos, la tapisserie en tissu jaune clair est presque totalement recouverte de coupures de presse sur les mêmes sujets. Attentats à la bombe, reportages consacrés à Al-Qaïda, articles sur le taux de chômage élevé parmi les immigrés somaliens en Suède.

Sur la plupart des photos, quelqu'un a noté des commentaires ou dessiné des symboles avec des marqueurs rouges et noirs.

« Courez, courez, courez », peut-on notamment lire sur le cliché d'un bâtiment bombardé dans une ville probablement située au Pakistan ou en Afghanistan. Sur la coupure d'un article consacré aux néonazis hongrois, on a griffonné un smiley et, sur une photo en format A3 représentant trois corps sanguinolents, on a collé un pouce « J'aime », comme sur Facebook.

Zack et Deniz fixent le mur, interdits.

La majorité de ces documents font référence à des événements survenus ces dernières années, mais pas seulement. Sur une photo en noir et blanc, on voit des Afro-Américains nus, pendus, entourés de membres du Ku Klux Klan. À l'arrière-plan, une croix est en feu. Il y a aussi une photo encadrée du professeur Vilhelm Hultkrantz accompagnée de la mention : « Fondateur de l'Institut de biologie des races ». Elle est ancienne et date vraisemblablement des années vingt. À côté est accroché un vieil écriteau portant la mention « *Whites Only* ».

Zack se demande s'il provient d'Afrique du Sud ou du sud des États-Unis.

« Putain, je n'ai jamais rien vu d'aussi répugnant », finit-il par lâcher.

Puis il s'approche des mâchoires de fauves pour les examiner. On dirait des gueules de loups, mais il pourrait tout aussi bien s'agir d'autres animaux. Peut-être originaires d'un autre continent.

Il passe son index le long des crocs, puis inspecte le bout de son doigt. Pas de trace de poussière. Quelqu'un a donc fait le ménage récemment.

À moins qu'on ne les ait *accrochées* récemment.

Après qu'elles ont dévoré les jambes de Sukayana Prikon ?

Il scrute la pièce. Partout, des piles de livres, de brochures et de documents divers. Sur les étagères, sur la table de salon, sur le sol, entre les pots de fleurs en plastique qui ornent les rebords des fenêtres.

Il lit les titres de quelques ouvrages : *Les carnets de Turner*, *White Power*, *L'homme au laser*, *En marche vers le Ragnarök*.

Deniz s'empare d'un livre intitulé *Voix suédoises. Nouvelles de la majorité silencieuse*. Elle secoue la tête.

« C'est tellement dingue que je n'arrive même pas à être en colère. »

Zack observe à nouveau le mur. Il cherche la pièce manquante.

« Ce type est plein de haine. Surtout pour ceux qui n'ont pas la peau blanche, apparemment. Mais est-ce que tu vois quelque chose qui indiquerait qu'il déteste aussi les prostituées ? Ou les femmes en général ? »

Deniz balaie du regard les photos et les coupures de presse exposées sur le mur. Puis les livres et les articles entassés sur la table et sur le sol.

« Non, tu as raison. Si ce type avait massacré les Thaïlandaises, il l'aurait fait en raison de leur couleur de peau, pas de leur sexe. À mon avis, ce n'est pas notre homme. Ça ne colle pas.

— À cause des balles qu'elles ont reçues dans le bas-ventre ?

— Oui.

— Mais rappelle-toi ce qu'a dit Douglas. Il s'agit peut-être d'une mise en scène destinée à brouiller les pistes.

— Oui, je le sais», admet Deniz en se penchant pour lire un article polémique à orientation raciste accroché au mur avec des punaises. Il est tiré du site de Fox News.

Zack tourne à nouveau son attention vers les livres.

« Ce type est un malade, ça ne fait aucun doute, mais il n'est pas stupide. *La suprématie blanche en tant que système politico-social. Un point de vue philosophique*. C'est le titre de ce livre. Il faut un minimum de cervelle pour lire un truc pareil.

— Pas étonnant qu'il soit copain avec cet enfoiré de Peter Karlson. Ça commence à ressembler au club des racistes diplômés, commente Deniz.

— Autant Karlson est facile à étiqueter, autant j'ai du mal à cerner cet Ingvar Stefansson. Quand j'ai senti l'odeur infecte qui règne ici, j'ai d'abord cru qu'on avait affaire à un déficient mental. Mais ces livres et ces photos macabres sur le mur nous prouvent le contraire. »

Deniz secoue la tête et dit :

« Il y a quelque chose de presque religieux dans tout ça, tu ne trouves pas ? On se croirait chez un grand prêtre du nazisme.

— Il faut à tout prix qu'on ait une discussion avec ce type.

— Mais on ne sait même pas où il est.

— Il est passé pas plus tard qu'hier.

— Comment le sais-tu ?

— Il n'y avait pas de courrier sur le sol de l'entrée et il n'a pas d'autocollant du type STOP LA PUB sur sa porte. Ce qui signifie qu'il a récupéré son courrier d'hier. En général, il ne se passe pas deux jours sans que je reçoive tout un tas de pubs dans ma boîte aux lettres. »

Zack se rend dans la cuisine et ouvre le réfrigérateur. Il doit se forcer pour ne pas le refermer aussitôt.

Il se met à respirer par la bouche et vérifie rapidement les dates limite de consommation de deux briques de lait ouvertes. L'une est encore bonne pendant trois jours, l'autre est déjà périmée depuis un mois.

Il claque la porte et rejoint Deniz occupée à lire une coupure de presse.

« Regarde un peu ça », dit-elle.

Elle pointe du doigt une photo où l'on voit une foule hurlante avec les mains en l'air.

« Qu'est-ce qu'il y a ? demande Zack.

— Tu vois ce qu'ils font avec leurs mains ?

— On dirait une variante du signe du diable. Ils sont à un concert de hard-rock ?

— Ne dis pas n'importe quoi. Les hard-rockers tendent aussi l'index et le petit doigt pour faire comme une corne, mais ils replient le majeur et l'annulaire sous leur pouce. Ces gens-là forment comme une gueule avec leur majeur et leur pouce. Une gueule de loup. C'est le symbole des Loups Gris.

— Pardon ? C'est qui ceux-là ?

— Une organisation d'extrême droite ultranationaliste turque. Ce sont eux qui ont tué mon grand-père. »

Elle lève les yeux de l'article et tourne le regard vers une des gueules de fauves accrochées au mur, un peu plus loin.

« J'étais terrorisée par les loups quand j'étais petite, dit-elle ensuite. Dans le village, tout le monde les détestait. Ils volaient nos moutons. Et on disait aussi qu'ils emportaient des enfants. Puis j'ai commencé à entendre parler de loups gris qui enlevaient aussi des adultes, mais je pensais que c'étaient des vrais loups. Jusqu'à ce qu'ils emmènent mon grand-père. »

Elle déglutit avec peine et Zack attend qu'elle poursuive.

« Ils sont venus une nuit et l'ont pris avec trois autres hommes du village. Ils ont disparu avec eux. Comme des milliers d'autres. Personne ne sait ce qui leur est arrivé.

— Pourquoi ont-ils choisi ton grand-père en particulier?

— C'était un ancien peshmerga, un combattant de la liberté. Il s'était battu pour un Kurdistan indépendant. Mais c'était avant ma naissance. Ce n'était plus qu'un vieillard au dos courbé qui se déplaçait avec une canne quand ils ont débarqué et qu'ils l'ont frappé au visage avec leurs crosses de fusils.

— Et qu'a fait la police?

— Rien. Les Loups Gris collaboraient avec les flics. Et aussi avec l'armée et la mafia. Ils louaient leurs services à n'importe qui. Ils faisaient du trafic d'héroïne et d'armes. Ils perpétraient des attentats.

— Merde, et dire que je n'ai jamais entendu parler d'eux.

— Ils sont très affaiblis de nos jours. Les autorités ne les couvrent plus autant qu'avant. Ils ont perdu la plupart de leurs soutiens.

— Et tu n'as jamais pu savoir ce qu'était devenu ton grand-père?

— Non. Que t'inspire ce mur? Tu crois que ça justifierait une perquisition?»

Le changement de sujet est si brutal que Zack est pris de court.

«Je n'ai relevé aucune incitation claire au terrorisme. Et il n'est pas non plus interdit d'être raciste ni fasciné par la violence. En revanche, si on signale qu'on a découvert des gueules de fauves et qu'en plus il semblerait qu'elles aient été accrochées là récemment, possible que ça éveillera l'intérêt de Douglas et du procureur.»

*

Une heure plus tard, Tommy Östman se tient face au mur tapissé de coupures de presse et de photographies.

«Qu'en penses-tu? lui demande Zack après qu'il les a observés pendant une dizaine de minutes

— Qu'est-ce que je pourrais bien dire? On pourrait y consacrer une thèse de doctorat en criminologie. Ce Stefansson m'a tout l'air d'être quelqu'un de peu banal. »

Sam Koltberg a décroché l'une des gueules de fauves pour l'analyser.

« Des loups, ça ne fait aucun doute, marmonne-t-il. Comme pour les excréments.

— Pardon ? Vous avez déjà analysé l'échantillon ? fait Zack.

— Comme tu le sais, ce qui compte, c'est d'avoir des relations. »

Zack serre les dents et ignore l'insinuation. Koltberg poursuit :

« J'ai demandé à un ami qui enseigne à l'université agricole d'Uppsala d'y jeter un œil. C'est un loup qui a dévoré les jambes de Sukayana Prikon.

— Un loup ? »

Ce qui met un terme définitif à la piste de la Fraternité, songe Zack en sentant une vague de déception le submerger. Il a l'impression que plus le temps passe, moins ils en savent.

Douglas l'appelle sur son téléphone.

« Je pense qu'on peut éliminer Peter Karlson de la liste des suspects. »

Pour Zack, c'est la douche froide.

On l'a tabassé.

Humilié.

« Pour quelle raison ?

— On a obtenu les enregistrements des caméras de surveillance du garage de sa résidence. Peter Karlson s'est garé là-bas juste après une heure du matin, avant-hier soir. Au moins une heure et demie avant que le meurtre ait eu lieu. Ça corrobore sa version.

— Il aurait très bien pu se rendre plus tard à Hallonbergen en taxi.

— En théorie, en effet. Mais il a plutôt dû s'installer devant son ordinateur. À deux heures et quart, son avatar Gustav Vasa a posté un message sur le site nationaliste *Fria tider*, où il racontait qu'il venait de participer à une réunion enrichissante avec des Nordiques aux idées et aux valeurs rafraîchissantes. »

Ça ne va pas plaire à Deniz.

Elle est en pleine conversation avec Koltberg.

« Je suppose que tu es au courant pour le résultat des analyses des échantillons d'excréments ? demande Zack à Douglas.

— Oui. Et j'ai déjà contacté le parc de Skansen à ce propos. Mais ils n'ont rien remarqué. Pas la moindre trace de sang frais dans la fourrure de leurs loups, ni rien qui laisserait supposer qu'ils aient été dérangés ou qu'il y ait eu une tentative d'effraction.

— Qu'est-ce que ça signifie ? Qu'on a des loups mangeurs d'hommes qui rôdent dans les bois autour de Stockholm ?

— Non. J'en ai discuté avec un de leurs spécialistes. Il m'a confirmé ce qu'avait déclaré le médecin de Sukayana Prikon. À savoir qu'aucun homme n'a subi d'attaque de loups en Suède depuis des siècles. Il a aussi réfuté catégoriquement la possibilité qu'on ait incité ces bêtes à attaquer en leur livrant par exemple une personne ligotée en pleine forêt. Selon lui, il est plus probable qu'on ait affaire à des loups captifs, détenus illégalement en plein air quelque part dans les environs.

— Rien de neuf en ce qui concerne Yildizyeli ?

— Non. Rien du tout. »

Ils raccrochent.

Zack regarde par la fenêtre.

Le ciel, en cette fin de journée, flamboie paisiblement dans des nuances de rose et d'orange.

Des loups. Comme surgis de nulle part.

Des symboles faisant référence aux loups. Et quelque part dehors, quelqu'un qui utilise des loups comme animaux de compagnie. Qui les nourrit de chair humaine.

*

L'air est toujours chaud et les terrasses des cafés sont pleines de gens en tenues légères quand ils quittent l'appartement d'Ingvar Stefansson. Deniz dépose Zack sur la place Fridhem, d'où il se dirige à pied vers Norr Mälarstrand au lieu de rentrer chez lui.

Il ne sait pas encore ce qu'il va faire. Retrouver Mera à son appartement ? Elle lui a envoyé un SMS un peu plus tôt pour lui demander s'il rentrait ce soir. À quoi il a répondu oui.

Mais il a besoin de voir Abdula. Or Abdula a « d'abord quelques affaires à régler ».

Zack sait d'expérience que ces affaires peuvent prendre quelques heures.

Il sort son téléphone et envoie à Mera un nouveau message.

Je vais peut-être rentrer tard. Désolé.

De toute façon, il n'a pas le cœur à la voir pour le moment. Il est bien trop préoccupé. Elle va vouloir discuter, l'interroger sur les événements de la journée, sur tout ce qu'elle a entendu aux infos.

Mais il n'a aucune envie d'en parler.

Même pas après s'être vidé l'esprit et détendu en baisant.

Il pense à Rebecka, la coiffeuse du salon Hair Daze.

Mauvaise idée. Oublie-la.

Il s'arrête pour contempler le Riddarfjärd quelques instants. De gros bateaux à moteur et un zodiac glissent lentement sur l'eau.

Des gens déambulent main dans la main le long de la rampe d'accès. Un peu plus loin, des jeunes sont assis au bord du quai. Ils boivent des bières et rient aux éclats. Zack s'assiérait volontiers lui aussi pour balancer ses jambes au-dessus de l'eau, mais il bifurque vers l'ouest, en direction du parc de Rålambshov. Il fait le bilan de sa journée.

Ils sont au moins parvenus à restreindre le champ de leurs investigations en éliminant quelques pistes potentielles.

Trois personnes ont été mises hors de cause : Peter Karlson, Suliman Yel et Danny Johansson, lequel n'avait jamais vraiment été suspecté.

En revanche, ils n'ont fait aucune découverte susceptible de les mettre sur la voie du criminel.

La piste la plus sérieuse semble être celle menant à la Fraternité et à Yildizyeli.

Mais les membres de la Fraternité ne possèdent certainement aucun loup. Ingvar Stefansson non plus. Ce fou solitaire qui leur échappe toujours. Mais cela ne saurait durer.

Une femme en rollers file devant lui, tirée par un berger allemand en laisse. Zack repense aux loups.

Qui ont dévoré les jambes de Sukayana Prikon.

Cette fois, ils ont vraiment affaire à des cinglés.

Comment celui qui a fait cela s'est-il procuré ces bêtes ? Les a-t-il braconnées à l'aide d'une carabine à seringues hypodermiques ? Les a-t-il fait venir illégalement de l'étranger ?

Tout est allé trop vite dans cette enquête. Aucun d'eux n'a eu le temps de se poser pour réfléchir, pour laisser parler son flair. Et les crimes qui ont été commis atteignent des sommets de bestialité.

Une odeur de barbecue en provenance du parc vient lui titiller les narines. Et une autre aussi, plus douce.

Du shit.

Cette odeur lui rappelle des souvenirs. Mais il n'en consomme plus, désormais.

Abdula lui manque.

Leur amitié lui manque.

Il a toujours redouté de tomber sur lui en service, un jour, de l'autre côté de la loi.

Mais quel est le risque, en réalité, que cela se produise ? pense Zack tandis qu'il marche au bord de l'eau.

Il ne traque que les gros criminels et Abdula n'est qu'un petit délinquant.

Il sort son portable. Se rend sur le Net. Sur le site d'*Aftonbladet*. Fait défiler la page à la recherche de l'article qui lui a été consacré.

Il semblerait qu'il ait échappé au scandale médiatique, malgré tout.

Il range son téléphone, tourne les talons et accélère l'allure.

Maintenant, il sait ce qu'il va faire.

28

Deniz a laissé la voiture à l'hôtel de police et pris le métro. Elle en descend à Västertorp, une station avant la sienne. Elle a besoin de prendre l'air, de marcher seule dans la nuit tombante pour réfléchir.

Elle commence à aller au hasard en direction du sud, le long des immeubles en brique brune, et s'efforce de ne pas perdre de vue le pont du métro. Elle passe devant un kebab où des clients font la queue jusque sur le trottoir.

Elle n'avait jamais mis les pieds ici, auparavant, bien que ce soit tout près de chez elle. Elle traverse une rue bordée de maisons mitoyennes et s'engage sur une piste cyclable qui longe la voie de métro.

Elle jette un œil aux phalanges écorchées de sa main gauche. Qu'est-ce qui lui a pris ? Elle n'avait pas le droit de frapper Peter Karlson.

Il existe un mot pour ce qu'elle a fait. Un mot qu'elle déteste : abus de pouvoir.

Elle en a elle-même été victime dans le passé, et c'est notamment pour combattre cette pratique qu'elle est entrée dans la police.

Ce qui ne l'a pas empêchée de tabasser un homme aujourd'hui. Un homme qui, elle le savait désormais, était innocent des faits dont ils le soupçonnaient.

Elle s'en veut cruellement. Elle voudrait revenir en arrière.

Elle s'était comportée comme quand elle était adolescente. À l'époque, elle se battait souvent. Avec tous ceux qui la provoquaient. Les garçons comme les filles. Ces idiots qui se prenaient pour des gros durs, qui se croyaient matures, qui pensaient tout connaître de la vie. Mais ils savaient que dalle. Ils ne lui faisaient pas peur.

En revanche, elle avait peur pour son petit frère Sarkawt. Il était tellement doux et naïf.

Un jour neigeux de novembre, alors que Deniz avait quinze ans et Sarkawt huit, elle avait vu quatre garçons le pousser dans un fossé rempli de boue glacée. Elle avait cassé le bras de l'un et presque noyé un autre.

À la suite de cet incident, les services sociaux avaient décidé de séparer le frère et la sœur. « Dans l'intérêt des deux enfants », comme ils l'avaient déclaré.

Elle n'avait même pas eu le droit de savoir où il avait été placé et, depuis, elle n'avait plus jamais eu de ses nouvelles. Elle n'avait jamais su ce qu'il était devenu.

La piste cyclable oblique vers l'est, parallèlement à Södertäljevägen. Au bout, elle aperçoit la passerelle qui enjambe l'autoroute et mène à Fruängen, sa petite banlieue anonyme.

Le soleil est maintenant couché, mais la nuit toujours claire. Elle entend chanter des grillons dans les buissons.

Parfois, elle se demande si Sarkawt est rentré au pays. Dans leur village. S'il est devenu un de ces hommes qui aspergent les jeunes filles d'essence et les transforment en torches humaines pour sauvegarder l'honneur de la famille.

Ou s'il a choisi de demeurer en Suède. Ou s'il est mort.

De quel droit les avaient-ils séparés ? Ces hommes en costume et ces femmes égocentriques qui s'étaient rassemblés et avaient pris cette décision lourde de conséquences ne les avaient même jamais vus, ni elle ni son frère.

Ceux qui détiennent le pouvoir font ce qui leur plaît. En Suède comme au Kurdistan.

« Mais prends-toi donc en main au lieu de pleurnicher sur ton sort », lui avait dit un jour un professeur, au lycée.

Lars Öhman, c'était son nom. Son professeur préféré.

« Tu es intelligente, tu as des facilités pour apprendre. Fais des études. Change la société. Deviens politicienne, juge, policière ou directrice des services sociaux. Tu peux devenir qui tu veux, même si j'ai l'impression que tu n'en as pas conscience. »

Sur le coup, elle ne l'avait guère pris au sérieux.

Pourtant, ses paroles l'avaient marquée. Dès la semaine suivante, elle était allée frapper à sa porte et lui avait demandé s'il savait ce qu'elle devait faire pour intégrer l'Académie de police.

Cela faisait dix ans qu'elle était policière. Plutôt bonne dans son travail, la plupart du temps.

Mais pas aujourd'hui.

Cette enquête était en train de la rendre folle. Des loups, des gangs de motards, des femmes massacrées. Des pistes nombreuses, mais qui ne menaient nulle part.

29

Douglas Juste est assis sur un tabouret inconfortable à côté du lit de Sukayana Prikon.

La petite chambre d'hôpital est tranquille et silencieuse, les stores sont baissés et une petite lampe est allumée sur la table de nuit.

Régulièrement, on entend des pas approcher et s'éloigner dans le couloir. Puis le silence revient, seulement troublé par le ronflement discret de l'appareil d'assistance respiratoire qui maintient Sukayana en vie.

Douglas lui tient la main. Il la caresse. Elle est petite et chaude, ses doigts longs et fins. À un moment, il la lâche, la considère en silence. Puis la saisit à nouveau.

Il se gratte la tête avec sa main libre et prend une profonde inspiration.

Il regarde la surface plane et lisse du drap, là où ses jambes auraient dû former deux bosses longilignes. Il pose sa main sur son front et lui chuchote doucement :

« Ça suffit, maintenant. »

Il ménage une pause. Puis dit :

« Si vous n'avez plus envie de lutter, alors lâchez prise. »

Dans le couloir, des pas approchent.

S'arrêtent.

La porte s'ouvre et une lumière intense envahit la chambre. L'infirmière est une femme robuste qui doit avoir environ le même âge que lui. Elle se fige en le voyant. Pendant une fraction de seconde, elle paraît même effrayée.

« Qui êtes-vous et que faites-vous ici ? Ce n'est plus l'heure des visites. »

Douglas se lève et lui tend la main. Elle l'ignore.

« Mon nom est Douglas Juste. Je dirige l'Unité spéciale de la police criminelle de Stockholm.

— Vous avez une pièce d'identité ?

— Vous pouvez toujours vous renseigner auprès de mes collègues qui montent la garde devant la porte.

— Pour l'instant, je voudrais juste voir votre insigne. »

Il ouvre son portefeuille et le lui présente. Elle s'en empare et l'examine attentivement.

« Je suis passé voir, avant de rentrer chez moi, si elle était en état de répondre à quelques questions. On a un dangereux criminel qui court toujours et chaque renseignement est important pour nous. »

L'infirmière lui rend son portefeuille.

« Elle a besoin de repos. De toute façon, même si elle se réveillait, il ne faudrait surtout pas la brusquer. Si vous voulez l'interroger, vous devez d'abord vous adresser à nous. Vous ne pouvez pas débarquer ici et mettre en péril la santé de la patiente. Je pensais avoir été claire avec vos collègues qui sont plantés devant sa porte toute la journée.

— C'est moi qui leur ai donné l'ordre de me laisser passer. Et maintenant que je suis là…

— S'il vous plaît, monsieur, veuillez sortir. Tout de suite. »

Douglas jette un dernier regard à Sukayana Prikon. Son visage est paisible. Sur le moniteur de contrôle, à côté de son lit, un voyant clignote avec une régularité rassurante.

L'infirmière n'a pas bougé d'un pouce. Elle se tient près de la porte, bras croisés, la mine revêche. Il s'en va. Au moment de franchir la porte, il s'arrête, se retourne vers le lit et dit au revoir.

Tandis qu'il attend l'ascenseur, il entend l'infirmière vilipender les deux policiers en faction devant la chambre de Sukayana.

Il descend au rez-de-chaussée, regagne sa voiture et prend la direction du centre-ville. Il se gare négligemment dans Nybrogatan, près de la Taverne du Théâtre, et s'engouffre par une porte en verre dépoli portant l'inscription « *Members only* ».

L'escalier mène à un bar en sous-sol tout de rouge décoré. Quelques hommes grisonnants discutent, dans des fauteuils en cuir sombre, autour d'une table couverte de tasses de café et de verres de cognac.

Au bar est assis un homme que Douglas reconnaît de dos. Il se retourne en entendant les pas dans l'escalier.

« Douglas, ça faisait longtemps. Viens t'asseoir. »

Douglas s'assied sur un tabouret. Ils commandent tous les deux un gin tonic et discutent comme ils l'ont toujours fait. D'opportunités d'investissements intéressants sur le marché de l'immobilier et des futures ventes aux enchères du Bukowskis.

Son ami arbore un large sourire. Douglas considère son visage et ce qu'il lit dans ses yeux lui déplaît.

Mais il faut bien prendre soin de ses vieux camarades, songe-t-il.

*

Il ne reste plus maintenant que Sirpa dans les bureaux de l'Unité spéciale. L'horloge sur son écran d'ordinateur indique vingt et une heures zéro une. Elle est parvenue à cracker la plupart des adresses mail trouvées sur l'ordinateur de Sukayana Prikon et à identifier leurs propriétaires. Certains de ces hommes seront peut-être convoqués pour avoir eu recours à des relations sexuelles tarifées.

Ce sera déjà une bonne chose.

Demain, des collègues vérifieront leurs alibis, mais Sirpa doute d'avance du résultat. Ce sont des hommes ordinaires. Avec femme et enfants. Certains ont déjà été condamnés : pour fraude fiscale, conduite en état d'ivresse. Mais rien de bien méchant. Rien qui puisse laisser penser que le meurtrier se cache parmi eux.

Elle ouvre un document. S'arrête sur la première ligne.

dirtysanchez@woomail.com

Finalement, il est peu probable que Peter Karlson se cache derrière cette adresse. Mais alors, qui est-ce ?

Elle a bien tenté, par tous les moyens légaux à sa disposition, de remonter jusqu'à l'expéditeur, en vain. Elle sait que quiconque se rend sur le Net laisse des traces de son passage. Mais il semble qu'elle ait affaire à un internaute averti. Tant qu'elle s'en tiendra à la loi, il continuera à lui échapper.

Avec précaution, elle tend les jambes et les plie. Ses articulations craquent. Puis elle prend une lente inspiration et se remet à pianoter sur son clavier.

Elle ne peut pas rentrer chez elle maintenant, elle ne peut pas s'arrêter sur un échec. Elle ne trouverait pas le sommeil.

Alors, elle décide de passer à autre chose et d'essayer de localiser Ingvar Stefansson. Elle fait le tour de tous les membres de sa famille et note leurs adresses. Il faut qu'ils puissent les joindre dès le lendemain afin de les interroger au plus tôt.

La nuit a étendu son ombre silencieuse sur l'hôtel de police.

Elle doit à tout prix trouver quelque chose.

Finir sur une note positive.

30

Zack aime entendre frotter le cuir contre le cuir.

Le sous-sol d'Agnegatan abrite une salle de boxe, c'est là qu'il s'entraîne. L'endroit offre l'avantage de fermer tard et d'être fréquenté par des gens sérieux. D'ailleurs, certains d'entre eux y pratiquent les arts martiaux, comme lui.

Vêtu d'un débardeur blanc et d'un short noir, il entre dans la salle. Il est vingt et une heures passées, mais il y a toujours une dizaine de personnes. Qu'il connaît, pour la plupart. Pas toutes. La fille au crâne rasé, par exemple, celle qui s'entraîne dans un coin sur un sac de frappe, il ne l'a jamais vue. Des gouttes de sueur inondent son visage tandis qu'elle enchaîne les coups rapides. Droite, gauche, droite, gauche.

De l'autre côté du ring se tient un homme d'un certain âge, torse nu, le corps sec. Il saute à la corde à une vitesse impressionnante.

Le colonel Hellström.

Il vient quasiment chaque soir et Zack sait qu'il est capable de sauter à la corde plus longtemps que le plus endurant des boxeurs professionnels. Il a appris à ignorer la douleur et la fatigue, à sauter en regardant droit devant lui. Une sorte de méditation de haute intensité physique.

Deux garçons d'environ dix-huit ans s'affrontent sur le ring. Zack les observe tandis qu'il étire les muscles de ses jambes. Excès de fougue, manque de technique, constate-t-il. Exactement comme lui à ses débuts.

Même s'il était bien plus jeune qu'eux à l'époque. Il n'avait que douze ans quand, sur ses jambes flageolantes, il avait accompagné deux amis plus âgés à un dojo situé à Skärholmen pour prendre part à son premier entraînement de karaté.

À peine un quart d'heure plus tard, il se mettait en position de départ – *shiko dachi* – et entamait l'apprentissage des bases. Coudes en arrière, poings près du corps, paumes des mains vers le bas. Rotation du poignet au moment de tendre le bras. *Rentre bien tes coudes, Zack!* Coups alternés. Tendre le bras gauche quand le bras droit se replie. Toujours respecter les mouvements du sensei Hiro. Encore et encore, les muscles de ses cuisses tremblaient tellement il était épuisé. Il avait besoin de se reposer un peu. *Zack, remets-toi en position de départ!* Les épaules en arrière. Le dos droit.

Encore. Et encore.

Peu à peu, il était devenu accro au karaté. À la puissance qu'il dégage, à sa beauté, à ses mythes, à son histoire. Au sentiment d'appartenir à un groupe tout en s'affirmant individuellement.

Six ans plus tard, il avait remporté sa ceinture noire premier dan en style Wadō-ryū, et s'était alors mis au kickboxing et au wushu. Pendant une courte période, il avait même fait du combat libre. Zack apprécie ce sport et respecte ceux qui le pratiquent, mais ce qu'il déteste, ce sont tous ces crétins qui gravitent autour. Les compétitions de combat libre agissent comme des aimants sur les banlieusards de la pire espèce.

Pour finir, il était retourné voir le sensei Hiro et lui avait fait part de son idée de combiner les techniques de diverses disciplines et d'intégrer des éléments modernes pour créer un nouveau sport.

Le sensei Hiro l'avait repris sous son aile.

*

Zack se dirige vers les sacs de frappe suspendus au plafond par des chaînes. Il s'assied par terre et détend ses pieds bandés avec des exercices d'assouplissement.

Ensuite, il se relève, fait des petits bonds sur la pointe des pieds et commence à frapper un sac. Avec une certaine retenue, les premières minutes. Puis avec davantage de force. Il enchaîne les coups de pied. Varie les techniques dans un ordre préétabli : *mae geri*, *mawashi geri*, *sokuto geri*, *ushiro geri*. D'abord à hauteur d'abdomen – *chudan*. Puis de tête – *jodan*.

Il donne tout ce qu'il a.

Se laisse aspirer par l'instant présent.

Comme dans le club des motards. Comme quand il était aux trousses de Suliman Yel.

Il est mort à cause de moi.

Il cogne de toutes ses forces. Sent la sueur ruisseler sur ses tempes et le long de sa colonne vertébrale.

C'est lui qui l'a voulu.

J'ai juste fait mon boulot.

Malgré sa lourdeur, le sac se met à se balancer sous la puissance de ses coups.

Il attend le retour pour l'esquiver au tout dernier moment. Une rapide rotation de la hanche vers la droite, suivie d'un *ura mawashi geri* fulgurant. Le cliquetis de la chaîne retentit quand il contourne le sac avec sa jambe gauche et le frappe violemment avec le talon du côté opposé.

Toute la frustration qu'il a accumulée au cours de la journée s'exprime dans ses coups. Les muscles de ses cuisses le brûlent et il savoure cette sensation d'épuisement. Continue de cogner jusqu'à ce qu'il n'ait plus la force de lever les jambes.

Il fait une pause. Se dirige vers une fontaine à eau en inox et boit directement au robinet.

L'homme à la corde à sauter s'approche de lui.

« Salut, Zack, comment vas-tu ? Tu as chopé combien de crapules, aujourd'hui ? »

Sa voix est rude et forte, sa cage thoracique est une caisse de résonance naturelle.

« Aucune. Aujourd'hui, ils m'ont tous filé entre les doigts.

— Mince alors. Je ne sais pas si je vais oser rentrer tout seul chez moi dans le noir. »

Zack sourit. Le colonel Hellström a mené plusieurs missions spéciales pour le compte des Nations unies en Afrique occidentale et au Moyen-Orient. Et pas des missions de maintien de la paix, d'après ce que sait Zack. Il doute que cet homme ait peur de quoi que ce soit.

Zack retrouve son sac et en sort deux bâtons qu'il prend entre ses doigts et commence à faire tournoyer comme des baguettes de tambour. Il se met à sautiller sur la pointe des pieds autour d'un sac de frappe avant de l'attaquer avec les bâtons. Il semble danser.

Les jeunes garçons et la femme au crâne rasé s'arrêtent pour le regarder.

Zack fait tournoyer les bâtons au-dessus de sa tête, derrière son dos, avec des gestes amples.

Son épaule est toujours un peu sensible depuis qu'il a enfoncé cette porte, mais il n'y prête pas attention.

Il tourne sur lui-même, assène des coups, esquive le mouvement de balancier du sac, repasse à l'attaque. Pivote. Cogne à nouveau. Ses bâtons sifflent dans l'air comme des fouets.

Au bout d'un moment, il en repose un, enfile une ceinture et reprend. Il répète des enchaînements. Frappe, frappe, frappe. Frappe, esquive, frappe.

Puis il se met à travailler sa rapidité en s'entraînant à tirer son bâton de sa ceinture, porter des coups, ranger son bâton dans sa ceinture, le tirer et ainsi de suite. Encore et encore.

Un quart d'heure plus tard, il sent qu'il a son compte pour la soirée. Il s'assied sur le sol et retire les bandages de ses pieds. Il vérifie son portable. Abdula lui a enfin envoyé un message.

*

Tandis qu'il remonte Fleminggatan en direction de l'ouest, il pense à Ester. Il se demande si elle l'a attendu devant sa porte, ce soir.

D'autres auraient peut-être signalé sa situation aux services sociaux, mais Zack n'est pas certain que ce serait dans son intérêt. Certes, elle est en souffrance, mais l'autre solution ne vaut guère mieux : être trimballée de famille d'accueil en famille d'accueil au risque de tomber sur des sadiques ou des hommes ayant un penchant pour les petites filles.

Veronica a au moins le mérite d'aimer sa fille, même si elle ne remplit pas son rôle de mère.

Devant le Sthlm Kebab, près de la bouche de métro Fridhemsplan, quatre hommes d'une vingtaine d'années mangent bruyamment. L'un d'eux titube et fait tomber de la sauce sur le col de sa chemise.

Zack jette un œil à l'intérieur de la boutique et distingue sept personnes assises autour des tables en plastique blanches. Pas de trace d'Abdula. Il décide d'attendre dehors. Il observe les visages anonymes qui défilent devant lui.

Peut-être que l'un d'eux est le meurtrier, pense-t-il. *Cela pourrait être n'importe qui, après tout. On en sait tellement peu sur son compte.*

Tout à coup, sentant que quelqu'un le pousse dans le dos, il fait instinctivement un pas de côté et lève les poings, prêt à se défendre.

C'est l'ivrogne. Il lance à Zack un regard furibond et grommelle :

« Putain, regarde devant toi, connard. »

Il se tient beaucoup trop près. Rendu idiot et agressif par l'alcool. Un de ses compagnons intervient et tente de l'entraîner avec lui.

« Viens, Perra. On y va. »

Mais Perra le repousse et continue de défier Zack du regard.

« Je voudrais juste savoir pourquoi ce connard m'a bousculé. »

Cette voix. On dirait celle de Sebbe.

Même ton menaçant que Sebbe quand il était venu voir Zack sur le terrain de football quelques semaines après l'épisode du chemin de fer.

Zack se souvient qu'il était terrifié. Se souvient de la bruine glaciale qui tombait ce jour-là. Se rappelle comment Adam, Ernesto, Alex et Nabila avaient détalé quand Sebbe et ses deux acolytes s'étaient dirigés vers eux. Puis la voix haineuse de Sebbe :

« C'est toi le cafteur, hein, espèce de petit enculé ? »

L'ivrogne agite son kebab sous le nez de Zack, lui aspergeant la joue de sauce.

Comme Sebbe avec ses postillons.

« T'as intérêt à faire gaffe, connard. »

Ces paroles.

Zack considère les compagnons de l'ivrogne. La tension est à son comble.

« Vous comptez l'embarquer ou vous préférez que je m'en charge ? »

Ils voient le regard de Zack et sont suffisamment sobres pour comprendre qu'ils ont tout intérêt à se retirer.

Ils emmènent leur ami, malgré ses protestations.

Zack s'essuie la joue, puis se masse les tempes.

Ferme les yeux.

Il est de nouveau transporté sur le terrain de foot boueux.

« Sale enfoiré. Tu fais moins le malin, maintenant. »

Sebbe portait un sweat-shirt Champion de couleur rouge et des chaussures Buffalo. Il dépassait Zack d'une bonne tête et pesait certainement vingt-cinq kilos de plus que lui. Pour couronner le tout, il avait deux copains avec lui. Le gars à la casquette et celui à la brosse.

Zack aurait sans doute pu s'enfuir. Il aurait *voulu* s'enfuir, mais une partie de lui avait décidé de rester.

S'il avait fui à ce moment, il lui aurait aussi fallu fuir le lendemain et encore le jour d'après. Cela n'en finirait jamais.

Il ne s'était encore jamais battu, sinon pour rigoler. Et ils étaient trois. Plus âgés que lui. Plus grands. Plus costauds.

Après l'avoir encerclé, ils avaient commencé à le bousculer.

Il avait reçu des postillons sur la joue et un coup de pied dans le tibia.

Ils l'avaient encore chahuté un peu. Zack avait attendu que l'un d'eux le frappe afin de rendre le coup.

Sebbe avait sorti un couteau papillon.

« Alors, tu la ramènes moins, petite merde, hein ? »

Soudain, un claquement avait retenti et le garçon à la casquette était tombé en arrière.

« Aaaïe ! » avait-il hurlé en se tenant la joue.

Au moment où il avait regardé sa main et découvert qu'il saignait, son visage s'était décomposé sous l'effet de la peur.

« Putain, qu'est-ce qui se passe ? » avait crié Sebbe. Zack avait alors repéré la pierre par terre.

Quelqu'un s'était rangé de son côté.

Puis la pluie de cailloux avait redoublé et Sebbe avait poussé un gémissement quand l'un d'eux l'avait atteint dans le dos.

« Montre-toi, enculé ! Montre-toi que je te plante ! »

Et alors il s'était montré. C'était le garçon noir que Sebbe avait menacé de jeter sous les roues du train, quelques semaines plus tôt.

Fou de rage, il s'était précipité sur Sebbe avec une barre de fer dans les mains.

Il l'avait frappé à l'épaule, puis à la main qui tenait le couteau. Et Sebbe avait aussitôt pris ses jambes à son cou.

Le garçon à la brosse, paniqué, avait commencé à fuir, mais Zack lui avait sauté dessus sans réfléchir. Après l'avoir plaqué au sol, il s'était assis sur son dos et lui avait enfoncé la tête dans la boue froide.

Il avait eu l'impression d'être quelqu'un d'autre.

Et il avait aimé cela.

Il ne voulait pas que cela s'arrête.

Il avait raclé le sol avec le visage du garçon jusqu'à ce que celui-ci, des sanglots dans la voix, se mette à crier qu'il se rendait. Ce n'est qu'alors que Zack l'avait laissé partir.

« Viens », avait dit le garçon à la barre de fer.

Ils avaient couru se réfugier dans le hall du bâtiment et s'étaient assis sur les premières marches de l'escalier.

« Je m'appelle Abdula, avait dit le garçon.

— Moi, c'est Zack.

— Merci de m'avoir aidé, l'autre jour.

— Merci de m'avoir aidé tout de suite.

— Sebbe est un malade mental. Sérieux. Je pense qu'il lui manque un boulon. Tu veux monter chez moi ? »

À présent, Zack voit Abdula apparaître en haut de l'escalator, habillé d'un T-shirt noir moulant et d'un sweat à capuche bleu. Il dépasse de la tête deux adolescentes qui se tiennent pourtant sur la marche qui le précède. Il pèse probablement plus lourd que les deux réunies.

Il aperçoit Zack et se dirige droit sur lui. Ils se donnent une accolade.

« Désolé pour le retard. Il y avait des travaux sur la voie à Skanstull.

— Pas de lézard, répond Zack. Je viens juste d'arriver. »

Ils se rendent dans le fast-food et se commandent chacun un kebab à emporter.

« Tu veux aller où ? demande Abdula.

— Qu'est-ce que tu dirais d'AG ?

— Ton bar fétiche. Tu ne t'en fatigueras jamais, hein ?

— Si tu penses qu'on peut trouver mieux dans le coin…

— OK. Il y avait pas mal de nanas mignonnes, la dernière fois. »

Ils se mettent en route. Pendant quelques minutes, ils mangent en silence. La température est toujours agréable et, dans le ciel, des filets de lumière rose continuent de résister à la nuit.

« Tu sais si les Stups ont programmé des descentes ? demande Abdula entre deux bouchées.

— Pas à ma connaissance. Mais tu as bien vu, l'autre jour, à quel point j'étais mal renseigné. J'ai bien failli me faire choper.

— Ils ont embarqué un de mes potes avant qu'il ait eu le temps de se débarrasser de sa merde. Il avait les poches remplies de speed. Il a essayé d'embobiner les flics en prétendant qu'il prenait ça pour soigner son hyperactivité. »

Zack éclate de rire.

« Sérieux, mec, dit Abdula. Je suis inquiet. La drogue qu'il avait sur lui provient d'un tout nouveau labo à Lund et, même si c'est un chic type, je doute qu'il puisse tenir sa langue bien longtemps quand tes collègues vont se mettre à le cuisiner. »

Zack reste silencieux un instant. Il pense à l'absurdité de leur conversation. Son meilleur ami vient juste de lui apprendre l'existence d'un tout nouveau laboratoire de fabrication de méthamphétamine en Suède. Et que doit-il faire ? Essayer d'en savoir plus ? Lui tirer les vers du nez ? Mais non, il se contente de ricaner, comme s'ils avaient parlé d'une blague entendue dans une série télé.

« Tu as appris quelque chose à propos de cette descente ? finit par demander Zack.

— Comme quoi ?

— Je ne sais pas. Je me disais que tu avais peut-être parlé avec des gens qui avaient été interrogés.

— J'ai juste eu quelques retours. Apparemment, tes collègues ne visaient personne en particulier, ils avaient juste eu un tuyau comme quoi de grosses quantités de drogue circulaient dans cette boîte. Et ils avaient raison. »

Zack acquiesce.

« Je dois déjeuner avec des gars des Stups dans quelques jours. Si j'entends parler d'une nouvelle descente, je te préviendrai, OK ? »

Abdula lui tend le poing et Zack l'imite pour un check.

« On enquête actuellement sur une éventuelle guerre des gangs entre les motards de la Fraternité et une organisation turque appelée Yildizyeli, dit Zack. Il est possible qu'il y ait un lien avec le quadruple meurtre de Hallonbergen. Il semblerait que Yildizyeli donne dans la prostitution et le trafic d'êtres humains. Entre autres. Tu as déjà entendu parler d'eux ?

— Non, ce n'est pas du tout mon secteur d'activité, mais je peux toujours essayer de me renseigner.

— Je suis preneur de tout ce que tu pourras apprendre sur cette organisation et un certain Ösgür Thrakya.

— OK. »

Le vigile posté devant le restaurant AG jette un regard en coin à Abdula mais les laisse passer sans broncher.

La décoration rappelle celle d'une boucherie fine. Les murs sont couverts de faïence blanche et les pièces de viande suspendues bien en vue derrière les portes vitrées du réfrigérateur. Entre la musique à plein volume et le brouhaha des clients, difficile de s'entendre. Ils commandent deux bières hors de prix et se mettent à scruter l'assistance. Des membres de la classe moyenne raffinée.

« Regarde ceux-là, dit Abdula en faisant un signe de tête. Ils se croient vraiment trop cool avec leur style étudié. Mais si, demain, un magazine branché écrivait que leurs chemises sont passées de mode, ils les jetteraient aussitôt aux ordures. »

Zack hoche la tête.

« Quelle tristesse, poursuit Abdula. Regarde autour de toi, Zack. C'est comme dans ce vieux jeu, là, comment il s'appelle, déjà ?... « Följa John » [1]. Voilà, c'est une version adulte de Följa John. Tout le monde ici suit les moindres avis des catalogues de déco et des faiseurs de mode. Seulement ils sont trop idiots pour s'en rendre compte.

— C'est la même chose chez nous. Rappelle-toi quand on avait

1. Jeu pour les enfants qui consiste à imiter tout ce que fait l'un des participants (John).

treize ans. C'était à peine si on osait sortir quand on n'avait pas une paire de Fila aux pieds.

— C'est vrai, reconnaît Abdula. Mais c'est bien ce que je dis. On avait treize ans. Eux sont des adultes. »

Leurs bières arrivent et ils lèvent leurs verres pour trinquer.

« En parlant de Fila, reprend Abdula, tu te souviens de Nabila, le maigrichon qui venait du Pakistan ? Tu te rappelles quand on l'avait obligé à mettre des pétards dans la boîte aux lettres du dirlo ? Ce con avait réussi à se coincer la main dedans ! »

Zack se met à rire.

« Tu plaisantes ? Je fais encore des cauchemars avec ses doigts coupés. »

Ils continuent de se remémorer des anecdotes de leur jeunesse et commandent une nouvelle bière à une serveuse aux cheveux blonds, courts et ébouriffés.

« Voilà, messieurs », dit-elle en les servant avant d'adresser un clin d'œil à Zack et de tourner les talons.

Ils la détaillent tous les deux tandis qu'elle s'éloigne et s'empare d'une bouteille de Laphroaig sur l'étagère du bar. Puis ils échangent un regard et secouent la tête. Lèvent leurs verres pour trinquer à nouveau.

« J'ai toujours apprécié de sortir avec toi, commente Abdula. Un petit Blanc à l'air sage et gentil. Ils ne se méfiaient jamais de toi avant qu'il ne soit trop tard. Comme le vieux qui tenait l'épicerie à Tyresö.

— Tyresö. Je l'avais oubliée, cette histoire.

— Merde, tu étais tellement convaincant quand tu lui avais demandé de t'aider avec ton vélo que tu aurais mérité un Oscar.

— Pendant ce temps-là, tu dévalisais sa boutique.

— Sept kilos de sucreries. Je me souviens qu'on les avait pesées.

— J'ai dégueulé toute la nuit. Mon père ne comprenait pas comment ma gerbe pouvait être aussi colorée. »

Abdula éclate de rire.

« Putain. C'était le bon temps, ça, dit-il en imitant une voix de vieillard.

— Ouais. Tu en es sûr ? »

Ils se taisent un instant.

« En fait, c'était l'enfer, fait Abdula. Tu te rappelles comment les autres étaient jaloux de nous ? Surtout Abbe. Il trouvait que c'était le top d'avoir autant de liberté que toi et moi.

— Alors que nous on aurait voulu avoir sa vie. Tranquille. Je me rappelle comment c'était chez lui. Propre et bien rangé. Et puis ça sentait toujours les petits plats faits maison.

— J'étais vraiment impressionné quand je venais chez toi et que c'était toi qui faisais à manger pour nous trois, dit Abdula. Puis tu débarrassais la table et tu faisais la vaisselle pendant que ton père roupillait.

— Rien à voir avec la petite vie de rêve d'Abbe.

— Cet idiot avait tout pour être heureux. Mais il était trop faible.

— Ça fait combien de temps, maintenant ? Dix ans ?

— Quelque chose comme ça. J'étais là quand ils l'ont découvert. L'aiguille était toujours plantée dans son bras. C'est ce jour-là que j'ai pris ma décision. Jamais je ne me ferais d'injections. »

Le portable d'Abdula émet un bip.

« Il faut que j'y aille.

— Un deal en cours ?

— Moins tu en sauras sur mes affaires, mon frère, mieux ce sera. »

Ils se tapent dans les mains.

Puis Abdula s'en va dans la nuit.

31

Zack n'a pas encore fini sa bière et il en profite pour s'attarder au bar. Il est vingt-trois heures trente et l'AG est en train de se transformer en un repaire d'ivrognes.

Il regarde autour de lui. Aucune femme seule en vue, elles sont toutes accompagnées. Quant à la gentille petite serveuse aux cheveux courts, elle est déjà rentrée chez elle, son service terminé.

Il sort son portable et se met à chercher dans son répertoire le numéro de la belle coiffeuse qu'il a revue aujourd'hui au salon.

Rebecka.

Doit-il l'appeler ?

Il hésite.

Laisse tomber.

Rejoins Mera. Maintenant. C'est ce que tu as de plus raisonnable à faire.

Il s'éloigne autant que possible des enceintes et appelle.

Deux sonneries.

Elle est peut-être en train de dormir.

Trois.

« Allô ? »

Sa voix n'a rien d'ensommeillée.

« Salut, c'est Zack. »

Une courte pause. Puis :

« Le fêtard ou le flic ? »

En plus, elle a du répondant.

« Lequel tu préfères ? »

Il se rend ensuite à Tegnérlunden en taxi. Compose le code d'entrée qu'elle lui a donné, pousse la lourde porte en bois et monte au quatrième.

La cage d'escalier est digne des immeubles les plus chics de la ville. Il se demande comment une coiffeuse peut avoir les moyens d'habiter ici.

Peut-être grâce à un héritage, comme lui.

Ou parce qu'elle fait des affaires avec Suliman Yel et ses complices.

En tout cas, qu'est-ce que tu fous là, espèce de crétin ?

Elle ouvre la porte. Elle porte un maillot de corps blanc et un pantalon de survêtement gris.

Il est soudain pris d'une hésitation. Il ne sait pas quoi dire.

« Contente de te voir aussi, dit Rebecka en souriant. Entre. »

La spontanéité de cette fille lui donne l'impression d'être un ado de treize ans à son premier rancard.

La salle de séjour est seulement éclairée par trois bougies disposées dans un plat en argent sur une table basse carrée, devant un confortable canapé rouge. Une vieille lampe en forme de statue trône sur le rebord de la fenêtre. Zack s'assied au milieu d'une multitude de coussins aux couleurs discrètes. Rebecka s'installe à côté de lui.

« Je me suis décidée, dit-elle.

— Pardon ?

— Celui que tu dois être. Je ne veux pas que tu sois le policier, plutôt le type que j'ai rencontré en boîte. »

Zack se met à rire.

« Pas de problème, c'est comme tu veux.

— Donc, tu n'es pas ici en tant que policier ?

— Non.

— Ce qui signifie que, s'il y avait de la coke dans cet appartement et qu'une certaine personne t'en proposait un peu, tu ne l'arrêterais pas ?

— On n'arrête pas les gens en Suède. On les interpelle, réplique-t-il. Mais non, je n'interpellerais pas cette personne.

— Parfait. »

Sur ce, elle se lève et se rend dans la chambre. Zack la suit des yeux et devine un corps ferme sous son pantalon bouffant.

Il l'entend ouvrir une boîte et farfouiller. Quand elle revient, elle tient un sachet de poudre blanche dans une main et un étui argenté dans l'autre.

Elle se laisse tomber dans le canapé et ouvre l'étui. Celui-ci renferme un miroir, une lame de rasoir et un petit tube chromé. Elle déverse la poudre sur le miroir et la répartit en six lignes.

« De la péruvienne, dit-elle. La plus pure qu'on puisse trouver en ce moment. »

Elle tend le tube à Zack.

« Les invités d'abord. »

Zack se penche sur la table et aspire une ligne. Puis une deuxième, par l'autre narine. L'effet est immédiat et il se renverse dans le canapé, prend une série d'inspirations profondes et sent son corps se détendre.

Toute trace de fatigue s'évapore.

Il entend Rebecka aspirer une ligne à son tour. Puis elle s'étend contre lui et pose ses pieds sur la table.

« C'est fréquent, un policier qui se drogue ? » demande-t-elle.

Pas sur le ton du reproche, plutôt de la curiosité. Pourtant, Zack a comme un nœud à l'estomac, malgré son état planant.

« En fait, je ne sais pas, répond-il. Je ne crois pas. Ce qui est certain, c'est qu'il y en a un paquet qui picolent.

— Ah bon ?

— Tu devrais voir nos fêtes du personnel. »

Il la regarde et constate qu'elle le scrute, comme si elle cherchait une réponse.

« Quoi ? fait-il.

— J'ai réfléchi à un truc depuis que tu es passé au salon, tout à l'heure, et que j'ai compris que tu étais un flic. Quand on s'est rencontrés, en boîte, tu étais en repérage pour le boulot ? Vu que tes collègues ont débarqué pas longtemps après.

— Non, pas du tout. C'est vraiment ce que tu crois ?

— Je ne sais pas. Je ne te connais pas. Tout ce que je sais, c'est que tu es un flic qui consomme de la coke dans des boîtes de nuit clandestines et que tu recommences ici avec une jeune femme que tu as récemment interrogée dans le cadre d'une enquête criminelle confidentielle. »

Il a un rire forcé.

Il y a un miroir sur pied de l'autre côté de la pièce, mais il s'efforce d'éviter de regarder son reflet.

Il devrait se lever de ce canapé et rentrer chez lui, mais la cocaïne lui a anesthésié le corps. Il regarde fixement devant lui et hoche la tête.

« Officier Doublemorale au rapport », plaisante-t-il.

Elle le prend délicatement par le menton et le force à tourner son visage vers elle.

« En tout cas, tu es vachement beau gosse », dit-elle.

Elle approche ses lèvres. Les presse contre les siennes. Il voudrait que cet instant dure toujours. Elle l'embrasse longuement, puis s'assied à cheval sur lui et lui retire son T-shirt. À son tour, il lui enlève son haut. Elle l'embrasse à nouveau et fait preuve avec lui d'une douceur à laquelle il n'est plus habitué.

Il l'allonge sur le dos et ils finissent de se déshabiller. Alors qu'il est en train de lui retirer son pantalon, un crépitement suivi d'un bruit sourd se fait entendre et ils s'aperçoivent qu'une des bougies vient de tomber sur le tapis qui commence aussitôt à s'enflammer. Zack se précipite et étouffe le feu avec son pantalon.

Elle ricane et il se rend compte qu'il est assis nu sur le sol de son appartement avec un pantalon de survêtement noirci dans les mains. Elle se lève, le prend par la main et l'entraîne dans la chambre où ils se glissent sous la couette.

Ils font l'amour avec tendresse et lorsque, par habitude, il la prend par les poignets et qu'il les maintient fermement au-dessus de sa tête, elle lui chuchote à l'oreille qu'il doit être plus délicat. Alors, il lâche prise et la laisse l'enlacer, le guider.

Plus tard, ils restent étendus quelques instants côte à côte en silence. L'euphorie a disparu. Tandis que Rebecka allume une cigarette, Zack se lève du lit et se rend dans le salon où il se rhabille. Ensuite, il retourne dans la chambre et lui dépose un baiser sur le front.

Elle ne lui demande pas de rester.

*

Dans la rue, il fait sombre. Aussi sombre qu'il est possible en juin, à Stockholm, vers une heure du matin.

Il fait signe à un taxi.

« Kungsholms strand. »

Quand le chauffeur s'arrête devant chez lui, il lui demande de l'attendre. Cinq minutes plus tard, il s'engouffre à nouveau à l'arrière du taxi. Il a pris une douche, changé de T-shirt et troqué son blouson Rick Owens contre un sweat-shirt. Il ne tient pas à ce que Mera voie qu'il est criblé de balles.

« Et maintenant ? l'interroge le chauffeur.

— Floragatan. Östermalm. »

Mera est furieuse quand elle ouvre la porte.

« Je pensais que tu serais là bien plus tôt.

— Je suis passé voir un témoin.

— Tu as les cheveux mouillés.

— Ensuite, j'ai fait du sport.

— Et tu vas encore en faire. »

Une fois dans la chambre, elle sort les menottes.

« J'ai été très vilaine, aujourd'hui, monsieur l'agent. »

Ses yeux s'illuminent quand Zack prend les choses en main. Quand il la force à le supplier.

Elle pousse un hurlement dans la nuit au moment où elle jouit. On dirait un gémissement de douleur. Zack entend sa mère dans ce cri et il se demande pourquoi il pense à elle quand il baise avec Mera. Il se demande si c'est comme cela qu'elle avait crié quand elle avait compris que sa fin était proche.

Avait-elle crié parce qu'elle ne voulait pas m'abandonner ?

Plus tard, ils sont étendus nus sur une couverture devant une flambée dans la salle de séjour. Zack a l'impression d'être allongé sur dix mille dollars et se demande combien de temps il lui faudrait économiser pour pouvoir s'acheter les meubles, tableaux et autres éléments de décoration qui emplissent l'appartement de Mera.

« J'ai vu qu'il y avait eu un nouveau meurtre, dit Mera. Un homme qui a été poussé du haut d'un balcon. Ils ont dit que ça avait un lien avec votre enquête.

— Il n'a pas été poussé. Il a tenté de s'enfuir et il est tombé.

— C'était l'assassin ?

— C'est peu probable. Mais on ne sait pas grand-chose pour l'instant. »

Il marque une pause.

« Vraiment pas grand-chose.

— J'ai entendu qu'un journaliste d'*Expressen* enquêtait sur des connexions entre les salons de massage et le crime organisé. Apparemment, il s'apprêterait à lâcher un scoop, annonce Mera. Il s'appelle Fredrik Bylund.

— Je sais qui c'est, dit Zack.

— Une vraie tête brûlée, ce type.

— On peut le dire. Il va falloir que j'aie une discussion avec lui. »

Il s'empare de son téléphone et consulte l'horloge. Deux heures et quart.

« Tu as son numéro ?

— Tu veux l'appeler maintenant ?

— Non, je vais lui envoyer un SMS. Les reporters se couchent toujours tard. Et s'il ne veut pas être dérangé, il aura sans doute éteint son portable.

— Il exigera certainement quelque chose de toi en échange, dit Mera.

— Dans ce cas, je lui livrerai quelques informations sans importance sur lesquelles il pourra s'emballer.

— Comme ses collègues d'*Aftonbladet* l'ont fait avec toi.

— Tu m'as reconnu ?

— Évidemment. Qui est-ce que tu poursuivais ?

— La propriétaire d'un salon de massage. Les quatre femmes qui ont été abattues étaient ses employées. Quand on a débarqué pour parler avec elle, elle a cru que c'était moi qui les avais tuées, alors elle a paniqué. »

Mera s'approche de lui. Lui caresse les côtes avec ses tétons durcis.

« J'étais tout excitée quand j'ai vu la vidéo. »

Elle prend son membre dans sa main.

Puis dans sa bouche.

Elle demande à Zack de la prendre brutalement par-derrière. Leurs corps dégoulinent de sueur dans la chaleur du feu.

« Zack, attends », dit-elle.

Il se fige, mais ne se retire pas de son vagin chaud et humide. Elle tourne la tête vers lui. Le regarde droit dans les yeux.

« Tu pourrais me… Je voudrais que tu prennes un tison et… que tu me brûles avec. Juste un peu.

— Quoi ? Mera… Non, c'est hors de question. Tu es folle ?

— Je voudrais juste savoir ce que ça fait. »

Elle l'implore du regard.

« Essaie plutôt ça. »

Il lui saisit les bras, les tire brutalement en arrière, la forçant à s'effondrer sur le ventre, et les tord dans son dos. Elle crie de douleur et se tortille sous lui, mais ne parvient pas à bouger d'un millimètre. Il l'écrase contre la couverture de tout son poids et la prend sauvagement par-derrière.

Elle hurle, encore et encore.

Alors qu'il repense à Rebecka et à sa douceur, il se déchaîne encore plus sur Mera. Il ne peut s'empêcher de se demander ce qui cloche chez elle, ce qu'elle cherche vraiment.

Quelques minutes plus tard, Mera s'est endormie sur la couverture, un sourire aux lèvres. Zack se lève, s'empare d'un tisonnier pour repousser les bûches en train de flamber au fond de l'âtre et écraser les braises qui se trouvent près du pare-feu. Ensuite, il va chercher une couette dans la chambre et l'étend sur elle.

Son téléphone se met à biper au moment même où il referme la porte de l'appartement. C'est un message de Fredrik Bylund. Zack le lit en descendant l'escalier.

Je constate que toi aussi tu travailles tard. On peut se voir si tu veux. Hôtel Diplomat 9 heures ? C'est toi qui invites.

Zack répond « OK » et sort dans la rue. Le trottoir est mouillé et il flotte dans l'air un agréable parfum de pluie d'été.

Il pense à Ester et se surprend à espérer qu'elle l'ait attendu sur les marches devant la porte de son appartement. Mais il est déjà trois heures et demie du matin. Elle est certainement au lit depuis six ou sept heures.

Il espère que ses rêves la font voyager dans un monde meilleur et qu'elle aura encore le courage d'affronter celui-ci quand elle se réveillera.

Il se dit qu'elle est sans doute tout ce qu'il y a de bien dans sa vie.

32

Douglas Juste est allongé dans son lit spacieux. Il dort d'un sommeil agité. Sur son valet, ses vêtements du lendemain sont prêts. Une chemise bleue en coton égyptien avec une cravate assortie et un costume bleu marine de chez Anderson & Sheppard à Londres. Du sur mesure.

Il se retourne dans ses draps en soie, marmonne en haletant.

Il se réveille, se redresse et fixe le vide. Le réveil indique trois heures quarante.

Il n'a pas envie de penser à leur enquête. Ni aux rumeurs selon lesquelles Zack consommerait de la drogue. Il a trop besoin de lui en ce moment.

Comment vais-je régler cela ? pense-t-il. *Tout est compliqué, tellement compliqué.*

Il ferme les yeux. Pense à la solitude de son appartement. Il aime être seul, contrairement à ce que tout le monde croit. Il vivrait en ermite si c'était possible.

Il boit un verre d'eau, puis essaie de se rendormir. En vain. Cette fois, il n'a plus du tout sommeil.

*

Sirpa Hemälainen est assise dans son lit avec son MacBook sur les genoux. Elle avait à peine dormi trois heures que déjà elle se remettait au travail. Sur sa table de nuit, de la vapeur s'échappe d'une grande tasse de thé chai. Elle lit ce qu'écrivent les journaux à propos de leur affaire. Certaines rédactions se focalisent sur la guerre des gangs, d'autres sur un prédateur sexuel solitaire.

Elle cherche des informations sur Ingvar Stefansson, mais ne découvre rien de concluant. Rien qui permette de le relier à l'affaire. Il ne leur reste plus qu'à espérer qu'un de ses proches leur indiquera où le trouver.

Zeus, son chien de Rhodésie, est allongé à côté d'elle. Il a la tête sur ses pattes avant et ronfle. Il dort toujours dans son lit. C'est sa manière à elle de compenser les longues journées qu'il passe seul à la maison.

Il sursaute dans son sommeil et elle lui caresse le dos pour l'apaiser.

« Tout va bien, Zeus. Il n'y a pas de danger. »

Elle pense à nouveau aux hommes. À leur roublardise. Au peu d'intérêt qu'ils lui portent. Zeus est le seul mâle dont elle ait besoin. Même si, en ce moment, elle échangerait bien sa chaleur contre celle d'un homme.

Le chien se redresse brusquement sur le lit. La tête figée, les sens en éveil.

Sirpa se redresse à son tour et tend l'oreille.

Mais elle n'entend rien. Sans doute une souris ou un oiseau. Zeus finit par se recroqueviller et se rendort aussitôt.

Sirpa referme son ordinateur et le pose sur le sol. Puis elle se blottit contre Zeus. Elle pose la tête sur son corps, tout près de son cœur. Elle se laisse bercer par les battements réguliers et ne tarde pas à trouver le sommeil.

*

Deniz est allongée dans son lit, les bras tendus au-dessus de la tête.

Sur la bibliothèque, une lampe émet une lueur rougeâtre tamisée.

Elle savoure la sensation que lui procure la langue qui titille son clitoris.

Puis elle tend les bras vers la touffe de cheveux blonds sur son bas-ventre. Saisit les épaules douces. Elle sent qu'elle va bientôt jouir.

C'est comme être transporté dans un autre corps, dans un autre monde le temps d'un bref instant. Mais elle préfère retarder encore un peu ce moment.

Et encore un peu.

Elle s'agrippe aux cheveux, tire la tête vers la sienne.

Peau contre peau. Poitrine contre poitrine. Elle regarde droit dans les yeux verts qui la fixent. Pense : *Tu es incroyablement belle, Cornelia.*

Elle l'embrasse. Sent le goût de son propre sexe dans sa bouche.

*

Il est seulement trois heures et demie, mais Rudolf Gräns est déjà debout. Depuis qu'il a perdu la vue, il se couche et se lève tôt et cela fait des années qu'il n'a plus besoin de réveil.

Il entend le martèlement de la pluie sur les tuiles et imagine la terre desséchée se gorger de cette ondée bienvenue. Il se rappelle quand il était petit et qu'il avait vu son grand-père danser de joie sous la pluie après une terrible période de sécheresse qui avait fait jaunir les champs.

Il se sert une tasse de café et s'installe à la table de la cuisine. Il renverse quelques gouttes sur ses doigts et sursaute sous l'effet de la surprise. Cela faisait une éternité qu'il ne s'était pas brûlé avec son café.

Il tend le bras pour attraper le rouleau d'essuie-tout et se souvient des nombreuses fois où il s'était ébouillanté au cours de la période qui avait suivi son hémorragie cérébrale. Il se souvient que le temps lui paraissait terriblement long. Au point qu'il se demandait si la vie valait encore la peine d'être vécue.

Sale période.

D'un autre côté, il avait toujours su que tout dépendait de lui et de lui seul. En fait, un seul choix s'offrait à lui : soit il s'accrochait et démarrait une nouvelle vie, soit il succombait face au dégoût qu'il s'inspirait.

Il boit une gorgée de café.

Il le trouve plus parfumé aujourd'hui qu'à l'époque où il voyait encore.

33

La lueur de l'aube est assombrie par les nuages chargés de pluie. La violente averse qui s'abat sur la colline libère des odeurs de poussière et de bitume mouillé qui envahissent le centre-ville de Stockholm.

Dans Klara norra kyrkogatan, un drapeau thaïlandais pend tristement au-dessus d'une porte blindée, tel un chiffon trempé, et l'enseigne au néon rose de la vitrine se reflète faiblement dans l'énorme flaque d'eau le long du trottoir.

CITY THAÏ MASSAGE

À l'intérieur, dans une salle de massage propre et décorée avec goût, une veilleuse luit faiblement. Deux femmes dorment profondément sur des matelas posés à même le sol. Elles n'entendent pas le clapotis que produit la chaussure en s'enfonçant dans la flaque d'eau. Elles n'entendent pas la porte qui s'ouvre ni les pas feutrés qui s'approchent.

Un claquement sourd comme un coup de fouet fait sursauter une des femmes. Elle commence à s'agiter dans son sommeil. Puis le bruit retentit à nouveau et elle cesse de bouger.

Un flot de sang jaillit sur l'oreiller. Le pistolet équipé d'un silencieux tire encore un coup, puis un autre et du sang commence à ruisseler sur le matelas entre les jambes de la femme.

L'homme s'attarde quelques instants dans la pièce. Il halète. Il éprouve une sensation de puissance et se délecte du parfum capiteux du sang. Mais il lui semble distinguer autre chose dans l'air. Une présence menaçante. Lui reviennent à l'esprit les superstitions thaï-landaises, il est soudain convaincu que des esprits tourmentés planent dans la pièce et qu'ils veulent s'en prendre à lui.

Il range son pistolet dans sa veste et se précipite hors du salon de massage.

La pluie tombe à verse.

Parfait.

Et si les dieux étaient intervenus pour effacer ses traces ?

*

Elles sont réveillées tôt.

Par le froid et l'humidité.

Par un bruit. À peine audible, d'abord. Puis de plus en plus fort.

Le grondement d'un moteur dans la forêt.

Les trois filles se blottissent les unes contre les autres. Sanda Moe a quinze ans et elle est la plus âgée. Elle est un peu leur maman. Mais en réalité, elle aussi aurait besoin de sa mère.

Le véhicule s'approche. S'arrête. Le moteur s'arrête, des portières s'ouvrent puis claquent.

Elles sont paralysées par la peur.

Ils ont déjà emmené Sanpai.

Et aussi Tin Khaing.

À qui le tour, cette fois ?

La porte s'ouvre.

Une jeune fille est poussée à l'intérieur. Son corps est tellement couvert de plaies et de sang que, sur le coup, elles ne la reconnaissent pas.

La porte se referme.

La fille rampe dans un coin de la pièce.

Tin Khaing.

Elle porte juste une culotte et un T-shirt bien trop grand pour elle. Le T-shirt de quelqu'un d'autre. Celui d'un homme.

Elle s'adosse au mur et regarde droit devant elle avec l'œil qu'elle arrive encore à ouvrir.

Sanda Moe s'approche d'elle. Arrache un morceau de leur rouleau de papier toilette, le met en boule et l'humidifie avec l'eau du seau. Puis, avec des gestes précautionneux, elle essuie le sang coagulé sur les lèvres meurtries de Tin Khaing.

Than Than Oo et Law Eh sont serrées l'une contre l'autre. Elles l'observent, terrifiées, sans comprendre quelle sorte de démon a bien pu infliger de tels sévices à leur amie.

Law Eh essuie sa main sur son maillot de corps immonde, puis la pose sur le gros ventre de Than Than Oo comme pour chercher du réconfort.

34

La pluie ne faiblit pas. Au contraire.

Zack quitte en courant le couvert de l'arbre sous lequel il s'était réfugié, en bas de chez Mera, et fait signe à un taxi. Il sent l'eau s'infiltrer sous son sweat-shirt. Il se jette sur la banquette arrière et se renverse contre le dossier.

Les gouttes dessinent des motifs étranges en dégoulinant sur la vitre. Le jour commence à poindre. Le chauffeur s'engage dans Kungsgatan et Zack voit défiler Hötorg et Drottninggatan dans des versions fantomatiques.

Le taxi pile devant un homme en tenue noire, chaussures de sport et casquette qui traverse Kungsgatan au pas de course en provenance de Klara norra kyrkogatan. Zack ne lui prête pas attention. Il bâille, ses yeux fatigués le picotent et le supplient de fermer les paupières.

Mais son corps le démange et refuse de le laisser dormir.

Merde.

Il est quatre heures passées. Il a encore le temps.

Arrête de penser à ça. Rentre chez toi, maintenant. Tu as besoin de dormir.

Mais sur le pont qui mène à Kungsholmen, il dit au chauffeur :

« J'ai changé d'avis. Vous pourriez me conduire à Sundbyberg à la place ?

— Bien sûr. Quelle adresse ?

— Je ne sais pas. Je vous guiderai quand on sera là-bas. »

Le taxi vire à droite dans Sankt Eriksgatan et met ensuite le cap au nord dans Torsgatan, puis Solnagatan. Ils débouchent dans le centre de Sundbyberg. Zack guide ensuite le chauffeur à travers une zone industrielle à l'ouest de la voie de chemin de fer et lui demande de s'arrêter devant un immense entrepôt aux murs couverts de graffitis. Le martèlement sourd des basses se fait entendre jusque dans la voiture.

Zack règle la course en liquide pour éviter de laisser des traces de son escapade et entre dans le bâtiment.

Le local est considérablement plus exigu que l'entrepôt Heraldus où il était dans la nuit de dimanche à lundi, mais la hauteur sous plafond est impressionnante. Sur la piste de danse, une cinquantaine de personnes transpirent à grosses gouttes et, par les hautes fenêtres aux carreaux poussiéreux, la lumière du soleil illumine déjà les piliers en acier et les murs en béton griffonnés.

Le son est tellement fort que le cœur de Zack se comprime dans sa poitrine. Il reconnaît le morceau, un nouveau tube d'Avicii ou d'un autre DJ local.

Il jette négligemment son sweat-shirt sur une chaise et se rend sur la piste de danse en béton brut. La plupart des gens qui l'entourent sont plus jeunes que lui. Certains ont perdu le contact avec le monde qui les entoure et sont habités par autre chose que la musique.

Il a envie de les rejoindre.

De s'effacer. D'oublier qui il est, ce qu'il a fait cette nuit.

Et toutes les autres nuits.

Il regarde autour de lui, essaie d'identifier les vendeurs. En général, ils sont assez faciles à repérer. Toujours plus sur la réserve que les autres. Attentifs à leur environnement et aux signaux discrets de leurs clients potentiels. Des hommes d'affaires avec une piste de danse comme bureau.

Une brune passe juste devant lui en le bousculant légèrement. Il a juste le temps de distinguer des perles de sueur sur sa gorge hâlée avant qu'elle se tourne vers lui et qu'il disparaisse dans ses yeux bleus. Elle a des pommettes saillantes, un nez aquilin et des lèvres d'un rouge intense.

Elle lui adresse un sourire discret.

Maintenant, il la reconnaît.

Elle lui tourne le dos, mais continue de danser près de lui. Son petit haut vert pailleté laisse apparaître sa taille nue et sa jupe d'été à motifs orientaux lui descend jusqu'aux genoux. Ses vêtements épousent parfaitement les courbes de son corps et elle bouge avec légèreté.

Elle s'éloigne en dansant, puis fait volte-face et le regarde droit dans les yeux.

Il se rappelle avoir vu sa photo dans un journal, récemment. C'est l'héritière d'une grande famille. Mais il a oublié laquelle.

L'espace d'une seconde, il a l'impression qu'elle l'a percé à nu, qu'elle en sait davantage sur lui que quiconque.

Il s'approche d'elle. Leurs corps se frôlent. Leurs hanches se touchent. Il la fixe longuement dans les yeux. Elle soutient son regard.

Encore et encore.

Je n'ai pas l'intention de céder le premier.

Mais il finit quand même par détourner les yeux.

Il a envie de toucher sa peau, ses cheveux, d'entendre sa voix qu'il ne connaît pas encore.

Il est comme pétrifié.

Il ferme les yeux.

Quand il les ouvre à nouveau, elle a disparu. Il scrute la salle, mais ne la voit nulle part.

Puis il sent une main puissante sur son épaule. Il sait à qui elle appartient avant même de se retourner.

Abdula.

Leurs mains claquent en l'air.

Dans une cabine de toilettes anonyme, ils inspirent de la cocaïne dans des pailles roses. Lorsqu'ils ressortent, la musique techno du club les accueille à bras ouverts.

35

Mercredi matin, à l'hôtel Diplomat sur Strandvägen, un peu avant neuf heures. Quelqu'un parle en anglais dans son téléphone portable. Quelqu'un d'autre boit un café en lisant le *Financial Times* sans perdre de vue son iPad posé devant lui, sur la table, au milieu des miettes de pain. Confortablement assis dans leurs fauteuils, des hommes d'affaires sûrs d'eux discutent à voix basse.

Zack vient de prendre sa douche. Il a enfilé un jean propre et un T-shirt noir. Il n'a pas dormi après être rentré de boîte de nuit. La cocaïne le tient éveillé. Il n'est pas au mieux de sa forme. Il a la nausée, son champ de vision est réduit à un corridor étroit et il a l'impression d'avoir le crâne enserré dans un casque de plomb.

Il a encore quelques minutes devant lui. Le maître d'hôtel, une femme d'environ trente-cinq ans maquillée avec élégance, le regarde de travers. Il se demande ce qui la choque le plus. Son visage marqué ou sa tenue ?

En voyant des femmes d'affaires, il revoit celle avec qui il a dansé quelques heures plus tôt. Il y a fort à parier qu'elle serait habillée comme elles s'il la croisait dans la journée. D'ailleurs, c'était certainement le cas aussi sur la photo de l'article qu'il avait lu. De quoi avait-elle hérité au juste ? Ou devait hériter ? Une fois de plus, il essaie de la resituer, mais y renonce vite.

Il l'imagine au moment où il s'enfonce dans son fauteuil moelleux.

Son visage, son corps.

Ses cheveux noirs scintillants.

Ses yeux qui auraient pu être les siens. Il n'arrive pas à déterminer précisément ce qu'elle lui inspire. De la surprise, du trouble, un début de sentiment amoureux ? Comme le poète Pétrarque, qui avait vu sa Laure une fois seulement avant de passer le reste de sa vie à écrire des vers sur elle.

Puis le visage de l'héritière laisse la place à celui de Mera.

Qu'est-ce que je fous, bordel ?

Pour qui je me prends ?

Il sent la honte l'envahir.

En entendant ricaner dans son dos, Zack se retourne et voit, à une table voisine, un homme d'âge moyen lui jeter un regard furtif et chuchoter quelque chose à la femme rousse assise en face de lui. Laquelle étouffe un rire et essaie discrètement de tourner la tête vers lui. Ils ne sont pas les seuls à l'avoir remarqué. Toutes les personnes guindées assises aux tables autour de lui l'observent du coin de l'œil. Sa présence les fait jaser. Son air stupide les divertit.

Les murmures et les ricanements se font de moins en moins discrets. Il ne peut plus les supporter. Il doit quitter les lieux. Il s'apprête à se lever lorsqu'il voit Fredrik Bylund entrer dans l'hôtel en jean, chemise froissée et veste. Le look typique du reporter.

Il l'aperçoit et Zack lève la main pour lui faire signe.

Trop tard. Merde.

Il se laisse retomber lourdement dans son fauteuil.

Maintenant, reprends-toi. Concentre-toi.

Bylund se fraie un chemin à travers la salle sans attendre qu'un serveur le guide jusqu'à sa table.

« Zack ! Comment vas-tu ? »

Sa poignée de main est ferme, sa voix autoritaire et son visage sillonné de rides profondes qui le font paraître bien plus vieux que ses vingt-neuf ans. D'énormes poches pendent sous ses yeux intelligents. Il est maigre, ses joues sont creuses et ses épaules carrées. Il semble se négliger comme le font la plupart des hommes et des femmes qui se donnent corps et âme à leur travail.

À moins qu'il ne mène le même genre de vie que moi ?

L'homme fait un détour par le buffet avant de s'asseoir en face de Zack.

« Hum, leur café est excellent, dit-il en se jetant sur un croissant. Tu voulais m'annoncer que vous aviez arrêté le meurtrier ?

— Pardon ? Vous n'êtes pas au courant ? On a fait un communiqué de presse. »

L'espace d'un instant, il a l'impression que Bylund va s'étrangler avec son croissant. Puis il lui sourit.

« Là, tu m'as bien eu », fait le journaliste, soulagé, juste avant que son portable émette un bip.

Il plonge la main dans sa poche et le sort avec une vitesse fulgurante.

« Un nouveau scoop en perspective ? demande Zack.

— Non, pas vraiment. Une alerte au tsunami au large de la Papouasie-Nouvelle-Guinée. Ce n'est pas vraiment la destination touristique favorite des Suédois, hein ? Donc aucun intérêt. »

Zack vide sa tasse de café en quelques gorgées et se demande si les journalistes ne sont pas encore plus cyniques que les policiers. Bylund engloutit son café tout aussi rapidement. Un serveur s'approche avec une cafetière chromée à la main et ils lui font signe de les resservir.

« Apparemment, on est aussi dépendants l'un que l'autre », commente le reporter.

Ils rient. Le mal de crâne de Zack commence à décliner. Et puis il apprécie cet homme. Il y a chez lui quelque chose de pur et de sincère, même s'il en rajoute parfois un peu dans ses articles.

« Plus sérieusement, comment ça se passe de votre côté ? demande Bylund après avoir bu encore quelques lampées de café.

— J'imagine que vous êtes au courant. Vu le nombre d'articles que vous nous consacrez quotidiennement. »

Le journaliste se renverse sur sa chaise et joue l'effarouché.

« Tu sais comment c'est. On est bien obligé d'insister si on veut l'attention du lecteur.

— Et toi ? Tu prépares quelque chose ?

— Rien d'exceptionnel. En tout cas, rien dont je puisse parler pour l'instant. »

Il semble hésiter.

« On pourrait peut-être échanger quelques informations ? » suggère Zack.

Bylund se redresse sur sa chaise.

« À quoi tu penses ? »

Zack note une certaine prudence chez l'autre. À moins que ce ne soit de la peur.

« Tu sais quelque chose, fait-il.

— Je ne peux rien te dire. Désolé.

— Est-ce que ça a un lien avec la mafia turque ?

— Non. Tu peux développer ? »

Zack essaie de réfléchir. Qu'est-il autorisé à révéler ? Et que sait réellement Fredrik Bylund ? Il ne faut jamais sous-estimer l'expérience ni la roublardise d'un journaliste.

Il se sent lourd, complètement vidé. Il a l'impression de sentir les dernières molécules de cocaïne déserter son corps.

Il boit encore un peu de café, mais celui-ci lui reste en travers de la gorge.

« C'est juste une piste secondaire. Je ne peux rien laisser filtrer.

— Manifestement, aucun de nous n'est d'humeur bavarde, aujourd'hui, conclut Bylund en se levant. Je dois y aller maintenant. »

Zack consulte sa montre.

« Moi aussi. »

Le reporter reste immobile quelques instants et jette un regard à Zack :

« Il se pourrait qu'on ait besoin l'un de l'autre, bientôt. Très bientôt. Mais je pense que tu devrais d'abord te reposer. On dirait que tu t'es envoyé une montagne de coke avant de venir ici. »

36

Paw Htoo a mal aux poignets après avoir travaillé pendant douze heures, la veille. Elle les a enduits de baume du tigre avant d'aller se coucher, hier soir, mais cela n'a guère eu d'effet. Tout son corps la fait souffrir, mais le pire c'est son pied.

Elle se laisse porter par l'escalator qui mène à la place Sergel, remonte Klarabergsgatan et poursuit en direction de l'ouest. Elle passe devant les vitrines du magasin Åhléns où sont exposés des flacons de parfum, des sacs à main et du prêt-à-porter. Elle a dix-neuf ans et il y a tellement de choses qu'elle aimerait s'offrir. Mais elle envoie son argent à sa famille restée à Mae La. À sa mère, son père, sa grand-mère et tous ses frères et sœurs qui ne savent jamais s'ils auront à manger sur leur table le lendemain.

Elle partage un appartement avec d'autres femmes, à Husby. Dix personnes entassées dans un trois-pièces.

Cela fait maintenant plus d'un an qu'elle est là et elle doit rentrer chez elle en octobre. C'est en tout cas ce qu'ils lui ont dit.

Presque trois mois. Une éternité. Mais elle doit tenir. Jusqu'au bout.

Pour sa famille.

Elle commence à s'habituer à sa nouvelle vie. Parfois, elle parvient même à s'échapper mentalement pendant son travail. Et la nouvelle *mamma-san* qui a repris le salon n'est pas aussi dure que la précédente. Paw Htoo a désormais le droit de garder la moitié de ce qu'elle gagne sur les prestations particulières ainsi que trente pour cent des recettes des massages. Un massage sur trois n'étant pas déclaré, cela représente une belle somme.

Une Roumaine est assise en tailleur par terre et fait tinter des pièces dans un gobelet en plastique. Elle tend une main implorante à Paw Htoo qui éprouve une pointe de mauvaise conscience à l'idée des produits de luxe dont elle vient de rêver.

Aux yeux de cette femme, je ne suis pas à plaindre, pense-t-elle. *Mais au pays, je pourrais très bien être à sa place, assise par terre à mendier, méprisée par les passants.*

Elle s'engage dans Klara norra kyrkogatan, traverse Mäster Samuelsgatan et aperçoit bientôt le drapeau thaïlandais qui flotte dans le vent au-dessus de la porte. Il est encore trempé, après les averses de la nuit, et paraît lourd, presque triste.

La porte n'est pas verrouillée.

Quel silence.

« Hé ho ! Il y a quelqu'un ? »

Elles ont certainement encore fait la fête, pense-t-elle.

Cela leur arrive, parfois, quand le mal du pays se fait sentir et qu'elles ont besoin d'un petit coup de pouce pour pouvoir déconnecter après une longue journée de travail. Pour s'évader loin d'ici, de ces dos gras qu'elles malaxent à longueur de temps, de ces pénis durs et puants qu'elles doivent satisfaire.

Il lui vient une idée. Elle va se glisser à pas feutrés jusqu'à la porte, l'ouvrir brusquement et leur crier dessus en se faisant passer pour la *mamma-san.*

Elles vont avoir une de ces frayeurs.

Elle sourit tandis qu'elle s'avance sur la pointe des pieds.

Elle pousse la porte et crie.

Malgré elle.

Parce qu'elle ne peut pas s'en empêcher.

TROISIÈME PARTIE

Là où il est question des amis pour la vie
des prières présomptueuses d'un roi déchu
et du périple des femmes jusqu'à la lumière éternelle

37

Les nuages sombres ont disparu par l'ouest et le soleil du matin est en train d'effacer les dernières traces du déluge qui s'est abattu pendant la nuit.

Mais Klara norra kyrkogatan est toujours plongée dans l'obscurité. Les caniveaux sont pleins et débordent même quand une nouvelle voiture de police se présente dans la rue étroite. Le conducteur est obligé de donner du klaxon pour obliger les curieux à s'écarter, puis se gare juste devant le cordon de sécurité.

« La scène de crime est presque identique à celle de Hallonbergen, dit Douglas Juste à Deniz. À la différence qu'ici, les victimes semblent avoir été surprises dans leur sommeil. Dieu merci. »

Devant une porte ouverte, Sam Koltberg, qui a revêtu une blouse blanche par-dessus son costume, gesticule à l'attention d'un agent qu'il traite d'incompétent et de bon à rien. Celui-ci a l'air tout penaud et tient dans sa main deux sacs de la police scientifique, dont l'un contient un paquet de cigarettes rouge et blanc froissé et l'autre un emballage de préservatifs déchiré.

Zack l'observe par-dessus l'épaule de Douglas. Il se demande si Koltberg est capable de voir des êtres humains autrement que comme des objets d'analyse.

Il est toujours sous le choc de ce qu'il vient de voir dans le salon de massage. Il a le souffle court, les mains qui tremblent. Koltberg, quant à lui, est impassible et semble ne pas comprendre que d'autres puissent être heurtés par la scène.

Zack souhaiterait pouvoir considérer ces corps à travers les yeux du légiste. Depuis qu'il a vu les cadavres, il est comme hanté.

Il repense au sang.

Aux odeurs.

Aux trous sanguinolents à la place de leurs yeux.

Il observe la voiture de patrouille garée près de la porte. Une jeune Asiatique est assise sur la banquette arrière en compagnie d'une policière d'âge mûr. C'est elle qui a découvert les victimes. Elle ne parle pas suédois, juste quelques mots d'anglais. Mais il avait suffi qu'elle prononce les mots «*police*» et «*help*» pour qu'une adolescente qui passait dans la rue donne l'alerte.

Son visage est boursouflé et ses yeux rougis par les sanglots regardent droit devant elle.

Soudain, son visage devient flou et Zack s'aperçoit qu'il est incapable de concentrer son regard sur un point fixe plus de quelques secondes. Il cligne des yeux et se frictionne le visage sous le regard de Deniz qui secoue la tête. Sa réaction n'échappe pas à Douglas. Il semble s'interroger, puis finit par tourner à nouveau son attention vers la porte.

«Je ne crois pas que ça va s'arrêter là», dit-il.

Les premiers journalistes font déjà le siège du périmètre de sécurité. Les objectifs sont braqués sur la porte et un reporter essaie en vain de soutirer des informations à l'agent en uniforme qui leur barre la route.

Sam Koltberg les rejoint. Il salue Zack d'un hochement de tête à peine perceptible avant de s'adresser à Douglas.

«Même calibre, même mode opératoire. Je peux affirmer avec quatre-vingt-dix-neuf pour cent de certitude que ce meurtre et celui de Hallonbergen sont liés.»

Sur ce, il retourne dans le salon de massage.

Douglas s'apprête à dire quelque chose à Deniz quand un hurlement retentit. Ils regardent autour d'eux sans parvenir à localiser l'origine du cri.

« Là, dans la voiture », finit par dire Zack.

La jeune femme, qui quelques instants plus tôt était plongée dans une profonde apathie, est en pleine crise de nerfs. Une policière dans la voiture s'efforce de la calmer, mais elle tremble de tout son corps et continue de gémir, le visage tourné vers le ciel. Elle ouvre sa portière et bascule hors de la voiture.

Les appareils photo des journalistes se mettent à crépiter. Le volume sonore augmente soudain : un hurlement chargé d'une douleur qui semble contaminer tous ceux qui l'entendent.

La femme se relève et court sur quelques mètres, mais elle titube et s'effondre sur le bitume puis se tait. Zack se précipite et la prend dans ses bras.

Elle ne semble même pas avoir remarqué sa présence. Elle regarde fixement le ciel dépourvu de nuages. Son corps, dans un élan de miséricorde, semble avoir décidé de se mettre en veille.

« Qui est-ce ? lance un reporter.

— Connaît-elle les victimes ? »

Zack leur tourne le dos, la porte jusqu'à la voiture de patrouille et la dépose avec précaution sur la banquette arrière. La policière l'aide à attacher la ceinture.

Elle le regarde comme si elle s'attendait à ce qu'il lui passe un savon. Mais Zack se contente de dire :

« Il vaut mieux que tu restes auprès d'elle au cas où elle reprendrait ses esprits. »

Douglas s'approche de la voiture. Il se penche à l'intérieur et demande :

« Comment vous appelez-vous ?

— Karin Åkerstig.

— Votre collègue est-il dans le coin ?

— Oui, il est là-bas. Il s'appelle Karl Skog.

— Bien. Pouvez-vous demander à Karl de vous rejoindre et de conduire cette femme aux urgences psychiatriques de l'hôpital Sankt Göran ? Elle va avoir besoin de soins. »

Elle acquiesce.

« Karin, je veux que vous restiez à l'hôpital et que vous montiez la garde devant sa chambre jusqu'à ce qu'on vienne vous relever. Vous ne devez en aucun cas la laisser sans surveillance. »

Karin Åkerstig a l'air surprise mais hoche la tête et appelle son collègue.

Douglas se tourne vers Zack.

« Il ne nous reste plus qu'à espérer qu'on pourra recueillir son témoignage plus tard. Vous pourrez vous en charger, Deniz et toi ? »

Zack émet un « Oui » las et essaie en vain de réprimer un bâillement. Il a l'impression d'avoir reçu une poignée de sable dans les yeux. Il les ferme et se masse les paupières pour tenter de les ramener à la vie.

De l'autre côté de la zone protégée tous les médias nationaux sont désormais représentés. *Expressen*, *Aftonbladet*, *DN*, *Svenska Dagbladet*, *TV4*, *SVT*. L'ambiance est électrique et les reporters essaient encore d'arracher des informations aux policiers en faction.

« Vous devez nous donner quelque chose ! »

« Est-ce exact qu'elles ont été abattues par balles ? »

« Y a-t-il d'autres victimes ? »

« Avez-vous un suspect ? »

Zack comprend leur excitation. Six femmes exécutées en trois jours. La Suède n'avait pas connu un tel carnage depuis vingt ans, quand un membre de la Marine suédoise avait abattu sept personnes au cours de la même nuit, à Falun.

Les caméramans se bousculent pour tenter d'avoir le meilleur angle de vue possible. Un photographe trébuche avec son matériel, tombe en avant, prêt à rompre le cordon de sécurité.

« Un peu de calme, s'il vous plaît », ordonne un des deux policiers en uniforme chargés de tenir les importuns à distance.

Zack cherche Fredrik Bylund du regard mais ne le voit pas. Il s'est peut-être rendu malade avec tout le café qu'il a bu?

Mais même dans ce cas, il aurait dû être là avec un sac à vomi dans une main et son portable dans l'autre, pense Zack au moment où il entend quelqu'un l'appeler :

« Zack! ZACK! »

La voix de Douglas résonne dans son oreille. Zack se retourne et se retrouve nez à nez avec son supérieur. Il est manifestement furieux.

« Je disais juste qu'on allait avoir une brève réunion dans le véhicule de commandement. »

Zack suit Deniz et Douglas dans la camionnette. Il s'assied à côté de sa collègue et espère qu'elle ne remarquera pas à quel point il est ailleurs.

« Bien. Qu'en pensez-vous? demande Douglas pour lancer la conversation.

— Ça ressemble de plus en plus à une guerre des gangs, répond Deniz. Qu'est-ce qu'on sait sur ce salon de massage?

— Rien pour l'instant. Il ne faisait pas partie de la liste de ceux qui ont été contrôlés hier. Mais on va en savoir plus rapidement, bien entendu. Je mets quelqu'un sur le coup.

— Elles ont été abattues de la même manière que les autres, non? La piste du tueur en série misogyne et raciste est donc toujours d'actualité, intervient Zack. Où était Peter Karlson, cette nuit?

— On va se renseigner, évidemment, dit Douglas. Mais peut-on être sûr d'avoir affaire à une simple histoire de racisme? Ou de haine des femmes? Ce ne serait pas plus compliqué?

— Et que viendrait faire Sukayana Prikon là-dedans, dans ce cas? Pourquoi un tueur en série laisserait-il une de ses victimes en vie? relève Deniz en se tournant vers Douglas. À ce propos, tu as de ses nouvelles?

— Elle est toujours inconsciente. J'ai appelé l'hôpital ce matin. Elle a été infectée par une bactérie rare et extrêmement virulente dont les médecins n'arrivent pas à venir à bout. Elle lui a sans aucun doute été transmise par les loups, mais comme personne ne sait d'où ils viennent, cela empêche la mise en place d'un traitement efficace. »

Ils restent assis en silence quelques instants, conscients que leur enquête patine.

« Rien de neuf concernant Ingvar Stefansson ? » s'enquiert Deniz.

Douglas secoue la tête et dit :

« On en est toujours à tenter de localiser ses proches. On doit aussi interroger ses voisins.

— Est-il envisageable qu'on ait affaire à plusieurs tueurs ? » suggère Zack, avant tout pour montrer que lui aussi participe.

Les autres le considèrent avec étonnement.

« Le SMS envoyé par une des premières victimes disait "*He kill all*", tu te souviens ? Il est donc clair qu'il n'y a qu'un seul tueur, répond Deniz.

— Et pourquoi pas un imitateur ? insiste Zack. Un type qui, après avoir entendu parler du premier massacre, aurait décidé de faire pareil. Ce ne serait pas la première fois que ça se produirait.

— Ça me paraît tiré par les cheveux, commente Deniz. Je crois plutôt qu'on a affaire à quelqu'un de bien renseigné. Qui d'autre se rendrait dans un salon de massage au beau milieu de la nuit pour tuer des employées ? Il fallait déjà qu'il sache qu'elles dormaient sur leur lieu de travail. Ce n'est pas très courant en Suède. La porte n'a même pas été forcée. Ce qui peut signifier que le meurtrier avait une clé du salon.

— Tu penses que ce serait une personne de l'intérieur ? demande Zack.

— Je ne sais pas. En tout cas, c'est une piste qu'on devrait creuser. »

Douglas acquiesce. Zack constate à quel point il est tendu. Le temps presse. Il ne serait pas étonné qu'un nouveau carnage ait lieu dès le lendemain dans un autre salon.

Il tente désespérément de se ressaisir. Il veut pouvoir travailler, résoudre cette affaire et rendre justice à ces malheureuses. Il veut que leurs enfants, leurs parents et le reste de leurs familles sachent que le salaud qui les a tuées a été puni.

« Et s'il y avait d'autres victimes ? reprend Deniz.

— Que veux-tu dire ? fait Douglas.

— Vous avez lu les comptes rendus des auditions qui ont été menées dans les salons de massage, non ? Une des femmes a raconté que plusieurs de ses collègues avaient disparu sans laisser de traces. On leur fait croire qu'elles rentrent en Thaïlande, mais elles n'arrivent jamais à destination. Et si ces femmes avaient elles aussi été assassinées sans qu'on le sache ?

— On a essayé de retrouver la masseuse qui a fait cette déclaration, mais on dirait qu'elle s'est évaporée », précise Douglas.

Suivent d'autres questions.

Toutes sans réponses.

Zack a l'impression d'avoir le cerveau en ébullition. Il aimerait que son crâne soit équipé d'une soupape afin de pouvoir évacuer un peu de pression.

« On sait que dalle, bordel ! s'emporte-t-il.

— On ne sait pas grand-chose pour l'instant, rectifie Douglas sur un ton calme. Mais si on veut résoudre cette affaire, il va falloir qu'on prenne tous nos responsabilités et qu'on donne le meilleur de nous-mêmes. Et pour y arriver, on a intérêt à être au top de notre forme. »

Il regarde Zack qui baisse aussitôt les yeux.

Le téléphone de Douglas se met à sonner.

« Un instant, dit-il à son interlocuteur. Je vais mettre le haut-parleur pour que Zack et Deniz puissent entendre. »

C'est Sirpa.

« Bonjour à tous. Je viens d'avoir une conversation avec mon contact chez Interpol et j'ai obtenu quelques informations complémentaires sur Yildizyeli. Il ignore s'ils sont présents en Suède, mais il m'a raconté d'autres choses intéressantes à propos de leurs goûts pour les idées d'extrême droite et les loups. »

Deniz et Zack se penchent au-dessus du téléphone pour ne pas en manquer une miette.

« Il semblerait qu'Ösgür Thrakya soit un des membres fondateurs, explique Sirpa. Il a fait ses classes dans les Bozkurtlar, une organisation ultranationaliste turque qui serait responsable de la mort de plusieurs milliers de personnes. Les Loups Gris. »

Deniz et Zack échangent des regards. Tous deux pensent à la même chose : l'article qu'ils ont vu dans l'appartement d'Ingvar Stefansson.

Serait-ce lui leur meurtrier solitaire ? Serait-il lié d'une manière ou d'une autre à la mafia turque ?

« Ösgür Thrakya s'est fait un nom dès l'âge de vingt ans en participant aux expéditions sanglantes des Loups Gris contre les Kurdes, les Arméniens et les sympathisants de gauche aussi bien en Turquie qu'à l'étranger. Il n'avait pas son pareil pour faire parler les gens. C'est un spécialiste de la torture. D'après Interpol, il se serait rendu en Tchétchénie au début des années deux mille pour combattre aux côtés des séparatistes contre les Russes. À son retour en Turquie, il a quitté les Loups Gris avec ses compagnons les plus fidèles et a fondé son propre groupe, Yildizyeli. »

Qu'il souhaite maintenant implanter en Suède, songe Zack alors que Sirpa et Douglas mettent fin à la conversation.

Des loups, des extrémistes de droite. Un cinglé solitaire.

« Je vais demander qu'on émette un avis de recherche au nom de Stefansson, dit Douglas. Il est grand temps qu'on lui mette la main dessus. »

38

Alors qu'ils se rendent à l'hôpital Sankt Göran pour y recueillir le témoignage de Paw Htoo, Deniz quitte sans prévenir Flemminggatan pour s'engager dans Kronobergsgatan.

« Qu'est-ce que tu fais ? demande Zack.

— Tu as besoin de dormir.

— Non, je vais bien. J'ai juste eu une nuit un peu bizarre.

— Je n'ai pas envie de savoir quelles saloperies tu t'envoies, dit Deniz. Mais si tu veux faire équipe avec moi, il faut que tu dormes.

— On n'a pas le temps. On doit interroger Paw Htoo. Et puis essayer de localiser Stefansson.

— Tu te reposes pendant deux heures. Ensuite, on ira à l'hôpital. »

Elle tourne dans Kungholms strand et se gare devant chez Zack.

Il ouvre la porte de son appartement, se défait de ses chaussures et s'allonge directement sur son lit encore fait. Deniz n'a pas le temps d'accrocher son manteau qu'il s'est déjà endormi.

Elle s'approche du lit et le regarde attentivement. Il est couché en position fœtale et respire profondément.

Il a l'air si jeune. Jeune et usé en même temps. Comme un gamin de vingt ans qui vient de rentrer d'une semaine à Ibiza. Elle va chercher une couverture sur le canapé et l'étend sur lui, puis caresse ses boucles blondes.

Elle a huit ans de plus que lui, mais elle ne pense que rarement à leur différence d'âge. Elle n'a pas eu la vie facile, lui non plus. Il la comprend mieux que quiconque et elle le considère comme un ami proche.

Il a pris sa défense chaque fois qu'un de leurs collègues plus ancien et bourré de préjugés lui a manqué de respect sous prétexte qu'elle était une femme, une lesbienne, une étrangère. Ou les trois à la fois.

Elle se rappelle un incident survenu quelques années plus tôt. Un commissaire lui avait mis une claque sur les fesses alors qu'elle passait devant sa table, à la cafétéria de l'hôtel de police. Zack avait lâché son plateau qui s'était écrasé sur le sol avec fracas et enfoncé la tête de l'impudent dans son assiette de purée. Exactement comme dans une de ces vieilles comédies suédoises de mauvais goût.

Et aussi l'époque où elle était accablée par le mal du pays. Pendant plusieurs semaines, elle avait perdu le sommeil et craint de sombrer dans la dépression.

Zack avait alors organisé une fête surprise en son honneur dans le restaurant kurde Empati. Il y avait invité des amis à elle qu'il avait contactés Dieu sait comment. Jamais elle n'oublierait cette soirée. Elle avait dansé la moitié de la nuit et, lorsqu'elle s'était réveillée, le lendemain matin, elle se sentait déjà mieux.

Elle contemple son visage. Elle se réjouit de ne pas aimer les hommes. Sinon, cela aurait sans doute été un cauchemar de faire équipe avec lui.

Elle sait qu'il a brisé bien des cœurs par le passé et elle a le pressentiment qu'il brisera bientôt celui de Mera aussi.

Elle le soupçonne de lui être infidèle. Elle repense aux regards qu'ont échangés Zack et cette coiffeuse. Et à ce matin où ils avaient prévu qu'elle passerait le prendre à son appartement. C'était l'hiver dernier. Il l'avait appelée au dernier moment pour lui demander s'ils ne pouvaient pas plutôt se retrouver à Gröndal.

Deniz ne comprend pas comment certaines personnes peuvent gérer cela. Comment elles peuvent regarder leur partenaire dans les yeux après avoir couché avec quelqu'un d'autre. Cela doit tout de même bien se voir, non ?

Jamais elle ne pourrait tromper Cornelia. Mais peut-être qu'elle lui est quand même infidèle, d'une certaine manière. Cornelia voudrait qu'elles emménagent ensemble. Et cela ne date pas d'hier. Mais Deniz repousse constamment le moment de sa décision. Elle a du mal à se faire à l'idée d'avoir à se justifier quand elle fait des projets ou quand elle rentre tard. Ou encore d'avoir à demander la permission avant de repeindre son entrée ou d'accrocher un nouveau tableau au mur.

Zack sursaute dans son sommeil. Elle lui caresse à nouveau les cheveux.

Elle a confiance en lui et lui en elle, même dans les situations les plus tendues.

Mais c'est un impulsif.

Il prend bien trop de risques.

Sa témérité le pousse à franchir la ligne.

Deniz se demande s'il ne le fait pas exprès, parce qu'il a besoin de se mettre à l'épreuve, de se prouver qu'il peut le faire.

Ou parce qu'il lui est égal de mourir.

C'est une réflexion qu'elle se fait de plus en plus souvent depuis quelque temps. Zack n'est pas comme les autres. Il est capable de prouesses extraordinaires. Mais il se fait du mal. Beaucoup trop de mal.

Elle se demande quelle drogue il consomme. Et à quelle dose. Elle a peur de le perdre. Peur qu'il ne finisse par causer sa propre perte.

Afin d'évacuer ces idées noires, elle se met à faire le tour de l'appartement. Elle s'empare du cadre qui contient la photo des parents de Zack.

Roy et Anna. Enlacés et souriants. Ils devaient avoir environ vingt-cinq ans au moment où la photo a été prise. Zack a hérité des cheveux blonds de sa mère, mais du visage de son père.

Roy était un bel homme. Brun. Traits symétriques. Sportif.

C'était avant sa maladie.

Zack lui a raconté que Roy était garde du corps. Qu'il était apprécié pour sa discrétion et son professionnalisme. En particulier des célébrités et des personnalités richissimes telles que la milliardaire propriétaire de Heraldus, Olympia Karlsson.

Jusqu'au moment où il avait dû renoncer à sa carrière à cause du lupus, sans savoir encore qu'il en était atteint. La maladie s'attaquait à ses articulations, à ses voies respiratoires et lui infligeait de terribles coups de fatigue.

D'après Zack, Roy s'était endormi à son poste lors d'une mission. Il devait veiller sur une diva de la pop de passage en Suède. Quelqu'un en avait profité pour s'introduire dans sa chambre d'hôtel et s'emparer de tous les objets de valeur, parmi lesquels des bijoux sertis de diamants.

L'affaire avait fait grand bruit au sein de la profession. S'était-il mis à boire ? Cela expliquerait ses joues rouges. Sa maladresse. Une fois, on l'avait vu faire tomber son talkie-walkie au beau milieu de la foule et, une autre, il avait trébuché sur un pas-de-porte et s'était écroulé sur l'homme qu'il était censé protéger.

Au fil du temps, les missions s'étaient faites de plus en plus rares et, quand Anna était morte, il était non seulement sans emploi mais aussi considérablement amoindri par sa maladie.

Deniz repose la photo.

Un jour, elle lui avait demandé s'il se souvenait de son père à l'époque où il était en bonne santé et elle avait vu le chagrin dans ses yeux quand il lui avait répondu non.

Une épaisse serviette en cuir noire est posée sur le bureau, à côté de la photo. Elle se rappelle l'avoir vue, une fois, sur son bureau, à l'hôtel de police, et la reconnaît avant même de lire le nom de sa mère sur l'étiquette.

Est-ce le contenu de cette serviette qui te hante, Zack? pense-t-elle. *Est-ce de là que viennent tes démons, ceux que tu combats à coup de substances illicites?*

Elle se rend dans le coin cuisine et allume la cafetière. Ensuite, elle passe un coup de fil à l'hôtel de police pour prévenir qu'ils auront besoin d'un interprète, tout à l'heure, pour interroger la jeune fille qui vient d'être admise à l'hôpital Sankt Göran.

Elle se sert une tasse de café, s'installe dans le canapé et sort son portable pour lire les nouvelles. L'article sur le flic karatéka a disparu du site d'*Aftonbladet* et, apparemment, aucun autre site d'information n'a repris l'histoire.

Elle tire son calepin de sa poche et y consigne quelques questions qu'elle a l'intention de poser à Paw Htoo. Puis elle bascule sa tête en arrière et ferme les yeux. Se dit que la vie est parfois étrange. Les Loups Gris qui, autrefois, avaient enlevé son grand-père, venaient de ressurgir ici, en Suède, dans une de leurs affaires et sous une autre forme. Au bout d'un moment, elle réveille Zack en lui aspergeant le visage d'eau froide et lui propose un café bien serré.

Il se redresse lentement en grattant sa tignasse en bataille. Puis il se rend dans la cuisine en titubant, ouvre le robinet d'eau froide et se passe la tête sous le jet. Il reste si longtemps immobile que Deniz croit qu'il s'est endormi, le nez dans sa vaisselle sale. Il finit par couper l'eau, se sèche les cheveux dans un torchon et boit son café.

Cinq minutes plus tard, ils sont assis dans leur voiture, en route pour l'hôpital.

Paw Htoo a été placée seule dans une chambre des urgences psychiatriques. Devant sa porte, l'inspecteur de police Karin Åkerstig et son collègue sont assis pour monter la garde.

Un médecin grisonnant avec des lunettes à verres hexagonaux conduit Zack, Deniz et l'interprète Erica Sörensen à la chambre.

« Je tiens à vous prévenir que la patiente est actuellement sanglée à son lit. J'avoue que ça peut paraître choquant quand on n'a pas l'habitude.

— Pourquoi l'avez-vous sanglée ? demande Zack.

— Elle a fait une crise de nerfs en arrivant. Elle criait et essayait de griffer le personnel en visant les yeux. On lui a dû lui administrer des calmants.

— On peut lui parler ?

— Vous pouvez toujours essayer. Vous voulez que je reste avec vous ?

— Non, il vaudrait mieux qu'on soit seuls.

— C'est vous qui voyez. Si vous avez besoin de nous, il vous suffit d'appuyer sur le bouton rouge à côté du lit. »

Zack et Deniz saluent leurs collègues et pénètrent dans la chambre, suivis de leur interprète. Ils s'asseyent sur des chaises près du lit.

Paw Htoo les considère de ses yeux à demi clos. Son visage n'exprime aucune émotion. Ils lui expliquent qui ils sont et lui présentent leurs insignes. Erica Sörensen traduit en thaïlandais, mais Paw Htoo se contente de la fixer comme si elle ne comprenait pas un mot.

L'interprète renouvelle sa tentative, mais Paw Htoo demeure impassible. Puis elle finit par dire quelque chose. Erica Sörensen se tourne alors vers Zack et Deniz.

« Pourquoi m'avez-vous fait venir ?

— Je vous demande pardon ? fait Zack.

— Cette femme ne parle pas thaïlandais. Je dirais que ça ressemble plutôt à du birman. »

La Birmanie, pense Zack. Le Triangle d'or. N'est-ce pas là-bas que l'organisation d'Ösgür Thrakya est censée avoir établi une de ses bases ?

Ce n'est pas seulement de l'héroïne qu'ils vont chercher là-bas.

Il y a aussi des femmes.

Et qu'avait déclaré Sonny Järvinen, déjà, à propos du salon Sawatdii ? *Leur marchandise n'est même pas authentique.*

Voilà pourquoi les victimes de la tuerie de Hallonbergen avaient des faux passeports. Ce n'étaient pas des Thaïlandaises. Mais des Birmanes.

Cela explique également pourquoi les types de la Fraternité avaient le doigt sur la gâchette quand on a débarqué. Ils attendaient la visite de la mafia turque.

Il regarde Deniz. Elle pourrait sans aucun problème passer pour une Turque.

« Nous sommes désolés, dit-il à l'interprète. Nous étions persuadés qu'elle était thaïlandaise. »

Erica Sörensen l'ignore et déclare :

« Je vais quand même vous facturer deux heures. C'est le forfait minimum.

— Bien sûr. Connaîtriez-vous par hasard quelqu'un qui parle le birman ?

— Non, ça ne court pas les rues.

— Qu'est-ce qu'on fait, maintenant ? » demande Zack une fois qu'elle a quitté la chambre.

Deniz a déjà sorti son portable et lancé une recherche sur Google.

« Il n'y a peut-être pas d'interprètes professionnels mais il y a en tout cas des amoureux de la Birmanie qui organisent des voyages et des conférences, dit-elle en passant en revue les résultats. On en a un à Stockholm. Je l'appelle. »

Zack contemple Paw Htoo. Elle s'agite et essaie mollement de se libérer.

Sanglée à un lit d'hôpital dans un pays étranger sans parvenir à se faire comprendre. Comment réagirait-il s'il était à sa place ?

Il voudrait tellement pouvoir lui expliquer pourquoi elle est là, mais c'est impossible.

« Je parle bien à Svante Stahre ? Bonjour, mon nom est Deniz Akin et je suis de la police de Stockholm, entend-il sa collègue dire au téléphone. Je me permets de vous contacter car nous aurions besoin de vos services en urgence… »

*

Enfin, la chance tourne.

Vingt-cinq minutes plus tard, un barbu coiffé à la Einstein et vêtu d'une chemise hawaïenne est assis sur un tabouret à côté du lit de Paw Htoo et converse avec elle à voix basse en birman.

Ils échangent longuement, puis Svante Stahre se tourne vers Zack et Deniz.

« Elle appartient à l'ethnie karen, vous en avez déjà entendu parler ? »

Les deux policiers secouent la tête.

« C'est une minorité qui est persécutée par la junte militaire depuis des décennies. Leurs villages sont incendiés, leurs femmes violées, les hommes liquidés ou torturés. Plusieurs milliers d'entre eux ont dû fuir vers d'immenses camps de réfugiés dans les zones frontalières entre la Birmanie et le nord de la Thaïlande. L'un des plus importants est situé à Mae La. C'est là-bas que Paw Htoo a passé la plus grande partie de sa vie. J'ai un peu de mal à comprendre ce qu'elle dit car le birman n'est pas sa langue maternelle et son élocution est traînante et manque de clarté. Ce qui est peut-être dû aux calmants qu'on lui a administrés. En tout cas, elle dit qu'un jour des étrangers bien habillés se sont présentés dans le camp et lui ont promis un travail bien rémunéré à l'étranger. Son histoire n'est hélas pas un cas isolé. Beaucoup des jeunes filles et des femmes qui travaillent dans les bordels de Thaïlande sont originaires de Birmanie. Et, désormais, il semblerait qu'on en trouve même chez nous. »

Zack se tourne vers Paw Htoo.

« Je m'appelle Zack Herry et je suis policier. C'est moi qui vous ai aidée quand vous êtes tombée il y a quelques heures. »

Svante Stahre traduit.

« Je ne suis pas tombée, dit-elle.

— Vous rappelez-vous ce que vous avez vu en arrivant au travail, ce matin ?

— Je travaillais. Je pratique des massages. »

Elle est dans le déni, pense Zack.

« Pouvez-vous nous expliquer plus en détail comment vous vous êtes retrouvée en Suède ? » demande Deniz.

Zack comprend qu'elle va tenter d'aborder les événements de la matinée de manière détournée.

« Les hommes qui sont venus à Mae La étaient des hommes d'affaires étrangers. Ils ressemblaient à des Européens mais n'étaient pas blonds et ils avaient l'air d'avoir beaucoup d'argent. Ils ne parlaient pas le birman. Ils ont dit qu'ils travaillaient en Birmanie et en Europe et qu'ils cherchaient de la main-d'œuvre pour des missions variées. »

Peu à peu se dévoile un drame contenant tous les ingrédients habituels. Les hommes lui avaient présenté une brochure sur Stockholm avec de jolies photos en couleurs. Ils lui avaient expliqué que les Suédois raffolaient des massages birmans et qu'il était facile pour une jeune femme motivée de se faire embaucher dans un hôtel de luxe ou dans un institut de beauté. Ils lui avaient promis qu'ils paieraient son billet d'avion et qu'elle recevrait une formation de masseuse à son arrivée en Suède. Ils lui avaient parlé des salaires pratiqués là-bas et l'avaient même aidé à calculer la somme qu'elle pourrait envoyer tous les mois à sa famille demeurée au pays.

Finalement, ils lui avaient juste avancé l'argent pour son voyage aller et elle n'avait jamais suivi aucun cours de massage. Elle n'avait jamais revu ces hommes. Une fois en Suède, elle avait été prise en charge par d'autres personnes.

« J'ai refusé de faire ce genre de massages. Alors le grand homme m'a frappée. De nombreuses fois. Violemment. »

Paw Htoo essaie de lever les mains et paraît surprise de ne pas pouvoir. Elle vient subitement de comprendre qu'elle est entravée.

Zack sort son portable de sa poche et lui montre une photo d'Ingvar Stefansson.

« Il ressemblait à ça ?

— Non. Lui, je ne l'ai jamais vu. »

Elle tire plusieurs fois sur les sangles. Toujours avec une expression étonnée.

« Qui est le grand homme dont vous nous avez parlé ? Vous connaissez son nom ? demande Deniz pour détourner son attention et entretenir le dialogue.

— Non. Ils portent tous des noms étranges.

— Ils ? Ils sont plusieurs ?

— Ils sont plusieurs à passer chercher l'argent au salon. Mais il n'y en a qu'un qui frappe.

— À quoi ressemble-t-il ?

— C'est un géant. Brun. Avec un nez crochu et un œil qui est comme recouvert d'une pellicule laiteuse. Il vient plusieurs fois par semaine. »

Suliman Yel, songe Zack.

« Vous a-t-il frappée dans le salon de massage ? »

Paw Htoo hoche la tête.

« Devant les clients ?

— Non, mais devant les autres. Pas au visage car sinon les clients n'auraient plus voulu de moi. Dans le ventre. Très fort. J'en avais la respiration coupée. Mais j'ai quand même refusé. Et puis… »

Soudain, elle éclate en sanglots et essaie de sécher ses larmes, mais ses liens l'en empêchent. Deniz sort un mouchoir en papier et lui essuie les joues.

« Ils m'ont attrapée à plusieurs, poursuit-elle. Puis ils ont apporté une grosse casserole d'eau bouillante qu'ils ont posée sur le sol. Et ils m'ont forcée à mettre le pied dedans. »

Ses sanglots redoublent, mais elle s'accroche. Elle doit aller au bout de son récit.

« J'ai crié, crié. Ils m'ont demandé si j'allais être gentille avec les clients, maintenant, et je leur ai promis que oui. Alors ils ont sorti mon pied de l'eau. Puis ils ont dit que la prochaine fois ils me jetteraient tout entière dedans, comme ils l'avaient déjà fait avec d'autres filles récalcitrantes. Dans l'eau bouillante. »

C'est pour ça qu'elle a trébuché, pense Zack.

Parce qu'elle a eu le pied ébouillanté.

Il a envie de lui demander de retirer sa chaussette pour constater l'état de son pied. Mais il s'abstient. Il comprend qu'elle n'a pas envie d'exhiber ses blessures. Qu'elles sont comme une marque d'infamie sur son corps.

Svante Stahre se tourne vers Zack. On dirait qu'il va s'évanouir.

« Écoutez, je ne suis pas sûr de pouvoir en entendre davantage.

— Essayez quand même, dit Zack. Ce qu'elle dira nous aidera peut-être à mettre la main sur ces ordures. »

Stahre acquiesce et déglutit bruyamment.

Deniz pose une main sur l'épaule de Paw Htoo.

« Vous avez été forte, la félicite-t-elle. Vous avez osé leur résister. »

Paw Htoo leur sourit et son regard semble s'éclaircir.

Peut-être que l'effet des calmants commence à se dissiper, pense Zack.

Puis son sourire s'efface tout à coup et elle leur demande :

« Ils m'avaient promis que je rentrerais bientôt chez moi. Comment je vais faire, maintenant ?

— Nous allons vous aider à entrer en contact avec des personnes compétentes. Mais d'abord, nous allons avoir besoin de votre aide, dit Deniz. Où habitez-vous ?

— À Husby.

— Dans un appartement ?

— Oui, avec d'autres femmes qui viennent de Birmanie.

— Vous habitiez avec vos collègues ? Celles qui ont été tuées ? »

Paw Htoo ferme les yeux pour ne pas voir réapparaître leurs corps. Des larmes ruissellent à nouveau sur ses joues.

« Vous avez toujours habité là-bas ?

— Non, pas au début. Quand on est arrivées, ils nous ont conduites dans une forêt et là… »

Elle se tait et détourne la tête.

« Paw Htoo, insiste Deniz. Que s'est-il passé dans cette forêt ? »

Mais la jeune femme se contente de secouer la tête en serrant les lèvres.

« Il faut que vous nous racontiez tout. Nous voulons arrêter ceux qui vous ont fait du mal. »

La jeune femme commence à trembler de tout son corps. Deniz lui caresse l'épaule.

« Paw Htoo, où vous ont-ils conduite quand vous êtes arrivée ? »

Elle est secouée par des tremblements de plus en plus violents et le lit en métal se met à grincer.

Deniz s'efforce de capter son regard, mais les yeux exorbités de Paw Htoo fixent le vide, droit devant elle.

« Dans une maison. Dans la forêt. Il y a toujours des jeunes filles là-bas.

— Où se trouve cette maison ?

— On ne pouvait pas sortir. Et leurs chiens. Leurs chiens féroces. Non, non ! »

Son corps se cabre en arrière. Les sangles se tendent. Elle pousse un hurlement déchirant. Ses yeux se révulsent, elle se remet à trembler et semble être sur le point de disparaître en elle-même, de quitter ce monde.

Zack active l'alarme.

Trente secondes plus tard, le médecin et une infirmière se précipitent dans la chambre et lui font une injection. Son corps se relâche presque immédiatement, puis Paw Htoo s'endort.

Le médecin se tourne vers eux.

« Je vais malheureusement devoir vous demander de partir. Elle a besoin de repos. »

*

Ils regagnent leur voiture sous les rayons ardents du soleil. La migraine de Zack est en train de revenir et il regrette de ne pas avoir emporté ses lunettes noires.

« Tu as pensé à la même chose que moi quand elle a parlé de cette maison dans les bois ? demande Deniz.

— Oui, répond Zack. Et j'ai l'impression qu'on ferait mieux de la localiser le plus vite possible. »

39

La salle de conférences est une vraie fournaise. Il y fait aussi chaud que dans l'habitacle d'une voiture restée trop longtemps en plein soleil.

Zack soupçonne Douglas Juste d'avoir désactivé la climatisation volontairement afin que la réunion soit brève et efficace. Qui aurait envie de s'attarder dans cet endroit à bavarder inutilement ? Et il est déjà seize heures quinze.

Il est pressé de sortir d'ici. De rentrer chez lui. De prendre une bonne douche bien froide, puis de baisser ses stores et de filer au lit.

« Merde, il fait une de ces chaleurs, là-dedans », peste Niklas Svensson en retirant sa veste.

Zack constate qu'il transpire et qu'il a déjà des auréoles sous les bras. Lui-même se sent poisseux et son T-shirt lui colle à la peau.

Deniz n'a pas hésité à se mettre en débardeur, Sirpa agite une feuille de papier devant son visage et Rudolf a desserré sa cravate et retroussé les manches de sa chemise. Douglas, qui a gardé sa veste, est le seul à ne pas souffrir de la chaleur. Zack le soupçonne de porter des vêtements confectionnés dans un tissu révolutionnaire conçu spécialement par la NASA pour ses astronautes.

Le chef d'unité se racle la gorge.

« L'identité des deux femmes abattues dans le salon de massage de

Klara norra kyrkogatan n'a pas encore été établie, annonce-t-il. Il y a fort à parier que leurs passeports soient aussi des faux et après avoir entendu... Quel est son nom, déjà ?

— Paw Htoo, dit Zack.

— Exact. Après l'avoir entendue, nous pouvons considérer qu'elles ne venaient pas de Thaïlande, mais plutôt de Birmanie. Il se peut donc qu'on ait des difficultés à confirmer leurs identités. Je viens de discuter avec notre agent de liaison à Bangkok et il m'a dit que nous ne devions pas trop compter sur les autorités birmanes pour nous aider à identifier des membres d'une minorité qu'elles oppressent depuis plusieurs décennies. En outre, elles sont impliquées jusqu'au cou dans le trafic d'héroïne, aussi est-il fort probable qu'une organisation mafieuse telle que Yildizyeli fasse partie de leurs partenaires commerciaux. C'est pourquoi nous allons plutôt devoir nous appuyer sur les ONG présentes dans les camps. Peut-être que certaines d'entre elles tiennent des registres des réfugiés.

— Quel bordel, grince Deniz. D'abord, elles sont obligées de fuir leur pays parce qu'on les viole, on les massacre, on incendie leurs villages. Puis elles échouent entre les mains de trafiquants européens qui les forcent à se prostituer, qui les torturent et qui les tuent.

— Nous avons fini d'éplucher les livres de comptes du Sawatdii, reprend Douglas. Nous n'avons trouvé ni facture au nom de Rekryteringshjälpen AB ni aucun autre document permettant d'établir un lien entre les deux sociétés. Soit Sukayana Prikon nous a menti, soit ces prestations n'ont pas été déclarées aux services fiscaux.

— Je pencherais plutôt pour la première solution, fait Deniz. Elle semblait craindre pour sa vie, pourtant elle nous a balancé le nom de Rekryteringshjälpen AB sans même qu'on ait eu besoin de la pousser dans ses derniers retranchements. Il est possible qu'elle nous ait mis sur cette piste pour nous détourner des Turcs.

— Si elle les a couverts, observe Niklas, pourquoi auraient-ils lâché leurs loups sur elle ?

— Peut-être qu'ils n'ont pas apprécié le simple fait qu'elle nous parle et nous laisse mettre le nez dans ses affaires, suggère Deniz.

— Quand Sukayana nous a mis sur la piste de la Fraternité, elle cherchait peut-être à nous aider tout en couvrant Ösgür Thrakya ? intervient Zack. Si les victimes venaient bien de Birmanie, on peut supposer qu'elles ont été amenées ici par les Turcs. Et dans ce cas, c'est la Fraternité qui aurait eu un mobile pour les éliminer. Et peut-être aussi pour torturer Sukayana. Pourquoi les Turcs s'en seraient-ils pris à leurs propres sources de revenus ? Ça n'a pas de sens.

— Oui, sauf que, pour l'instant, on ignore toujours si elles étaient birmanes, hein ? objecte Niklas. Ce n'est pas parce qu'elles avaient des faux passeports qu'elles n'étaient pas thaïlandaises. Et il se peut aussi qu'on ait affaire à deux meurtriers différents.

— En théorie, oui. Mais on a tout de même découvert deux mails en turc sur l'ordinateur de Sukayana Prikon. Malheureusement, je n'ai pas réussi à remonter au-delà du cybercafé d'où ils ont été envoyés à Bangkok, dit Sirpa.

— Donc, elle parlerait le turc ? s'étonne Niklas.

— Pas forcément. Ça peut aussi signifier que d'autres personnes avaient accès à la boîte mail de son salon de massage. »

Douglas reprend la parole :

« Nous avons traduit ces mails. Hélas, ils ne contenaient aucun nom ni aucun autre indice, rien que des allusions à une mystérieuse livraison. Tant que Prikon sera dans le coma, nous n'en saurons pas plus.

— Deniz, tu parles bien turc, non ? fait Niklas. Tu ne pourrais pas jeter un œil à ces mails ?

— Je parle le kurde, pas le turc.

— Je croyais que c'était la même chose.

— Comme le suédois et le same, hein ? Qu'est-ce que tu sais dire en lapon ? »

Douglas se racle la gorge et se tourne vers Zack et Deniz.

« Nous avons besoin de plus de noms. En ce qui concerne Ösgür

Thrakya, nous n'avons toujours pas réussi à confirmer sa présence à Stockholm, même s'il semble que son organisation y soit implantée. Et nous n'avons rien appris de plus sur Suliman Yel.

— Qu'ont donné les dernières auditions ?

— Les pizzaiolos du Miramar sont muets comme des tombes. Ils prétendent qu'ils n'avaient jamais vu Yel auparavant et que le nom d'Ösgür Thrakya ne leur dit absolument rien. Quant à l'amie de la coiffeuse, elle a déclaré qu'elle le connaissait à peine.

— Et Koltberg ? Il n'a rien trouvé ?

— Rien qui permette de le relier à la tuerie de Hallonbergen.

— À qui appartient le salon de massage du centre-ville ? demande Zack.

— À un sans-abri avec une simple boîte postale, répond Douglas. Un homme de paille. On est en train de le rechercher. J'ai mis une équipe sur le coup. Nous ne savons même pas qui dirigeait le commerce. Peut-être une des deux femmes qui ont été tuées.

— Si nous avons bien compris Paw Htoo, ce n'était pas toujours la même personne qui passait au salon récupérer l'argent, dit Deniz. On dirait qu'il y a du turnover chez eux.

— Sans doute pour respecter la règle des trois mois. Au-delà, il faut déposer une demande auprès des services de l'Immigration pour rester en Suède. Je peux toujours vérifier dans leurs registres les ressortissants turcs qui ont entrepris cette démarche récemment.

— Parfait. Même si je n'y crois pas trop, tempère Douglas. J'imagine qu'ils préfèrent éviter de laisser des traces de leur passage.

— Le plus important, pour l'instant, ce serait d'essayer de localiser la maison dont nous a parlé Paw Htoo. D'après elle, il y a toujours des filles là-bas. Il faut absolument qu'on les retrouve au plus vite, dit Zack.

— Tu as raison. Mais une maison au milieu des bois, c'est un peu léger comme description. »

Zack sait que Douglas déteste qu'un de ses subordonnés lui dicte ses priorités. Il se dit qu'il aurait peut-être dû s'y prendre autrement.

D'un autre côté, il est fatigué de devoir constamment prendre des pincettes avec son supérieur, aussi décide-t-il d'aller au bout de son raisonnement.

« Je pense que cette maison peut être la clé de toute l'affaire. Quand on détient des fauves illégalement chez soi, on s'installe à l'écart. Il y a donc de fortes chances pour que la maison dont nous a parlé Paw Htoo soit aussi l'endroit où Sukayana a été attaquée par des loups. C'est pourquoi je suis persuadé que, si on la trouve, on trouvera aussi Yildizyeli et peut-être même Ingvar Stefansson.

— Je partage l'avis de mon jeune collègue, intervient Rudolf.

— Et par où avez-vous l'intention de commencer vos recherches ? » lance Douglas.

Pourquoi tant de réticence ? se demande Zack.

« On pourrait peut-être contacter le bureau local de l'Association des chasseurs ? suggère Rudolf avec son flegme habituel. Peut-être que l'un de leurs membres a remarqué une maison où il y avait une activité inhabituelle ou à proximité de laquelle ses chiens semblaient avoir flairé quelque chose. Je pense aussi qu'on devrait tenter d'interroger à nouveau cette Paw Htoo. Elle pourrait peut-être nous livrer d'autres informations précieuses. Le chemin qui mène à cette maison est-il bitumé ou gravillonné ? Y a-t-il un lac à proximité ? Ce genre de détails. Je peux appeler l'Association des chasseurs dès qu'on en aura fini avec notre réunion.

— Fais comme ça, répond Douglas sèchement. En même temps, on doit toujours envisager la possibilité que les meurtres n'aient rien à voir avec le crime organisé. La piste raciste demeure d'actualité. Par contre, Peter Karlson peut d'ores et déjà être mis hors de cause. Il est parti en Espagne hier soir, c'est confirmé. Reste Ingvar Stefansson. Il a peut-être des liens avec les Turcs, même si nous n'avons aucune certitude sur ce point. Koltberg vient de rendre son rapport suite à l'examen de son appartement, mais il n'a rien de particulier à signaler si ce n'est qu'il va leur falloir beaucoup de temps pour déterminer si les gueules de fauves retrouvées chez Ingvar Stefansson appartiennent aux loups qui ont attaqué Sukayana Prikon.

— Donc, on n'a toujours aucune idée de l'endroit où se trouve Stefansson ? s'étonne Deniz.

— Non. Nous avons bien interrogé ses voisins, mais ils prétendent tous ne pas le connaître. Ils ne l'auraient même jamais vu.

— Sur le Net aussi il est plutôt discret, ajoute Sirpa. Malgré tous mes efforts, je n'ai rien réussi à trouver sur lui. »

Zack sent une goutte s'écraser sur sa main et s'aperçoit que de la sueur coule de son front.

Il s'essuie avec un mouchoir en papier.

Ferme les yeux.

Les ouvre à nouveau. Le plateau blanc de la table se met à tanguer devant lui.

Il essaie de se concentrer mais c'est peine perdue.

Il me faut un petit remontant. Tout de suite.

Il parvient à se ressaisir.

Réfléchis, bordel. Réfléchis.

Mais il a du mal à relier toutes les informations entre elles.

« J'ai enfin réussi à joindre le frère et la mère de Stefansson par téléphone, mais ils se sont montrés aussi désagréables l'un que l'autre. Ils m'ont plus ou moins raccroché au nez. Je suis d'avis qu'on devrait les convoquer tous les deux au poste, dit Niklas. Ce sont tout de même ses parents les plus proches.

— D'accord, fait Douglas. Niklas, je te laisse gérer. Ce sera ta mission prioritaire. »

Sur ce, il conclut la réunion et tous se ruent vers la sortie.

Zack et Rudolf sont les derniers à quitter la pièce.

« Merci pour ton soutien, dit Zack une fois que les autres sont hors de vue.

— Il arrive parfois qu'un aveugle en guide un autre », répond Rudolf en souriant.

*

Zack s'efforce de se concentrer sur l'écran, mais les caractères ne cessent de se dérober devant ses yeux.

Il est épuisé et n'en peut plus de passer en revue toutes ces bases de données.

Il ne comprend pas comment fait Sirpa pour tenir toute la journée.

Depuis une demi-heure, ils recherchent d'éventuels citoyens turcs qui posséderaient ou loueraient un logement dans l'une des forêts des environs de Stockholm.

Leur mission est d'une importance capitale, il le sait. Mais il est au bout du rouleau.

Le clignotement du curseur l'hypnotise.

Le ronflement du ventilateur l'endort.

Tout à coup, il sent les doigts de Sirpa sur ses côtes et s'aperçoit qu'il s'est assoupi les yeux ouverts.

« Tu ferais mieux de rentrer dormir, dit-elle. Je vais terminer toute seule. »

Il n'a même plus la force de protester.

40

Zack rentre à pied. Le trajet jusqu'à Kungsholms strand lui semble interminable et, quand il arrive enfin devant la porte de son appartement, il est tellement épuisé qu'il peine à trouver le trou de sa serrure. Son corps le fait souffrir et son cerveau réagit au manque de sommeil en donnant à ses mouvements la lenteur saccadée d'un vieil alcoolique.

Il se penche en avant, le nez sur la serrure, et se concentre. Une fois de plus, il rate sa cible et raye la porte avec sa clé.

Putain de bordel de merde.

Il prend une profonde inspiration avant de faire une nouvelle tentative.

« Je peux t'aider ? »

Il lève les yeux.

Et voit Ester qui se tient sur la première marche. Elle porte une robe d'été blanche.

Il parvient à s'arracher un sourire.

« Volontiers. »

Il lui tend sa clé.

Elle ouvre. Lui rend la clé et attend.

Il sait qu'elle aimerait rentrer, mais ce n'est pas le moment.

« Je suis fatigué, lui fait-il.

— Ça, je l'avais remarqué. »

Il entre dans son appartement, se retourne et constate qu'elle l'observe. Ses cheveux roux lui tombent sur les épaules.

« Un autre jour », dit-il en fermant la porte derrière lui.

Enfin.

Le silence.

Le calme.

Il se laisse tomber sur son canapé et allume le téléviseur. Essaie d'oublier l'étincelle qu'il vient d'éteindre dans les yeux d'Ester.

Il est dix-huit heures et c'est le début des infos. Le premier sujet est consacré au double meurtre qui a eu lieu dans le salon de massage de Klara norra kyrkogatan. D'abord quelques images d'Åhléns et de la scène de crime. Zack se voit en train de discuter avec Deniz. Puis la caméra s'approche et zoome sur Karin Åkerstig qui parle au téléphone, tandis qu'on charge un sac mortuaire jaune dans une ambulance. Puis Douglas Juste apparaît, entouré de micros et de dictaphones. Avec une assurance et une rigueur professionnelles, il explique que la police poursuit ses investigations sans écarter aucune piste et qu'il est encore trop tôt pour affirmer qu'il existe un lien entre ce crime et celui de Hallonbergen. Ensuite, un reporter apparaît à l'image et conclut sur ces mots :

« À ce jour, la police ne possède donc toujours aucune piste sérieuse dans ce qui pourrait être la pire série de meurtres que Stockholm ait connue depuis plusieurs décennies. »

Eh bien voyons, pense Zack. *On effraie les téléspectateurs juste avant de rendre l'antenne. À croire que n'importe qui risque de se faire descendre sur le pas de sa porte.*

En tout cas, ils n'ont diffusé aucune image de Paw Htoo. Il leur reste tout de même un peu de bon sens.

Il éteint la télé. Il est tellement fatigué qu'il en a les yeux secs, pourtant il n'arrive pas à se détendre.

Il a envie de monter chez Ester et de lui proposer de passer un peu de temps avec lui.

Mais il reste scotché sur son canapé.

L'image de Rebecka refait surface, il s'empresse de la chasser de son esprit.

Puis il appelle Mera. Elle répond au bout de deux sonneries.

« Salut, dit-elle. Je t'ai aperçu aux infos. Tu es où, là ?

— Chez moi. Tu es occupée ?

— Non, je viens juste de rentrer. J'étais sortie faire du sport avec Camilla.

— Tu me manques.

— Dans ce cas, pourquoi tu ne me rejoindrais pas ? »

*

Ils sont blottis l'un contre l'autre dans le canapé Vitra de Mera. Elle a la tête sur la poitrine de Zack. Un air de piano en fond sonore. Un verre de vin. Cette fois, Zack se sent apaisé.

Enfin.

« Tu es allé où, cette nuit ?

— Je n'arrivais pas à dormir, alors je suis rentré chez moi et j'ai travaillé un peu sur notre affaire.

— Donc, tu n'es allé nulle part ?

— Non, je suis rentré chez moi, je te dis », répond-il, regrettant aussitôt son ton agressif.

Mera a de bonnes raisons d'être suspicieuse et Zack sait que, tôt ou tard, elle finira par le confondre.

Quand ils avaient commencé à sortir ensemble, ils s'étaient mis d'accord pour que chacun conserve sa liberté. Aucun des deux ne devait tenter de s'immiscer dans la vie de l'autre. Mais cela ne l'autorisait pas à se droguer ou à la tromper.

Un jour, Mera n'avait pas hésité à lui demander s'il prenait de la drogue. Il lui avait répondu qu'il lui arrivait de se faire une petite ligne de coke, de temps en temps, et elle n'avait pas insisté.

Zack suppose qu'elle a dû en consommer elle aussi, dans des soirées. Il sait que la cocaïne coule à flots dans les fêtes auxquelles elle participe. Les gens ne se dissimulent même pas.

« Excuse-moi, lui dit-il en caressant ses cheveux. Je comprends que tu t'inquiètes. Mais je suis tellement épuisé. Quelque part, là, dehors, il y a un cinglé qui a déjà massacré six femmes et qui en a peut-être estropié une septième. Et pour l'instant, on n'a toujours aucune piste sérieuse. On patauge complètement. »

Il dépose un baiser sur sa tête.

« Quand on l'aura chopé, je dormirai vingt-quatre heures d'affilée, je te le promets.

— Les femmes qui ont été assassinées, elles avaient des enfants ?

— On n'a pas encore pu les identifier. Mais l'une d'elles avait des photos d'un gamin de deux ans dans son portefeuille.

— Merde. »

Mera se blottit encore plus fort contre lui. Il la serre dans ses bras.

Un enfant. Ils n'avaient jamais envisagé d'en avoir un ensemble. Une fois, Mera avait mentionné au passage, dans une conversation, qu'elle préférerait attendre quelques années. Le temps de se faire un nom auprès des grandes entreprises. Elle venait de décrocher ses premiers contrats avec Volvo et Ikea. Elle ne pouvait pas se permettre de s'arrêter maintenant. Elle avait besoin de se mettre hors de portée de ses concurrents. Elle devait développer sa société, embaucher, peut-être même se faire racheter.

« On va se coucher ? chuchote-t-elle.

— Oui. »

Mera est nue quand elle se glisse sous la couette dans son immense lit double. Zack, lui, a gardé son caleçon.

« Prends-moi dans tes bras », dit-il.

Elle obtempère.

Ils sont serrés l'un contre l'autre. Il a le nez dans le creux de sa gorge et sent sa peau douce et chaude contre la sienne.

Ils restent allongés en silence quelques instants. Les caresses de

Mera, ardentes dans un premier temps, se font plus douces. Elle lui effleure le dos. Lentement, tendrement entre les omoplates.

Il s'envole.

S'endort enfin.

41

La cotte de travail blanche de Martin Stefansson est constellée de taches grises. Il est assis dans la salle d'interrogatoire, ses gros bras croisés sur sa poitrine, manifestement furieux qu'on l'ait convoqué juste avant l'heure du déjeuner. Il a beaucoup de boulot ce vendredi et tout doit être fini avant le week-end.

« Je n'ai pas la moindre foutue idée de qui il peut fréquenter. Je ne suis plus en contact avec mon frère depuis longtemps, je vous l'ai dit.

— Est-ce que ça a quelque chose à voir avec ses opinions politiques ? demande Niklas Svensson qui est assis à côté de Rudolf Gräns, de l'autre côté de la table.

— Ses opinions politiques ? Je ne sais même pas pour qui il vote.

— Je pensais plutôt à ses opinions concernant les étrangers. Il n'a pas l'air de beaucoup les apprécier.

— Non, qui les apprécie ?

— Votre frère est-il d'un tempérament violent ?

— On s'est bien foutu sur la gueule plusieurs fois quand on était mômes, comme tous les frangins. Mais si vous voulez savoir s'il se bat encore maintenant, je n'en sais foutre rien. Ça m'étonnerait. Ce n'est pas trop son genre.

— Il semblerait qu'il ait quitté son domicile. Savez-vous où nous pourrions le trouver ? »

Martin Stefansson se met à ricaner et se penche au-dessus de la table. Il ménage une longue pause, puis prend une profonde inspiration, comme s'il s'apprêtait à leur faire une révélation importante.

*

Zack se tient droit sur sa chaise afin de mettre le maximum de distance entre lui et Ingela Stefansson. L'haleine de la femme témoigne d'une consommation excessive d'alcool et d'une hygiène buccale douteuse.

Elle a la soixantaine, à peu près l'âge qu'aurait sa propre mère si elle était encore en vie, mais elle fait bien plus vieille. Ses cheveux gris sont sales, emmêlés et ses bourrelets graisseux ondoient sous son chemisier mal taillé, couvert de taches. Pour éviter de se sentir mal, Zack s'efforce de penser au corps de Mera.

« Je ne parle pas aux poulets, je vous ai dit. Vous n'avez jamais rien fait pour moi, alors pourquoi je devrais vous aider ? Mêlez-vous un peu de vos oignons.

— Mais nous enquêtons en ce moment sur une série de meurtres, explique Zack. Et dans le cadre de nos investigations, nous aimerions parler à votre fils.

— Tout ça c'est que des conneries, réplique Ingela Stefansson en agitant sa main avec dédain. Mon fils n'est pas un meurtrier.

— Nous n'avons jamais prétendu une telle chose, observe Deniz. Mais il est probable qu'il détienne des informations de la plus haute importance pour notre enquête.

— Vous êtes allés voir chez lui ?

— Oui, mais il n'y était pas.

— Vous êtes entrés ?

— Oui.

— Donc, vous avez vu… »

La lèvre inférieure d'Ingela Stefansson se met à frémir, puis son visage se déforme dans une grimace et elle éclate en sanglots.

« C'était pas facile pour moi, gémit-elle en tirant un mouchoir en papier de son sac à main élimé en similicuir. Qu'est-ce que vous croyez ? » poursuit-elle d'une voix rageuse.

Zack inspire profondément. Il n'a pas la tête à supporter ces jérémiades. Pas aujourd'hui. Il renverse la tête en arrière et ferme les yeux, mais ses oreilles se mettent aussitôt à bourdonner et il doit se redresser.

Trop tard.

Le sol semble osciller, sa vision se brouille et, soudain, ce n'est plus Ingela Stefansson qui est assise en face de lui.

Mais sa mère.

Tu dis quelque chose, maman. Tu chuchotes, d'abord, comme si tu voulais me réconforter, mais ensuite tu t'emportes, je ne te reconnais pas, et tu te lèves pour me frapper.

Ne me tape pas, maman.

Ne me tape pas.

Zack entend un claquement violent, sa joue le brûle. Il lève les mains devant son visage et, quand il les baisse, il constate qu'Ingela Stefansson s'est levée et que sa chaise s'est renversée.

Elle a dû me frapper.

La mère d'Ingvar Stefansson.

Ingela Stefansson.

Son corps gras tremble tandis qu'elle hurle après Deniz.

« Qu'est-ce que vous croyez, hein ? Que c'est de la rigolade d'élever toute seule deux gamins ? »

Zack considère la femme en furie.

Essaie de se reconnecter à la réalité.

Pourquoi a-t-il eu cette vision ? Sa mère ne l'a pourtant jamais giflé. Il sent une vague de nervosité s'emparer de lui et tente de refouler ses souvenirs en se concentrant sur l'hystérique qui lui fait face.

« Et vous, là, lance-t-elle d'une voix tremblante en pointant un doigt menaçant sur Deniz. Si nous, Suédois, on avait eu droit au même traitement que vous quand vous débarquez ici pour profiter des aides sociales… »

Le cerveau de Zack se reconnecte enfin. Il tape brutalement du poing sur la table, se lève et ordonne à la mère d'Ingvar Stefansson :

« Maintenant, vous arrêtez vos conneries et vous nous dites où se planque votre fils ! »

*

Quand Martin Stefansson daigne enfin leur répondre, ce n'est pas pour leur livrer l'information importante qu'ils espéraient.

« Je n'aime pas mon frère. Mais si vous croyez que je vais le balancer pour autant, vous vous fourrez le doigt dans l'œil. – Il croise de nouveau les bras. – Je ne dirai rien de plus sans la présence d'un avocat. »

Ces éternelles répliques de séries américaines, pense Rudolf. La vraie vie ressemblait à tout sauf à ça.

« Comme je vous l'ai dit un peu plus tôt, vous n'êtes soupçonné de rien. Si vous êtes ici, c'est simplement parce que nous avons quelques questions à vous poser. Bien entendu, rien ne vous oblige à nous répondre, mais vous n'avez pas non plus droit à un avocat.

— Dans ce cas, on a fini. Je peux y aller ?

— Oui, vous pouvez », dit Niklas.

*

Ingela Stefansson halète, immobile devant sa chaise renversée.

Zack se rassoit lentement sans la lâcher des yeux.

Deniz interroge Zack du regard, mais se tourne ensuite vers Ingela Stefansson pour tenter de tirer avantage du retournement de situation.

« Six femmes sont mortes. Des femmes comme vous et moi. Abattues froidement. Nous pensons que celui qui a fait ça va recommencer. Avec votre aide, nous pourrons peut-être l'arrêter. »

Tout à coup, Ingela Stefansson paraît prendre conscience de la gravité de l'affaire. Elle tire discrètement sur le bas de son chemisier et déclare d'une voix calme :

« Il y a une cabane que je sous-loue dans un jardin ouvrier, à Tantolunden. Ingvar m'a accompagnée là-bas plusieurs fois et il sait où je cache la clé. Il est peut-être là-bas. C'est le seul endroit qui me vienne à l'esprit. »

Zack et Deniz notent l'adresse et quittent la pièce. Dans le couloir, ils entendent la voix plaintive d'Ingela Stefansson derrière eux.

« Vous n'allez pas lui faire de mal, hein ? Vous me le promettez ?

— Elle m'a frappé, tout à l'heure ? demande Zack. Quand j'avais les yeux fermés ?

— Pardon ? »

Zack regarde Deniz.

« Rien. Je déconnais. »

42

Douglas observe Sirpa depuis la machine à café en attendant son expresso.

La veille elle était partie après lui, et ce matin, quand il était arrivé à sept heures et demie, elle était déjà au bureau. Cette femme est un vrai bourreau de travail.

Il est maintenant onze heures et une porte claque à l'autre bout de l'open space. Zack et Deniz viennent de sortir. Ils vont tenter de mettre la main sur ce dingue de Stefansson.

Espérons que la chance soit avec nous, cette fois, se dit-il. *Nous en avons grand besoin.*

Il s'empare de sa tasse de café et se dirige vers le bureau de Sirpa. Pose une main sur son épaule et demande :

« Comment ça va ?

— Je commence à en voir le bout », répond-elle sans lever les yeux de son écran. Puis, feignant de s'intéresser à un document sur son bureau, elle décale sa chaise pour faire glisser la main de son épaule.

« Je ne parlais pas de ça, dit Douglas. Je voulais savoir comment toi tu allais. J'ai l'impression que tu passes beaucoup de temps au travail ces jours-ci. »

Sirpa fait pivoter sa chaise et considère son supérieur.

« J'ai si mauvaise mine que ça ? » demande-t-elle en se disant que ce n'est pas vraiment le cas de Douglas.

La pochette rouge qui dépasse de sa veste de costume gris sombre est assortie aux rayures de sa cravate, son regard est limpide et ses cheveux blonds sont aussi bien coiffés que d'habitude.

Il se met à rire.

« Non, Sirpa. C'est juste que je trouve que tu fais de longues journées. J'ai besoin de toi. Toute l'équipe a besoin de toi. Ne tire pas trop sur la corde. »

Elle hoche la tête.

« C'est vrai que je ne compte pas mes heures, en ce moment. Mais quand je sentirai que j'ai atteint la limite, je te promets de lever le pied. D'accord ? Sinon, ça t'intéresserait quand même de savoir comment avancent mes recherches ? »

Il lui sourit.

« Oui, bien sûr.

— Pour gagner du temps, j'ai demandé à des collègues de m'aider à dresser la liste des clients du Sawatdii. On y trouve surtout des femmes, ce qui signifie que le salon vivait avant tout de son activité de massage. Et j'imagine que ceux qui venaient pour avoir des relations sexuelles avec les employées n'avaient pas envie que leur nom figure dans un registre de clients et qu'ils n'exigeaient pas non plus de factures. Mais nous en avons malgré tout repéré deux grâce aux mails que nous sommes parvenus à restaurer. Et un troisième qui a adressé plusieurs SMS à Sukayana Prikon. On n'a rien découvert de bien passionnant sur leur compte, je l'avoue, mais tu auras bientôt notre rapport. Ensuite, il y a les sept qu'on avait identifiés précédemment. Je pense qu'ils ont déjà été entendus ?

— Oui, tous sauf deux. L'un est en vacances en Crète depuis une semaine, l'autre est rentré hier dans la soirée après un séjour de pêche en Norvège. Aucun d'eux n'était à Stockholm au moment des meurtres, leurs alibis nous ont été confirmés.

— Est-ce qu'ils vont quand même être poursuivis ? Pour avoir eu recours aux services de prostituées, je veux dire.

— On a transmis leurs dossiers aux Mœurs. On a aussi alerté l'équipe qui s'occupe de la traite des êtres humains. Il est probable qu'on ait abusé de la naïveté de ces jeunes femmes pour les faire venir en Suède. Attends-toi à ce qu'ils te contactent dans le courant de la journée. »

Sirpa acquiesce.

« On va bientôt pouvoir passer au second salon de massage, mais il y a une adresse mail dans le registre des clients de Sukayana Prikon qu'on n'a toujours pas réussi à identifier. »

Elle lui indique l'écran.

dirtysanchez@woomail.com

« Je ne peux pas accéder à ce compte par la voie légale. Le serveur est hébergé en Chine, ce qui veut dire que… »

Elle ménage une longue pause avant d'aller au bout de sa pensée :

« … on n'arrivera à rien à moins de le hacker. »

Douglas ne dit rien. Sirpa ne sait pas comment interpréter son silence.

« C'est très important. Il faut qu'on sache qui se cache derrière ce compte, insiste-t-elle.

— Qu'est-ce qui te dit que c'est important ?

— Mon intuition. »

Elle regrette aussitôt sa réponse. Douglas est un rationnel, pas le genre d'homme à fonder ses décisions sur de simples intuitions. Pourtant, elle sait qu'elle a raison. Elle le sent. Et puis il faut bien se fier à son instinct, de temps en temps.

« Ne t'inquiète pas », dit Douglas avant de s'éloigner.

Sirpa le regarde d'un air interrogateur. *Ne t'inquiète pas*. Qu'est-ce qu'il veut dire par là ? Qu'est-ce que c'est que cette réponse ?

Ne t'inquiète pas.

Qu'est-ce que cela signifie ? Qu'elle a carte blanche tant qu'elle reste prudente ?

43

La porte du cabanon est peinte en jaune clair, ce qui contraste avec le vert des murs. Des rideaux beiges masquent la fenêtre de la cuisine et, près de la porte, trois pierres en forme de cœur pendent au bout de solides cordelettes brunes accrochées à des clous rouillés. Les plates-bandes sont envahies de rosiers enchevêtrés et des outils de jardin rouillés dépassent d'un vieux seau en piteux état.

Les dernières ondées ont permis à la végétation de s'épanouir et de grandes feuilles se sont frayé un passage à travers la clôture en bois vermoulu.

Au loin, on entend le moteur d'une tondeuse à gazon et des rires d'enfants, tandis que sur plusieurs des lots avoisinants des jardiniers amateurs suent à grosses gouttes en arrachant les mauvaises herbes.

Zack et Deniz surveillent la porte jaune depuis leur point d'observation, dans un massif au pied d'un arbre, à quelque distance des jardins ouvriers de Tantolunden. L'endroit empeste l'urine et à leurs pieds gisent une bouteille d'Explorer vide ainsi que deux barbecues jetables.

Ils sont six : Deniz, quatre agents et lui. Zack estime que cela devrait être suffisant pour interpeller un individu du calibre d'Ingvar Stefansson.

Même s'il séquestre des femmes et des enfants, ce n'est certainement pas là qu'il les retient prisonniers. *Une maison dans les bois*, avait dit Paw Htoo. On ne peut pas dire que cet endroit corresponde à la description.

Suite aux auditions du frère et de la mère d'Ingvar Stefansson, Zack et Deniz ont eu une brève discussion avec Douglas afin de voir s'il était opportun de faire appel aux forces d'intervention pour cette opération, mais ils en sont arrivés à la conclusion que c'était inutile. Officiellement, Ingvar Stefansson n'est suspecté ni de meurtre ni d'actes de torture, il n'a jamais été condamné pour quelque fait de violence que ce soit et le seul lien entre lui et Yildizyeli est une coupure de journal où il est question d'une organisation d'extrême droite à laquelle Ösgür Thrakya a appartenu autrefois.

Peut-être que les gueules de loups constituent la pièce manquante qui permettrait de relier Stefansson à l'agression de Sukayana Prikon, mais tant que le labo n'a pas livré son verdict, on peut supposer qu'il les a simplement achetées à des braconniers ou sur Internet.

« Ce cabanon n'a pas l'air d'être occupé, fait Deniz.

— Non, et vu l'état du jardin, je dirais même que ça fait un bail que personne n'y a mis les pieds », renchérit Zack.

Il contemple le parc de Tantolunden et repense à la course-poursuite à laquelle il a pris part trois jours plus tôt. Il a l'impression que cela fait des semaines. Il se demande ce que cela aurait changé s'il l'avait laissée s'enfuir. Peut-être qu'elle aurait encore ses deux jambes aujourd'hui. Peut-être que les deux employées birmanes du salon de Klara norra kyrkogatan seraient encore en vie. Sukayana Prikon se serait sans doute montrée plus loquace s'ils l'avaient emmenée au poste pour l'interroger. Elle leur aurait peut-être fait des confidences qui les auraient incités à mettre le salon de massage sous surveillance. Il est convaincu qu'elle en savait plus qu'elle n'avait bien voulu l'admettre.

Zack s'étire pour se dégourdir les membres. Il s'est réveillé dans le lit de Mera au bout de seulement quatre heures et a été incapable de se rendormir. Il sait pourquoi : ses cellules avaient libéré des résidus de cocaïne et activé son corps.

Il aurait tellement voulu se lever et prendre le petit déjeuner avec Mera, mais il était incapable de se calmer. Pendant près d'une heure, il a lutté en la serrant contre lui. Puis, à contrecœur, il a fini par rentrer chez lui.

Maintenant qu'il se tient au milieu de ces buissons puants à surveiller un cabanon de jardin, il n'y a rien qu'il désirerait plus que de rejoindre Mera sous la couette dans son grand lit douillet.

Dans la voiture, il s'est assoupi et a rêvé d'amphétamines. Puis il s'est réveillé en sursaut et, pendant une fraction de seconde, il a cru qu'il avait pris des comprimés sous les yeux de ses collègues.

Des gifles. Des comprimés.

Les divagations d'un cerveau en surchauffe.

Soudain pris de claustrophobie, il a alors voulu ouvrir la portière et sauter de la voiture en marche.

Puis il a repensé au sensei Hiro et à leurs séances de méditation.

Vide ta tête, Zack. Laisse le vent emporter tes pensées.

Il a fermé les yeux et médité pendant plusieurs minutes. Bien sûr, cela n'a pas eu le même effet que dans le dojo, mais cela lui a tout de même permis d'oublier son état de manque, d'atténuer son mal de crâne et de reprendre ses esprits.

Enfin, plus ou moins, car il a toujours du mal à se concentrer. Douglas a été bien inspiré en confiant la conduite de l'opération à Deniz.

Sans doute n'a-t-il voulu prendre aucun risque vu l'état dans lequel j'étais hier.

Peut-être est-il mieux informé sur moi que je ne le crois.

Deniz se tourne vers les quatre agents. Ils appartiennent tous à la police urbaine, pleins d'enthousiasme à l'idée de participer à cette mission.

Trois d'entre eux, Maria Olsén, Johan Abrahamsson et Jennie Lundh, sont trentenaires, tandis que le quatrième, Theodor Larsson, doit avoir la quarantaine. Zack l'a trouvé plutôt âgé pour son grade, et Theodor lui a expliqué qu'il avait rejoint la police récemment après avoir longtemps enseigné au lycée.

Ensuite, il a demandé à Zack s'il avait des enfants.

« Non, a-t-il répondu, quelque peu déconcerté par cette question. J'attends d'être adulte.

— J'aurais juré que tu en avais. Comme tu n'as pas l'air d'avoir beaucoup dormi cette nuit.

— Ah bon ? En effet, j'ai eu pas mal de boulot ces derniers temps.

— J'espère que tu ne l'as pas mal pris. Moi-même, je viens d'être papa pour la troisième fois, alors les nuits blanches, je connais.

— Comment va le petit Oskar ? a demandé Maria, sur quoi Theodor a aussitôt sorti son portable de sa poche pour leur montrer les dernières photos de la petite merveille.

— Je peux voir aussi ? a dit Deniz avant de contempler les photos avec une bienveillance maternelle.

— Oh, qu'est-ce qu'il est chou. »

Zack ne fait même pas mine de s'y intéresser. Pour lui, Theodor est un parfait inconnu et il ne ressent nullement le besoin de savoir à quoi ressemblent sa femme et ses enfants.

D'un autre côté, il comprend Deniz et tous les autres. En partageant leurs petits secrets, ils ont l'impression d'appartenir à une tribu, à un groupe.

Il scrute à nouveau le cabanon.

Et toi, Ingvar Stefansson, à quelle tribu appartiens-tu ?

« Theodor et Maria, vous restez ici, ordonne Deniz. Johan et Jennie, vous allez vous poster derrière le cabanon. On ne sait jamais, il y a peut-être une deuxième porte. Ensuite, Zack et moi, on ira jeter un œil. »

À peine a-t-elle fini sa phrase qu'un projectile vient frapper le tronc de l'arbre au pied duquel ils sont rassemblés. Les six policiers s'accroupissent instinctivement, portent la main à leur holster et voient un ballon de football noir et blanc rebondir sur le sol devant eux, puis rouler en direction de l'allée.

Ils échangent des regards et éclatent de rire.

« Merde, j'ai eu une de ces peurs », lance Theodor.

Un garçon d'une dizaine d'années, avec une épaisse tignasse brune, accourt pour récupérer son ballon. Il s'immobilise en voyant les quatre policiers en uniforme et les deux autres adultes se redresser dans les fourrés.

« Euh, dit-il. Pardon. Je ne l'ai pas fait exprès. Je ne vous ai pas touchés ?

— Non, tu nous as ratés, répond Deniz. Mais on préférerait que tu ailles jouer plus loin, d'accord ?

— D'accord », fait le garçon avant de s'éloigner en courant avec son ballon.

Une minute plus tard, Zack et Deniz s'approchent du cabanon.

« Tu te sens bien aujourd'hui ? demande Deniz au moment où ils s'accroupissent derrière un rhododendron. Réponds-moi sérieusement.

— Comment ça ? réplique-t-il.

— Je n'ai pas du tout aimé ce que j'ai vu pendant l'audition d'Ingela Stefansson. Si jamais ça chauffe, tout à l'heure, je voudrais être sûre que tu ne vas pas encore péter les plombs. Pourquoi tu m'as demandé si elle t'avait frappé ? C'était quoi ces conneries ? »

Zack ne sait pas s'il doit lui avouer ce qui s'est réellement passé. Que sa mère lui est apparue, qu'il a eu l'impression qu'elle l'avait giflé. Mais il prend le parti de se taire.

Deniz va croire que j'ai des hallucinations.

Et elle n'aura pas tort.

« Ne t'inquiète pas, tout va très bien, je te le promets », lui assure-t-il.

Elle le regarde droit dans les yeux. Il soutient son regard et c'est elle qui finit par céder.

« Parfait. Je vais me faufiler dans le jardin et vérifier que la voie est libre. Tu attends ici », chuchote-t-elle.

Au moment où elle se lève, ils voient un rideau bouger et une silhouette s'éloigner de la fenêtre.

Ingvar Stefansson. C'est certainement lui.

Deniz se retourne et fait signe aux deux policiers restés en retrait de se tenir prêts. Ils hochent la tête.

« Je te suis, fait Zack.

— OK. »

Puis ils se dirigent vers le cabanon. L'air de rien. Comme de simples promeneurs. Ils désignent des plantes, parlent sur un ton décontracté.

Normalement, il ne devrait pas y avoir de danger. Stefansson ne sait peut-être même pas qu'il est recherché.

À moins que…

Zack dégrafe son holster et empoigne son Sig Sauer, mais Deniz lui lance une grimace et secoue la tête.

Une femme d'une soixantaine d'années coiffée d'un chapeau de paille et de lunettes de soleil à monture rouge approche en marchant lentement, et Zack s'empresse de rengainer son pistolet.

Deniz arrive devant la clôture. Zack se tient sur ses talons. Elle lève le loquet avec précaution et pousse le portillon.

Aussitôt, une détonation retentit.

Zack et Deniz se jettent au sol et rampent pour se mettre à l'abri derrière une haie de sureau.

La femme au chapeau de paille pousse un cri avant de s'enfuir.

Zack sort de nouveau son arme.

L'herbe n'a pas encore eu le temps de sécher, à l'ombre, et il sent l'humidité à travers son jean tandis qu'il rampe en quête d'une trouée dans l'épais feuillage de la haie. Là, il distingue la porte. Elle est toujours fermée. Mais la fenêtre est entrebâillée. Il perçoit du mouvement derrière les carreaux et voit scintiller un objet métallique.

Il vise et tire. Dès que la vitre vole en éclats, il comprend qu'il a fait une erreur. Il pourrait y avoir n'importe qui dans ce cabanon. Un enfant, une femme. Comment savoir si ses balles ne les atteindront pas ?

Pendant ce temps, des portes claquent dans le voisinage, un vieil homme essaie de se mettre à l'abri, trébuche sur sa table de salon de jardin avant de s'écrouler sur le sol.

« Nous sommes de la police. Sortez les mains sur la tête ! » crie Deniz.

Pas de réaction.

Zack se retourne pour tenter d'entrer en contact avec Theodor et Maria, mais il a la vue barrée par la végétation.

Une jeune joggeuse avec un casque sur les oreilles arrive en trottinant dans l'allée. Zack lui fait signe de faire demi-tour, mais elle a les yeux baissés et continue tranquillement sa course, inconsciente du danger.

Un objet noir et blanc file à vive allure par-dessus la clôture.

Le ballon de foot.

Il rebondit contre la porte jaune avec fracas. Deux coups de feu claquent aussitôt. Quelqu'un pousse un cri et Zack remarque que la joggeuse est à terre. Elle est étendue devant le portillon ouvert et balance son corps d'avant en arrière en se tenant le bras.

Zack se précipite, l'empoigne par son bras indemne et l'entraîne à couvert.

Elle gémit. Une nouvelle détonation retentit et il entend quelqu'un crier :

« Il est touché ! Il est touché ! »

C'est la voix de Maria.

Mais qui est touché ? Theodor ? Le petit joueur de foot ?

Zack tire la joggeuse par le bras. Son casque a glissé de ses oreilles et traîne sur le sol derrière elle. Le refrain d'une vieille chanson de Nirvana résonne dans la tête de Zack au moment où il met la femme à l'abri derrière une haie touffue.

« Maria, tout va bien ? » lance-t-il tandis qu'il s'agenouille à côté de la femme pour examiner son bras.

Pas de réponse.

Il lève les yeux et essaie de localiser Deniz. Elle est à genoux derrière la haie de sureau. Elle tient son pistolet braqué sur le cabanon et parle dans sa radio.

Parfait, pense-t-il. *Les secours seront bientôt en route.*

Zack enfonce son pistolet dans la ceinture de son pantalon et inspecte le bras ensanglanté de la femme. Elle a reçu une balle.

« Comment vous appelez-vous ?

— Linnea.

— OK, Linnea, la balle est ressortie. Vous ne risquez rien. Avez-vous été touchée à un autre endroit ? »

Elle secoue la tête en sanglotant.

Zack saisit un coin de son débardeur et essaie d'en arracher un morceau pour en faire un garrot. Mais le tissu est un modèle stretch et refuse de céder.

Alors, il déchire son propre T-shirt, puis bande la plaie de Linnea qui hurle de douleur.

Au même moment, Zack entend la voix de Deniz.

« J'ai appelé des renforts et une ambulance. Ça va, Zack ?

— Oui, mais je ne sais pas comment vont les autres. »

Puis, s'adressant à Linnea :

« Vous n'êtes pas en sécurité, ici. Vous pouvez marcher ?

— Je crois bien, oui. »

Ils parcourent une dizaine de mètres en courant, tête baissée, avant de trouver refuge derrière un arbre.

« Restez assise ici, dit Zack. Maintenez votre bras en hauteur, si possible. L'ambulance est en route. »

Puis il repart vers le cabanon. Avant d'arriver à la clôture, il s'arrête derrière une haie et crie à nouveau :

« Maria ! Tout va bien ? »

Enfin, elle répond. D'une voix fébrile.

« Theodor est mort. Il ne respire plus. »

Tout à coup, le champ de vision de Zack se réduit.

Son corps et son esprit sont concentrés sur un seul but, déconnectés de toute pensée parasitaire.

« Deniz, couvre-moi ! » lance-t-il en bondissant par-dessus la clôture. Il entend une balle siffler tout près de son oreille et atterrit sur l'herbe avec une roulade au moment où Deniz lâche une salve. Il se précipite jusqu'au cabanon et s'adosse au mur en brandissant son arme. Puis, tandis que le forcené réplique par la fenêtre, il enfonce la porte et tire deux coups à mi-hauteur.

L'homme pousse un cri.

Le sol vibre quand il s'effondre. Un objet métallique rebondit sur le plancher.

Une grenade ?

Zack pense qu'il s'agit plutôt d'un pistolet. Il s'élance à l'intérieur et découvre, recroquevillé sur le sol crasseux, un homme vêtu d'une chemisette à carreaux et d'un short kaki qui se tient l'entrejambe à deux mains.

Pas de grenade en vue.

Son pistolet a glissé sous la table de cuisine.

Zack prend soin de se baisser avant de passer devant la fenêtre, puis s'accroupit pour ramasser l'arme. Il se redresse, s'adosse au mur, tout près de la fenêtre, et crie :

« Cessez le feu ! Cessez le feu ! »

Enfin, le silence revient.

L'homme à terre ne le lâche pas des yeux, mais il ne dit rien. Il respire avec peine.

Ingvar Stefansson. Maigre. Crâne rasé. Sa chevelure est passablement plus clairsemée que sur la photo d'identité qui leur avait été communiquée, mais c'est bien lui, cela ne fait aucun doute.

Zack scrute la pièce. Une banquette de cuisine, une table couverte d'une nappe bleu clair pleine de taches et deux chaises. Quelques étagères suspendues aux murs. Un tableau brodé sous cadre. Et c'est tout. Aucune autre porte, aucun meuble volumineux derrière lequel se cacher.

« Vous êtes seul ? » demande Zack.

L'homme acquiesce. Il se tient toujours l'entrejambe.

Une tache de sang s'étend peu à peu sur le bas de sa chemisette et Zack se demande s'il ne l'a pas atteint aux parties intimes.

« Les mains derrière la tête, ordonne-t-il. Je dois examiner votre blessure. »

Stefansson obtempère à contrecœur. C'est seulement alors que Zack découvre le sang qui jaillit à gros bouillons de son aine.

L'aorte. Merde.

Il se retourne en entendant des pas derrière lui et voit Deniz apparaître dans l'embrasure de la porte.

« Il a besoin d'un médecin de toute urgence. Il a été touché à l'aorte, au niveau de l'aine gauche. »

Zack pose les pistolets hors d'atteinte et s'agenouille à côté de Stefansson. Du sang se répand sur le sol et la respiration sifflante de l'homme ralentit.

Zack tire sur la nappe, la roule en boule et la presse sur l'aine de Stefansson. Elle se gorge de sang presque instantanément.

« Je n'ai rien à voir avec ces meurtres », râle Ingvar Stefansson.

Il est au courant, pense Zack. Peter Karlson a dû l'avertir.

« Pourquoi nous avez-vous tiré dessus, alors ? »

Ingvar Stefansson lui sourit. Amicalement.

« Il faut bien fixer une ligne. C'est moi la ligne rouge. »

Son visage blêmit, ses yeux s'éteignent et Zack le sent partir lentement. Pourtant, il continue de parler.

« Ce pays est le théâtre d'une guerre. Une guerre raciale. Vous ne l'avez pas remarqué ? »

Stefansson baisse un bras et ses doigts frôlent la main droite de Zack. Il lâche le tissu gorgé de sang et lui prend la main.

Personne ne devrait mourir seul.

Stefansson fixe Zack. Il a le regard de quelqu'un qui pense avoir trouvé la réponse aux questions qu'il se posait.

Il pousse un ultime soupir, puis la mort étend un voile paisible sur son visage mal rasé.

44

Les véhicules de police et les ambulances se succèdent dans les allées étroites autour des jardins ouvriers. Une foule s'est massée le long du périmètre de sécurité, des curieux et des photographes de presse sont déjà perchés dans les arbres des alentours. *Aftonbladet* et *Expressen* retransmettent les images en direct.

« Le parc de Tantolunden, d'ordinaire si tranquille, a été aujourd'hui le théâtre d'une sanglante tragédie après qu'un homme armé a ouvert le feu sur les policiers venus l'interpeller, explique le reporter de la webtélé qui a du mal à cacher son excitation. Au moins deux personnes ont été tuées dans la fusillade. D'après les informations qu'est parvenu à se procurer *Aftonbladet*, les deux victimes seraient un représentant des forces de l'ordre et le tireur lui-même, que la police soupçonnait d'être l'auteur des tueries qui ont coûté la vie à six femmes ces deniers jours. La traque du plus dangereux meurtrier qu'ait connu Stockholm depuis des décennies vient donc peut-être de connaître son épilogue. »

À l'intérieur de la zone protégée, l'ambiance est loin d'être aux réjouissances. Les blagues grossières et les éclats de rire que l'on entend habituellement sur les pires scènes de crimes ont laissé la place aux chuchotements.

Zack observe ses collègues. Leurs mines sont graves, leurs regards et leurs gestes expriment le chagrin et la colère.

Est-ce que ça ressemblait à ça quand maman est morte ?

C'est la première fois qu'il se retrouve sur les lieux de la mort d'un policier. Mais il sait que les sentiments qu'éprouvent ses collègues vont au-delà du besoin de vengeance.

Il y a aussi l'impression d'être face à sa propre mort.

Personne n'a envie de penser en permanence à la précarité de la vie. Mais quand un de vos collègues est tué en service, vous prenez brutalement conscience des risques du métier.

Zack contemple le sac jaune.

Maintenant, te voilà mort, Theodor Larsson. Inutilement. Abattu par un idiot qui visait quelqu'un d'autre. Qui ignorait jusqu'à ton existence.

Zack tourne le regard vers le banc où Maria est assise entre deux collègues. Elle est penchée en avant et se tient la tête. Elle n'a sans doute même pas remarqué qu'elle avait du sang de Theodor sur l'épaule.

Le sang.

L'herbe.

Le parfum des fleurs.

Un cadavre au milieu de la verdure.

Zack est soudain pris de vertige et s'assied par terre. Il appuie la tête sur ses genoux et écoute sa respiration. Comme la nuit où il avait passé des heures à fixer les étoiles. La nuit où il aurait voulu s'envoler dans l'espace et tout oublier à jamais.

Et puis les bruits de pas dans l'herbe.

De plus en plus près.

Une main sur son épaule.

« Zack, ça va ? »

Il lève rapidement la tête et dévisage Douglas Juste en essayant de démêler le réel de l'imaginaire.

Douglas s'agenouille à son côté.

« Tu es en état de parler ?

— Bien sûr », dit Zack en revenant à l'instant présent. Il se lève lentement.

« Tu veux qu'on parle ici ?

— Non, allons derrière le cabanon. On sera plus tranquilles. »

Lorsqu'ils pénètrent dans le jardin en friche, Zack remarque un vieillard qui tend la tête à travers la haie en faisant semblant de ratisser sa pelouse.

Douglas tourne le dos à l'homme et regarde Zack.

« J'ai pensé que tu voudrais peut-être savoir ce qui t'attend.

— Je vais être suspendu ?

— Sans doute, oui. Au moins provisoirement. Tu as tout de même été impliqué directement ou indirectement dans trois décès en trois jours, une performance qu'aucun policier suédois n'avait probablement réalisée jusque-là. »

Le ton de Douglas, d'abord amical, se durcit tout à coup.

« S'il n'y avait pas eu cette enquête en cours, je t'aurais mis à la paperasse pour les six mois à venir. »

Douglas fait un pas en avant et siffle :

« J'ignore à quelles activités tu te livres sur ton temps libre, mais tu as intérêt à ce que ça cesse. Tu tiens à peine sur tes jambes et je commence à douter de tes capacités de discernement. L'équipe a besoin de toi, mais il y a des limites. Les gens tombent comme des mouches autour de toi, tu prends des risques inconsidérés. Et le pire de tout, c'est que tu mets tes collègues en danger. »

Douglas le fixe droit dans les yeux. Zack baisse le regard.

Une partie de lui a envie de crier que ce n'est pas sa faute si un abruti est tombé d'un toit en essayant de s'enfuir ou si un de ses collègues a reçu une balle perdue en pleine tête, mais il s'abstient de protester.

Douglas a raison.

S'il avait été lui-même, il aurait peut-être pris d'autres décisions. Des décisions qui auraient permis d'épargner des vies.

Les drogues me rabaissent au niveau de ceux contre qui je suis censé lutter.

« Nous avons besoin de toi, ajoute Douglas. Mais de toi à cent pour cent. »

Zack hoche la tête, évite toujours le regard de son supérieur.

« Tu es d'accord pour qu'un médecin t'examine ?

— Oui.

— Bien. Dans ce cas, suis-moi. »

Ils quittent le jardin et Douglas fait signe à Deniz qui discute un peu plus loin avec Johan et Jennie, les deux policiers à qui elle avait ordonné d'aller prendre position derrière le cabanon juste avant que la fusillade n'éclate.

« Viens, lance-t-il. On va s'installer dans le véhicule de commandement. »

Lorsqu'ils ouvrent la porte coulissante de la camionnette, ils sont accueillis par une forte odeur de tabac et de transpiration. Ils restent assis en silence un long moment, aucun d'eux n'étant vraiment pressé de prendre la parole.

« On aurait pu faire appel au groupe d'intervention, finit par dire Deniz. Pourquoi on ne l'a pas fait ? Ça aurait été plus prudent.

— Nous n'étions pas censés avoir besoin d'eux. Vous deviez juste aller chercher un individu inconnu des services de police pour le ramener au poste afin qu'il soit interrogé. Deniz, écoute-moi. Personne n'aurait pu prévoir ce qui est arrivé. Personne. »

Deniz fixe le siège en face d'elle et Zack comprend qu'elle est en train de vivre le pire moment de sa carrière. Elle a dirigé une opération qui s'est soldée par la mort d'un collègue et la blessure par balle d'une civile.

« Je pense que vous auriez besoin d'un soutien psychologique.

— Ce dont nous avons besoin, rectifie Deniz, c'est de résoudre cette affaire.

— Ne parle plus de psychologues », renchérit Zack sur un ton agacé.

Douglas semble hésiter, puis change de sujet.

« Ingvar Stefansson a clairement prouvé aujourd'hui qu'il était capable de tuer, dit-il. Et nous en avons tous été surpris. Vous pensez que c'est lui qui a assassiné les masseuses ?

— Avant de mourir, il m'a confié qu'il n'avait rien à voir avec ces crimes, répond Zack. Pourquoi m'aurait-il menti alors qu'il savait qu'il n'allait pas s'en sortir ?

— Peut-être qu'il a dit la vérité, intervient Deniz. Peut-être que ce n'était qu'une fausse piste. Et alors... »

Elle déglutit avant de poursuivre.

« ... Theodor est mort pour rien. »

On frappe à la porte de la camionnette. Douglas ouvre.

C'est Sam Koltberg. Tiré à quatre épingles, comme à son habitude, dans un costume en lin soigneusement repassé.

Il brandit un sac plastique qui contient l'arme d'Ingvar Stefansson.

« Un vieux Luger, annonce-t-il. Il n'y a aucune comparaison possible entre cette relique et le Beretta avec lequel les femmes ont été abattues. À part ça, on a retrouvé un téléphone de marque Samsung ainsi qu'un ordinateur portable. Nos techniciens vont les examiner sans attendre.

— Bon travail », le félicite Douglas.

Koltberg acquiesce d'un air satisfait et adresse à Deniz et Zack un regard compatissant.

« Magnez-vous d'élucider cette affaire, merde, leur lance-t-il. Il y a déjà eu assez de morts comme ça. »

Il laisse la porte ouverte derrière lui et Zack en profite pour jeter un œil dehors.

La zone est désormais envahie de journalistes. Ils sont partout.

Les rédactions doivent être désertes à l'heure qu'il est, songe Zack.

Pourtant, toujours pas de Fredrik Bylund en vue. Il faut vraiment qu'il soit sur un coup sensationnel pour manquer un tel événement.

Un hélicoptère tourne en rond dans le ciel azur. Probablement des journalistes en quête d'images volées de la scène de crime.

« Admettons que Stefansson n'ait pas tué les masseuses, reprend Douglas. Quelles pistes nous reste-t-il ?

— J'ai un coup de fil à passer, dit Zack. Je n'en ai pas pour longtemps.

— À qui ? s'enquiert Deniz.

— C'est confidentiel.

— Tu crois vraiment que c'est le moment de faire des cachotteries ?

— Ce n'est pas grave, tempère Douglas. Zack a certainement de bonnes raisons d'être discret. Nous n'avons qu'à faire le point tous les deux en attendant. »

Zack descend de la camionnette et se retrouve en plein chaos. Pour être au calme, il doit enjamber la clôture du jardin et se réfugier derrière le cabanon.

Bylund répond dès la première sonnerie.

« Qu'est-ce qui t'arrive ? demande aussitôt Zack. Tu es en vacances à l'autre bout du monde ou tu es mourant ?

— Pardon ?

— Quatre morts en deux jours et tu n'as pas montré le bout de ton nez. C'est louche.

— On a déjà du monde sur place.

— Comme si c'était suffisant pour t'arrêter. »

Après un instant de silence, Bylund finit par répondre sur un ton évasif, pesant chacun de ses mots :

« Je suis sur un autre coup.

— Allez, crache le morceau. Combien d'innocents vont encore devoir mourir pour que tu te décides enfin à parler ? »

Zack l'entend souffler dans le combiné. Puis Bylund dit :

« Je ne sais rien. »

Zack est persuadé qu'il lui ment.

« Parle. Je t'en prie. D'autres femmes risquent d'être assassinées.

Merde, c'est tout de même plus important que quelques articles dans *Expressen.* »

Silence.

« Combien d'innocents vont encore devoir mourir ? répète Zack. Tu sais quelque chose et en refusant de parler, tu te rends complice de ces crimes. »

Zack peut presque entendre Fredrik Bylund se débattre avec sa conscience à l'autre bout de la ligne.

« Tu nages en eaux troubles, Zack, finit par déclarer le journaliste. Sois prudent.

— C'est plutôt à toi de faire attention », réplique le policier avant de mettre fin à leur conversation.

45

Quand Zack retourne dans la camionnette, Douglas Juste est en train de prendre des notes dans un calepin.

Deniz le regarde s'asseoir.

« Alors ? »

Il secoue la tête.

« J'ai tenté un coup. Mais ça n'a rien donné. »

Douglas se lève.

« Je vais devoir rester ici pour coordonner les opérations, puis il faudra que je tienne une conférence de presse improvisée. Je vous laisse réfléchir à des pistes pour relancer notre enquête. »

Au moment où il quitte le véhicule de commandement, deux policiers obèses vêtus de costume se glissent sous la rubalise. Åke Blixt et Gunilla Sundin. La soixantaine tous les deux. Les Affaires internes. Aussi populaires que le choléra.

Dès qu'ils le repèrent, ils se dirigent vers lui.

« Comment vas-tu, Douglas ? lance Åke Blixt.

— Comme ci comme ça. Nous pensons que ce n'était pas lui l'assassin.

— Vous pensez ?

— En effet, mais je n'ai pas encore eu le temps de rassembler tous les éléments.

— Je comprends. Écoute, nous aurions besoin de parler à Zack Herry et Deniz Akin.

— Je comprends aussi. Mais c'est impossible pour le moment. »

Åke Blixt et Gunilla Sundin échangent des regards déconcertés.

« On a fermé les yeux quand ce Turc est tombé d'un toit, reprend Åke Blixt. Cette fois, on ne peut pas laisser passer.

— C'est normal. Il faut que vous fassiez votre travail. Mais pas maintenant. Pas tant qu'on aura un meurtrier dans la nature. On a trop besoin de Zack.

— C'est peut-être plutôt Zack le danger public », observe Gunilla Sundin.

Douglas la regarde droit dans les yeux.

« Je vais considérer que je n'ai rien entendu. Je vous rappelle qu'il y avait trois autres policiers avec eux. Vous n'avez qu'à commencer par les interroger et je vous promets que vous aurez tout le temps de vous entretenir avec Zack et Deniz plus tard. »

Il tourne les talons et s'éloigne sans attendre leur réponse.

*

Deniz et Zack sont toujours assis dans le véhicule de commandement.

Ils discutent de la manière dont ils pourraient se procurer des informations supplémentaires à propos d'Ösgür Thrakya et de son organisation. Ils ont déjà contacté la brigade des Stups, la police des frontières, les Mœurs, la police turque, Europol et Interpol. Apparemment, personne ne sait rien, ce type mène une vie rangée.

« Tant que Sukayana n'a pas repris conscience, c'est le seul nom sur lequel on peut s'appuyer pour avancer, remarque Zack. Et il faut qu'on avance. Il faut qu'on parte du principe que les fillettes séquestrées dans les bois existent bien.

— Elles existent. Espérons que Paw Htoo pourra nous donner d'autres détails sur cette maison. Niklas et Rudolf ont prévu de passer à l'hôpital Sankt Göran aujourd'hui pour faire une nouvelle tentative. »

Le téléphone de Zack se met à sonner.

C'est Sirpa.

« J'ai vérifié à qui appartenaient les bâtiments abritant les salons de massage que nous soupçonnons d'être contrôlés par les Turcs. »

Zack se demande comment elle fait pour abattre autant de travail.

« Il se trouve qu'ils sont tous détenus par la société Merkantus, qui fait partie du groupe Heraldus, poursuit Sirpa. Je me suis procuré les baux. Le nom de Sukayana Prikon apparaît sur l'un d'eux, mais ce qui est étonnant, c'est qu'ils sont tous signés de la main du PDG en personne. Normalement, il aurait dû se faire représenter par un de ses subordonnés. On a autre chose à faire que signer des contrats de location quand on est à la tête d'une société qui emploie plus de trois mille personnes. Peut-être que ça n'a aucune importance, mais je préférais quand même vous le signaler.

— Comment s'appelle-t-il ?

— Sten Westberg. »

Après avoir raccroché, Zack répète à Deniz ce que Sirpa vient de lui révéler.

« Il me semble avoir déjà entendu ce nom quelque part, dit-elle. Mais je n'arrive plus à le situer. »

Zack, en revanche, voit parfaitement de qui il s'agit.

Il repense au signe de tête discret qu'il a adressé à Douglas, l'autre jour, à l'Operabar.

« C'est lui qui était interviewé à la télé pendant qu'on interrogeait Sukayana Prikon. Sirpa a raison. Ce type est louche. »

Deniz acquiesce.

« Je ne sais pas pour toi, mais j'ai l'impression qu'Ingvar Stefansson, tout cinglé qu'il était, n'avait rien à voir dans cette affaire.

— Il faut qu'on informe Douglas de ce qu'a découvert Sirpa », dit Zack.

À peine sortis du véhicule de commandement, ils croisent leur supérieur. Il pointe du doigt les deux enquêteurs des Affaires internes qui se tiennent devant le portillon du jardin ouvrier.

« Ils voulaient vous parler. Mais j'ai réussi à gagner du temps.

— Merci, fait Zack. On a du nouveau. Sirpa vient juste d'appeler. Elle a trouvé quelque chose d'intéressant. »

Il lui fait le compte rendu de sa conversation avec Sirpa. Contrairement à toute attente, Douglas accueille la nouvelle avec un certain scepticisme.

« On ne peut pas suspecter un PDG au simple prétexte que sa signature apparaît sur des baux. Et puis évitons de nous éparpiller. Notre priorité, à l'heure actuelle, c'est de mettre la main sur Ösgür Thrakya ou sur quiconque pouvant être lié de près ou de loin à son organisation. En fin de compte, il est fort probable que la Fraternité n'ait rien à voir là-dedans. »

Douglas s'apprête à repartir, mais Zack se place en travers de son chemin.

« Laisse-nous quand même vérifier. Ce ne sera pas long. De toute façon, on n'est même pas certains que Thrakya soit en Suède. »

« Trouvez-moi ce Thrakya, répète-t-il sur le même ton qu'il avait employé pour le sermonner un peu plus tôt. On se voit tout à l'heure au bureau. Pour l'instant, il faut que je m'occupe des journalistes. »

Zack ravale sa colère.

Son portable privé émet un bip dans sa poche. Un SMS d'Abdula :

Retrouve-moi à la tour de Kaknäs dans une demi-heure.

46

Zack aperçoit Abdula assis seul à une table devant une fenêtre. Il se balance sur sa chaise, un Coca dans la main. La table d'en face est occupée par une famille avec trois enfants et, derrière lui, quatre touristes japonais ont le nez sur un plan de Stockholm.

Au moment de quitter Tantolunden, Zack s'est abstenu de préciser à Deniz avec qui il avait rendez-vous, déclarant juste que cela pouvait être déterminant pour leur enquête. Et elle s'en est contentée.

Avant de rejoindre Abdula, il fait un détour par le bar et se commande une grande tasse de café. Tandis qu'il la porte jusqu'à la table, il sent que sa main tremble.

« Pourquoi est-ce que tu voulais qu'on se voie ici ?

— Parce que je n'étais jamais venu, tout simplement. Alors je me suis dit que c'était l'occasion. »

Zack secoue la tête.

« Et c'est aussi plus discret. On a peu de chances de croiser des gens qu'on connaît. »

Zack se met à rire, commence à se détendre avant de jeter un œil par la fenêtre.

« Tu as l'air crevé, fait remarquer Abdula.

— Je n'ai pas envie d'en parler.

— OK.

— Et puis merde. » Zack se penche sur la table et dit à voix basse : « J'ai encore tué quelqu'un aujourd'hui.

— Tu as descendu le tueur des salons de massage ? chuchote Abdula.

— Non. En tout cas, on pense que ce n'était pas lui. Mais il venait d'abattre un de mes collègues. Même si c'était involontaire. Le gars a eu une malchance incroyable. Je n'avais pas non plus l'intention de le tuer. J'ai visé les jambes, mais un poil trop haut. Il a pris la balle et s'est vidé de son sang.

— Merde. Mais si ce n'était pas lui le tueur, pourquoi est-ce qu'il vous a tiré dessus ?

— C'est compliqué. Tout va de travers, en ce moment. On ne connaît toujours pas l'identité des victimes, ni leur nationalité. On pensait que c'étaient des Thaïlandaises, mais il semblerait qu'elles étaient plutôt birmanes. »

Abdula le regarde.

« Tu es pâle comme un putain de fantôme, Zack. La nuit, c'est fait pour se reposer, tu le sais ?

— Bien sûr. D'ailleurs, je suis resté tranquille, hier soir. J'étais chez Mera. On a bu un peu de vin et discuté. C'était sympa. Mais je dors mal, depuis quelque temps. Je me réveille au beau milieu de la nuit, tellement agité que je suis obligé de me lever.

— Tu as besoin de quelque chose pour te détendre ? »

Oh oui, j'en aurais bien besoin, putain.

« Non. C'est pas le moment. Tu as découvert quelque chose ?

— À propos des Turcs ? Pas grand-chose. On dit qu'ils feraient dans le trafic de stupéfiants. Héroïne. Opium, aussi, un peu. Apparemment, ils auraient de bonnes relations avec la 'Ndrangheta. Les Calabrais leur auraient même ouvert les portes d'un immense port qu'ils contrôlent, à Gioia Tauro, dans le sud de l'Italie.

— Et la traite des femmes ?

— Je n'en ai pas entendu parler.

— Tu as appris quelque chose sur Ösgür Thrakya ?

— Personne ne l'a jamais vu. En fait, on ne sait rien de lui. Il y a juste des rumeurs qui circulent. La plupart de ceux à qui j'ai parlé doutent même qu'il ait jamais mis les pieds en Suède. Il semblerait qu'on le surnomme Gölge. Ça veut dire "ombre" en turc.

— Tu n'aurais pas entendu parler d'une maison dans les bois, en dehors de la ville, par hasard ? Un endroit où seraient enfermés des loups ? Des femmes et des gamines ?

— Non, mais, maintenant que tu me le dis, je me souviens que quelqu'un m'a raconté qu'Ösgür Thrakya élevait des loups dans une ferme, quelque part dans la montagne en Turquie. Ce seraient ses animaux de compagnie. Je pensais qu'il n'y avait qu'au Texas qu'ils avaient ce genre de délires. J'ai vu un documentaire là-dessus, récemment. Là-bas, des gens élèvent des tigres, des lions et toutes sortes d'animaux dans leurs jardins. »

Zack baisse encore la voix.

« Je sais que tu as une info. Sinon, tu ne m'aurais pas attiré dans ce piège à touristes. »

Abdula boit une gorgée de soda.

« J'ai entendu parler d'un type qui s'appelle Mehmet Drakan. Il est considéré comme un des lieutenants d'Ösgür Thrakya. Lui est en Suède, en tout cas.

— Où est-ce que je peux le trouver ? »

Abdula lui tend un bout de papier sur lequel quelques mots sont notés à la main.

« C'est l'adresse d'un garage à Farsta où il répare de vieilles bagnoles. Je n'en sais pas plus. »

Abdula consulte son portable.

« Bon, il faut que j'y aille. Fais gaffe à toi. Les gars que tu traques ne sont pas des tendres. »

Zack reste assis encore quelques instants, seul avec son café. Il suit son ami du regard jusqu'à ce qu'il disparaisse dans l'ascenseur.

Sans doute se rend-il à un de ses rendez-vous d'affaires.

Tôt ou tard, nos routes se croiseront dans la rue, c'est inévitable, pense-t-il. *Moi dans la peau du policier, toi dans celle du criminel.*

Que se passera-t-il, ce jour-là ?

*

Sirpa est assise à table dans la cuisine de son appartement. Elle s'apprête à faire une chose qu'elle n'aurait pas pu faire depuis l'hôtel de police.

Zeus est assis à côté d'elle. Il secoue la queue chaque fois qu'il a l'impression qu'elle va se tourner vers lui.

« Va te coucher, lui ordonne-t-elle sur un ton sec. Maman est occupée. »

Il s'exécute d'un air déçu en traînant les pattes.

Elle rédige un message laconique en anglais, en employant volontairement un langage trivial afin de se faire passer pour un des sbires d'Ösgür Thrakya.

Please take a look at next delivery of Burmese girls that will come to Stockholm soon. I can promise they will give you and other customers good satisfaction.

Puis elle y joint le lien.

Le lien infecté.

Elle expédie le mail avec une adresse turque qu'elle a découverte dans l'ordinateur de Sukayana Prikon.

Désormais, elle n'a plus qu'à attendre.

Et à croiser les doigts.

Si Dirty Sanchez clique sur le lien, il activera sans le savoir un cheval de Troie qui permettra à Sirpa d'accéder à l'intégralité de son disque dur.

Elle est persuadée qu'il mordra à l'hameçon. Comment un obsédé sexuel dans son genre pourrait-il rester insensible à un tel message ?

Elle se lève de sa chaise. Zeus est excité.

« Oui, oui, juste une petite promenade, alors, dit-elle. Ensuite, je me remets au travail. »

Elle abandonne son ordinateur portable sur la table de la cuisine.

L'écran est noir, à l'exception du curseur qui clignote à côté d'une suite de caractères lumineux dans le coin supérieur gauche.

Waiting for connection.

47

Zack pousse la porte de l'immeuble, accueilli par un courant d'air frais en provenance de la cage d'escalier. Il monte, entre dans son appartement et se fige.

Il ferme les yeux.

Voit le visage de sa mère. Puis ceux de Theodor et d'Ingvar Stefansson.

Le visage du gamin au milieu des hautes herbes dans la prairie.

Les visages des fillettes séquestrées. Ces visages qu'il n'a jamais vus. Qu'il doit aller chercher au fond des bois.

Il a l'impression d'errer dans un paysage désolé qui n'existe sur aucune carte, où le présent et le passé se confondent.

Il voudrait être ailleurs.

Vivre une autre vie.

Il doit pourtant s'accrocher à la sienne. Ne pas se laisser entraîner au loin.

Il a enfin obtenu un nom. Et d'une source particulièrement fiable.

Il se rend dans le salon et met à jour son compartiment secret sous le parquet, en sort le sachet en plastique. Il lui reste dix comprimés. Puis l'autre sachet. Celui qui contient une poudre jaunâtre et pâteuse. Avec son effet intense et immédiat, elle exerce sur lui une attraction irrésistible. Il lui suffit d'en rouler une petite quantité dans du papier hygiénique et de l'avaler. Le coup de fouet est instantané.

Seulement, il ne peut pas se permettre d'en consommer maintenant. Pas en pleine journée, alors qu'il est censé retourner au travail. Au lieu de cela, il décide de prendre deux comprimés blancs.

Il les fait passer en buvant de l'eau tiède directement au robinet de la cuisine, puis s'affale dans son canapé et attend qu'ils fassent effet.

Il est impatient de ressentir les premiers picotements.

Mais tout ce qu'il sent, c'est une matière noire et visqueuse qui envahit ses poumons, l'empêchant de respirer. Soudain, il prend conscience de sa stupidité.

Comment peut-il se droguer maintenant ? Au beau milieu de la journée. Sur son temps de travail.

Faut-il filer dans les toilettes et enfoncer ses doigts dans sa gorge pour se forcer à vomir ? S'il le fait, c'est tout de suite ou jamais.

Il *doit* le faire.

Mais lève-toi donc, bon sang !

Pourtant, il reste assis.

Comment a-t-il pu laisser la situation lui échapper ? Jusque-là, il l'avait pourtant maîtrisée. Il se droguait uniquement quand il l'avait décidé. Une petite dose le samedi soir, histoire de se vider la tête. Jamais rien pendant la semaine.

Est-il vraiment possible de garder le contrôle indéfiniment ?

Il l'avait cru.

Jusqu'à ce que ses rêves reviennent.

Ceux qui, chaque nuit, déchirent son âme.

L'entraînent toujours plus loin dans les profondeurs.

Il ouvre les yeux. La pièce est claire et le souffle tiède de la brise estivale caresse son visage. Puis il les ressent enfin. Les premiers frémissements. Presque imperceptibles. Comme si une femme faisait glisser ses ongles sur son corps en partant de sa nuque.

Sa fatigue s'estompe. Les bruits se font plus distincts, les couleurs plus vives.

Il lui faut mettre un terme à cette affaire. Maintenant. Une fois pour toutes.

Et alors, les nuages gris qui encombrent son cerveau se disperseront pour de bon.

Il renverse la tête en arrière, se relâche, tandis que les amphétamines se répandent dans chaque cellule de son organisme.

Il se rend dans le vestibule et enfile son blouson de cuir criblé de balles.

Il quitte son appartement et descend jusqu'au garage où l'attend sa Suzuki Hayabusa. Il sort du garage en trombe sans avoir pris la peine de mettre son casque. Il se penche dans les courbes et savoure le souffle de l'air qui soulève ses cheveux à chaque démarrage entre deux feux rouges. Il emprunte la voie rapide. Dans le tunnel de Söderled, accélère jusqu'à ce que son moteur gronde comme dix millions d'abeilles en furie.

Une fois dans Nyhamnsvägen, il ralentit. Le trafic est dense et il se rend compte qu'il attire un peu trop l'attention sans son casque. Il vérifie ses rétroviseurs pour s'assurer qu'aucune voiture de patrouille ne l'a pris en chasse.

Trois voitures derrière, il voit une Audi A6 bleu clair déboîter pour dépasser un pick-up Nissan.

Merde, pense-t-il. Ils m'ont repéré.

Ils m'ont repéré.

Il regarde à nouveau. L'Audi franchit la ligne continue à plusieurs reprises. Et si le conducteur le surveillait ?

Mais qu'est-ce qu'ils foutent ?

Qui est-ce ? Åke Blixt et Gunilla Sundin, les fouille-merde des Affaires internes ?

Ou les Turcs ?

Ils sont après lui. Il le sent. Ils sont là pour prendre son scalp.

Nouveau coup d'œil au rétroviseur. L'Audi déboîte encore pour dépasser la voiture qui la précède. Cette fois, c'en est trop. En une fraction de seconde, il passe à cent kilomètres heure. Il remonte toute la file de véhicules, tellement concentré sur ses rétroviseurs qu'il est tout près de rater la sortie pour Farsta. Il se rabat brutalement sur la droite, s'incline dangereusement et manque de percuter un camion de transport de bois.

Une fois sur la bretelle de sortie, il coupe les gaz et essaie de se ressaisir. Il vérifie ses rétroviseurs. L'Audi a disparu.

Il les a semés. À proximité du centre de Farsta, il prend à droite après le pont du métro. Il voit clairement le plan de la ville dans sa tête. Première à gauche, première à droite, deuxième à gauche.

Il gare sa moto devant un immeuble en brique. ANDERSSONS GARAGE, peut-on lire sur la vieille enseigne délabrée qui surmonte la double porte noire de l'atelier, mais Zack devine qu'il y a bien longtemps que la société n'est plus dirigée par quelqu'un de cette famille.

Une des portes est ouverte. Zack s'avance discrètement pour regarder à l'intérieur. Le local est sombre et il s'en dégage une forte odeur d'huile de moteur et de vieille tôle. Il perçoit un léger martèlement contre un objet en métal, et distingue deux jambes qui dépassent de sous une vieille Chevrolet.

Zack suppose que c'est Mehmet Drakan qui est allongé là, les mains dans le cambouis. Il avance à pas feutrés, mais son pied heurte un petit ressort qui se met à rouler sur le sol de ciment et finit par rebondir contre un disque en acier posé contre le mur.

Le martèlement cesse soudain.

Le mécanicien appelle :

« Il y a quelqu'un ? »

En guise de réponse, Zack l'empoigne par la cheville et le tire.

Un peu trop brutalement. Zack s'attendait à rencontrer plus de résistance, mais l'homme, allongé sur une planche à roulettes, file à vive allure, quelques centimètres au-dessus du sol, et va s'écraser contre le disque d'acier.

Mehmet Drakan a un corps sec et musculeux. Il porte une salopette grise toute souillée. Son crâne est rasé. Un tatouage recouvre tout un côté de son cou et une partie de sa joue gauche. Le motif, finement exécuté, représente un cheval cabré avec des crocs.

Il pousse un cri et tombe de la planche au moment où le disque bascule sur ses jambes. Il le repousse d'un coup de pied agacé et s'apprête à passer à l'attaque avec la clé à douille qu'il tient lorsqu'il voit le pistolet braqué sur lui.

Il s'arrête net, pose son outil par terre et lève les mains.

Zack lui montre son insigne. Drakan a l'air soulagé d'avoir finalement affaire à un policier.

« Ne bouge pas, enfoiré », essaie d'articuler Zack, mais ses maxillaires refusent de lui obéir et les mots qui sortent de sa bouche sont déformés, certaines syllabes se perdent en cours de route.

Les amphétamines.

« Je ne parle pas suédois. *English?* dit Mehmet Drakan en se redressant.

— *Stay where you are* », réplique Zack en s'efforçant d'articuler.

Drakan s'allonge à nouveau sur sa planche et Zack se met à l'interroger en anglais.

« Parle-moi d'Ösgür Thrakya.

— Qui ?

— Je sais que tu le connais. Parle.

— Je ne connais personne de ce nom.

— On sait que tu es impliqué dans les meurtres de Hallonbergen et de Klara norra kyrkogatan.

— Quels meurtres ? Je n'ai tué personne. »

Sûr ?

Zack réfléchit à la manière dont il pourrait faire parler le Turc. Il se rappelle un passage du film *Reservoir Dogs*. Celui où M. Blonde tranche l'oreille d'un policier. Tout à coup, cette scène ne lui semble plus aussi dérangeante. Après tout, ce n'est rien d'autre qu'un petit règlement de comptes.

Pourquoi ne pas plutôt faire redescendre lentement la Chevrolet sur les jambes de Mehmet Drakan ?

Œil pour œil, jambe pour jambe.

Il se demande si Drakan a pris part à l'enlèvement de Sukayana. S'il était là quand les loups lui ont dévoré les jambes.

« Où sont les loups, Mehmet ? Et les gamines ? »

Le Turc sursaute.

« Je ne sais pas de quoi vous parlez.

— Les gamines, putain. Où est-ce que vous les retenez prisonnières ?

— Quelles gamines ?

— Tu veux jouer à ça ? OK, ça me va. »

Il ne reconnaît plus sa voix. On dirait qu'un autre parle.

Il a soif.

Il croit percevoir une ombre à la périphérie de son champ de vision et se retourne promptement.

Personne.

À moins que ? Y aurait-il quelqu'un de caché quelque part ? L'Audi l'aurait-elle suivi jusqu'ici, en fin de compte ?

Laisse tomber, Zack. Tu es parano et tu sais pourquoi.

Pourtant, il a un mauvais pressentiment. Il s'éloigne de quelques pas et scrute le garage une fois de plus.

Au fond, il y a un petit bureau. Il jette un œil à l'intérieur. Personne.

« C'est le bordel chez toi, Mehmet. Je pense que je vais t'aider à faire un peu de ménage. »

Il sort ses menottes et attache Drakan à la jante de la roue avant gauche de la Chevrolet.

Puis il se met à fouiller le garage. Avec autant de délicatesse qu'un rouleau compresseur. Il a besoin de se défouler, de solliciter ses muscles, d'évacuer son trop-plein d'énergie. Il vide les étagères avec la crosse de son pistolet, renverse le contenu de diverses caisses en bois sur le sol.

« C'est fou ce que tu as pu entasser comme merde. »

Il pense avoir été suffisamment patient avec Drakan. Mais puisque l'autre refuse de coopérer, il faut bien qu'il lui donne une leçon.

Dans le bureau, il découvre un petit réfrigérateur encrassé sur lequel trône un vieux téléviseur. Il ouvre la porte du réfrigérateur et s'empare d'une cannette de Coca qu'il engloutit en quelques gorgées avant de l'écraser et de la lancer violemment contre le mur.

Puis il repère une pile de documents sur le bureau. Il commence à les feuilleter mais, n'arrivant pas à se concentrer, il les fait tomber sur le sol et tourne son attention vers l'armoire basse sur laquelle repose le plateau de la table.

Les portes sont fermées à clé. Merde.

Il va falloir que je défonce cette saloperie d'armoire.

Il retourne dans l'atelier en quête d'un outil adapté. Il voit un pied-de-biche appuyé contre le mur près d'une étagère. Il l'empoigne à deux mains et la soupèse, puis retourne dans le bureau. Là, il la lève au-dessus de sa tête et l'abat sur l'armoire. Encore et encore. Il frappe jusqu'à ce que ses tempes soient en sueur et les portes réduites en pièces.

Il s'accroupit. L'armoire renferme des classeurs et un petit sac de sport noir. Il s'en empare et ouvre le zip.

Le sac est rempli à ras bord de billets de banque. D'épaisses liasses de billets usés, reliés par des élastiques marron. Au-dessus est posée une feuille de cahier à spirale.

« Dirty money for Dirty Sanchez. »

Zack se relève. Essaie de se contenir.

Dirty Sanchez.

Le pseudonyme qui pose tant de soucis à Sirpa.

Il retourne voir Mehmet Drakan et jette le sac sous son nez.

« J'imagine que tu as une bonne explication, hein ? »

Pour la première fois, Drakan paraît effrayé.

« Ce n'est pas mon fric. Je ne savais même pas ce qu'il y avait dans ce sac. C'est un ami qui me l'a confié.

— Prends-moi pour un con, réplique Zack. Qui est Dirty Sanchez ? »

Il a toujours l'impression que ce n'est pas lui qui parle.

« Je ne sais pas. »

Zack se penche en avant et presse le canon de son pistolet sous le nez de Drakan.

« Mauvaise réponse, siffle-t-il. Alors je te pose la question encore une fois. Qui. Est. Dirty. Sanchez ? »

En même temps, il fait pivoter le canon de son pistolet pour essayer de l'enfoncer dans la narine du Turc, qui grimace sous l'effet de la douleur tout en s'obstinant à garder le silence.

« OK. Alors maintenant écoute-moi bien… »

Soudain, Zack s'interrompt en voyant glisser une ombre sur le sol.

« Mehmet ? » appelle le visiteur.

Zack se redresse et jette un œil à la dérobée par-dessus le toit de la Chevrolet pour tenter de voir l'homme. Mais alors qu'il s'attend à découvrir un banlieusard en sweat-shirt à capuche, il voit un homme mûr, bien coiffé et vêtu d'un costume gris sombre. Lorsque le visiteur se tourne vers lui, il le reconnaît aussitôt.

C'est Sten Westberg, le PDG de la société immobilière Merkantus.

48

Dès que Sten Westberg l'aperçoit, il fait volte-face et prend la fuite.

Zack met plusieurs secondes à réagir. Il est comme pétrifié.

Qu'est-ce qu'un type comme Westberg peut bien venir foutre ici ? Et pourquoi s'enfuit-il ?

La voix de Sukayana Prikon résonne dans sa tête :

Dans mon pays, ils sont tous comme lui : corrompus.

Ce n'étaient pas des paroles en l'air.

Elle connaît cet homme.

Zack n'a pas envie d'abandonner Mehmet Drakan seul dans le garage, mais il ne peut pas non plus laisser le PDG s'échapper.

Il voit Westberg, à une cinquantaine de mètres devant lui, et se lance à ses trousses. Le PDG n'est pas un fugitif aguerri. Au lieu de se diriger vers les immeubles, il choisit de continuer tout droit, à découvert.

Zack est jeune et véloce.

Sten Westberg a la cinquantaine, il porte un costume et des chaussures de ville et court comme un homme qui n'y est pas habitué.

Son avance fond à vue d'œil.

Westberg essaie de semer Zack en s'engageant sur un parking où se tient une sorte de vide-greniers de quartier. Il slalome entre les étalages et jette un regard par-dessus son épaule. Voyant que Zack se rapproche, il renverse une table couverte de petits bibelots en verre derrière lui.

Les objets se brisent sur le sol avec fracas.

Des gens poussent des cris.

Zack contourne la table renversée et voit Westberg mettre le cap sur un bosquet au sommet d'une butte.

La pente est abrupte et les semelles lisses du PDG patinent sur l'herbe. Zack est maintenant tout près. Il pourrait mettre fin tout de suite à leur course-poursuite, mais il préfère laisser Westberg courir jusqu'à ce qu'ils soient hors de vue du parking. Ensuite, il le crochète par-derrière. Le fuyard s'effondre sur des racines noueuses sans parvenir à rétablir son équilibre. Zack se jette sur lui, le retourne sur le dos et s'assied sur son ventre en lui immobilisant les bras avec ses genoux. Il lève son poing droit, s'apprête à le rouer de coups. Mais l'effet des amphétamines commence à se dissiper et, en voyant les yeux écarquillés de Sten Westberg, il parvient à se ressaisir juste à temps pour dévier la course de son poing qui s'écrase dans la terre, tout près de l'oreille du PDG, en soulevant un nuage de poussière brune.

Westberg ferme les yeux et détourne la tête.

« Qui êtes-vous ? Et que me voulez-vous ? » demande-t-il.

Zack tire son insigne de la poche intérieure de son blouson.

« Zack Herry, inspecteur à la police criminelle de Stockholm. »

Westberg cligne des yeux pour évacuer les derniers grains de poussière et le regarde. On dirait qu'une pensée amusante vient de lui traverser l'esprit.

Il ricane presque.

« Pourquoi vous êtes-vous enfui ? interroge Zack.

— J'ai cru que j'avais atterri au beau milieu d'un règlement de comptes entre truands. Quand j'ai vu Mehmet allongé par terre… C'est un dur à cuire, vous savez.

— Que faisiez-vous là ?

— Je venais régler la réparation de ma voiture.

— Vous voulez me faire croire qu'un homme comme vous confie sa voiture à un criminel qui tient un garage à Farsta ?

— Comment ça, un homme comme moi ?

— Vous ressemblez à un de ces types de la haute société. Ceux qui envoient leur chauffeur déposer leur voiture dans un garage d'Östermalm.

— On m'a conseillé ce garagiste pour prendre soin de ma vieille beauté. »

Il a du mal à respirer sous le poids de Zack.

« Je suis l'heureux propriétaire d'une vieille Chevrolet Impala de 1974. Croyez-moi si vous voulez, mais le fait est qu'ils sont rares, de nos jours, ceux qui, comme Mehmet Drakan, sont capables de remettre en état ces pièces de collection. Pourriez-vous vous lever, maintenant, s'il vous plaît ? Je commence à avoir mal aux côtes. »

Zack ignore sa requête.

« Vous ne seriez pas plutôt passé récupérer un petit sac, par hasard ?

— Pardon ? Quel sac ?

— Celui qui contient le fruit de vos trafics avec les Turcs. Les Turcs qui louent des locaux professionnels au sein de vos immeubles.

— J'ai des locataires de diverses nationalités, et parmi eux certainement aussi des Turcs. Et alors ?

— Pourquoi avez-vous signé en personne le contrat de bail du salon de massage Sawatdii à Hornstull ? Et ceux des autres salons de massage contrôlés par les Turcs ? »

Zack a la sensation d'avoir mis le PDG au pied du mur, mais Westberg a plutôt l'air amusé.

« Vous ne semblez pas beaucoup apprécier les Turcs, dites-moi.

— Je vous ai posé une question. Pourquoi signez-vous vous-mêmes les contrats de location des salons de massage ?

— C'est quelque chose que je suis amené à faire régulièrement.

Quand les employés qui sont censés s'en charger sont trop occupés ou en congé, il peut arriver que je signe moi-même les contrats. C'est plus pratique comme ça. Ça m'évite de distribuer des procurations à droite à gauche. Et puis, j'avoue que j'aime bien tout contrôler.

— Que savez-vous à propos de Yildizyeli ?

— Cette conversation commence à devenir ridicule.

— Drakan appartient à cette organisation et vous êtes en affaire avec eux.

— Maintenant, je vais vous demander de bien vouloir vous lever et me laisser partir. À moins que vous n'ayez l'intention de me faire part d'une autre de vos théories délirantes ? »

Zack hésite.

Il réfléchit à une réplique qui pourrait amener Westberg à se trahir. Mais aucune ne lui vient à l'esprit. Alors il finit par obtempérer.

Il se lève et fait un pas de côté.

Sten Westberg se lève à son tour et brosse les aiguilles de pin et la terre qui sont collées à son costume. Zack voit des fourmis rouges grimper sur le dos de sa veste. Il espère qu'elles parviendront à se faufiler sous sa chemise. Puis le PDG s'éloigne sans lui adresser le moindre mot ni le moindre regard.

Zack reste seul un instant parmi les arbres.

Westberg ment, il en est persuadé. Cette Chevrolet n'est peut-être même pas à lui. En tout cas, il compte bien le vérifier.

Si seulement j'avais débarqué dans ce putain de garage un quart d'heure plus tard, pense-t-il. *J'aurais pu prendre le PDG la main dans le sac et l'embarquer.*

Mais là, je n'ai toujours rien.

Ses bras le démangent. Sa poitrine aussi. Une sensation diffuse de malaise l'envahit peu à peu, ses vêtements lui collent à la peau. Il sait que ce n'est que le début.

Il doit retourner auprès de Mehmet Drakan et du sac. Il court jusqu'au garage et voit que la porte est toujours ouverte.

Deux adolescents sur des VTT passent devant lui. Il attend qu'ils se soient éloignés pour sortir son pistolet et jeter discrètement un coup d'œil dans l'atelier.

Vide.

Une menotte pend toujours à la jante. Une scie angulaire est posée sur le sol.

Comment a-t-il fait pour l'attraper ?

Son téléphone, abruti. Il a appelé quelqu'un. Pourquoi ne lui as-tu pas confisqué son téléphone ?

Il va bien finir par réapparaître. Peut-être au moment où je m'y attendrai le moins.

Il cherche le sac des yeux, mais, évidemment, lui aussi s'est envolé.

À cause de sa stupidité, les Turcs savent désormais qu'ils sont sur leur piste et ils ont certainement déjà commencé à faire le ménage.

Il a au moins réussi à établir un lien entre le fric et les mails retrouvés sur l'ordinateur de Sukayana Prikon.

Dirty Sanchez.

Un pseudonyme. Mais qui se cache derrière ? Peu probable que ce soit Peter Karlson.

Il pourrait tout aussi bien s'agir de Sten Westberg que d'Ösgür Thrakya.

Ou de quelqu'un d'autre.

Tu n'as rien, Zack, rien du tout.

Tu avais une occasion en or, mais tu l'as laissée passer.

D'autres femmes vont-elles mourir par ta faute ?

Et les gamines ?

Où sont-elles ?

49

Zack est assis dans le bureau de Douglas Juste, sur la chaise réservée aux visiteurs. Il grelotte. Les amphétamines ont déserté son corps et il est maintenant en manque.

Il n'arrive pas à le croire.

Il s'est drogué sur son temps de travail.

Il lève les yeux sur l'horloge : six heures moins dix. Cela fait environ trois heures qu'il a pris ses comprimés. L'enfer ne fait que commencer.

Il avait juste prévu de passer à l'hôtel de police pour déposer son arme avant de rentrer chez lui. Ce n'était pas le moment de prendre un nouvel avertissement. Ensuite, il aurait appelé Sirpa et Deniz pour les informer de ce qui s'était passé dans le garage où il s'était rendu grâce à un tuyau : Mehmet Drakan, le sac plein de billets qui s'était volatilisé et l'irruption suspecte de Sten Westberg.

Mais dès l'entrée, il était tombé sur son supérieur qui était en train de raccompagner un commissaire d'un autre service.

Douglas s'était tourné vers lui et avait lancé :

« Zack. Dans mon bureau dans cinq minutes. »

Un frisson lui avait parcouru l'échine.

Il avait repensé à l'Audi bleue.

Il sait que les amphétamines ont tendance à le rendre paranoïaque, mais peut-être avait-il réellement été suivi.

Il claque des dents tandis qu'il se demande combien de temps Douglas va le garder. Un quart d'heure, une demi-heure maximum.

Trente minutes. Pourra-t-il tenir aussi longtemps ? Il le faudra bien.

Merde, qu'est-ce qu'il fait froid.

Pourtant, Douglas a retiré sa veste. Et desserré son nœud de cravate.

Il a bien dû s'apercevoir de quelque chose, tout à l'heure, quand ils se sont croisés dans l'entrée. Zack se demande si ses pupilles ont commencé à retrouver leur taille normale, mais il en doute.

C'est probablement pour cette raison que Douglas a enlevé sa veste. Pour pouvoir retrousser les manches de sa chemise, croiser les bras et lui déclarer qu'il est une honte pour la police et que, par conséquent, il n'a d'autre choix que de le relever de ses fonctions.

Qu'est-ce qui se passe quand un policier se fait virer ? Doit-il déposer son insigne et son arme de service sur le bureau de son supérieur avant de quitter la pièce la queue entre les jambes, comme dans les séries américaines ?

Son cœur bat à tout rompre dans sa poitrine.

Ressaisis-toi, Zack. Ressaisis-toi, bordel.

Pour se concentrer, Zack fixe son regard sur le petit tableau qui est accroché au mur derrière le bureau de Douglas. Une peinture dans les tons ocre représentant des livres dans un sac à preuves. Zack ne l'avait encore jamais remarqué.

« C'est un Carl Hammoud, explique Douglas qui a suivi son regard. Je l'aime bien. C'est un artiste en quête de vérité, exactement comme nous. »

Zack acquiesce. S'empresse d'approuver. D'encourager la bonne humeur de Douglas.

Il imagine ce qu'il pourrait s'acheter pour le prix de ce tableau. Des milliers de livres. Ou bien une autre moto.

Mais désormais, il risque de ne plus avoir les moyens de s'acheter quoi que ce soit. Il est sur le point d'être licencié. Il essaie d'avoir l'air aussi normal que possible et s'agrippe si fort aux accoudoirs de sa chaise que ses phalanges pâlissent.

« La femme qui a reçu une balle dans le bras devrait s'en tirer sans aucune séquelle, lui annonce Douglas. Quant à ce malheureux Theodor, il n'a sans doute pas eu le temps de comprendre ce qui lui arrivait. Mais il laisse derrière lui une femme et trois enfants. J'ai cru comprendre que le plus jeune de ses fils n'avait que quelques mois. »

Les photos sur son portable.

Les photos du petit dernier.

Heureusement que je ne les ai pas regardées.

Il aurait pu éviter la mort de leur père. C'est lui qui, sans réfléchir aux conséquences, a tiré en direction de la fenêtre, poussant Ingvar Stefansson à répliquer.

Pourquoi ?

Parce que tu te drogues, espèce d'abruti. Parce que tu te bourres tellement de cette saloperie que tu ne contrôles plus rien.

Ils restent assis quelques instants en silence.

Zack a envie de se lever de sa chaise et de s'allonger par terre. De quitter son enveloppe charnelle.

Douglas le regarde dans les yeux.

« Maintenant, venons-en à ce qui s'est passé à Farsta », dit-il.

Le ton de sa voix est neutre. Pressant, sans toutefois être accusateur.

Comment Douglas peut-il déjà être au courant ? pense Zack.

L'aurait-on suivi malgré tout ?

Sten Westberg. Bien sûr. C'est sans doute lui qui a appelé Douglas pour lui demander de garder son jeune subordonné en laisse. Ils se connaissent. Il les a vus se saluer à l'Operabar.

Zack repense à la manière dont Westberg a ricané quand il lui a montré son insigne et qu'il s'est présenté. Il devait savoir qu'il travaillait pour Douglas et qu'il aurait sa revanche.

Zack s'efforce de ne rien laisser paraître de son trouble. Il faut juste qu'il retrouve le fil. Comment diable a-t-il atterri à Farsta, déjà ?

Ah oui. Abdula. La tour de Kaknäs.

« Un indic m'a filé un tuyau et je me suis dit que je pourrais passer vérifier », commence-t-il.

Il lui parle du garage, de Mehmet Drakan, de son refus de coopérer, du PDG de Merkantus qui avait soudain fait irruption et prétendu qu'il venait régler la facture pour la réparation de sa voiture.

Maintenant qu'il a un sujet de conversation sur lequel se concentrer, il a moins de mal à rester tranquillement assis sur sa chaise.

« Reconnais que c'est bizarre. D'abord, sa signature apparaît au bas des contrats de location des salons de massage sur lesquels nous enquêtons. Puis le voilà qui débarque dans le garage d'un criminel turc au passé chargé où, pour couronner le tout, je suis tombé sur un sac rempli de liasses de billets. Sans parler de sa tentative de fuite. C'est évident qu'il est impliqué.

— Je partage ton avis. C'est curieux en effet. Pourtant, je doute que ce soit autre chose qu'une coïncidence. Tu as vérifié si la voiture lui appartenait bien ?

— Oui. »

Zack avait consulté le registre des véhicules tout de suite après avoir croisé Douglas dans le hall. Il avait l'espoir que la voiture soit enregistrée sous le nom d'un autre. Mais il avait découvert que la Chevrolet, après avoir eu quatre autres propriétaires successifs, appartenait à Sten Westberg depuis sept mois.

« Donc, tant qu'on n'a rien de plus, on laisse tomber et on se concentre sur des pistes sérieuses, poursuit Douglas. La Technique a commencé l'examen de l'ordinateur et du portable de Stefansson. On ne devrait pas tarder à recevoir leur rapport préliminaire. On continue de faire le tour des salons de massage et on essaie de repérer ceux qui emploient des Birmanes. On a aussi reçu un tuyau anonyme à propos d'une secte religieuse orthodoxe qui n'hésiterait pas à employer des méthodes violentes pour dénoncer la promiscuité sexuelle. Deux de ses membres les plus influents auraient été vus à Stockholm cette semaine. J'ai pensé que tu pourrais t'en charger. »

Mais Zack ne l'écoute plus. Il se demande pourquoi Douglas refuse obstinément qu'ils se penchent sur le cas de Westberg.

Parce que les bourges et les aristos se couvrent entre eux.

« Tiens, Zack », fait Douglas en lui tendant une feuille sur laquelle sont consignés quelques noms et numéros de sécurité sociale. Zack jette un œil à la liste et quitte le bureau.

Il peut se réjouir, il a toujours son travail. Mais il constate que c'est maintenant à lui que l'on confie les missions merdiques.

Douglas aurait-il compris, malgré tout ? Serait-ce sa manière à lui de le sanctionner ?

Douglas reste assis à son bureau. Il attend que Zack soit hors de vue avant de décrocher son téléphone.

50

Zack pousse la porte de son appartement.

Personne pour l'accueillir, si ce n'est les boules de poussière que le courant d'air fait rouler sur le sol de l'entrée.

Ester ne l'attendait pas dans la cage d'escalier.

Il aurait tant voulu la voir, aujourd'hui.

Mais elle n'est pas venue.

Le voilà seul avec lui-même.

Il entend souvent des collègues faire allusion au plaisir qu'ils ont à rentrer chez eux, le soir, après le travail, mais lui n'a jamais rien éprouvé de tel. Nulle part.

Dès qu'il avait emménagé avec son père dans leurs trois-pièces de Bredäng, il avait su qu'il quitterait un jour cet endroit.

C'est la même chose avec cet appartement. Cela fait quatre ans qu'il vit là, mais il a toujours l'impression d'y être de passage.

Quand on est chez soi, on doit ressentir quelque chose de plus, pense-t-il. C'est un endroit qui doit nous manquer quand on est ailleurs, que l'on chérit et qui fait partie de notre identité.

Abdula, par exemple, prétend qu'il serait incapable de vivre ailleurs qu'à Bredäng.

« Tu ne crois pas qu'il serait temps pour toi de te trouver un petit appartement en ville ? » lui avait demandé Zack la dernière fois qu'il était passé le voir chez lui.

L'immeuble n'avait jamais été dans un état aussi lamentable. Les murs étaient couverts de graffitis, des sacs-poubelle puants étaient entassés pêle-mêle devant la porte du hall et les carreaux des lucarnes du sous-sol avaient été brisés et remplacés par des morceaux de carton.

Mais Abdula avait secoué la tête.

« Ici, c'est mon quartier. Je ne peux pas partir comme ça. »

Zack sait pourquoi.

C'est une question d'identité.

D'appartenance.

Comme pour de nombreux banlieusards issus de l'immigration. Ils ne se sentent pas chez eux en Suède. Dans la patrie de leurs parents non plus. En revanche, ils sont farouchement attachés aux lieux qui les ont vus grandir. C'est là qu'ils ont leurs racines.

Il songe à Saïd, un de ses amis d'enfance qui venait de Skärholmen. Il s'était fait tatouer le code postal 127 31 sur le bras, ce qui lui octroyait un certain statut, même auprès de ceux qui ne le connaissaient que de vue. Son tatouage était un peu comme un label de qualité.

Certifié cent pour cent Skärholmen. Sans aucun additif.

Pourtant, de temps en temps, il est fatigué d'entendre tous ces types faire l'éloge de leur quartier qui pue la pisse et évoquer ces blocs de béton d'une voix émue.

Un tissu de conneries.

Zack doute de trouver un jour un endroit où il se sentira chez lui.

Il déroule le store et va se chercher un Coca dans le frigo. Il l'engloutit d'un trait, puis jette la cannette à la poubelle avec les autres.

Il se souvient du garage de Farsta. De la cannette qu'il a lancée contre le mur. Tout ce raffut qu'il a encore causé, son nouveau pétage de plombs.

Il se laisse tomber dans son canapé, mais se relève au bout de quelques secondes et se met à tourner en rond dans la pièce.

Il n'aurait jamais dû devenir flic. Il ne vaut guère mieux que les délinquants qu'il combat. Sam Koltberg a raison sur toute la ligne. Il n'est qu'un imposteur qui a gravi les échelons grâce à sa mère.

Il a fait des recherches sur les personnes dont Douglas lui avait communiqué les noms. Comme il fallait s'y attendre, cela n'avait rien donné. D'ailleurs, cela n'a aucune importance puisque tout est terminé, maintenant. Il a échoué lamentablement.

Certes, il ne s'est pas fait virer, mais cela ne saurait tarder. Il n'est pas fait pour être flic.

Et pour être honnête, il l'a toujours su. Depuis la première fois où, fraîchement promu de l'Académie, il a franchi les portes de l'hôtel de police. Il se souvient parfaitement de ce qu'il s'était dit :

Je n'ai rien à faire ici. Je ne suis pas à ma place. Comment vais-je m'en sortir ?

Si je suis là, c'est parce que je dois découvrir qui a tué ma mère.

Mais il avait eu l'impression que ce n'était pas tout. Qu'il avait à accomplir d'autres missions dont il n'avait pas encore connaissance.

Qu'il avait des vérités à révéler.

Des vérités qui le dépassaient. Et de loin.

*

Il va et vient dans son appartement poussiéreux.

Il sait qu'il y a dans sa cachette des pilules qui le calmeront en moins de temps qu'il n'en faut pour le dire.

Il a décidé qu'il ne céderait pas.

Mais où trouverai-je la force de résister ?

Soudain, on frappe à sa porte.

Te voilà quand même.

C'est toi qui vas me sauver. Pourtant, ce devrait être le contraire.

« Salut. »

Son visage n'est qu'un immense sourire et elle tient dans ses bras une chemise et une trousse.

« Salut, tu veux entrer ?

— Avec plaisir. »

Ils s'installent dans le canapé et Ester pose sa chemise sur la table.

« Tu as encore des devoirs ? Ces cours d'été ne sont pas encore finis ? demande Zack.

— Dans une semaine.

— Et qu'est-ce que tu as à faire pour demain ?

— Juste un peu de maths. On a commencé à étudier les surfaces.

— C'est difficile ?

— Non, en fait, c'est un peu comme les multiplications. D'abord, on mesure la longueur et la largeur, puis on multiplie les deux. Et voilà, le tour est joué. À condition d'avoir affaire à un rectangle ou à un carré. Sinon, c'est plus compliqué.

— Tu veux bien me montrer comment tu fais ? »

Elle sort son cahier d'exercices de mathématiques de sa chemise et ouvre sa trousse. Elle aiguise consciencieusement son crayon à l'aide d'un petit taille-crayon vert à réservoir et s'empare d'une gomme d'un blanc impeccable et d'une règle transparente.

Tout son matériel est en parfait état. L'extrémité de son crayon n'est pas mâchouillée, son cahier n'est pas écorné.

Zack se souvient de ses propres livres de cours. Toujours abîmés, gondolés, avec les coins recourbés. Il n'avait aucune difficulté à apprendre mais était d'une négligence maladive. Il lui arrivait souvent d'oublier ses livres et ses cahiers à la maison ou de se présenter aux sorties sans pique-nique ni vêtements de rechange.

Et il ne pouvait pas non plus compter sur son père.

Non pas que celui-ci rechignait à s'impliquer, c'était juste au-dessus de ses forces, tout simplement.

À l'instar de la mère d'Ester.

Ester, elle, n'oublie jamais rien.

Zack l'observe tandis qu'elle mesure avec application les côtés d'un pentagone puis reporte les chiffres au-dessous, sur la ligne en pointillé.

Pourvu que tu maintiennes le cap au cours des prochaines années.

Pourvu que tu ne fasses pas de mauvaises rencontres.

Ou que tu ne sois pas kidnappée et vendue par un réseau criminel.

Séquestrée dans une maison au fond des bois.

Parmi des loups.

« Et voilà ! s'exclame-t-elle après quelques instants. J'ai fini.

— Eh bien, tu y es quand même arrivée », commente Zack.

Elle lui lance un regard interrogateur.

« Mais ça ne me surprend pas. Tu as d'autres devoirs à faire ?

— Non, j'ai déjà fait le reste en classe.

— Tu veux voir un film ? »

Elle tire son portable de sa poche, un vieux Nokia 5310, et consulte l'écran.

« Non, on va bientôt manger. Il faut que je remonte préparer le thé et les tartines. Maman doit être réveillée, à l'heure qu'il est. »

Elle enlace longuement Zack qui la serre dans ses bras en retour.

Puis elle ramasse sa chemise et sa trousse, et s'en va. Zack entend ses pas dans l'escalier. Il espère que Veronica est réveillée et qu'elle sera suffisamment en forme pour passer un peu de temps avec sa fille.

Tout à coup, son téléphone se met à biper. C'est un SMS de Fredrik Bylund.

Retrouve-moi au Grand Hôtel à 9 heures demain matin.

Zack se demande pourquoi il faut toujours que Bylund lui donne rendez-vous dans des endroits chics. Il répond :

D'accord. À ton tour d'inviter.

Quelques instants plus tard, il reçoit un smiley avec des cornes de démon.

Zack aurait préféré le voir sur-le-champ. Il sait que les journalistes reçoivent parfois de précieux tuyaux d'individus qui, pour diverses raisons, sont peu enclins à contacter la police. Il espère que les informations de Bylund le mettront sur la bonne piste.

Mais il n'a pas l'intention de tirer les vers du nez du reporter. Mieux vaut le laisser fixer les règles du jeu.

Quant à lui, il ferait bien de dormir.

Il aurait tant voulu qu'Ester reste. Il aurait pu somnoler un peu à ses côtés dans le canapé. Il tourne le regard en direction de sa petite cache secrète. Mais non, il a déjà avalé assez de ces saloperies pour aujourd'hui. Hors de question de faire passer la merde avec de la merde.

Il préfère opter pour une autre méthode, douloureuse mais éprouvée.

Il retire son jean et se met à faire des pompes sur le sol du séjour. Il tient un rythme soutenu et sa poitrine flirte avec le parquet à chaque flexion.

Au bout de cinquante pompes, il se retourne sur le dos et entame une série d'exercices abdominaux. Il exécute une centaine de tractions. La fatigue s'installe enfin.

À quand remonte son dernier repas ? En tout cas, il n'a rien mangé de la journée.

Il se rend dans la cuisine, se prépare cinq tartines avec du fromage et du beurre, se sert un grand verre de lait. Puis il s'installe devant la télé. Zappe à la recherche d'un programme intéressant, mais finit par renoncer.

Il n'a plus faim et doit se forcer pour avaler sa dernière tartine. Après s'être brossé les dents, il se glisse sous les draps.

Ferme les yeux.

Et s'endort aussitôt.

Mais son sommeil est agité. Ses rêves sont peuplés de gueules de fauves dans des couloirs obscurs, de loups qui hurlent à la mort, de femmes aux jambes arrachées, de balles qui transpercent des crânes et de deux garçons, par une nuit d'été, dans une prairie qui pue le sang.

*

Il se réveille en sursaut. Sur le coup, il ne sait pas où il se trouve.

Il tend le bras vers son portable qu'il a mis à recharger. Une heure dix-sept.

On est maintenant vendredi. Mais cette semaine infernale est encore loin d'être terminée.

Sensation que le temps a été compressé. Il s'est passé tellement de choses, ces derniers jours, que son cerveau n'a pas eu le temps de tout enregistrer.

Il se rend à la fenêtre et remonte le store. Dans le ciel bleu sombre, il distingue quelques points blancs qui scintillent faiblement. Il se met à scruter la voûte céleste en quête d'une constellation qu'il n'a pas vue depuis longtemps. Elle est vaste mais les étoiles qui la forment sont peu lumineuses, presque invisibles à l'œil nu. Surtout depuis le centre-ville.

Il les cherche quand même. Les quatre étoiles qui rappellent la Grande Ourse et les autres qui en forment comme les bras et les jambes.

Hercule.

Un souvenir ressurgit du plus profond de sa mémoire. Il est quelque part dans la campagne avec son père. Celui-ci est encore en bonne santé. C'est la fin du mois d'août, il fait nuit et ils sont dehors en train d'admirer le ciel.

Le chant des grillons est entêtant et son père est accroupi à côté de lui. Il vient juste de lui indiquer la constellation d'Hercule.

« Mais pourquoi est-ce qu'il court, papa ? Il a peur ?

— Non, Hercule est un brave. La constellation à laquelle on a donné son nom peut être interprétée de diverses manières. Certaines personnes, comme toi, y voient deux jambes qui courent. Mais en réalité, Hercule est à genoux et brandit sa massue, prêt à affronter ses ennemis. »

Zack observe longuement la constellation. Puis les autres. Il est époustouflé par la multitude des étoiles.

« Tu sais comment sont nées les étoiles ? demande son père au bout d'un moment.

— Non.

— Eh bien, quand Hercule était bébé, il fut abandonné par sa mère Alcmène et recueilli par la déesse Héra qui lui donna le sein, mais il s'en empara avec une telle avidité qu'elle le laissa tomber sur le sol et une traînée de lait traversa alors le ciel. C'est ainsi que fut créée la Voie lactée. »

Zack le regarde.

« Pas pour de vrai, hein ? »

Son père lui sourit.

« Chacun a le droit de croire ce qu'il veut. »

Zack contemple à nouveau les étoiles. Son père passe son bras autour de ses épaules et Zack voudrait que ce moment dure éternellement.

*

Dans les bois, à quelques dizaines de kilomètres au nord-ouest de Stockholm, les étoiles sont passablement plus lumineuses qu'en ville. Une grange projette sa silhouette sur les branches et les broussailles. À proximité se dresse une habitation aux fenêtres éclairées.

Des hommes quittent la maison et dirigent leurs pas vers la grange. Les extrémités incandescentes de leurs cigarettes luisent dans l'obscurité. En entendant leurs voix, les bêtes se mettent à glapir.

Fredrik Bylund entend une vieille porte s'ouvrir, des marches grincer sous le poids des hommes, puis voit trois visages se pencher sur lui depuis une sorte de plateforme qui ressemble à un grenier. Les hommes conversent à voix basse. L'un d'eux part d'un grand éclat de rire.

Fredrik Bylund essaie de se libérer, mais ses poignets et ses chevilles sont enchaînés. Il est à bout de forces.

Il n'ose même plus appeler à l'aide.

L'un des hommes s'éloigne. De nouveau, des pas se font entendre dans l'escalier. Puis il perçoit un raclement et voit une grande trappe coulisser lentement le long du mur.

Les glapissements et les grognements des bêtes se font plus distincts.

Qu'est-ce qui se passe ? Bordel, qu'est-ce qui se passe ?

L'ouverture dans le mur s'élargit, les loups se ruent dans la pièce et il se met à hurler comme jamais il n'avait encore hurlé.

*

Les cris.

Encore.

Lointains. Et en même temps si proches.

Sanda Moe commence à chanter d'une voix chevrotante pour couvrir les sons terrifiants qui leur parviennent à travers les parois humides de la cave. Elle caresse les joues de Than Than Oo en s'attardant volontairement sur ses oreilles.

Son front est trempé de sueur. Elle est allongée sur un matelas immonde posé à même le sol et essaie de reprendre son souffle. Les contractions sont de plus en plus rapprochées.

Tin Khaing, douze ans, est accroupie entre ses jambes tendues, prête à accueillir le bébé.

Sanda Moe adresse des paroles rassurantes à Than Than Oo. « Tout va bien se passer. Tu es forte. »

Elle sait que personne ne viendra les sauver.

Elles étaient condamnées déjà en Birmanie.

Peut-être même dans le camp de réfugiés, de l'autre côté de la frontière.

Les contractions reviennent. Than Than Oo pousse un hurlement.

C'est bien, pense Sanda Moe. *Que les cris de vie étouffent les cris de mort.*

*

À cinq heures et quart, Zack se réveille dans son canapé. Il a dormi dans une position inconfortable, son dos est un peu endolori.

Mais il se sent enfin frais et reposé.

Il a dû se rendormir pendant qu'il regardait les étoiles. Après un bref calcul mental, il en arrive à la conclusion qu'il a dû accumuler environ neuf heures de sommeil depuis la veille.

Il se rend dans la cuisine et allume sa cafetière. Puis il va chercher sa serviette en cuir et étale les photos de sa mère sur le sol.

Il les dispose à l'envers afin de s'obliger à les envisager sous un nouvel angle. Passe en revue tous les détails de l'enquête. Essaie de déceler d'éventuelles lacunes dans ses raisonnements.

Qu'est-ce qui m'a échappé ?

51

Allez, décroche.

Sirpa Hemälainen tient le combiné de son téléphone entre sa joue et son épaule tandis que ses doigts dansent sur le clavier de son ordinateur en quête de nouvelles informations sur l'homme qui se cache derrière le pseudonyme Dirty Sanchez.

Elle est exaltée. Scrute l'open space de l'Unité spéciale d'un air triomphant.

Cette fois, on te tient, enfoiré.

Une heure plus tôt, elle était dans sa cuisine, occupée à se faire du café, quand son ordinateur, qu'elle avait laissé sur son lit, avait émis une sonnerie.

Malgré ses jambes douloureuses, elle s'était précipitée aussitôt dans sa chambre.

Sur son écran, le message *Waiting for connection* avait laissé la place à *Connected.*

Dirty Sanchez avait mordu à l'hameçon.

Sans attendre, elle s'était introduite sur son disque dur et n'avait pas mis longtemps à découvrir sa véritable identité.

Zeus avait aboyé et bondi sur le lit en remuant la queue quand elle avait poussé un cri de victoire, mais elle ne l'avait même pas remarqué.

C'était donc lui, Dirty Sanchez. Ni Ösgür Thrakya, ni Peter Karlson, ni Ingvar Stefansson, mais *lui*.

Le pauvre Zeus avait juste eu droit à une minute de promenade. Un petit pipi et hop ! À la maison. Ensuite, Sirpa avait foncé à l'hôtel de police.

Mais réponds, bordel !

Au bout de huit signaux, elle finit par raccrocher et décide d'appeler Deniz qui décroche aussitôt.

« Salut, c'est Sirpa. Je n'arrive pas à joindre Zack. Il est avec toi ?

— Non, moi aussi, j'ai essayé de l'appeler, mais il ne répond pas. J'espère qu'il n'est pas encore en train de se la jouer solo.

— Sten Westberg, le PDG sur qui Zack est tombé dans le garage de Mehmet Drakan. C'est lui, Dirty Sanchez. Il a dû passer là-bas pour récupérer le sac de fric.

— Qu'est-ce que tu racontes ? Comment tu le sais ? »

Sirpa lui fait un résumé sommaire.

« Cette nuit, il a ouvert le mail et cliqué sur le lien, ce qui m'a permis d'accéder à son ordinateur. J'ai pu télécharger tout un tas de fichiers.

— Waouh ! On a le droit de faire ça ?

— Non, c'est de la fraude informatique, c'est formellement interdit. Mais on a quand même un tueur en série qui se promène dans la nature, pas vrai ?

— Si, tout à fait.

— Pour l'instant, j'ai seulement eu le temps de passer en revue quelques-uns de ses fichiers, poursuit Sirpa, mais j'en sais déjà assez pour affirmer qu'on a affaire à un authentique pervers. Je vais continuer d'éplucher ses mails, ses fichiers Word et le reste, mais je tenais à vous prévenir. Je vais encore essayer de joindre Zack, si tu veux.

— D'accord, j'arrive. »

Sirpa raccroche et compose à nouveau le numéro de Zack. Elle meurt d'impatience de lui annoncer la nouvelle.

Elle contemple la photo d'identité qui est affichée sur son écran.

Sten Westberg, PDG de la société immobilière Merkantus, est classé au soixante-dix-septième rang des plus grands revenus de Suède.

Mais aussi l'homme qui se cache derrière l'adresse dirtysanchez@woomail.com.

Elle fait défiler rapidement la liste des mails qu'elle est parvenue à télécharger pendant que Westberg était connecté dans la matinée.

Apparemment, c'est une adresse qu'il n'utilise pas très souvent, aussi remonte-t-elle rapidement l'historique. Quelques mails en provenance du Sawatdii qu'elle se rappelle avoir lus sur l'ordinateur de Sukayana Prikon, une confirmation d'inscription à un site pornographique, *www.barelylegal.com*, deux mails en anglais ayant pour objet des demandes de tarifs auprès d'hôtels aux Philippines.

Il a sûrement prévu d'entreprendre un séjour sexuel par là-bas. *Écœurant*, songe-t-elle en ouvrant un nouveau mail.

Qu'est-ce que c'est que ça ?

Elle lit les premières lignes en retenant son souffle.

Puis regarde la photo.

Merde.

Le mobile des meurtres.

Le voilà.

Si vous ne nous versez pas 100 000 couronnes, nous raconterons tout ce que vous nous avez fait.

Vous avez jusqu'au 13 juin pour effectuer le virement chez Western Union.

Elle sursaute en lisant la date. *Le 13 juin.* C'était lundi. Le jour où les premiers meurtres ont été commis.

Le reste du mail contient des instructions pour le transfert de fonds et le numéro à appeler une fois l'opération effectuée. L'indicatif du pays est le +95.

Elle effectue une recherche rapide sur Google.

La Birmanie.

Elle examine à nouveau la photo.

Celle qui était censée le convaincre de payer.

Et comment aurait-il pu refuser ?

On y voit Sten Westberg, debout, pantalon sur les chevilles. Une femme nue est à genoux face à lui. Elle tourne le dos à l'objectif.

Sirpa devine que c'est la femme elle-même qui a dû cacher l'appareil photo quelque part dans la pièce et le déclencher à distance.

Ingénieux.

Et osé.

Tout à coup, elle prend conscience que cette femme est sans doute une des victimes. Est-ce là l'une des dernières choses qu'elle ait accomplies sur cette terre ? Une fellation à un vieux pervers en costume ?

Le mail est signé par huit personnes. Peut-être croyaient-elles que cela les protégerait, qu'il n'aurait pas le cran de s'opposer à elles si elles étaient assez nombreuses.

Six de ces noms correspondent à ceux figurant sur les faux passeports qu'ils ont trouvés sur les scènes de crimes. Elle effectue des recherches sur les deux autres. En pure perte. Aucune trace dans les registres de l'administration suédoise et sur le Net. Même sur les sites de sexe.

Elle ouvre un autre mail qui contient une longue correspondance en anglais entre dirtysanchez@woomail.com et une adresse turque qu'elle a réussi à remonter jusqu'à un hébergeur situé en Italie. Il en ressort que Sten Westberg a aidé les Turcs en leur fournissant des locaux bon marché en échange de loyers non déclarés.

« *My position as CEO in the company will serve as a guarantee against unwanted inquiries* », écrit-il dans l'un de ses premiers messages.

Ce type avait un salaire en or, pense-t-elle, pourtant il lui en fallait encore plus. Et il est fort probable que leur accord portait également sur des rémunérations en nature.

Zack ne répond toujours pas.

Elle fera une nouvelle tentative tout à l'heure.

52

Zack tire son portable de sa poche et appelle Fredrik Bylund pour la quatrième fois. Sirpa et Deniz ont tenté de le joindre à plusieurs reprises, mais il préfère ne pas répondre au cas où Bylund se déciderait enfin à le rappeler. Elles peuvent bien se débrouiller sans lui une heure ou deux, même si Deniz doit être furieuse.

Il ne décroche toujours pas.

Zack se trouve au Grand Hôtel. Les boiseries du bar ont beau être peintes à la feuille d'or, le service n'y est guère meilleur que dans les cafés qu'il a l'habitude de fréquenter. Le serveur avait pris son temps avant de se décider à venir prendre sa commande, et encore plus longtemps à lui apporter son expresso qui, pour ne rien arranger, était déjà tiède.

Mais il en faudrait plus, ce matin, pour entamer la bonne humeur de Zack. Il a l'impression que cela fait une éternité qu'il ne s'est pas senti aussi bien.

Reposé, temporairement libéré de ses angoisses et de son manque.

Pourtant, il commence à se demander si Fredrik Bylund ne lui a pas posé un lapin.

Il décide de passer un coup de fil à la rédaction d'*Expressen*. On lui répond que Bylund est absent pour l'instant mais qu'il a eu une longue journée, la veille, et qu'il arrivera probablement dans le courant de la matinée.

Plusieurs journaux sont à sa disposition sur sa table. *DN*, *SVD*, *Dagens Industri*. Mais pas d'*Expressen*.

Tout à coup, un mot attire son attention dans une rubrique en première page du *Dagens Industri* : Merkantus. Zack s'empare du journal.

La société de Sten Westberg.

Il parcourt l'article.

C'EST LA CRISE CHEZ MERKANTUS

La direction de Merkantus est sur un siège éjectable. Après une longue série de revers, le propriétaire de Heraldus envisage de passer un coup de balai.

Après avoir essuyé deux nouveaux échecs en peu de temps, la direction de la société immobilière Merkantus semble avoir perdu tout crédit. Selon certaines sources, le propriétaire du groupe Heraldus envisagerait de procéder à une vaste restructuration de la société.

Chez Heraldus, on se refuse aujourd'hui à commenter les informations recueillies par *DI*.

« Nous n'avons aucune déclaration officielle à faire pour le moment », a éludé le porte-parole du groupe, Harald Sundborn.

Heraldus, qui fait partie de ce que l'on surnomme le « Big Five suédois », est réputé de longue date pour son attitude impitoyable envers les dirigeants de ses filiales qui ne parviennent pas à atteindre les objectifs fixés.

Heraldus…

Ça lui revient enfin !

Voilà de quoi elle est l'héritière. La femme qu'il a croisée, l'autre nuit, dans la boîte clandestine de Sundbyberg.

Avec ses yeux bleus et ses cheveux noirs et soyeux.

Mais comment s'appelle-t-elle, déjà ? Son nom ne lui revient toujours pas.

Ses yeux. Son nez.

Il lève les yeux de son journal et se rend compte qu'il règne une certaine agitation à l'autre bout de la salle.

Des flashs d'appareils photo. Des éclats de voix. Au centre de l'attention, assise à une table ronde, une femme mince vêtue d'une longue robe noire.

Noomi Rapace.

Lisbeth Salander.

Elle est interviewée par un homme dégarni en veste de costume, tandis qu'un jeune photographe avec une chemise froissée et une barbe de trois jours sautille autour d'elle et la mitraille sous tous les angles possibles et imaginables.

Autour de la table se tiennent deux hommes et une femme qui semblent tout droit sortis d'un de ces films publicitaires ridicules destinés au milieu des affaires. Des experts en communication, pense deviner Zack. Ils sont là pour veiller à ce que le reporter pose les bonnes questions et à ce que la vedette donne les bonnes réponses.

La face visible de la notoriété. Celle qui fait tant rêver le commun des mortels.

Le luxe, la célébrité et les éternels sourires mielleux.

À l'opposé de son monde à lui.

Tandis qu'il l'observe, Noomi Rapace tourne le regard dans sa direction, sourit et hausse légèrement un sourcil.

Zack est tenté de la mettre à l'épreuve. De voir combien de temps elle osera soutenir son regard.

Mais il s'abstient.

Concentre-toi sur ton boulot, tu as un meurtrier à arrêter.

Concentre-toi.

Un téléphone vibre à proximité et il met plusieurs secondes avant de comprendre qu'il s'agit du sien. Il se jette sur sa veste qui se trouve de l'autre côté de la table, sur le dossier d'une chaise, et s'empresse de tirer son téléphone de sa poche intérieure en priant pour que ce soit enfin Fredrik Bylund.

Il regarde le nom qui s'affiche sur l'écran.

Sirpa. Encore elle.

Et puis merde.

Vas-y, décroche. C'est peut-être important, après tout.

« Allô ?

— Zack. Ça y est, je sais qui est Dirty Sanchez ! C'est Sten Westberg ! »

Deux minutes plus tard, il range son portable dans sa poche sans une pensée pour Bylund.

Cette fois, la victoire est proche.

L'étau se resserre.

Il fait signe à un serveur, n'hésitant pas à user de grands gestes pour attirer son attention. Alors qu'il tend sa carte de crédit, il songe à ce que Sirpa vient de lui raconter à propos de la tentative de chantage des masseuses.

Westberg avait un excellent mobile pour les liquider. Elles auraient pu briser sa carrière.

L'honneur d'un homme d'affaires contre les vies de six Birmanes.

Apparemment, le choix était simple.

« Tenez. Merci et bonne journée. »

Le serveur lui rend sa carte et un ticket.

Quatre-vingts couronnes. C'est ce qu'il a l'habitude de payer pour un déjeuner.

Mais certainement pas Sten Westberg.

Maintenant, on sait pourquoi c'était lui qui signait les contrats, songe Zack. *Il profitait de son statut de PDG pour arrondir ses fins de mois. Comme s'il en avait besoin…*

Il repense au sac dans le garage. Au mot posé sur le tas de billets.

« Dirty money for Dirty Sanchez. »

Mais de là à imaginer qu'un chef d'entreprise fortuné et compétent ait pu se transformer en tueur en série… A-t-on déjà vu cela ?

Et pourquoi un tel déchaînement de violence ? Zack ne comprend pas.

Pour nous mettre sur une fausse piste ? Parce qu'il hait les femmes et le pouvoir d'attraction qu'elles ont sur lui, comme Tommy Östman l'avait suggéré ?

Malgré tout, il ne correspond pas tout à fait au profil établi. Sten Westberg n'a rien d'un solitaire. Zack l'a vu de ses propres yeux, à l'Operabar, prendre son déjeuner en compagnie d'hommes en costume qu'il semblait très bien connaître. Et puis les fonctions qu'il occupe l'amènent inévitablement à faire sans cesse de nouvelles rencontres.

Qu'est-ce qu'Östman avait dit d'autre ?

Un homme qui fréquente les milieux criminels…

Il est peu vraisemblable qu'il appartienne à un groupe organisé.

Là, en revanche, la description colle totalement. Certes, Westberg entretient des relations d'affaires avec Yildizyeli, mais il n'en fait pas partie pour autant.

Il aurait très bien pu se procurer l'arme du crime auprès d'eux.

Cependant autre chose le chiffonne. Pourquoi, par exemple, les Turcs auraient-ils laissé Sten Westberg s'en prendre à leurs sources de revenus ? Il a du mal à croire qu'il soit si difficile de dénicher des locaux à louer pour implanter des salons de massage à Stockholm. Alors pourquoi n'ont-ils pas tenté de l'arrêter ?

À supposer que ce soit lui le meurtrier.

Et Sukayana Prikon ? Pourquoi l'aurait-il mutilée ? Elle n'était pourtant pas impliquée dans la tentative de chantage. Du moins, son nom n'apparaissait pas dans le mail.

Il est plus probable qu'elle ait été agressée par quelqu'un d'autre. Yildizyeli.

Pas sûr que cela ait un lien avec les meurtres.

Zack se passe les mains dans les cheveux.

Il doit raisonner de manière logique.

Admettons que Sten Westberg soit le meurtrier. Dans ce cas, il est passé à l'action sans l'approbation des Turcs. Pourquoi ? Pour empêcher ces femmes de briser sa vie. Si les clichés où on le voit en compagnie d'une prostituée birmane atterrissaient dans les mains de la presse, il risquait de passer du confort de son bureau luxueux à l'obscurité d'une cellule spartiate.

Pourquoi n'a-t-il pas tout simplement payé ? D'autant qu'il s'agissait d'une somme ridicule pour quelqu'un comme lui.

Zack se remémore sa rencontre avec Westberg. Son regard méprisant. Ses airs arrogants et moqueurs. Il comprend que ce n'est pas une question d'argent, mais de pouvoir.

Westberg voulait que ces femmes meurent parce qu'elles menaçaient sa position dominante. Parce qu'elles n'étaient que de vulgaires prostituées asiatiques et lui un homme blanc qui réussit tout ce qu'il entreprend. Parce qu'elles n'ont pas su rester à leur place.

Il ne *pouvait* tout simplement pas céder devant elles. Cela aurait été en parfaite contradiction avec l'image qu'il a de lui-même.

Dans des circonstances normales, il aurait peut-être quand même pris le risque. Mais son pouvoir était déjà sérieusement menacé.

Westberg était sur le point de perdre son poste de PDG. Et avec lui sa situation ainsi que ses confortables revenus.

C'était un homme acculé.

Et comme Zack le sait, les personnes acculées sont dangereuses. Elles sont capables des choses les plus folles.

Comme de tuer. Ou de défier des criminels impitoyables.

Mais il était en affaire avec les Turcs, ce qui le rendait insoupçonnable à leurs yeux.

À moins que ?

Soudain, le sang de Zack se glace.

Le garage de Farsta.

Il s'est présenté à Mehmet Drakan, lui a montré son insigne de policier.

Drakan a peut-être retenu son nom et vérifié ensuite à quelle unité il appartenait. Peut-être qu'il a vu au JT que l'Unité spéciale enquêtait sur la série de meurtres commis dans le milieu des salons de massage asiatiques et qu'il s'est demandé pourquoi un membre de cette équipe s'intéressait à Westberg.

Ils savent.

Exactement comme nous.

Il faut absolument qu'on retrouve Westberg avant eux. Qu'on le force à nous conduire jusqu'à la maison dans les bois.

Une image surgit dans son esprit : Sten Westberg taillé en pièces par des loups dans un lieu isolé du reste du monde.

Il compose le numéro de Deniz et quitte l'hôtel en courant.

53

Zack fonce en direction du nord dans Grevgränd, prend à gauche dans Arsenalsgatan et longe ensuite le parc de Kungsträdgården.

De l'autre côté de la rue, des cerisiers du Japon sont alignés. D'ici une heure, le parc sera rempli de Stockholmois et de touristes déambulant avec leurs glaces, mais pour l'instant, l'endroit est encore désert.

Zack poursuit jusqu'au carrefour de Hamngatan et s'arrête devant Chez Max au moment où passe le tram à destination de Djurgården.

C'était son idée à lui qu'ils se retrouvent là plutôt qu'à l'hôtel. Cela leur permettrait d'éviter les ruelles et de gagner quelques précieuses minutes.

Il la voit arriver de l'ouest au volant de la Volvo V50 de l'Unité spéciale. Dès qu'elle aborde le trottoir, Zack se jette sur le siège passager sans attendre que la voiture soit à l'arrêt.

« On va dans Engelbrektsgatan.

— Engelbrektsgatan ?

— C'est là-bas qu'est situé le siège de Merkantus. Le moment est enfin venu d'aller cueillir notre cher PDG.

— Pour quel motif ? Meurtre ?

— Pour ça ou pour autre chose, peu importe. L'essentiel, pour l'instant, c'est qu'on lui mette le grappin dessus. De préférence avant les Turcs. Je crois qu'eux aussi sont à sa recherche.

— Le problème, c'est que Sirpa a eu recours à des moyens illégaux pour l'identifier. Le procureur ne l'acceptera jamais.

— On trouvera autre chose. On pourra toujours prétendre qu'on a reçu un tuyau de la part d'un généreux hacker anonyme ou quelque chose de ce genre. Ce n'est pas un souci.

— Est-ce que Douglas t'a donné son feu vert ?

— Je ne lui ai rien demandé. Il montre les crocs chaque fois qu'on mentionne le nom de Sten Westberg. Ils font peut-être partie du même *gentlemen's club*. Je suis persuadé que Westberg a appelé Douglas pour se plaindre, hier, parce que j'avais sali son beau costume à Farsta.

— À propos de tes exploits à Farsta…, dit Deniz.

— Je sais. Je te dois des explications. On en reparlera quand tout sera terminé, d'accord ? »

Deniz reste muette un moment. Ils passent devant le parc Berzelii. Des arbres étendent leurs branches au-dessus de la rue, soustrayant le trottoir aux rayons brûlants du soleil.

« D'accord. On réglera ça plus tard. »

« C'est là », dit Zack en pointant du doigt un immeuble grandiose avec vue sur le parc de Humlegården.

Deniz considère le bâtiment du début du vingtième siècle.

« Douglas risque de ne pas apprécier notre initiative.

— Je n'aurai qu'à lui dire que je pensais que Sirpa l'avait informé. Ne t'inquiète pas pour ça. »

Deniz le regarde en souriant.

« Quoi ? fait Zack.

— Rien. C'est juste que tu as l'air en pleine forme, pour une fois.

— Laisse tomber. »

*

Les murs de la réception sont tapissés de lambris blanc et de vieilles photos en noir et blanc sous cadre. Certaines représentent des édifices anciens, d'autres des ouvriers du bâtiment tout de blanc vêtus fumant la pipe. Zack suppose que ces clichés sont des témoignages des débuts de la société Merkantus.

La réceptionniste est une femme entre deux âges. Souriante. Elle porte un chemisier blanc et une veste bleu marine pourvue d'épaulettes surdimensionnées.

« Bonjour, en quoi puis-je vous aider ? demande-t-elle en s'adressant à Zack.

— Bonjour, nous cherchons Sten Westberg.

— Je suis désolée, mais il est absent.

— Vous savez où on peut le trouver ?

— Non. Je l'ai vu quitter précipitamment nos locaux il y a environ un quart d'heure. Mais je constate qu'il ne s'est pas déconnecté de sa session, ajoute-t-elle après un rapide coup d'œil à son écran d'ordinateur. C'est étrange. Ce n'est pas dans ses habitudes. Voulez-vous que je lui transmette un message ? »

Zack lui présente son insigne.

« Il est capital que nous le joignions au plus vite. Pouvez-vous nous mettre en relation avec sa secrétaire ?

— Certainement, dit la femme en s'efforçant vainement de dissimuler sa curiosité. Un instant. »

Elle compose un code sur son téléphone.

« Coucou, Jeanette, c'est Agneta. J'ai ici un policier qui souhaiterait contacter Sten. Je peux te le passer ? »

Elle tend le combiné à Zack.

« Hélas, explique Jeanette, j'ignore quand il va revenir. Il ne m'a pas dit où il allait. D'après son agenda, tout ce qu'il avait de prévu aujourd'hui, c'était un rendez-vous avec des clients étrangers. Il était censé leur faire visiter un local à midi, mais je n'ai aucune idée ce qu'il peut faire en ce moment. J'ai moi-même essayé de le joindre il y a quelques minutes et son téléphone était éteint.

— Très bien. Merci pour votre aide. »

Alors qu'il s'apprête à ouvrir la portière de la voiture, son téléphone se met à sonner. C'est Sirpa.

« Je les ai retrouvées. Les deux dernières femmes. Elles s'appellent Nang Mon et Ah Noh. Des noms typiquement birmans, il me semble. Sten Westberg les mentionne dans un des mails qu'il a envoyés avec son adresse dirtysanchez. Il voulait connaître leurs horaires de travail.

— Et où sont-elles employées ?

— À l'Eastern Massage. C'est à Skärholmen. Et devine quoi. Ce salon figure sur la liste des établissements que l'on soupçonne d'appartenir à Yildizyeli.

— Sirpa, tu es la meilleure.

— Encore une chose qui peut être bonne à savoir. Quand l'équipe en charge de la traite des êtres humains s'est rendue là-bas, le lendemain du double meurtre du City Thaï Massage, ils ont trouvé porte close. Le salon était fermé et il n'y avait personne sur place. Mais quand j'ai appelé, tout à l'heure, je suis tombée sur une femme avec un fort accent asiatique qui m'a dit qu'ils avaient rouvert depuis seulement une heure. »

Zack sent un frisson parcourir son corps.

« On y va tout de suite. Sirpa, tu peux demander qu'on nous envoie des renforts ? Il y a de fortes chances que Westberg soit là-bas. »

Deniz fait démarrer la voiture et tourne dans Birger Jarlsgatan, mais se trouve presque aussitôt bloquée par un bouchon qui s'est formé derrière un véhicule de livraison.

Zack baisse la vitre de sa portière, sort le gyrophare de la boîte à gants et le pose sur le toit de la voiture.

« Envoie la sirène, qu'ils nous dégagent le passage. »

Elle s'exécute et, bientôt, les autres véhicules s'écartent devant eux.

«Tu crois vraiment qu'il a l'intention de les descendre maintenant, en plein jour ? demande-t-elle.

— Il est aux abois. Tout à l'heure, j'ai lu un article qui disait que sa société était si mal en point que toute la direction était sur un siège éjectable. Il sait aussi qu'on est sur ses traces depuis qu'on s'est croisés à Farsta et il a peut-être aussi compris que les Turcs le soupçonnaient.

— Mais dans ce cas, pourquoi ne les a-t-il pas éliminées plus tôt ? Cette nuit, par exemple ?

— Sirpa a dit que le Eastern Massage était fermé depuis plusieurs jours. Je suppose qu'il a dû passer des coups de fil régulièrement et apprendre aujourd'hui que le salon venait de rouvrir ses portes. »

Zack essaie de joindre le Central pour savoir s'ils peuvent envoyer une voiture sur place, mais le système de communication interne est en panne.

Il fait une nouvelle tentative depuis son téléphone.

Occupé.

Alors, il décide d'appeler Abdula. Il habite dans la partie sud de Bredäng, à seulement quelques minutes en voiture du salon de massage.

Pas de réponse. Il envoie un SMS :

> Eastern massage dans Äspholmsgatan. Un homme s'apprête à descendre deux masseuses. Il faut l'arrêter. J'arrive.

*

Sten Westberg gare sa Mercedes CL600 devant le salon de massage, à Skärholmen, et lève les yeux sur le bâtiment de sept étages. La peinture jaune pâle de la façade est écaillée et les balcons ont été habillés de plaques de tôle bleu sombre dans une vaine tentative pour leur donner un tant soit peu de cachet.

Son pistolet pèse lourdement dans sa poche.

Au début, son arme l'effrayait, mais maintenant qu'il sait ce qu'elle est capable de faire, il l'adore.

Il va pouvoir remettre ces sales putains à leur place.

Pour qui se prennent-elles, ces traînées ?

La première fois qu'elles lui avaient écrit, il s'était presque réjoui de constater que, malgré tout, ces filles avaient du cran.

L'expérience lui a appris que pour obtenir ce que l'on veut, il faut se montrer audacieux, impitoyable. Mais tout le monde n'en est pas capable. Seule une infime partie de la population possède la force de caractère nécessaire.

Comme moi. Et je compte bien faire en sorte que cela continue.

J'aurais pu redresser Merkantus, devenir le héros d'Olympia Karlsson et de tout le groupe Heraldus. Elle m'aurait alors couvert d'or.

Mais il a fallu que ces sales ingrates viennent tout foutre en l'air. Heureusement, les Turcs m'ont grassement rémunéré pour les services que je leur ai rendus. Mais même avec eux, ça a fini par se gâter. À cause de ces pouffiasses.

Tout est leur faute.

Il faut que je les réduise au silence une fois pour toutes. Que je les éradique de la surface de la Terre. C'est tout ce qu'elles méritent, ces putes.

Dans vingt-quatre heures, je serai en train de me faire dorer la pilule sur un transat au milieu d'un paysage paradisiaque. Sur une île des Philippines couverte de palmiers. Vingt-deux heures de vol, quelques bakchichs et j'aurai disparu des radars.

Les traînées.

Ce n'est pas ça qui manque aux Philippines. La chair fraîche à bas prix.

Il caresse son Beretta. La sensation du métal sous ses doigts lui procure un début d'érection.

Il doit tuer encore une fois. Ensuite, tout sera réglé.

Il ne comprend toujours pas comment ces catins ont pu oser le faire chanter. Les ingrates. Après tout ce qu'il avait fait pour elles. Il avait aidé leurs employeurs en leur fournissant des locaux. Il leur avait donné la possibilité de se faire quelques extras. Il leur avait fait l'honneur de les baiser. De leur donner du plaisir. Merde, il lui était même arrivé de les payer alors que les Turcs lui offraient un crédit illimité.

Et puis elles avaient commencé à se plaindre qu'il était un peu trop brutal.

Les pleurnicheuses.

Ce n'était tout de même rien de bien méchant. Une petite fessée par-ci, une petite gifle par-là. Peut-être un petit *fist* de temps en temps, dans le feu de l'action.

Jusqu'au fond de leur chatte.

Elles gueulaient de plaisir, avant de prétendre que c'étaient des gémissements de douleur.

Et alors ? On les force à faire des trucs bien pires dans les bordels de Bangkok. Dans ceux de Doha, les putes asiatiques peuvent se faire sauter par une vingtaine d'Arabes en même temps.

Elles n'avaient qu'à rester chez elles, si la vie était si rose dans leurs camps de réfugiés. Elles n'avaient pas besoin de venir ici aguicher les honnêtes Suédois. Qui peut résister à la petite chatte étroite d'une Asiatique ? Elle vous serre la queue comme aucune chatte d'Occidentale ne peut le faire.

Si elles n'étaient pas venues en Suède, il n'aurait pas eu besoin de les flinguer. C'est aussi simple que ça.

Il sent que son estomac se noue. Comment ont-elles pu lui faire ça ? Il avait constamment fait preuve de bienveillance à leur égard.

Mais voilà comment on vous remercie quand vous êtes gentil. On vous plante un couteau dans le dos. C'est chaque fois la même chose, à un moment ou à un autre, elles finissent toujours par me trahir.

Et pour couronner le tout, il semblerait que les Turcs aient compris que c'est moi qui ai buté leurs putes. Sûrement à cause de ce jeune flic écervelé qui a débarqué à Farsta.

Ils ont téléphoné à Jeanette, hier matin, pour lui demander de reporter le rendez-vous d'hier à aujourd'hui, midi.

Il imagine que c'est Tuncay Çelik qui a appelé, comme d'habitude.

Mais il n'avait encore jamais reporté de rendez-vous jusque-là. Et il n'était jamais passé non plus par sa secrétaire. Il s'était toujours adressé à lui directement.

Ça signifie qu'ils sont à mes trousses.

Avec leurs loups.

Et qu'ils ont l'intention de m'infliger le même châtiment qu'à la salope thaïlandaise de Hornstull.

Il pense à Ösgür Thrakya.

Il n'a jamais vu son visage, seulement son dos.

« Si tu nous trahis, lui avait-il dit de sa voix criarde et cruelle, je t'ébouillante vivant. »

Westberg essaie de réprimer les tremblements de ses mains.

Il serre son pistolet et se sent rassuré.

Il descend de voiture et rajuste son costume.

Sales putains.

S'il y a une victime dans cette affaire, c'est bien lui.

54

Ils filent sur l'E20 en direction du sud. Constamment sur la voie de gauche.

Les quartiers défilent les uns après les autres. Du béton se dresse de part et d'autre de la route. Stockholm s'enlaidit au fil des kilomètres.

« Tu es nostalgique ? fait Deniz, tandis que Zack contemple les tours grises de Bredäng.

— Pas vraiment. »

Il voudrait pouvoir lui avouer ce qu'il ressent. Que ça n'a jamais été chez lui.

« Tu crois qu'on arrivera plus vite si je sors ici ? demande Deniz en se rabattant sur la file de droite.

— Non, prends la prochaine. Ce sera plus rapide. »

Elle repart sur la voie de gauche. Dépasse un camion et deux voitures.

Zack consulte l'heure sur le tableau de bord.

Il appelle à nouveau Abdula qui ne décroche toujours pas et n'a pas non plus répondu à son SMS.

Deniz prend la bretelle de sortie.

Ils sont silencieux. Renfermés sur eux-mêmes, conscients que les prochaines minutes vont être déterminantes.

Ils contournent le centre de Skärholmen, passent devant une petite colline et pénètrent dans un quartier où tous les bâtiments ont sept étages.

Une voiture de patrouille est déjà garée devant le salon Eastern Massage. Zack est soulagé. Sans doute les collègues d'Årsta. Parfait.

Ils se précipitent hors de la voiture et traversent la rue en courant. Une Mercedes CL600 anthracite est stationnée juste derrière le véhicule de patrouille.

La voiture de Westberg? se demande Zack.

Pourquoi n'a-t-il pas pensé à vérifier si d'autres véhicules étaient enregistrés au nom du PDG quand il a fait sa recherche sur la Chevrolet ?

Une rafale de vent balaie soudain la rue. Zack lève les yeux au ciel et voit des nuages sombres arrivant de l'est.

De nouvelles averses en perspective.

Il essaie d'ouvrir la porte du salon de massage, mais elle est verrouillée.

Entre deux rideaux, il aperçoit la lueur clignotante d'une guirlande électrique jaune et bleue. Lorsqu'il jette un œil à l'intérieur, il voit une femme étendue sur le sol. Une policière en uniforme. À côté d'elle gît un autre policier. Un homme, apparemment. Mais Zack ne distingue que son pantalon et ses chaussures. Dans la lumière de la guirlande, le sang qui s'écoule de la gorge de la policière a des reflets verts.

Une mare de sang.

Il s'écarte aussitôt de la porte et fait signe à Deniz de reculer.

« Il y a deux collègues par terre à l'intérieur.

— J'appelle des renforts. »

Zack procède à une rapide analyse de la situation. Si le meurtrier est encore sur place, le plus prudent serait d'attendre les renforts. Mais peut-être que les Birmanes sont toujours en vie et qu'elles ont besoin d'aide. Maintenant.

Deniz raccroche.

« On y va », dit Zack

Elle acquiesce et sort son arme.

Zack examine la porte. Elle n'a pas l'air plus solide que celle qu'il a enfoncée dans le salon de Sukayana Prikon. Il assène un violent *sokuto* juste au-dessous de la poignée.

Le vantail cède dans un fracas assourdissant.

Zack se jette sur le côté et s'attend à voir une volée de balles fendre l'air.

Mais rien ne se passe.

Absolument rien.

Il jette un regard furtif dans le salon, puis se tourne vers Deniz.

« On dirait que la voie est libre. »

Il tient son Sig Sauer devant lui et s'élance.

Du papier peint à fleurs rouges sur fond blanc. Un immense poster représentant un bouddha doré. Un comptoir en pin brut. Une porte fermée.

Deniz le rejoint et ils se mettent aussitôt à scruter des signes de vie chez les deux policiers qui gisent sur le sol.

Deniz pose les doigts sur la gorge de la femme.

« Je ne sens pas de pouls, dit-elle.

— Moi non plus », répond Zack qui s'est agenouillé à côté de l'homme.

Celui-ci est chauve avec une barbe rousse et des sourcils broussailleux. Il a un trou au milieu de la poitrine. Sa chemise est gorgée de sang.

Zack s'abstient de regarder la femme.

Soudain, un bruit de pas se fait entendre dans la pièce voisine.

Zack et Deniz se relèvent discrètement et vont se poster de part et d'autre de la porte.

À nouveau un bruit. Cette fois, on dirait des sanglots.

Y aurait-il un blessé, là-dedans ?

Zack abaisse la poignée, pousse la porte et retire aussitôt sa main.

Son sang pulse dans ses tempes et la crosse de son arme est trempée de sueur.

Quelqu'un pleure, cela ne fait plus aucun doute. Ils perçoivent aussi une respiration haletante.

Zack s'efforce de reprendre le contrôle de son rythme cardiaque. Il inspire profondément et jette un œil dans la pièce.

Sten Westberg.

En sweat-shirt bleu marine et jean, avec une casquette de base-ball. Il tient un pistolet et a passé un bras autour du cou d'une jeune Birmane vêtue d'un kimono en soie. Il se sert d'elle comme d'un bouclier humain. Mais où est passée la deuxième femme ?

Zack se tourne vers Deniz pour l'avertir lorsque Westberg lance :

« Lâchez votre arme ou je la descends ! »

A-t-il repéré Deniz ou puis-je entrer seul ?

Zack consulte sa montre. Les renforts n'arriveront jamais à temps.

« Jetez votre arme et avancez que je puisse vous voir. Tous les deux. Les mains sur la tête. »

Fait chier.

Zack et Deniz échangent des regards, semblent chercher conseil dans les yeux de l'autre. Ils passent rapidement en revue les options qui s'offrent à eux.

Passer à l'attaque ? Ils ont beau être d'excellents tireurs tous les deux, ils n'ont quasiment aucune chance d'abattre Sten Westberg sans mettre en danger la vie de l'otage. Et la leur par la même occasion.

Parlementer avec lui pour tenter de le convaincre de se rendre ? C'est sans espoir. Sten Westberg est venu pour tuer. Il est dos au mur et bien décidé à aller jusqu'au bout.

« Je compte jusqu'à trois, crie-t-il. Un… Deux…

— D'accord, d'accord, répond Zack. Vous avez gagné. »

Il remet la sécurité de son Sig Sauer, s'accroupit et le jette juste derrière le seuil.

« Ça, c'était mesquin », grince Westberg.

Deniz lance son arme à son tour. Un peu plus loin que celle de Zack.

« Maintenant, avancez, les mains sur la tête », répète l'assassin.

Zack s'exécute.

Il s'attend à recevoir une balle dans la tête mais rien ne se passe. Il fait un pas dans la pièce et voit Westberg pointer sur lui un Beretta 9 mm.

« Vous aussi, allez », ordonne le forcené en agitant son arme en direction de Deniz qui se tient en retrait.

Elle vient se placer à côté de Zack. Elle aussi a les mains sur la nuque.

« Voilà, c'est parfait », dit Westberg avec un sourire réjoui.

Ce n'est qu'à ce moment-là que Zack remarque l'autre femme.

Elle est assise sur une table de massage à gauche de la porte. Son visage est encadré d'une coupe au carré. Ses joues sont baignées de larmes et elle porte le même type de kimono que sa collègue.

Elle fait tellement jeune. Une adolescente.

Elle fixe Zack.

Sauvez-moi ! semble crier son regard.

Il tourne de nouveau la tête vers Sten Westberg. Ses yeux pétillent d'excitation. Il comprend que tout est fini et savoure ses derniers instants.

Il menace tour à tour Zack et Deniz de son pistolet.

« Je ne partirai pas seul, déclare-t-il. Aujourd'hui, je compte bien emmener le plus grand nombre de pourritures possible avec moi. »

55

Étrangement, la situation évoque à Zack une partie d'échecs. Une partie à mort où il serait l'une des cinq dernières pièces encore debout sur l'échiquier. À la moindre erreur, c'est la fin de partie.

Il scrute l'endroit et repère des étagères sur lesquelles sont rangées des huiles de massage et des serviettes de toilette soigneusement pliées. Un fauteuil en osier. Des magazines people sur une table basse.

Rien qu'il puisse exploiter.

Son regard s'attarde sur un rideau rouge dans le dos de Sten Westberg. Il se demande ce qu'il y a derrière. Une autre pièce ? Un couloir, comme dans le salon de massage de Sukayana Prikon à Hornstull ?

La femme que Westberg tient par le cou se met à hurler en birman. Il resserre son étreinte et crie :

« Ta gueule, la pute ! »

Elle se tait et ses yeux noirs s'écarquillent tandis qu'il l'étrangle.

Tout à coup, l'autre femme se lève de son banc pour lui porter secours, mais Westberg pointe son Beretta dans sa direction :

« Reste où tu es, traînée ! »

Elle se rassoit.

Elle est en hyperventilation.

Zack entend un sifflement strident quand la femme retenue par Westberg parvient enfin à faire passer de l'air à travers sa trachée comprimée.

« Sten, c'est fini, maintenant, dit Zack sur un ton calme. Les renforts vont bientôt arriver, si ce n'est pas déjà fait. »

Il continue de braquer son pistolet sur eux.

« Bande d'enfoirés. N'essayez pas de m'arrêter.

— Relâchez-les, Sten, insiste Zack. C'est nous, les enfoirés, pas elles. »

Westberg halète, la bouche grande ouverte. Tous les muscles de son corps sont comme tétanisés et son otage doit lutter pour chaque bouffée d'oxygène.

« Tous ceux qui sont ici doivent mourir, les enfoirés comme les putains », réplique-t-il.

Son Beretta se balance frénétiquement de haut en bas dans sa main tremblante.

Zack enrage. S'il était plus près, il pourrait facilement le neutraliser d'un coup de pied ou avec sa matraque. Mais trois mètres les séparent.

Westberg presse le canon de son pistolet sur la tempe de la femme. Elle ferme les yeux et éclate en sanglots.

« Maintenant, dites adieu à la pute, lance-t-il.

— Sten… », tente de le raisonner Zack, mais l'autre se contente de sourire et appuie sur la détente.

Le bruit de la détonation force Zack à mettre les mains devant son visage, mais en entendant Westberg pouffer de rire, il lève à nouveau les yeux et constate que la femme est toujours vivante. Le détraqué a tiré au ras de sa tête.

« Vous avez eu peur, hein ? »

Tout à coup, un clapotis se fait entendre et Zack voit une flaque d'urine s'étendre autour des pantoufles en feutre de la femme qui serre toujours les paupières. Westberg s'empresse de s'écarter, sans pour autant relâcher son étreinte.

« Non, mais qu'est-ce... Quelle dégueulasse ! »

Il presse le canon de son pistolet encore plus fort contre la tempe de son otage qui se met à grimacer.

C'est alors que Zack perçoit un mouvement derrière Westberg.

Le rideau.

Il a bougé.

Il y a quelqu'un.

Une main apparaît. Puis un œil. Le tissu s'écarte lentement et sans un bruit.

Zack s'efforce de détourner le regard pour ne pas alerter le forcené. Il tourne son attention vers la femme assise sur le banc de massage. Elle a toujours les yeux rivés sur Sten Westberg et sur sa collègue. Elle ne semble pas avoir remarqué ce qui se passe dans leur dos.

« Bon. Cette fois, la plaisanterie a assez duré. Il est temps d'en finir. »

Un bras et une épaule sortent de la pénombre. Puis une jambe. Un homme vêtu de noir s'introduit discrètement dans la pièce.

Abdula.

Zack voit défiler la scène au ralenti. Son ami s'avance. Westberg a le doigt sur la détente. Il s'apprête à tirer.

Abdula est maintenant à découvert.

Trop tard, pense Zack.

Le poing d'Abdula s'écrase sur la tempe de Westberg. L'homme pousse un cri, autant sous l'effet de la surprise que de la douleur, et lâche la femme tandis qu'il titube. Mais il a toujours son pistolet à la main. Abdula et Zack l'assaillent des deux côtés en même temps.

Un coup de feu retentit. Abdula est coupé net dans son élan. Il s'effondre au moment même où le pied de Zack s'abat sur le poignet de Westberg.

Le pistolet est projeté contre le mur, puis rebondit sur le sol avant de s'immobiliser juste devant le tueur.

Zack entend sa propre respiration et les battements de son cœur.

Le temps semble encore ralentir. À la périphérie de son champ de vision, il distingue les deux Birmanes, enlacées et à genoux, qui poussent des hurlements de terreur. Il voit Deniz qui semble enfin comprendre qu'elle peut baisser les bras, Abdula qui gît sur le sol, immobile, et Sten Westberg qui se penche pour ramasser son arme.

Il s'élance mais c'est déjà trop tard.

Deux nouvelles détonations retentissent. Mais le bruit est différent, cette fois.

C'est celui d'un Sig Sauer.

Le temps s'accélère à nouveau.

Du sang jaillit de la poitrine de Westberg. Il tombe à genoux. Ne semble pas comprendre ce qui lui arrive.

Zack se retourne et découvre son chef qui se tient dans l'embrasure de la porte, à côté de Deniz.

Westberg finit par s'écrouler sur le flanc. Inerte. Ses yeux les regardent sans les voir.

Les femmes cessent de crier. Toujours blotties l'une contre l'autre, la respiration haletante, elles fixent l'homme en costume qui vient de faire son apparition.

Est-il venu pour les sauver ?

Ou est-ce un sadique de plus ?

Zack s'accroupit à côté d'Abdula. Dans la lumière froide du néon, il ne remarque aucune trace de sang sur son T-shirt noir à manches longues.

Où a-t-il été touché ? Est-il encore vivant ?

« Il n'était pas armé ! crie Deniz quelque part derrière lui. Il n'était pas armé, putain !

— Bien sûr que si », réplique Douglas sur un ton calme en enfilant un gant en latex. Puis il se penche pour ramasser le pistolet sur le sol, s'approche de Sten Westberg et place l'arme dans sa main.

Zack se tourne vers Douglas.

Qu'est-ce qu'il fout ?

Alors que Deniz secoue lentement la tête comme si elle n'en

croyait pas ses yeux, il entend Abdula tousser et tourne à nouveau son attention vers lui. Son ami se tient le côté gauche de l'abdomen. Quand Zack soulève sa main, un flot de sang se met à jaillir à gros bouillons.

Merde, merde, merde.

Zack s'empresse de déchirer un bout du T-shirt d'Abdula, puis il le roule et le presse contre sa blessure en même temps qu'il sort son téléphone pour appeler le centre de contrôle.

« Äspholmsgatan, à Skärholmen. Plusieurs personnes touchées par balles. Certaines sont déjà décédées. Au moins un blessé grave. Il a été atteint à l'abdomen. Envoyez-nous une ambulance. MAINTENANT ! »

La main avec laquelle il tient la compresse est déjà couverte de sang.

Deniz tâte le pouls de Westberg. Son visage s'est figé dans une grimace. On dirait qu'il ricane, comme s'il se réjouissait d'être parti en semant la désolation. Zack voudrait pouvoir effacer son sourire à coups de couteau.

Puis un bruit assourdissant retentit, le sol et les murs tremblent, les vitres explosent et une pluie de débris s'abat sur les cadavres des policiers dans l'entrée.

Putain, c'est quoi ce bordel ?

Est-ce que c'est Yildizyeli qui passe à l'attaque ?

Deniz s'élance, arme au poing.

Zack lâche sa compresse improvisée et place la main d'Abdula dessus.

« Appuie là », lui dit-il.

Abdula essaie de marmonner quelque chose, mais Zack a déjà quitté la pièce.

Lorsqu'il arrive dans la rue, il voit de la fumée noire s'échapper de la Mercedes de Westberg, ou plus exactement de ce qu'il en reste. Le toit a été soufflé à plusieurs mètres de distance, toutes les vitres ont été pulvérisées et l'habitacle est la proie des flammes.

De l'autre côté de la rue, un couple de personnes âgées est assis sur le bord du trottoir, le visage et les mains en sang.

Deniz se porte à leur secours, mais Zack reste pétrifié. Il contemple la carcasse de la voiture et tente de comprendre ce qui a bien pu se passer.

Les ambulances sont en route. On entend déjà leurs sirènes dans le lointain.

Une rafale de vent rabat la fumée vers Zack qui se met à tousser.

Les Turcs, songe-t-il. *J'avais raison.*

Zack consulte sa montre. Onze heures cinquante-trois. La bombe a dû exploser à onze heures cinquante, environ. Qu'avait dit la secrétaire de Westberg? N'avait-elle pas parlé d'un rendez-vous avec un client étranger?

Les Turcs, probablement.

Ils avaient sans doute prévu de faire sauter sa voiture pendant qu'il se rendait à leur rendez-vous.

Mais Sten Westberg avait changé de programme.

Si Sirpa n'avait pas retrouvé sa trace, il aurait quand même été au volant de sa voiture au moment de l'explosion. Filant vers l'aéroport d'Arlanda après avoir commis deux nouveaux meurtres. Sa voiture aurait explosé avant qu'il n'arrive au terminal 5.

C'était le jour où il devait mourir.

Lorsque deux ambulances jaunes surgissent dans la rue, sirènes hurlantes, Zack s'empresse d'aller rejoindre Abdula.

*

Dans l'unité des soins intensifs du Söder Hospital, un moniteur de surveillance émet un signal.

Un médecin avec une barbiche observe alternativement la courbe du moniteur et le visage de la patiente.

Il la voit bouger légèrement la tête. Ses paupières frémissent.

Puis Sukayana Prikon ouvre les yeux.

56

La fumée a envahi la salle de massage. Abdula est pris d'une violente quinte de toux. Son visage se tord et il crache du sang.

Zack se tourne vers la porte. Il voudrait pouvoir envoyer quelqu'un dire aux ambulanciers qu'ils doivent se dépêcher. Mais il est seul.

Il essuie les filets de sang qui se sont formés aux commissures des lèvres d'Abdula. Son ami fixe le plafond d'un air concentré. Il semble si petit, là, sur le sol.

On dirait qu'il rétrécit au fur et à mesure que la vie quitte son corps.

« Tiens bon, mon pote, chuchote Zack. Tiens bon. Ils seront bientôt là. »

Il a envie de hurler, de pleurer, mais il ne peut pas se laisser submerger.

Tout ce qui compte, pour l'instant, c'est Abdula.

Il doit tout faire pour le sauver.

Ensuite, il aura tout le temps de se venger.

La fumée continue de s'engouffrer dans le local, une fumée toxique chargée d'une forte odeur de plastique brûlé. Zack craint qu'Abdula ne manque d'oxygène.

Deux ambulanciers entrent dans la pièce. Ils referment la porte derrière eux et Zack se lève pour leur laisser la place.

« Il a reçu une balle dans l'abdomen. J'ai fait pression sur la plaie mais il crache du sang. »

Les ambulanciers se penchent sur Abdula. L'un d'eux soulève délicatement la compresse et examine sa blessure.

« Vous avez fait du bon travail, dit-il à Zack. Mais il faut qu'on le transporte à l'hôpital au plus vite. »

*

Dans la rue, les pompiers viennent juste de débarquer. La voiture flambe toujours et des volutes noires s'échappent du brasier, la chaleur est insupportable.

Comme toujours dans de telles situations, des badauds se sont agglutinés devant le périmètre de sécurité. Des gens avec des mouchoirs sur le nez, des jeunes qui filment le spectacle avec leurs portables, des femmes qui portent le niqab, des petits vieux avec des costumes élimés, des enfants aux yeux exorbités qui pointent du doigt l'incendie, les policiers et les pompiers.

Les ambulanciers sortent du salon en poussant le brancard sur lequel est allongé Abdula. Zack leur tient la porte et observe la scène. Il a davantage l'impression d'être à Alep, en Syrie, que dans une banlieue de Stockholm.

Quelques mètres plus loin, il voit Douglas qui parle au téléphone tout en transmettant des consignes à trois policiers en uniforme.

Comment a-t-il fait pour arriver aussi vite ?

Douglas range son portable et se dirige vers Zack.

« Je sais ce que tu penses. Westberg était une vieille connaissance. On s'est connus au lycée privé de Sigtuna. On se voyait de temps en temps. On prenait un verre ensemble. Il m'a appelé après ce qui s'est passé à Farsta. Il m'a demandé si on avait quelque chose à lui reprocher et voulait qu'on le laisse tranquille. Ça a toujours été un sale type, mais la dernière fois qu'on s'est vus, j'ai eu l'impression qu'il avait franchi un cap. J'ignorais que c'était un sadique.

— Tu es arrivé rudement vite.

— Sirpa m'a raconté ce qu'elle avait découvert. Puis elle m'a dit que vous aviez l'intention d'intercepter Westberg. »

Zack regarde son supérieur. Son visage n'exprime aucune émotion. Ni tristesse ni remords. Il vient juste d'abattre un vieux camarade de classe, mais cela ne semble pas le bouleverser plus que cela.

« J'étais obligé de tirer, tente-t-il de se justifier. J'ai cru qu'il était armé. C'était lui ou l'un de nous. »

C'est alors que Zack s'aperçoit qu'Abdula est sur le point d'être transporté dans l'ambulance. Il se met à courir et crie aux infirmiers d'attendre un instant.

Une fois qu'il les a rejoints, Zack se penche sur son ami et lui caresse le front. Abdula a les yeux fermés.

Peut-être sent-il ma présence ?

Il faut que tu t'en sortes. Il le faut.

Puis le brancard est chargé, les portes se ferment et l'ambulance démarre.

Zack s'assied sur le bord du trottoir, pose les coudes sur ses genoux et se prend le visage à deux mains.

Autour de lui, les lances à incendie rugissent, on crie des ordres, on parle dans toutes les langues.

C'est à peine s'il remarque la femme qui s'assied à côté de lui et passe un bras autour de ses épaules.

Elle le serre contre elle. Au moment, où il pose sa tête sur sa poitrine, il reconnaît la fragrance discrète de son parfum.

Deniz.

Il se laisse aller. Il prend une série d'inspirations profondes et se rappelle que tout n'est pas encore fini. Ils ne savent toujours pas qui s'en est pris à Sukayana Prikon et ils n'ont aucune idée non plus de l'endroit où sont détenues les jeunes filles.

Où se cachent Ösgür Thrakya et ses sbires ? Et où est passé Fredrik Bylund ?

Zack s'attendait à tomber sur le journaliste ici. Mort ou vif. Mais plusieurs patrouilles ont déjà fouillé les environs et elles n'ont découvert aucun corps. Alors, que lui est-il arrivé ?

Les Turcs l'auraient-ils chopé ?

« C'était Abdula que tu cherchais à joindre en venant ici ? » demande Deniz.

Elle a juste croisé Abdula deux ou trois fois. En coup de vent. Elle sait reconnaître un délinquant quand elle en voit un et Zack est conscient qu'elle a du mal à comprendre ses choix de fréquentations. Mais il sait également qu'elle est sensible aux valeurs telles que l'amitié.

« Oui. Il habite dans le coin. Je me suis dit qu'il pourrait peut-être passer jeter un œil et nous tenir informés.

— Tu veux l'accompagner à l'hôpital ?

— J'irai plus tard. Cette affaire n'est pas encore terminée.

— On interroge les masseuses ?

— Oui. »

Elle se lève et l'aide à se redresser. Elle a l'air épuisée.

Les Birmanes sont assises à l'arrière d'une voiture de patrouille.

L'endroit idéal pour un interrogatoire improvisé, songe Zack en ouvrant la portière conducteur.

Deniz s'installe du côté passager. Elle se retourne et s'efforce d'être souriante. L'une des femmes a de longs cheveux raides. Sa queue de cheval recouvre une de ses épaules. Elle semble avoir la vingtaine et porte des traces rouges à la gorge. C'est elle que Westberg a utilisée comme bouclier humain.

L'autre est plus jeune. Elle tient la main de son amie et dévisage Deniz et Zack d'un air effrayé.

« Comment vous sentez-vous ? » s'enquiert Deniz.

Elles haussent les épaules.

« Vous comprenez le suédois ?

— *English is better*, répond la femme à la queue de cheval.

— Comment vous appelez-vous ? demande Deniz en anglais.

— Je m'appelle Nang Mon. Et elle, c'est Ah Noh. »

Zack se souvient d'avoir entendu Sirpa mentionner leurs noms. Elles font bien partie des huit femmes qui ont tenté de soutirer de l'argent à Westberg.

Ce sont les deux dernières survivantes.

« Nous allons faire en sorte que vous puissiez rentrer chez vous dès que possible. Nous allons aussi vous aider à contacter vos proches. Mais d'abord, nous allons devoir vous poser quelques questions. Vous comprenez ?

— Oui, répond Nang Mon.

— Vous êtes originaires de Birmanie ?

— Oui. Même si nous étions réfugiées du côté thaïlandais de la frontière depuis l'incendie de notre village. Nous appartenons à l'ethnie kachin qui est persécutée par les militaires depuis de nombreuses années. »

Encore une minorité opprimée, pense Zack. *Combien y en a-t-il d'autres ?*

« Parlez-nous un peu de Sten Westberg, poursuit Deniz. L'homme qui vous a prises en otages. Que savez-vous sur lui ?

— C'est un monstre.

— Comment ça ? »

Nang Mon tourne la tête vers la portière et regarde dehors.

« Vous êtes au courant que six Birmanes ont été assassinées à Stockholm, récemment ? demande Zack. Elles travaillaient dans des salons de massage. Exactement comme vous. »

Il omet volontairement de faire référence à leur mail, de crainte qu'elles ne s'enferment dans le mutisme.

Nang Mon et Ah Noh le dévisagent, l'air neutre.

« Nous pensons que c'est Sten Westberg qui les a tuées, reprend-il, mais nous n'avons aucune certitude. Plus nous en saurons sur son compte, plus nous aurons de chances de résoudre cette affaire. »

Nang Mon caresse sa queue de cheval et semble réfléchir. Puis elle déclare :

« Si je vous dis tout ce que je sais, est-ce que vous le répéterez à ma famille ?

— Non, répond Deniz. En revanche, nous n'avons aucun contrôle sur les journalistes. En Suède, la presse est libre de publier ce qu'elle veut. »

Nang Mon interroge Ah Noh du regard.

Puis elle se tourne à nouveau vers Deniz, hoche la tête et dit :

« OK. Je vais tout vous raconter. Monsieur Westberg n'était pas un client comme les autres. Il nous frappait. Nous crachait au visage. Et puis… »

Elle marque une pause et prend une profonde inspiration avant de poursuivre.

« … et puis il était immonde. Il nous appelait ses truies et disait qu'il voulait nous recouvrir d'excréments. Il m'en étalait sur les lèvres. Et il refusait de payer. Il disait que je lui appartenais… »

Soudain, ses paroles restent coincées dans sa gorge.

Elle essuie une larme sur sa joue. Deniz tend le bras pour poser sa main sur son genou.

« Vous n'êtes pas obligée d'entrer dans ce genre de détails. »

Deniz regarde Zack, il sent sa colère, voit qu'elle se contient pour ne pas descendre de voiture et aller se défouler sur la dépouille de Sten Westberg.

Nang Mon reprend :

« Aucun autre client n'avait le droit de nous frapper. C'était interdit. Sauf lui. Il payait Tuncay pour ça.

— Qui est Tuncay ? demande Zack.

— C'est celui qui collectait l'argent. Il a une grande balafre sur le visage, dit-elle en faisant glisser un doigt sur sa joue, le coin de sa bouche et son menton. »

Encore un que nous ne connaissons pas, songe Zack.

Ah Noh chuchote quelque chose à l'oreille de Nang Mon.

« Elle veut que je vous raconte ce qui s'est passé quand on a dit qu'on n'avait pas l'intention d'obéir.

— Alors ? demande Deniz.

— Tuncay est allé chercher un ordinateur et nous a demandé de regarder une vidéo. C'était lui qui l'avait filmée avec son téléphone dans une grange. Dessus, il y avait Tuncay, mais aussi d'autres hommes. Puis on a vu Sanpai, une fille qui était arrivée en Suède en même temps que nous. Elle était si jeune. Elle avait seulement douze ou treize ans, je crois. Elle pleurait, hurlait. »

Tout à coup, Ah Noh est prise d'une violente crise de sanglots. Elle enfouit son visage dans ses mains pour tenter de contenir ses larmes.

« *I'm sorry*, dit-elle d'une voix chevrotante. *I'm sorry.*

— Ne soyez pas désolée », fait Deniz avant de s'adresser à Nang Mon :

« Poursuivez.

— Il y avait un trou dans le sol. Ils l'ont traînée jusqu'au bord et l'ont poussée. Et ensuite on a vu... »

Nang Mon n'a pas la force d'aller plus loin.

Elle met les mains devant sa bouche, comme si elle allait vomir, ferme les yeux et commence à se balancer en geignant.

« Nang Mon, dit Deniz. Qu'avez-vous vu ? Il faut que vous nous aidiez. »

Nang Mon regarde Deniz et inspire profondément pour essayer de reprendre le contrôle de sa respiration.

« On a vu... les loups la dévorer. La tailler en pièces. Vivante. »

Un silence de mort s'abat dans l'habitacle de la voiture.

Deniz et Zack ne savent plus quoi dire.

Ils viennent d'avoir un aperçu de l'enfer. Il n'y a plus rien à ajouter.

Mais Nang Mon n'en a pas fini.

« Ensuite, Tuncay a refermé son ordinateur et a déclaré : "Cette fille aussi refusait d'obéir." »

Zack a du mal à rester assis. Il est impatient de partir à la recherche de ce Tuncay et de le réduire en bouillie à mains nues.

Il n'ose même pas imaginer ce qu'il ressentirait si quelqu'un lui montrait une vidéo où l'on voyait des hommes livrer Ester en pâture à des loups affamés. Ni ce qu'il ferait à cette personne.

« C'est toujours ce Tuncay qui passe récolter l'argent, ou est-ce qu'il y en a d'autres ? demande Deniz une fois qu'elle est parvenue à se ressaisir.

— Il y en a un autre, mais je ne connais pas son nom, dit Nang Mon. Je me souviens uniquement de ses yeux. Il avait un regard effrayant. Il est passé avec Tuncay plusieurs fois. Toujours vêtu d'un costume noir. Il se tenait constamment en retrait et n'ouvrait jamais la bouche. Cet homme pue la mort. »

Ösgür Thrakya ? s'interroge Zack.

« Y a-t-il autre chose dont vous voudriez nous parler ? »

Zack devine que Deniz fait allusion à leur tentative de chantage.

Les jeunes femmes demeurent muettes.

Ils n'insistent pas.

« Une des autres Birmanes que nous avons interrogées nous a parlé d'une maison dans les bois aux environs de Stockholm. C'est là-bas qu'était Sanpai ? Vous connaissez cet endroit ? »

Ah Noh enfouit à nouveau son visage dans ses mains.

« C'est là-bas qu'ils nous ont conduites quand nous sommes arrivées en Suède, explique Nang Mon.

— Vous savez où elle se trouve ?

— Non. Tout ce que je sais, c'est que le voyage m'a paru long.

— Long comment ?

— Une heure, peut-être. On a d'abord emprunté une grande route. Puis des chemins de terre.

— À quoi ressemblait la maison ?

— Elle était rouge. Avec un étage. C'est là-bas qu'on a fait la connaissance de Sanpai. Il y avait d'autres filles avec elle. Très jeunes, elles aussi. Des enfants.

— Combien ?

— Cinq, il me semble. Peut-être six.

— Et combien d'hommes ?

— Trois. Ils étaient armés et nous ont enfermées dans un débarras pour la nuit. C'est à ce moment-là que j'ai compris que ça ne tournait pas rond.

— Vous vous souvenez d'autres détails qui pourraient nous permettre de localiser cette maison ?

— Je me rappelle qu'il y avait une vieille grange. Je crois que c'est là-bas que sont enfermés leurs loups. La grange aussi était peinte en rouge. Et puis il y avait plein de grands arbres étranges tout autour. Je n'en avais jamais vu. Avec de longues branches qui retombaient jusqu'au sol et qui étaient couvertes de petites aiguilles vertes.

— Je pense que ce sont des sapins que vous nous décrivez. Autre chose ?

— Je n'ai pas beaucoup de souvenirs de cet endroit. On est restées là-bas seulement une journée. Puis ils nous ont amenées ici et on a commencé… à travailler.

— Les filles auxquelles vous avez fait référence, les jeunes, que font-ils d'elles ?

— Ils les vendent à des hommes. Puis ils les emmènent dans la forêt. Toutes ne reviennent pas.

— Vous croyez qu'elles sont encore là-bas ?

— Oui. Du moins, celles qui ne sont pas mortes. »

57

Les battements de son cœur sont représentés par des barres vertes sur le moniteur de surveillance. Soixante-deux par minute. Parfois soixante-trois. Zack a les yeux rivés dessus, à l'affût du moindre changement, du moindre signe annonciateur de réveil. Mais rien ne se passe.

Il est assis, seul, à côté du lit de Sukayana, sur la même chaise que la première fois. À travers la porte, il entend murmurer les deux policiers qui montent la garde devant la chambre. L'un d'eux lui a demandé s'il pouvait l'accompagner, mais Zack a refusé. Il préfère être seul.

Il tient la main de Sukayana, la masse avec son pouce. Elle a le visage tourné vers lui. Un tube en plastique sort de sa bouche et son teint est d'une pâleur cadavérique. Le médecin affirme qu'elle est consciente, mais Zack n'en a pas l'impression.

On dirait qu'elle a trouvé la paix.

Zack n'aime pas cela.

Elle à l'air de savoir qu'elle va mourir et semble s'être faite à cette idée. Son corps mène un combat à mort contre une bactérie non identifiée. Une lutte acharnée sur un champ de bataille de chair et de sang qui pourtant, vu de l'extérieur, paraît paisible.

Il se penche vers elle et chuchote à son oreille :

« Il faut que vous m'aidiez, Sukayana. Où sont-elles ? Où sont les jeunes filles ? »

Il se demande si une partie de son cerveau a seulement enregistré ses paroles. Il se souvient d'avoir lu un jour un article où il était question d'un Belge qui avait passé vingt-trois ans dans le coma et qui, à son réveil, avait affirmé avoir entendu tout ce qui se disait autour de lui pendant qu'il était inconscient.

« Nous n'avons pas encore localisé la maison, Sukayana, dit-il. Ni la grange avec les loups. Tout ce que nous savons, c'est qu'il y a des jeunes filles qui sont retenues prisonnières, là-bas, et que nous devons les sauver. Réveillez-vous. Vite. Dites-moi où se trouve cette maison. »

Soudain, le moniteur émet une sonnerie et Sukayana ouvre les yeux.

Elle le fixe.

« Vous me reconnaissez ? » interroge-t-il.

Elle hoche la tête et essaie de parler, mais le tube qu'elle a dans la bouche l'en empêche.

« J'ai besoin de vous poser quelques questions. Vous croyez que vous pourrez écrire si je vous donne du papier et un crayon ? »

Elle hoche à nouveau la tête.

Il tire un petit carnet à spirale et un stylo bille de sa poche intérieure, les lui place directement dans les mains. Elle lève le carnet et se met à écrire avant même qu'il lui ait posé la première question.

Sa main est lente et tremblante et Zack remarque qu'elle est entravée par la sonde de saturation épinglée au bout de son index comme une pince à linge.

Il se penche sur le carnet et lit.

Un moulin à vent.

Est-ce qu'elle est en train d'halluciner ? se demande Zack. *Ou de se remémorer des souvenirs de son enfance ?*

Elle repose ses mains sur la couverture et Zack voit ses paupières se refermer. Il lui secoue l'épaule pour tenter de la réveiller.

L'alarme du moniteur continue de retentir. La porte s'ouvre brusquement et le médecin se précipite sur Sukayana Prikon.

« Elle était éveillée il y a encore deux secondes », l'informe Zack.

Le médecin examine les courbes et les chiffres affichés par le moniteur de contrôle et le saturomètre.

« Elle est faible, dit-il. Très faible. Je vous accorde encore cinq minutes, pas plus. Ensuite, vous devrez la laisser. Elle a besoin de repos. D'accord ? Hélas, son infection semble prendre le dessus. »

Sukayana rouvre les yeux, attrape le carnet et se remet à écrire.

Encore plus lentement que la première fois.

Il est à proximité de la maison.

« Vous parlez de la maison dans les bois ? demande Zack. Est-ce qu'un moulin à vent se tient à proximité ? »

Elle regarde Zack, esquisse un sourire, puis baisse à nouveau les yeux sur le carnet. L'alarme du moniteur est obsédante. Zack a envie de prendre l'appareil et de le jeter par terre.

Je faisais semblant de dormir.

Je l'ai vu par la vitre de la camionnette.

Tout ce dont je me souviens.

Elle repose le carnet. Elle semble à bout de forces. Le médecin se tient de l'autre côté du lit. Cette fois, il semble s'impatienter et Zack craint qu'il ne mette fin prématurément à leur entrevue.

Elle reprend le carnet dans sa main tremblante.

Il était haut. Impossible de le manquer.

À cinq minutes de la maison.

Il me semble.

Il essaie de résumer. Elle aurait vu un moulin à vent depuis la camionnette. C'est bien ce qu'elle veut dire ? Mais elle était allongée dans le fond du véhicule. L'objet qu'elle décrit devait donc les dominer et être particulièrement haut et imposant.

Tout à coup, une image prend forme dans son esprit. Une image sortie d'un western en noir et blanc.

« Une pompe à eau actionnée par une éolienne ? C'est ça que vous avez vu ? D'une vingtaine de mètres de haut, peut-être ? »

Il lui semble qu'elle hoche la tête, mais il n'en est pas sûr.

Le stylo tombe sur le sol. Zack le ramasse et essaie de le remettre dans sa main, mais elle n'a plus assez de force pour le tenir.

Elle ferme les yeux. Se fige.

Zack a encore tant de questions à lui poser.

Tout à coup, la fréquence de l'alarme s'accélère et se met à émettre une sonnerie plus stridente, presque insupportable.

« Bon sang, ce n'est pas vrai ! s'écrie le médecin. Sortez d'ici. »

Zack se lève.

Il jette un œil au moniteur.

L'électrocardiogramme de Sukayana Prikon est parfaitement plat.

58

Zack se rue dans les locaux de l'Unité spéciale et voit Deniz installée à côté du bureau de Sirpa, un ordinateur portable sur les genoux. Douglas et Niklas se tiennent derrière elles, les yeux rivés à l'un des écrans.

Deniz lui fait signe d'approcher. Elle a l'air tout excitée.

« On pense l'avoir trouvée ! »

Son regard est plein de détermination. Les événements qui se sont produits au salon de massage quelques heures plus tôt ne l'empêcheront pas d'agir. La peur s'est transformée en rage.

Zack se hâte de les rejoindre. S'efforce de ne plus penser à Sukayana Prikon et à son décès.

Un article de journal intitulé « Du neuf avec du vieux » est affiché à l'écran.

Il est accompagné d'une photo qui aurait pu avoir été prise il y a un siècle si elle n'avait pas été aussi nette et en couleurs.

C'est exactement cela.

Une pompe à eau constituée d'une structure en bois dont les quatre pieds se rejoignent au sommet et sont renforcés par une multitude d'entretoises, surmontée d'une grande roue dotée de vingt petites pales et munie d'une girouette destinée à l'orienter dans le sens du vent.

Zack ignorait que l'on trouvait ce genre de dispositif en Suède.

« L'article est paru dans *Sala Allehanda* en septembre 2007, explique Sirpa. Il ne reste plus qu'à repérer l'éolienne sur une carte. »

Sur un autre écran, Deniz a ouvert Google Earth et entré le nom de Vittinge, une localité située entre Sala et Uppsala où, selon l'article, l'éolienne est censée se trouver. Elle zoome sur la carte.

« Merde ! gronde-t-elle. C'est comme chercher une aiguille dans une botte de foin. Le reporter n'aurait pas pu être plus précis ? Il aurait au moins pu dire si c'est au nord de la ville, par exemple.

— Ça ne fait pas un peu loin de Stockholm ? » demande Zack.

Deniz tape Kungsholmen et Vittinge dans le champ destiné au calcul d'itinéraire.

« Non, répond-elle. C'est à environ une heure et quart d'ici et à peine quinze minutes d'Arlanda. Ça correspond plutôt bien aux indications de Nang Mon et d'Ah Noh. En plus, ça a l'air d'être la seule pompe de ce genre à des lieues à la ronde.

— Tenez, regardez, l'interrompt Sirpa. J'ai trouvé quelque chose. »

Zack et Deniz se penchent sur l'écran. Il s'agit d'un article consacré à la pompe à eau publié sur le site *Lantbruk & Skogsland*. Celui-ci contient une carte où est indiqué l'emplacement de l'éolienne.

« Tu peux l'agrandir ? » lui demande Deniz tandis que, de son côté, elle affine sa recherche sur Google Earth.

Sirpa zoome jusqu'à ce que la carte occupe tout l'écran et une minute plus tard, Deniz trouve ce qu'elle cherche.

« Regardez, ce doit être elle qu'on aperçoit dans cette prairie. Ça coïncide aussi avec la photo du *Sala Allehanda*, non ? D'abord ces champs, là, puis ce pré et, à l'arrière-plan, la forêt de sapins avec les deux granges. »

Zack étudie la photo satellite sur l'écran de Deniz. Yildizyeli n'aurait pu trouver endroit plus discret pour établir son quartier général.

La ferme où se trouve la pompe à eau est située à proximité d'une route d'où partent quatre chemins, probablement gravillonnés. L'un d'eux est tellement long que l'on n'en voit pas le bout. Les trois autres, en revanche, semblent mener à des cabanes isolées dans la forêt.

Zack pointe son index sur l'écran. Il a cru distinguer quelque chose.

« Tu peux zoomer sur l'endroit où aboutit ce chemin ? »

Bientôt, ils distinguent clairement la bâtisse et la grange.

« C'est sûrement là. Une maison et une grange. Ça concorde exactement avec les déclarations d'Ah Noh et de Nang Mon. »

Plus un instant à perdre.

À l'heure qu'il est, les Turcs sont probablement au courant que la voiture de Sten Westberg a explosé à Skärholmen et non là où elle aurait dû. Peut-être même qu'ils savent ce qui est arrivé à l'Eastern Massage. Dans ce cas, ils doivent se douter que la police a interrogé les employées birmanes.

« Sirpa, tu as les numéros de téléphone des salons de massage qui appartiennent à Yildizyeli ? » demande-t-il.

Elle désigne une feuille A4 qui est posée sur son bureau.

« Il faut qu'on les appelle tout de suite. Tout le monde s'y met. D'accord ? »

Sur ce, il répartit les numéros entre lui, Deniz, Sirpa, Niklas et Douglas.

Ce dernier ne fait aucun commentaire. Il se contente d'acquiescer et d'exécuter les ordres comme si Zack était son supérieur.

Il a flingué son propre pote.

Si quelqu'un ici a besoin de voir un psy, c'est bien lui.

Mais pour l'instant, ce n'est pas la priorité. Des vies sont en jeu.

« Rudolf n'est pas là ? s'enquiert Zack.

— Derrière toi, mon vieux, répond l'intéressé en les rejoignant, une tasse de café à la main.

— Parfait. Rudolf, tu peux appeler ce numéro ? »

Il tape les sept chiffres à sa place.

« Qu'est-ce que tu veux savoir ? interroge Deniz.

— S'ils sont ouverts. »

Chacun compose son numéro. L'open space est silencieux. Tout le monde attend.

« On tombe directement sur le répondeur, annonce Deniz.

— Là aussi », dit Niklas.

Douglas, Zack, Rudolf et Sirpa ont toujours leur téléphone à l'oreille. Ils laissent passer cinq sonneries. Dix. Puis ils finissent par raccrocher.

« On essaie les trois derniers », fait Zack.

Cette fois, ils sont accueillis par des répondeurs dans deux des salons, tandis que, dans le troisième, personne ne décroche.

« Je crois que c'est clair, conclut Zack. Ils sont en train de fermer boutique. »

Les autres lui lancent des regards incrédules.

« Les Turcs. Yildizyeli. Ils se barrent de Suède. Et d'après vous, qu'est-ce qu'ils vont faire des gamines qu'ils retiennent prisonnières ? »

Il se tourne vers l'écran de Sirpa.

« Sirpa, tu peux imprimer cette carte, s'il te plaît ? »

Il se dirige aussitôt vers l'imprimante et attend que le document sorte. Deniz lui emboîte le pas.

« On va avoir besoin de renforts, lance-t-elle. Cette fois, il est hors de question qu'on agisse sans l'aide du groupe d'intervention. »

La photo sort de l'imprimante. Zack s'en saisit et l'examine attentivement.

Puis il porte la main à son holster et palpe la poche en cuir où est censée se trouver son arme.

« Merde !

— Qu'est-ce qu'il y a ?

— Mon Sig Sauer. Je l'ai oublié à l'hôpital.

— Non, tu déconnes ? Comment tu t'es démerdé ?

— Comme il s'était enrayé, la dernière fois, j'ai voulu nettoyer le chargeur en attendant que Sukayana se réveille. Puis le médecin a débarqué et je l'ai planqué sous le coussin du fauteuil. Je ne voulais pas qu'il me voie avec un flingue dans les mains. Ensuite, je me suis levé, j'ai pris ma veste et j'ai filé sans me poser de questions. Sukayana venait de mourir sous mes yeux. J'étais sous le choc. Ça m'est complètement sorti de la tête. »

Deniz secoue la tête et le considère d'un air inquiet.

« Putain, Zack, il faut vraiment que tu te ressaisisses.

— Je fonce le récupérer. Pendant ce temps-là, vous vous organisez avec les forces d'intervention, d'accord ? J'en ai pour une demi-heure, max.

— Dans ce cas, rejoins-nous directement dans le garage. On sera sans doute prêts à partir. »

Zack referme la porte du bureau derrière lui et commence à se diriger vers l'ascenseur. Au milieu du couloir, il s'arrête, se retourne pour s'assurer que personne ne peut le voir, se dresse sur la pointe des pieds et soulève doucement une des plaques du faux plafond. Il passe la main dans l'ouverture, récupère son pistolet, l'enfonce dans la ceinture de son jean, rabat son T-shirt par-dessus et appelle l'ascenseur.

59

Deux hommes viennent de quitter la maison. Ils suivent le petit sentier qui mène à la forêt de sapins.

L'un d'eux porte un T-shirt noir et un Uzi en bandoulière. Son visage est balafré de l'oreille jusqu'au menton.

« Tu as emporté les cordes, Hakan ? demande-t-il à son camarade, un homme au crâne rasé en tenue de camouflage.

— Oui, elles sont là », répond Hakan en les brandissant.

L'air est infesté de moustiques.

« Saloperies de bestioles ! s'écrie le balafré en écrasant un moustique sur sa nuque. Ils sont encore plus agressifs que chez nous. J'ai passé la moitié de la nuit à me gratter.

— Tu t'es ramolli, Tuncay. Tu es devenu une vraie petite tapette des villes, le tance Hakan. Je vais devoir demander à Thrakya qu'il te renvoie dans nos montagnes. Tu reviendras quand tu seras à nouveau un homme.

— Je t'emmerde. »

Hakan lui tend un paquet de Maltepe. « Allez, tiens, prends une clope. La fumée les éloigne. »

Lorsqu'ils arrivent devant la cave, Tuncay empoigne son Uzi à deux mains et le pointe vers la porte. Hakan sort un trousseau de clés de la poche de son jean et se met à le manipuler pour trouver la bonne.

Puis il tire un pistolet de la ceinture de son pantalon, un Zigana M16 chromé, et déverrouille le cadenas.

Dans l'obscurité de leur geôle, les jeunes filles se blottissent les unes contre les autres en entendant les voix des hommes, le cliquetis du cadenas et le crissement de la barre que l'on retire.

L'une des filles, Than Than Oo, tient le nouveau-né dans ses bras. Un petit garçon. Il dort profondément. Sa mère le serre contre son sein et lui murmure des paroles rassurantes. Il n'a rien à craindre. Tout va bien se passer.

60

Zack enfile son casque et démarre. Le moteur de sa Hayabusa se met à vrombir.

Deniz va me tuer. Mais le temps que le groupe d'intervention se mette en branle, il sera peut-être trop tard. Il n'y a plus une minute à perdre.

Les Turcs se préparent à quitter le pays.

Et ils ne s'embarrasseront pas de bagages superflus.

Il sait que c'est de la pure folie, mais il n'y a pas de place ici pour la raison.

Des jeunes filles risquent de mourir.

Des gamines comme Ester.

C'est pour elle qu'il doit le faire.

Pour Sukayana.

Pour les autres victimes, attirées en Suède sous des prétextes fallacieux pour y être traitées comme de vulgaires morceaux de viande par des pervers tels que Sten Westberg. Avant de finir sauvagement assassinées.

Et pour sa mère.

L'horloge de son tableau de bord indique dix-sept heures trente-six. S'il ne perd pas de temps, il peut y être avant six heures et demie.

Il file à cent cinquante sur l'E18 et n'est plus qu'à une vingtaine de kilomètres d'Enköping lorsqu'il entend des sirènes de police derrière lui.

Merde ! Pas maintenant.

Il jette un œil dans son rétroviseur. Une voiture de patrouille. Sans doute la police de la route d'Enköping ou d'Uppsala.

Il n'a aucune intention de s'arrêter.

Le vent plaque son jean et sa veste en cuir contre son corps au moment où il fait monter sa moto à deux cents kilomètres heure et sème le véhicule de patrouille.

Quelques minutes plus tard, en arrivant au niveau d'Enköping, il ralentit et quitte l'autoroute sans encombre. Il continue sa route en direction du nord, traverse les localités d'Äs, de Brunnsta et de Larsbo, avec leurs maisons aux façades rouge de Falun et leurs boiseries peintes en blanc, et finit par rejoindre la nationale 72 où il prend à gauche en direction de Vittinge. Une fois là-bas, il s'engage sur une route sinueuse bordée d'épaisses forêts de sapins, vire ensuite à gauche et met le cap au nord sur un chemin gravillonné mal entretenu.

Les insectes s'écrasent sur la visière de son casque en crépitant. Les sapins sont hauts comme des bâtiments de trois étages. Il a l'impression d'apercevoir des loups qui se déplacent dans l'obscurité du sous-bois et se demande s'il n'est pas en train de devenir cinglé.

Puis le paysage s'ouvre sur d'immenses champs blonds et c'est alors qu'il la voit. Là, sur sa gauche. La pompe à eau.

Elle se dresse aux confins des champs et des prés et Zack a l'impression d'être ramené cent ans en arrière.

Zack consulte le GPS de son portable. Il n'est plus qu'à environ trois kilomètres de son but. Il continue en cherchant du regard le chemin qui devrait se trouver quelque part sur sa gauche.

Celui-ci finit par apparaître à la sortie d'une courbe serrée. L'entrée en est presque masquée par les branches.

Le chemin ressemble davantage à un sentier qu'à une voie carrossable. C'est en fait un conglomérat de pierres et de terre parcouru de racines et il est si étroit qu'il doit être impossible de l'emprunter en voiture sans rayer sa carrosserie. Zack a beau avancer à vingt kilomètres heure, cela ne l'empêche pas d'être sévèrement secoué et de devoir, par endroits, se coucher sur sa machine pour éviter les branches.

Au bout d'un kilomètre, il s'arrête pour vérifier sa position sur son GPS. Il est tout près, à un bon kilomètre. S'il continue à moto, les Turcs risquent de l'entendre arriver.

Sur sa droite, il découvre deux profondes ornières qui s'enfoncent sous les arbres. Elles ont probablement été creusées par un engin de bûcheron.

Il les suit jusqu'à ce que le chemin soit hors de vue, s'arrête et pose sa moto contre un arbre. L'air est si frais dans le sous-bois qu'il se met à grelotter. Puis une nuée de moustiques s'abat sur lui. Il agite les bras pour les écarter, s'empresse de rejoindre le chemin. Il reprend sa progression, tous les sens en alerte. Il se fige au moindre bruissement, prêt à bondir dans la forêt.

Au bout de quelques minutes, un cabanon délabré apparaît sur sa gauche. Zack ne se rappelle pas l'avoir vu sur l'image satellite. Comme il est cerné par les sapins, rien d'étonnant, toutefois, à ce que l'on ne puisse pas le repérer du ciel.

Une centaine de mètres plus loin, il aperçoit une grange imposante entre les arbres. Aussitôt, il court se mettre à l'abri. Le sol est couvert d'un tapis de mousse tendre qui étouffe le bruit de ses pas et lui permet d'avancer discrètement.

Il arrive bientôt à proximité de la grange. Il se glisse derrière un rocher pour procéder à un repérage. Personne en vue.

Soudain, le grincement d'une vieille porte que l'on ouvre crève le silence. Puis il perçoit des cris de femmes. Des cris de peur.

Et aussi des grognements et des gémissements.

*

Douglas Juste sort précipitamment de son bureau.

« Où est Zack ?

— Il ne devrait plus tarder », répond Deniz.

Elle s'apprête à descendre dans le garage où le groupe d'intervention se prépare au départ.

« Dans ce cas, comment se fait-il que je vienne de recevoir un coup de fil des collègues d'Enköping pour me prévenir qu'il a semé une de leurs patrouilles sur l'E18 il y a quelques minutes ? »

Deniz se fige sur place.

« Sale petit enfoiré », siffle-t-elle.

Il m'a bernée. Il nous a tous bernés. Il n'est jamais allé à l'hôpital récupérer son arme de service. Il a filé tout droit à Vittinge. Tout seul.

Elle regarde Douglas et voit dans ses yeux que lui aussi a compris.

Il décroche si brusquement sa veste que le porte-manteau se renverse et, alors qu'ils se ruent vers la sortie, il lance à Deniz :

« On décolle tout de suite. »

*

Zack court jusqu'à l'arrière de la grange, son Sig Sauer à la main.

Il cherche une porte en vain, puis se glisse sur le côté du bâtiment et, arrivé à l'angle, il s'accroupit.

Qu'est-ce que je fais, maintenant ?

Est-ce que quelqu'un m'attend derrière ce mur avec une arme, prêt à me descendre ?

Son front est trempé de sueur.

Son cœur bat à tout rompre.

De nouveaux cris lui parviennent de la grange.

Il n'a pas le choix. Il se risque à jeter un regard au-delà du mur.

À trente mètres, à la lisière de la forêt, il voit une habitation rouge. Un van Toyota noir est garé juste devant. Il y a de la lumière dans la cuisine, mais il ne distingue aucun mouvement.

La façade de la grange est percée d'une grande porte à deux battants.

Elle est fermée. S'il essaie de passer par là, il y a fort à parier qu'il tombera nez à nez avec les Turcs.

Mais il y a aussi un escalier en bois qui mène au grenier.

Les vantaux sont grands ouverts, c'est de là-haut que semblent provenir les cris.

Et les grognements.

Puis un nouveau hurlement retentit et, alors, il se souvient des paroles de Nang Mon.

Ils l'ont poussée dans le trou.

Les loups l'ont taillée en pièces.

C'est ici qu'ont eu lieu ces atrocités.

Il perçoit une voix d'homme et des pleurs de bébé.

«*No, no. Please, no!*», implore une femme.

Elle est terrorisée. Zack serre son Sig Sauer fermement et s'élance en direction de l'escalier.

À tout moment, il s'attend à essuyer des coups de feu en provenance de la maison ou de la forêt.

Il monte l'escalier en pointant son arme devant lui.

Les cris.

Ils resteront à jamais gravés en lui. Des cris sinistres, que l'on croirait échappés de l'enfer.

Il s'engouffre dans le grenier.

Va-t-il être abattu maintenant?

Un vieux tas de foin sur sa gauche. Une fourche et une pelle rouillée posées contre une caisse en bois.

Plus loin, un homme musculeux avec un Uzi et une horrible cicatrice qui barre la moitié de son visage.

Tuncay.

À côté de lui, trois jeunes filles, maigres et en guenilles. L'une d'elles serre un nourrisson dans ses bras. Une autre jeune fille se tient au bord du plancher, les mains liées dans le dos. Un bodybuilder au crâne rasé vêtu d'une veste de camouflage la serre entre ses bras.

Elle se tait en voyant Zack. Ses yeux semblent lui crier : *Sauvez-moi !*

Quand l'homme aperçoit Zack, il la soulève et la jette dans le vide.

La fille pousse un cri déchirant dans sa chute.

Le nourrisson se met à hurler à son tour.

Les captives regardent Zack en silence, comme pétrifiées.

Tuncay. Son acolyte.

Tous ont leurs yeux rivés sur lui.

Des grognements de loups s'élèvent de la fosse.

Tuncay braque son pistolet-mitrailleur et tire sur Zack qui se jette sur le côté en répliquant.

Les balles de l'Uzi fendent l'air à l'endroit précis où il se tenait une fraction de seconde plus tôt. Tandis qu'il roule sur les planches rugueuses, il voit du sang gicler de la poitrine de Tuncay qui lâche son arme avant de s'écrouler lourdement.

Zack entend des mâchoires déchirer des muscles, un larynx craquer sous les crocs de la meute. Et le hurlement du nourrisson.

L'homme à la veste de camouflage a sorti un pistolet.

Zack tire une nouvelle salve. Rate sa cible. Mais la peur des balles pousse son adversaire à faire un pas dans la mauvaise direction.

Il bascule dans le vide en battant des bras.

Au dernier moment, il s'agrippe à l'une des trois jeunes filles et l'entraîne dans sa chute.

Zack se lance en avant.

Il la rattrape de justesse par le poignet et cale le bout d'une de ses chaussures contre le coin d'une planche qui dépasse du sol. Il parvient à la retenir, mais l'homme est toujours accroché à l'autre bras de la fille et continue de la tirer vers le bas.

Elle crie. De terreur. De douleur.

Zack est maintenant tout près du bord. Juste au-dessous de lui, il voit un loup au pelage argenté arracher un lambeau de chair du corps qui gît dans le fond de la fosse.

Il y a du sang partout.

Le poignet de la jeune fille commence à lui échapper. Il fait des efforts surhumains pour ne pas lâcher prise, tandis qu'elle l'implore du regard.

Soudain, un loup écumant bondit et plante ses crocs dans le mollet de l'homme à la veste de camouflage qui gémit et se met à agiter frénétiquement les jambes. Zack n'a plus la force de les retenir d'un seul bras. Il lâche son pistolet et saisit le poignet à deux mains, s'efforce d'assurer ses appuis en bloquant son deuxième pied.

Au moment où le loup finit par lâcher le mollet de l'homme, Zack commence à tirer.

Mais le loup bondit à nouveau et mord l'homme entre les jambes.

S'accroche.

Le visage de l'homme se décompose, n'est plus que douleur. Il lâche enfin la fille.

Alors qu'il la hisse et qu'elle se recroqueville sur le plancher du grenier, Zack voit les loups fondre sur leur nouvelle proie.

Il se redresse sur les genoux et cherche son pistolet du regard.

L'arme repose en équilibre au bord du plancher, à un mètre de lui. Au moment où il s'apprête à la ramasser, il lève les yeux et s'aperçoit qu'un homme chétif vêtu d'un costume noir pointe sur lui l'Uzi de Tuncay.

Ce visage étroit.

Cette fossette au menton.

Ce regard dénué d'humanité.

Ösgür Thrakya.

Il sourit et ses yeux verts luisent comme des yeux de loups.

Zack fixe le canon de l'Uzi. Tout à coup, il est saisi de honte.

Tu les as trahies.

Il regarde la fille. Elle est toujours allongée à côté de lui et n'ose pas bouger. La jeune maman a fait quelques pas et berce son bébé sans conviction. La plus âgée se tient près d'elle, dans son débardeur rouge dégoûtant, et tremble de la tête aux pieds.

La mère lui lance un regard implorant.

Thrakya sourit et secoue la tête.

Allez, finissons-en.

Pourquoi tu ne me descends pas maintenant? Tu aimes faire durer le plaisir? Pour mieux savourer ta victoire, hein, c'est ça?

Zack ne veut pas lui donner satisfaction en lui rendant son regard et il tourne la tête vers la fille au débardeur rouge.

Elle ne tremble plus, désormais. Elle fixe Thrakya. Mais il ne la remarque même pas tant son attention est concentrée sur Zack.

Soudain, son sourire s'efface.

« Maintenant, tu vas mourir, déclare-t-il dans un très mauvais anglais.

— Va au diable.

— Tout ça pour des vulgaires putains. »

La voix d'Ösgür Thrakya est grêle, mais mordante.

« Tu peux me tuer si tu veux. Mais tu n'es pas obligé de sacrifier ces filles et le bébé. »

Thrakya sourit à nouveau.

« Je n'ai plus besoin d'elles. Tu sais comment c'est. Les marchandises qui ne servent à rien entraînent des frais inutiles.

— Et l'enfant?

— Les loups aussi ont le droit de manger. »

À côté d'Ösgür Thrakya, Tuncay se tortille sur le plancher. Il lève les yeux sur son chef et lui dit quelque chose. Celui-ci hoche la tête puis se tourne à nouveau vers Zack.

« J'avais prévu de te livrer aux loups, mais Tuncay dit qu'il veut te descendre lui-même. »

Tuncay se redresse et Thrakya lui tend la main pour l'aider à se relever sans cesser de pointer son Uzi sur Zack.

C'est le moment que choisit la fille au débardeur rouge pour passer à l'action.

Tous les muscles de son corps se tendent et elle se précipite en mugissant sur Thrakya qu'elle plaque à la taille pour tenter de le déséquilibrer.

L'espace d'un court instant, pas plus de deux secondes, le canon de l'Uzi pointe en l'air.

C'est amplement suffisant pour Zack, qui assène un coup de pied au visage d'Ösgür Thrakya et entend craquer le cartilage de son nez.

L'Uzi rugit.

Les balles pulvérisent une des poutres de la charpente et une pluie d'éclats de bois s'abat sur eux.

Zack frappe à nouveau. Thrakya s'écroule. L'Uzi lui échappe et Zack en profite aussitôt pour s'en emparer. Le Turc se relève, le nez et la bouche en sang.

Zack prend une profonde inspiration, satisfait de ce retournement de situation inespéré.

La jeune mère sourit et la fille au débardeur rouge aussi. Mais rapidement leurs sourires se figent, Zack sent un poids énorme s'écraser sur son dos et ses épaules.

Tuncay. Comment ai-je pu l'oublier ?

Il parvient à conserver son équilibre.

Profitant de l'élan de son assaillant, il se penche en avant, plie les jambes et pousse dessus de toutes ses forces. Zack et Tuncay atterrissent sur le dos à seulement quelques mètres du vide.

Thrakya a sorti un couteau à la lame recourbée et marche sur eux d'un pas décidé.

Mais Zack a toujours l'Uzi dans les mains et il tire une rafale de balles qui emporte le bras gauche du petit homme.

Ce dernier considère son moignon, d'où jaillissent d'impressionnantes giclées de sang.

Zack tente de se relever, mais Tuncay l'enserre de ses bras puissants et le tire lentement vers le bord du plancher. Puis il entend un bruit sourd et sent le corps de Tuncay se ramollir.

Il lève les yeux et voit la fille au débardeur rouge qui se tient près de lui avec la pelle rouillée dans les mains.

Tuncay est étendu sur le sol, inconscient.

Malgré sa blessure, Thrakya se remet en marche armé de son couteau.

Zack pourrait le neutraliser jusqu'à l'arrivée de ses collègues, mais il n'en a pas l'intention.

Il n'a aucune envie de l'entendre débiter des conneries pendant des heures au cours d'interrogatoires interminables.

Ni de laisser un avocat hors de prix lui obtenir une remise de peine.

Le code pénal ne s'applique pas à ce genre de cas.

La justice doit s'accomplir ici et maintenant.

Le Turc tente de le frapper avec son couteau, mais Zack est sur ses gardes et il lui envoie un coup de pied dans le moignon. La douleur est telle que les jambes de Thrakya se dérobent sous lui. Zack enchaîne alors avec un second coup de pied dans l'autre bras.

Le couteau décrit une courbe dans l'air avant de tomber au milieu des loups.

Zack saisit le moignon sanglant et lui fait une clé.

Il sait que la douleur doit être insoutenable, pourtant l'homme ne crie pas.

Il le force à avancer jusqu'au bord du plancher.

Maintenant, TU vas mourir.

« Vous ne ferez jamais ça. Vous êtes un flic suédois. Je sais que vous n'en serez pas capable », halète Thrakya.

Zack regarde la meute de loups en contrebas.

Des membres et des entrailles étalés partout.

Quatre bêtes occupées à mâcher de la chair humaine.

« Si, je vais le faire. Et maintenant, même. »

Sur ce, Zack, pousse Ösgür Thrakya dans le dos et le voit atterrir sur les restes du bodybuilder à la veste de camouflage.

Deux des loups lèvent la tête de leur morceau de viande et commencent à grogner en montrant leurs crocs rouges de sang.

Thrakya est debout, adossé au mur. Il tend vers Zack le bras qu'il lui reste.

Enfin, il semble avoir peur.

« S'il vous plaît, aidez-moi à remonter. Je vous donnerai tout ce que vous voudrez. J'ai plein d'argent. »

De l'argent.

Lui qui avait l'intention de jeter un nourrisson aux loups.

Et des jeunes filles.

Des filles de l'âge d'Ester.

« Je vous en supplie. »

Zack considère sa main tendue, puis tourne les talons et l'abandonne à son sort.

Des rugissements retentissent.

Tuncay est toujours inconscient. La fille au débardeur rouge se tient à côté de lui avec sa pelle dans les mains. Les deux autres se sont réfugiées derrière son dos. Le bébé pleure.

Zack retourne Tuncay sur le ventre, sort ses menottes et lui attache les mains dans le dos. Il lève les yeux sur la fille au débardeur.

« Comment tu t'appelles ? »

Elle le regarde, l'air de n'avoir pas compris. Il réitère sa question. En anglais, cette fois.

« Sanda Moe, répond-elle.

— Tu sais s'il y a d'autres hommes dans la maison, Sanda Moe ? »

Zack procède à une fouille minutieuse de Tuncay qui émet de faibles geignements.

« Je ne sais pas. On était enfermées là-bas, dans un endroit où il fait toujours noir.

— Un endroit où il fait noir ?

— Une sorte de trou dans la forêt.

— Depuis combien de temps êtes-vous en Suède ? »

Elle réfléchit.

« Trois semaines.

— Pendant tout ce temps, vous êtes restées là, dans la forêt ? »

Elle ne répond pas.

Il est tard et l'air s'est considérablement refroidi. Zack remarque que les jeunes filles grelottent et décide de les conduire dans la maison.

« Sanda Moe, tu sais te servir d'un pistolet ?

— Moi non, mais Tin Khaing, elle, elle sait. »

Elle désigne la fille au T-shirt trop large, celle que Zack a sauvée des loups. Elle a les lèvres tuméfiées et un œil au beurre noir.

Puis Sanda Moe pointe du doigt la jeune mère.

« Elle, c'est Than Than Oo. Et son fils. Il a seulement un jour et on ne lui a pas encore donné de nom. »

Le garçonnet s'est tu mais ses cris résonnent encore aux oreilles de Zack.

« En tout cas, ses cordes vocales fonctionnent », commente-t-il en essayant de sourire.

Zack tend son Sig Sauer à Tin Khaing.

« Au cas où il y aurait d'autres hommes, dit-il.

— OK. »

Tuncay lève la tête et regarde autour de lui d'un air hébété. Zack le relève manu militari, enfonce le canon de l'Uzi dans son dos et le force à avancer vers l'escalier.

Sanda Moe repose la pelle contre la caisse en bois et leur emboîte le pas.

La caisse.

Zack s'arrête et l'observe à distance.

Sa forme et ses dimensions lui évoquent un cercueil. Avec un couvercle et deux trous à une extrémité.

Il se tourne vers Tuncay.

« À plat ventre ! »

Le Turc refuse d'obtempérer.

Zack pousse un soupir et lui fait une balayette.

Tuncay atterrit sur le ventre, si lourdement qu'il en a le souffle coupé.

« Tin Khaing. S'il bouge, tu le descends. »

Il se dirige vers la caisse et soulève le couvercle. Il y a du sang séché dans le fond et autour des trous.

À l'autre bout, il découvre un morceau d'étoffe. Il le ramasse.

C'est un bracelet en tissu tressé.

Identique à celui que Sukayana portait au poignet le jour où on l'a interrogée, songe-t-il.

Ils ont dû l'enfermer dans la boîte, lui passer les jambes dans les trous.

Puis ils l'ont livrée aux loups.

Comment peut-on faire quelque chose d'aussi horrible ?

Il rejoint les jeunes filles. Tin Khaing tient le pistolet braqué sur la tête de Tuncay.

Zack le relève et leur dit :

« Venez, on s'en va. »

Dehors, la nuit d'été est claire. L'air grouille de moustiques et sent bon le sapin. L'odeur de fauve et de sang est déjà loin.

La lumière est toujours allumée dans la cuisine, mais il n'y a personne en vue.

« Sanda Moe. L'endroit dont tu m'as parlé, il est loin d'ici ?

— Non, juste là.

— Montre-moi. J'ai pensé qu'on pourrait y enfermer Tuncay. »

Zack la voit sourire pour la première fois.

« Excellente idée. »

Zack sait qu'il devrait interroger le Turc. Essayer d'en savoir plus sur Yildizyeli, sur Sten Westberg, sur le nombre de femmes qu'ils ont fait entrer illégalement dans le pays. Mais il n'a pas le cœur à cela. Pas maintenant. Quelqu'un d'autre s'en chargera.

Pourtant, une question le taraude.

« Mehmet Drakan. Où est-ce qu'il est ? »

Le garagiste de Farsta, avec son tatouage dans le cou. Il aurait dû être là, lui aussi.

« Mehmet ? Je ne connais pas de Mehmet », répond Tuncay en ricanant.

Zack le pousse à l'intérieur et verrouille la porte. Ensuite, il pénètre discrètement dans la maison et fait le tour des pièces pour s'assurer qu'il n'y a personne avant de faire signe aux filles d'entrer.

*

Ils sont assis autour de la table de la cuisine, leurs tasses de thé brûlant posées devant eux. Zack a déniché des couvertures qu'il a posées sur leurs épaules. Than Than Oo est en train de donner le sein à son fils.

Tin Khaing est assise sur la banquette de la cuisine et sanglote dans les bras de Sanda Moe. Zack suppose qu'elles pleurent leur amie. Celle qu'il n'a pas pu sauver.

Il ne sait même pas comment elle s'appelait.

Sanda Moe caresse la joue de Tin Khaing et tourne la tête vers Zack.

« Vous êtes une bonne personne », dit-elle.

Si seulement elle savait…, pense-t-il.

Il regarde par la fenêtre de la cuisine. Se demande combien de temps a mis Deniz avant de s'apercevoir qu'il lui avait menti. Il ne sait pas encore ce qu'il lui dira quand elle sera là.

Pas plus qu'à Douglas.

L'enfant est maintenant repu. Than Than Oo se lève et s'approche de Zack. Elle lui tend le bambin.

Il le prend dans ses bras.

Il est si petit. Si léger.

Zack fait preuve d'une extrême prudence dans chacun de ses gestes, comme si l'enfant était en cristal. Il détaille ses mains minuscules, sent son corps chaud, sourit à ses gazouillis.

Puis Than Than Oo lui demande :

« Comment vous vous appelez ? J'aimerais lui donner votre nom. »

61

Aftonbladet.se, 18 juin.

C'est ici, dans une vieille grange perdue en pleine forêt, que l'on nourrissait des loups avec de la chair humaine.

«On compte des mineures parmi les victimes», avance une source policière.

C'est l'une des affaires criminelles les plus sensationnelles et les plus complexes de ces dernières années qui vient de prendre fin.

Un réseau criminel possédant des ramifications en Turquie et en Birmanie a fait venir illégalement des jeunes femmes en Suède afin de les prostituer. La police pense que certaines de ces malheureuses auraient été assassinées et jetées en pâture à des loups qui étaient retenus enfermés dans une grange, quelque part dans les bois aux environs de Vittinge, localité située à une trentaine de kilomètres à l'ouest d'Uppsala.

Plusieurs personnes ont été dévorées par ces loups et *Aftonbladet* peut annoncer aujourd'hui que...

*

SVD.se, 19 juin.

De nouveaux restes humains découverts dans ce que l'on surnomme désormais la grange aux loups, tout près de Vittinge.

Au total, ce sont six personnes dont les corps ont été retrouvés.

« Mais rien ne nous dit qu'il n'y en a pas d'autres. Nos techniciens sont à pied d'œuvre sur le site et nous avons envoyé des échantillons d'os et de tissus à notre laboratoire où ils vont être analysés », déclare Torbjörn Berg, le porte-parole de la police de Stockholm.

La découverte de la grange aux loups est le résultat d'un travail d'investigation mené par l'Unité spéciale de la police de Stockholm.

Zack Herry, l'un des inspecteurs de cette unité d'élite, est considéré comme un véritable héros par les survivantes.

« C'est lui qui nous a trouvées et qui nous a sauvées. S'il n'avait pas été là, nous aussi, nous aurions été jetées aux loups », témoigne Sanda Moe, l'une des jeunes Birmanes séquestrées au fond des bois.

Un important réseau de traite d'êtres humains, qui faisait venir illégalement des femmes asiatiques à Stockholm pour les prostituer, est sur le point d'être démantelé.

Un ressortissant turc âgé de 37 ans, soupçonné d'appartenir à ce réseau, a ainsi été arrêté par Zack Herry lors de l'opération menée contre la grange aux loups.

On suppose que d'autres membres de l'organisation criminelle courent encore dans la nature à l'heure qu'il est.

« Nous ne pouvons pas exclure qu'ils aient quitté le pays », selon Douglas Juste, qui dirige l'Unité spéciale.

Les loups incriminés, vraisemblablement un couple alpha et leur progéniture ayant atteint l'âge adulte, ont été transférés dans le parc de Kolmården. Leur provenance demeure inconnue et des échantillons sanguins vont être prélevés et analysés afin de déterminer s'il s'agit de spécimens locaux capturés par des braconniers ou s'ils ont été importés illégalement en Suède.

Aucune décision n'a encore été prise quant à leur sort.

*

Expressen.se, 19 juin.

Fredrik Bylund, reporter d'*Expressen* spécialisé dans les affaires criminelles, figure parmi les victimes des loups. Son cadavre, retrouvé dans la grange de la terreur aux environs de Vittinge, a été identifié.

« Aujourd'hui est un jour de deuil pour toute la rédaction d'*Expressen*, mais nos pensées vont en priorité à ses proches », déclare le rédacteur en chef du journal, Thomas Mattsson.

« Depuis plusieurs jours, Fredrik Bylund enquêtait sur la série de meurtres perpétrée récemment à Stockholm. Il s'était particulièrement investi dans cette affaire. Il n'avait plus donné signe de vie depuis qu'il avait quitté nos locaux, jeudi, en fin de soirée. »

« Nous étions censés nous retrouver à neuf heures du matin. Je l'ai attendu longtemps, mais il ne s'est jamais présenté à notre rendez-vous », témoigne une source anonyme.

Fredrik Bylund était un reporter expérimenté et tenace qui n'hésitait jamais...

*

Avpixlat, 22 juin.

Ingvar Stefansson, ce patriote suédois qui a été lâchement assassiné par les forces de l'ordre, jeudi dernier, était innocent.

Pendant que la police déployait des moyens phénoménaux pour tenter de le retrouver, des criminels turcs de la pire espèce perpétraient des actes ignobles sur notre sol.

Stefansson était un écrivain de talent et bien renseigné, qui mettait sa plume au service de la vérité. Il s'intéressait en particulier aux recherches modernes sur l'immigration et l'ethnologie, participait à la diffusion d'informations cruciales que les médias établis s'obstinent à ignorer.

Ingvar Stefansson avait été accusé à tort d'un crime odieux et a été abattu par l'inspecteur Zack Herry, un individu qui, d'après nos sources, a grandi dans une banlieue bien connue pour abriter une forte population d'immigrés.

Ingvar Stefansson est mort en combattant pour la liberté. Il a été assassiné par les autorités suédoises à cause de ses idées.

Nous ne l'oublierons jamais.

62

Un ouvrier, à genoux devant la porte d'un salon de massage de Vasastan, est occupé à installer un nouveau verrou.

Dans l'entrée flotte une odeur de neuf et, dans la salle de massage, deux hommes vêtus de blousons de cuir discutent avec trois jeunes femmes qui portent les mêmes T-shirts moulants de couleur turquoise.

« Non, ça ne change rien, dit l'un d'eux, un homme gracile dont les yeux verts pétillent d'intelligence. La seule différence, c'est que, désormais, vous ne traiterez plus avec les Turcs, mais avec nous. D'accord ? »

Une femme aux cheveux courts réplique :

« Nous voulons bien continuer à faire des massages. Par contre, il y a certaines choses que nous faisions avant que nous ne voulons plus faire. »

L'homme cesse tout à coup de sourire.

« J'ai dit qu'on ne changeait rien. Vous proposerez à vos clients les mêmes services qu'auparavant. »

63

Zack se tient près du lit dans la chambre d'hôpital. Les paupières d'Abdula sont closes et un tube sort de sa bouche.

Il vient juste de s'entretenir avec un des médecins du service des soins intensifs. Abdula ne peut pas respirer tout seul et il n'est réactif ni à la douleur ni à la lumière. On ignore s'il sortira un jour du coma. Et dans quel état.

Zack s'attarde longuement près du lit. L'appareil de respiration artificielle siffle à intervalles réguliers.

« Pardonne-moi, murmure-t-il. Pardonne-moi. »

Il revoit Abdula arriver en courant avec sa barre en fer. Il le revoit danser en discothèque dans la lumière d'un stroboscope.

Leurs mains qui claquent en l'air. Mois après mois. Année après année.

Est-ce que c'est terminé, maintenant?

Ce n'est pas possible. J'ai trop besoin de toi.

Il serre la main de son ami.

Puis il sort sous le soleil ardent et regagne le parking où l'attend sa moto.

Il quitte l'hôpital universitaire Karolinska et prend la direction du sud.

Quitte l'antichambre de la mort pour le terminus de la vie.

Un quart d'heure de route.

Il emprunte d'abord Nynäshamnsvägen, puis, au niveau de Tallkrogen, il s'engage dans le cimetière de Skogskyrkogården. Il gare sa moto dans Minneslundsvägen, jette son blouson de cuir sur son épaule et remonte l'allée gravillonnée qui mène à la tombe de sa mère.

Il ne se retourne pas.

Ne voit pas la voiture qui se gare derrière sa moto, ni l'homme qui en descend.

L'herbe scintille au soleil, lui rappelle le sang de ses collègues sous la lueur de la guirlande, dans le salon de massage de Skärsholmen.

Il a même l'impression de distinguer une odeur d'hémoglobine parmi le parfum des fleurs.

Tout se mêle.

Et le voilà à nouveau dans la prairie.

Cela ne finira-t-il donc jamais ?

Le gravier crisse sous ses chaussures, tandis qu'il se promène dans les allées soigneusement entretenues. Devant certaines tombes ont été déposées des fleurs fraîches. Trois roses, un bouquet estival, un ours en peluche et quelques jacinthes flétries dans une timbale d'enfant pourvue de deux grandes anses jaunes.

Sur celle d'Anna Herry, pas de fleurs. Juste de la mousse par endroits. Les lettres gravées dans la pierre ont perdu de leur éclat.

Zack s'arrête devant la tombe, enfonce ses mains dans les poches de son jean, les ressort aussitôt.

ANNA HERRY. Les caractères, entrelacés et dorés, avaient été gravés volontairement en haut de la pierre tombale afin de laisser de la place pour le nom de son père. Mais quand il était décédé, Zack avait décidé de le faire inhumer ailleurs. Il préférait pouvoir leur rendre visite séparément.

Parfois, il regrette sa décision. Il a désormais deux tombes non entretenues au lieu d'une.

Anna Herry.

Qu'est-ce qui t'est arrivé, maman ?

Qui étais-tu ?

Il se revoit assis sur ses genoux.

Il se rappelle encore la douceur de son tricot contre sa joue, le calme de sa voix quand elle répondait avec patience à ses questions, son cœur qu'il sentait battre à travers son pull. Mais il ne distingue pas son visage.

Il essaie de forcer le petit garçon de cinq ans à lever les yeux sur sa mère. En vain.

Tout ce qu'il voit, ce sont les clichés d'elle sur la scène du crime. Sa peau livide. Sa gorge entaillée.

Il n'a pas envie d'y songer maintenant. Il veut juste penser à la douceur de son pull. Mais quand, enfin, il lève les yeux sur le visage de sa mère, il s'aperçoit qu'elle ne sourit pas. Au contraire, elle paraît même fâchée. Puis elle se met à lui crier dessus. Il ne comprend pas ce qu'il a fait de mal.

Elle est furieuse.

Elle le frappe.

Il s'éloigne de la tombe et va s'asseoir à l'ombre d'un immense chêne avant de s'allonger. Puis s'allonge dans l'herbe.

Personne en vue.

Il est seul.

Vraiment ?

Il a la sensation d'un danger imminent. Il se redresse.

Quelqu'un l'aurait-il suivi ?

Non, pas ici.

Il s'étend à nouveau.

Ferme les yeux.

Complètement seul au milieu d'un océan de verdure et de mort.

Soudain, il entend quelque chose s'approcher de lui à vive allure. Un corps, un humain. Et avant même qu'il ait eu le temps de réagir, il ressent une vive douleur au front.

Il lève les yeux, ne comprend pas ce qui lui arrive.

Il distingue alors un visage. Ainsi qu'un énorme tatouage représentant un cheval cabré avec des crocs.

Mehmet Drakan.

Il le frappe à nouveau. Dans la poitrine, cette fois.

Zack roule sur le côté, le souffle coupé.

Ses poumons le font atrocement souffrir quand il essaie de respirer. Il a sans doute plusieurs côtes cassées.

Puis il voit arriver le poing américain, mais n'arrive pas à l'esquiver et doit se contenter de le parer avec le bras. Drakan est assis sur lui, maintenant. Ses mains cherchent à se frayer un chemin jusqu'à sa gorge. Zack est groggy. Le coup qu'il a reçu au front l'a à moitié assommé. Il se débat tant qu'il peut, griffe, se tortille et essaie de se redresser.

Si seulement il avait une arme.

Drakan s'ébroue tandis qu'il appuie toujours plus fort sur son larynx.

Peu à peu, la vue de Zack se brouille. Un voile noir commence à s'étendre sur son cerveau.

Non. Pas maintenant. Pas ici. Pas comme ça.

Zack rassemble toutes les forces qu'il lui reste et pousse vers le haut. Le poids qui pesait sur lui et la pression sur sa gorge disparaissent aussitôt.

Il s'accroupit.

Mehmet est allongé dans l'herbe, à côté de lui. Il essaie de se relever.

Tu es mort.

Zack se jette sur lui, referme à son tour les mains sur la gorge de son agresseur.

Il le regarde droit dans les yeux. Lui saisit le menton.

Puis effectue un violent mouvement de torsion.

Entend craquer ses cervicales.

Se laisse tomber sur le côté et s'allonge sur le gazon.

Cette fois, pas d'odeur de sang. Juste un parfum d'herbe et de mort.

Il ferme les yeux. Imagine que la nuit est tombée d'un coup.

Il a l'impression que son corps est plaqué contre le sol, comme si la Terre accélérait.

Il ressent une fatigue incommensurable.

Il souhaiterait pouvoir redevenir un petit garçon. Un petit garçon qui croit encore que les étoiles descendront un jour le chercher pour l'emmener avec elles dans l'espace.

Là où l'on oublie tout.

DE MONS KALLENTOFT

HIVER, Le Serpent à Plumes, coll. Serpent Noir, 2009 ; rééd. Points, coll. Points Policier, 2011.

ÉTÉ, Le Serpent à Plumes, coll. Serpent Noir, 2010 ; rééd. Points, coll. Points Policier, 2012.

AUTOMNE, Le Serpent à Plumes, coll. Serpent Noir, 2011 ; rééd. Points, coll. Points Policier, 2012.

PRINTEMPS, Le Serpent à Plumes, coll. Serpent Noir, 2011 ; rééd. Points, coll. Points Policier, 2013.

LA 5e SAISON, Éditions du Seuil, 2013 ; rééd. Points, coll. Points Policier, 2014.

LES ANGES AQUATIQUES, Éditions du Seuil, 2014 ; rééd. Points, coll. Points Policier, 2015.

Composition : APS Chromostyle.
Achevé d'imprimer sur Roto-Page
par l'Imprimerie Floch à Mayenne,
le 10 décembre 2015.
Dépôt légal : décembre 2015.
Numéro d'imprimeur : 89104.

ISBN 978-2-07-014585-0 / Imprimé en France.

267355